KÖLN 300°C

Marco Hasenkopf, geboren 1973 in Hamm/Westfalen, studierte Archäologie und Geschichte. Der Autor lebt als freischaffender Schriftsteller, Drehbuchautor und Theaterproduzent mit seiner Familie in Köln.

MARCO HASENKOPF

KÖLN 300°C

Köln Krimi

emons:

Lust auf mehr? Laden Sie sich die »LChoice«-App runter, scannen Sie den QR-Code und bestellen Sie weitere Bücher direkt in Ihrer Buchhandlung.

Bibliografische Information der Deutschen Nationalbibliothek
Die Deutsche Nationalbibliothek verzeichnet diese Publikation in der Deutschen Nationalbibliografie; detaillierte bibliografische Daten sind im Internet über http://dnb.d-nb.de abrufbar.

© Emons Verlag GmbH
Alle Rechte vorbehalten
Umschlagmotiv: Andreas Bräuer/photocase.de
Umschlaggestaltung: Nina Schäfer, nach einem Konzept von Leonardo Magrelli und Nina Schäfer
Umsetzung: Tobias Doetsch
Gestaltung Innenteil: César Satz & Grafik GmbH, Köln
Lektorat: Hilla Czinczoll
Druck und Bindung: CPI – Clausen & Bosse, Leck
Printed in Germany 2020
ISBN 978-3-7408-0792-4
Köln Krimi
Originalausgabe

Unser Newsletter informiert Sie
regelmäßig über Neues von emons:
Kostenlos bestellen unter
www.emons-verlag.de

Dieser Roman wurde vermittelt durch die
Literaturagentur Oliver Brauer, München.

Für Anne

Teil 1

19:48 Uhr

»Wissen Sie was, Kaiser, Sie können mich mal kreuzweise«, rief Mertin.

Sie war stinksauer.

Es gab keinen plausiblen Grund, warum sich Kaiser danebenbenahm. Zumal es Wichtigeres gab, als sich zu streiten. Zum Beispiel das Autowrack vor ihnen und die damit verbundenen Fragen.

Warum war der Wagen vollständig ausgebrannt? War der Ort direkt unter der B 55a, einer unübersichtlichen Brache mitten im urbanen Niemandsland, dort, wo die Bundesstraße zur Zoobrücke wurde, bewusst gewählt? Wer war der Leichnam hinter dem Steuer? Und das waren nur die dringlichsten Fragen, die sich Mertin beim Anblick des Tatorts stellten. Das war ihr Job. Ein Job, den sie gern machte. Aber was tat Kaiser? Er trieb seine unkollegialen Spielchen auf die Spitze.

Kommissarin Judith Mertin atmete durch, um sich auf ihre Aufgabe zu konzentrieren. Kaum hatte sie aber ihrem Kollegen den Rücken zugewandt, wusste sie, dass sie einen Fehler begangen hatte. Drehe niemals einer potenziellen Gefahrenquelle den Rücken zu. Wie konnte sie dieses Credo nur vergessen?

Als sie sich wieder zu Kaiser umdrehte, brachte sie die Wut, mit der der entfesselte Kollege auf sie zustürmte, völlig aus der Fassung. Womit hatte sie ihn so sehr gereizt, dass er komplett ausrastete? Ein spontaner Widerwille gegen eine physische Auseinandersetzung machte sich in ihr breit. Und die Sorge, verletzt zu werden. Kampf und Schmerz war sie vom Training gewohnt. Doch unterschied sich die Übungssituation von der Realität jedes Mal aufs Neue. Und eine Prügelei mit einem Kollegen gehörte eben nicht zum Polizeialltag wie die Festnahme samt Schlägerei in der Diskothek vor zwei Wochen oder die nächtliche Razzia beim Salafistenverein letzten Dienstag. Da war vonseiten der Einsatzleitung schon von vornherein einkalkuliert worden, dass Beamte angegriffen werden könnten. Passiert war dann zum Glück nichts. Einige Waffen hatten sie gefunden. Aber keinen Sprengstoff. Der Terrorverdacht hatte sich nicht bestätigt. Nun berserkerte nicht etwa ein Dschihadist auf sie zu, sondern ausgerechnet ihr Teamkollege. Wie konnte man nur so tief sinken?

Der Einsatz heute hatte von Beginn an unter einem Unstern gestanden. Nicht nur dieser Einsatz, wie Mertin sich eingestehen musste, ihre gesamte bisherige Dienstzeit war die reinste Hölle gewesen.

Keine zwanzig Minuten zuvor hatte sie in ihrem Büro auf den Kollegen wartend nach draußen geblickt. Dichter Schneefall hatte eingesetzt. Winter, das war keine Jahreszeit für sie. Zum wiederholten Mal innerhalb kurzer Zeit hatte sie auf die Uhranzeige ihres Smartphones geschaut. Sie wartete bereits seit einer halben Stunde auf Kaiser. Schon zweimal hatte sie ihn angerufen und darauf hingewiesen, dass sie zum Einsatz gerufen worden waren, aber nur die Mailbox seines Handys erreicht. Wo zum Teufel steckte er?

Als Kaiser endlich die Bürotür aufgestoßen hatte, machte er einen benommenen Eindruck. Er rauschte an ihr vorbei zu seinem Schreibtisch. Nach Alkohol roch er nicht. Ohne ein Wort der Erklärung für seine Verspätung begann er gewohnheitsmäßig seinen Schreibtisch, auf dem sich Unmengen von Papieren stapelten, abzutasten. Erst als Mertin ihm den Autoschlüssel unter die Nase hielt, unterbrach er seine Suche und forderte die Herausgabe des Schlüsselbundes. All das, ohne ein Wort an sie zu richten.

Spontan hatte sich Mertin entschieden, die Zeit des Nachgebens, des Wohlwollens einem Kollegen gegenüber, der sie ständig anpflaumte und sie niemals hinter das Steuer ließ, wie in einem schlechten Cop-Movie, in dem sich die Polizisten ständig darüber stritten, wer denn nun fahren dürfe, für beendet zu erklären. Ohne zu ahnen, was sie damit heraufbeschwor, behielt sie den Autoschlüssel in der Hand und verließ das Büro.

So hatte sie vorhin zum allerersten Mal hinter dem Steuer des neuen Passats gesessen, mit dem sie bereits seit einigen Wochen zu ihren Einsätzen fuhren, ohne dass sie die Gelegenheit hatte, sich mit dem Auto und seinen Funktionen vertraut zu machen. Privat bestand ihr Fortbewegungsmittel seit frühen Jugendtagen aus ein bisschen Kunststoff, Holz und ein paar Metallteilen – ein Board von Independent. Cooles Teil.

Während der Fahrt fiel der Schnee in dichten Tupfern unaufhörlich auf die Windschutzscheibe und beeinträchtigte ihre Sicht. Mertin suchte nach dem Schalter für die Scheibenwischanlage, während sie das Fahrzeug vom Hof des Präsidiums auf den Walter-Pauli-Ring Richtung Einsatzort lenkte. Dass der Wagen mit einer beheizbaren Frontscheibe ausgestattet war, zog sie nicht einmal in Erwägung.

Das Navigationssystem sprach von einer Fahrtstrecke von eins Komma eins Kilometern mit einer geschätzten Dauer von drei Minuten. Eine kurze Fahrt, aber es sollten die längsten drei Minuten ihrer bisherigen Dienstzeit in Köln werden.

Fortlaufend monierte Kaiser den Fahrstil seiner Kollegin.

Die Scheibenwischer wedelten hektisch hin und her.

Kaiser stöhnte.

Um früher auf die Barcelona-Allee zu kommen, bog Mertin, anders als vom Navi empfohlen, die erste und nicht die zweite Straße rechts ab.

Kaiser seufzte.

Im anschließenden Kreisverkehr klammerte er sich an den Handgriff. Mertins Blick verfinsterte sich. Auf der Barcelona-Allee gab es noch zwei weitere Kreisverkehre, die sie durchfahren mussten. Durch den ersten Kreisel fuhr sie absichtlich zu schnell. Beim Abbiegen auf der nicht geräumten Straße kamen die Reifen ins Rutschen. Das Heck brach aus.

Kaiser stöhnte erneut.

Mertin lächelte in sich hinein, empfand ihr Verhalten aber trotzdem als kindisch, weshalb sie sich entschied, es zu ändern.

Beim dritten Kreisverkehr wartete auf der Abbiegung zur Istanbulstraße ein Streifenfahrzeug, das die Zufahrt für Unbefugte abriegelte. Statt Kaiser weiter zu provozieren und ganz dicht an dem Wagen vorbeizurauschen, entschloss sie sich zur vorschriftsmäßigen langsamen Vorbeifahrt.

Mertin nickte dem Beamten kurz zu. Kaiser stöhnte ein weiteres Mal. Was hatte sie jetzt wieder falsch gemacht?

Mertin legte den Leerlauf ein und ließ das Auto bei laufendem Motor ausrollen. Sie betrachtete das vom Scheinwerferlicht erhellte Schneetreiben. In der Kurve am Ende der Straße stand ein weiterer Streifenwagen mit Blaulicht. Besucher des an der Straße gelegenen Baumarkts und des McDonald's sollten an der Weiterfahrt gehindert und zurückgeleitet werden.

Schließlich wurde Mertin die Situation zu albern. Das Schweigeduell entschied Kaiser für sich.

»Irgendwie werde ich den Eindruck nicht los«, begann sie, ohne Kaiser anzublicken, »Sie wollen unbedingt zu Fuß weitergehen. Können Sie haben.« Sie zeigte auf die Tür.

Kaiser antwortete mit einer herablassenden Handbewegung, die Mertin signalisieren sollte, weiterzufahren. Verärgert schüttelte sie den Kopf, zwang sich aber, ihre volle Konzentration auf den Einsatz zu lenken und sich nicht länger von ihrem Kollegen provozieren zu lassen.

Sie fuhr weiter.

Kaiser gab keinen Mucks von sich.

Sie näherten sich dem zweiten Streifenwagen. Ein Beamter stieg aus und kam ihnen entgegen. Mertin bremste, fuhr das Fenster herunter. Eisige Kälte strömte ins Innere. Der junge Polizist sah in den Wagen. Er schien Mertin zu erkennen. »Die Action gibt's dahinten«, sagte er, als sie ihren Ausweis hervorholen wollte.

Auch wenn sein Spruch unangebracht war, amüsierte es Mertin. Allemal besser als der Typ neben ihr, für den die Bezeichnung Sauertopf noch ein Kompliment gewesen wäre. Sie musterte den jungen Mann. Knackig und süß. Keine Frage. Mertin war drauf und dran, ihre eiserne Regel, nicht mit Kollegen zu flirten, über den Haufen zu werfen, als sich Kaiser auf dem Beifahrersitz regte. Er beugte sich seitlich vor und erdolchte den Kollegen mit seinen Blicken. »Augen auf bei der Berufswahl«, raunte er ihm zu.

Eingeschüchtert wich der junge Kollege zurück und zeigte die Straße in östlicher Richtung hinunter.

Mertin gab wütend Gas, auch wenn sie kurz darauf wieder bremsen musste. Nur schnell ankommen und den Wagen verlassen. In ungefähr dreihundert Metern Entfernung standen unterhalb der B 55a mehrere Feuerwehr-, Polizei- und Notarztwagen.

Mertin parkte und hielt bereits den Türgriff in der Hand, als Kaiser sich zu Wort meldete. »Haben Sie sich nicht mit dem Handbuch des neuen Dienstfahrzeugs beschäftigt, bevor Sie sich hinters Steuer gesetzt haben?«

»Handbuch?«, entgegnete Mertin und fühlte sich wie von der Dienstaufsicht verhört.

»Genau aus diesem Grund wird es irgendwann so weit kommen, dass man sich die Einweisung bestätigen lassen muss.«

Mertin drehte sich im Autositz und starrte Kaiser von der Seite an. Wollte er einen Streit vom Zaun brechen? »Wir sind spät dran«, ermahnte sie ihn und öffnete die Fahrertür. Aber für Kaiser war das Thema noch nicht erledigt.

»Polizisten sind wie Croupiers, Sie verstehen?«, begann er. »Unsere Aufgabe besteht darin, zwischen Spielern und Falschspielern zu unterscheiden – wertfrei, wahrheitsgemäß, unbestechlich.«

Nach drei Monaten Schikane konnte sie die aufwallende Wut über seine aus der Luft gegriffene Belehrung nicht mehr unterdrücken. »Schreiben Sie ein Lehrbuch drüber oder behalten Sie Ihre Bullenscheiße für sich«, konterte sie und stieg aus dem Wagen, bevor Kaiser etwas erwidern konnte.

Eilig überquerte sie die schneebedeckte Straße. Räumfahrzeuge waren bis in diese Nebenstraßen noch nicht vorgedrungen. Gegen Wind und Kälte zog sie die Kapuze über den Kopf. Am Straßenrand überstieg sie hoch aufgetürmten Schnee, in dem ihre Füße versanken. Als sie sich befreit hatte, schüttelte sie den Schnee ab und ging über einen schmalen, schneebedeckten Grünstreifen unter die breite Brücke.

Wie von einer Demarkationslinie getrennt, hörte die geschlossene Schneedecke auf. Zwischen Geröll und Schotter erstreckte sich nackter Erdboden. Die Stadtautobahn über ihr war an dieser Stelle achtspurig. Die Betondecke maß mindestens hundertfünfzig Meter in der Breite, ihre Ausmaße von Ost nach West betrugen grob geschätzt mehrere hundert Meter. Gewaltige Pfeiler erreichten die Höhe eines vierstöckigen Hauses. Das Terrain war weitläufig und unübersichtlich. Niemandsland, umgeben vom Kalkberg im Norden, von den Bahnlinien im Westen und dem riesigen Lagerhaus des Music Store in ihrem Rücken. Mertin drehte sich um. Von hier müsste sie am Lager und dem dahintergelegenen Baumarkt vorbei bis zum Polizeipräsidium sehen können. Und tatsächlich, das Kupfergrün des Dachs mit seinen zahlreichen Antennen war selbst im nächtlichen Schneegewirr unverkennbar.

Als Mertin weiterging, drang ein bestialischer Gestank von verbranntem Kunststoff in ihre Nase. Feuerwehrmänner begannen mit den ersten Aufräumarbeiten und rollten Schläuche zusammen. Ein Rettungswagen fuhr gerade ab. Für die Sanitäter gab es hier offenbar nichts zu tun. Der Untergrund musste sehr uneben sein, denn der Kastenwagen schwankte bei der Abfahrt stark hin und her.

Als Mertin endlich auf einen uniformierten Kollegen traf, war ihre Wut über Kaiser noch lange nicht verraucht. Der Polizist verstand ihren fragenden Blick sofort und wies zu ihrer Überraschung nach oben. Erst jetzt fiel ihr auf, dass das Bodenniveau unter der B 55a, bedingt durch die Ausläufer des Kalkbergs, auf drei Ebenen aufgeteilt war. Sie stand auf der untersten. Weiter oben, etwa in der Mitte, gab es einen breiten Weg, der parallel zur Fahrbahn verlief, und schließlich versteckte sich zuoberst zwischen den Brückenträgern ein niedriges Plateau. Dort oben lag der Tatort, von mobilen Sichtschutzwänden abgeschirmt gegen Presse und Gaffer. Dahinter strahlten leistungsstarke Arbeitslampen.

Der reguläre Weg auf die dritte Etage verlief über eine mehr als hundert Meter weiter östlich gelegene steile Zufahrt. Mertin vermutete, dass sich dort auch die Zufahrt für die im Bau befindliche Rettungshubschrauberstation auf dem Kalkberg befand. Das war ein Umweg, der sie mehrere Minuten kosten würde. Mertin wählte die Querfeldein-Variante. Dazu musste sie die steilen Geröllhänge hinaufklettern. Die Kraxelei war mühseliger als angenommen, denn die Hänge bestanden aus einem weichen Kiesel-Sand-Boden, in dem ihre Füße wie in Butter versanken.

Endlich erreichte sie die obere Ebene. Fast musste sie sich bücken, um unter dem mächtigen Brückenträger hindurchzukommen. Dahinter tat sich eine kuppelartige Höhle auf. Erstaunt blickte sich Mertin um und ließ die Eigentümlichkeit des Ortes auf sich wirken. Bevor sie ganz hinter den Sichtschutzwänden verwand, sah sie zurück auf ihr Dienstfahrzeug unten auf der Straße. Kaiser war noch nicht einmal ausgestiegen. Kopfschüttelnd wandte sie sich ab.

Im hellen Schein von Ballonleuchten arbeitete eine Handvoll Gestalten in weißen Schutzanzügen hier oben an einem vollständig ausgebrannten Autowrack. Mertin blickte auf das Heck des Autos. Die Kofferraumklappe stand offen. Das Innenleben des Kofferraums existierte nicht mehr. Rückleuchten und Nummernschild waren ebenfalls nicht mehr vorhanden. Das gesamte Heck sah seltsam verbogen aus. Mertin vermutete, dass der Tank explodiert war. Beim Anblick der gewaltigen Zerstörung an diesem unwirklichen Ort fühlte sie sich an düstere Science-Fiction-Filme erinnert. Oder an Nachrichtenbilder aus der Ukraine, Syrien oder dem Irak.

Sie näherte sich dem Wrack und begann die Umrundung auf der linken Seite. Scheiben, Spiegel, Gummi, Armaturen sowie sämtliche Kunststoffe, innen wie außen, waren zersprungen, verdampft und nahezu restlos verbrannt. Der Gestank war unerträglich. Von dem Auto war nur die bloße Karosserie übrig.

Hinter der Brandstelle erhob sich die Abfahrt nach Deutz über das Wrack hinweg – in der Schräge zwischen Boden und Betondecke wirkte der Wagen wie eingeklemmt. Auf der rechten Seite des Wracks berührten die Brückenträger beinahe den Boden. Verrußt, aber noch lesbar hatte jemand »NO/FX« in Neonpink an die Wand gesprayt. Der Rest des Graffitis war nicht mehr zu lesen.

In dieser unwirtlichen Umgebung gediehen sogar vereinzelte Sträucher. Dröges Gestrüpp, unter dem allerhand Unrat wie leere Dosen, Autoreifen und Kleidungsreste vergammelten. Ein dreibeiniger Stuhl lag umgekippt auf der Seite. Es war gut möglich, dass hier ein Obdachloser kampiert hatte.

Nur in seltenen Fällen kam es dazu, dass Fahrzeuge vollständig ausbrannten. Gewöhnlich wurden die Brände vorher gelöscht. So war es auch bei der Serie von Brandstiftungen gewesen, zu denen die Polizei in den letzten Wochen gerufen worden war. Mit zwei wesentlichen Unterschieden: Es hatte ausnahmslos am Straßenrand parkende Autos in Wohngebieten getroffen. Noch war kein Mensch dabei gestorben.

Beinahe jede Nacht rückten die Einsatzkräfte aktuell zu brennenden Fahrzeugen aus. Die Hintergründe der Anschläge waren vollkommen unklar. Der oder die Täter waren noch nicht gefasst. Nach den vergangenen Wochen, in denen die Anschläge weder aufgeklärt noch verhindert werden konnten, herrschte so etwas wie Ausnahmezustand bei der Polizei, der Stadtverwaltung sowie bei der Bevölkrung. Jeder hatte Angst um sein im Freien parkendes Auto, denn es konnte jeden treffen. Der Fahrzeugtyp spielte keine erkennbare Rolle.

Im vorliegenden Fall konnte Mertin Hersteller und Modell nur noch erraten. Anhand der Ausmaße der Karosserie vermutete sie, eine Limousine der Oberklasse vor sich zu haben. Farbe, Design, Ausstattung – alles war zerstört. Mertin wusste nicht, ob die Braun-Weiß-Färbung des Wracks neben dem rußigen Schwarz vom Brand herrührte oder Rückschlüsse auf die ursprüngliche Lackfarbe des Fahrzeugs zuließ.

Sie bemerkte nur wenige Löschschaumreste. Dampf und Qualm waren bereits abzogen. Die Hitze hatte sich zurückgebildet, dennoch strahlten das Wrack sowie die Betonwände Wärme ab. In der Luft lag ein eigentümlich scharfer Gestank nach Chemikalien. Ein beißender Geruchscocktail, in den sich, je näher sie nun kam, der Geruch von verbranntem Fleisch mischte. Sie setzte die Umrundung fort und sah schließlich, warum das KK 11 verständigt worden war. Sie erkannte die Überreste eines Menschen.

Der Leichnam lehnte gegen den Rahmen der Fahrertür und sah aus, als wäre er mit dem ihn umgebenden Metall sowie dem Gestell des Sitzes verschmolzen. Mertin konnte sich nicht vorstellen, dass dieses unkenntliche Gebilde mal ein Mensch aus Fleisch und Blut gewesen war. Verstörend.

Sie trat näher und spähte ins Wageninnere. Im Fußraum des Fahrersitzes lag ein schwarz verkohlter Gegenstand. Was mochte das sein? Farbe und Form erinnerten an ein Brikett. Nicht ganz so groß und rundlicher, aber doch länglich kompakt wie ein Stück gepresster Heizkohle. War es tatsächlich möglich, dass irgendetwas im Auto den Brand überstanden haben konnte?

»Habt ihr das hier schon gesehen?«, wandte sie sich an die Leute der KTU.

»Nichts kontaminieren«, rief ihr jemand statt einer Antwort zu.

Mertin ignorierte den Hinweis. »Da liegt was! Kann das mal einer rausholen?«, fragte sie gereizt.

»Ist keiner scharf drauf, zwischen die Beine zu greifen.«

Eine Gestalt im weißen Overall stand neben ihr. Schutzbrille und Haube machten es Mertin schwer, ihren Gesprächspartner zu erkennen.

»Tut mir leid«, entschuldigte sich nun die weibliche Stimme. Die Frau befreite ihren Kopf von Brille und Haube. »Sollte kein blöder Witz sein.«

Mertin ging nicht darauf ein. »Das Nummernschild?«, fragte sie kurz angebunden.

Die Frau schüttelte den Kopf. »Kein Nummernschild.«

»Heißt das, an dem Fahrzeug befindet sich kein Nummernschild oder es wurde keines gefunden?«

»Es muss wohl entfernt worden sein.«

»Und die Fahrgestellnummer?«

»Der Motor ist ein einziger Klumpen. Keine Ahnung, ob die im Motorraum was entziffert bekommen.«

Mertin blickte ihr Gegenüber fragend an.

»Ach, Verzeihung«, sagte die Frau und streckte ihr die Hand entgegen, »wir kennen uns ja noch nicht. Gabriela Rust. Gerichtsmedizinisches Institut.«

Irrtümlicherweise hatte Mertin die Gerichtsmedizinerin für eine Technikerin der KTU gehalten. Sie schüttelte die ihr hingestreckte Hand. »Judith Mertin.«

Mertin ließ eine kurze Pause und erklärte dann: »Eigentlich spricht man ›Judith‹ französisch, ›Mertin‹ aber deutsch aus. Und da, wo ich herkomme, spricht man beides französisch aus, aber …« Sie zögerte.

»Aber das macht in Köln keiner, wollten Sie sagen«, beendete Rust mit einem Lächeln den Satz für Mertin, die zustimmend nickte. »Ich musste mich auch erst an die Kölner Besonderheiten gewöhnen.«

»Wo kommen Sie her?«, fragte Mertin.

»Argentinien. Ich hab hier studiert, meinen Mann kennengelernt und bin hiergeblieben. Das ist fast zwanzig Jahre her. Ich hatte also schon ein wenig Zeit, die kulturellen Unterschiede zu überwinden. Und Sie?«

»Detmold.«

Rust lachte. »Ich meinte, da, wo man beides französisch ausspricht.«

»Goma. Das liegt im Ostkongo.«

»Sehr erfreut«, wiederholte Rust ihre Begrüßung, »wir werden ja vermutlich öfters miteinander zu tun haben.«

Mertin lächelte und lenkte das Gespräch wieder zurück auf ihr ursprüngliches Anliegen. »Und wer birgt mein Brikett?«

»Sie sind sich wohl uneins, wie sie weiter vorgehen sollen«, antwortete Rust und wies auf die Techniker, die sich inzwischen versammelt hatten, um Absprachen zu treffen.

»Nichts kontaminieren«, schnaufte Mertin, nachdem sie die KTU eine Weile schweigend beobachtet hatte, »was glauben die noch zu finden? Fingerabdrücke?«

Sie ging zu ihnen hinüber. Rust folgte ihr.

Mertin hörte der Gruppe zu, ohne sich einzumischen. Man diskutierte die sichere Bergung des Leichnams. Gerade wurde der Vorschlag unterbreitet, das Dach des Fahrzeugs aufzuschneiden und die Leiche samt Sitzgestell herauszuheben. Dazu würde man allerdings einen Kran benötigen, der erst geordert werden müsste und mit dem aufgrund der Deckenhöhe schwierig zu operieren wäre. So weit herrschte Einstimmigkeit unter den Technikern. Dann verlor sich die Diskussion in wenig handfesten Aussagen – das übliche Geplänkel, wenn keiner eine schwierige Entscheidung treffen wollte, für die man später zur Verantwortung gezogen werden konnte.

Mertin wurde es zu viel. Sie schlug vor, die Leiche *in situ* zu belassen und alles, Fahrzeug samt für den Transport fixierter Leiche, auf ein Abschleppfahrzeug zu verladen und in einer Halle zu lagern, um dort alle notwendigen Untersuchungen vorzunehmen. »Aber zuvor«, schloss sie, »muss der Gegenstand geborgen werden.«

»Wenn ihr das nicht macht, mache ich es«, kündigte sie an, weil keine Reaktion erfolgte.

»Ich stimme der Kommissarin zu«, beeilte sich die Gerichtsmedizinerin, ihr beizupflichten.

»Ist ja gut«, äußerte sich endlich ein Techniker, »wir überlegen uns was.«

»Die können einen ziemlich auflaufen lassen. Aber Sie haben sich gut durchgesetzt«, sagte Rust.

»Danke«, entgegnete Mertin, »bin ich gewohnt.«

Rust blickte sie besorgt an, hakte aber nicht weiter nach.

»Können Sie schon irgendwas sagen?«, fragte Mertin.

»Sie meinen, ob es ein Unfall war oder Absicht?«

»Für mich ist wichtig, zu wissen, ob es einen Zusammenhang mit den Autobränden der letzten Wochen gibt. Sprich, ob die Serie ihren ersten Toten zu verzeichnen hat.«

Rust zeigte nach oben. An der Stelle, an der die Abfahrt nach Deutz von der Haupttrasse abzweigte, öffnete sich die Betondecke zu einem immer breiter werdenden Spalt.

»Die gesamte Situation, diese Höhle – oder wie Sie es nennen wollen – mit der Öffnung nach oben, ähnlich einem Kamin, hat mit Sicherheit brandbeschleunigend gewirkt. Ich vermute, es ist kurzzeitig sehr heiß geworden. Brände dieser Art können tausend Grad erreichen. Wir werden sehen, was von den Organen übrig ist. Ein Zahnabgleich wird hoffentlich ebenfalls weitere Erkenntnisse liefern. Vielleicht haben wir es mit einem Suizid zu tun. Alles andere wäre –«

»Spekulation, ich weiß«, unterbrach Mertin die Gerichtsmedizinerin. »Es ist nur so, einen derartigen Autobrand habe ich noch nie gesehen. Sie etwa?«

Rust schüttelte den Kopf und hob ein Steinchen auf, das Mertin nur schwer als Glassplitter erkennen konnte.

»Glas schmilzt bei einer Temperatur von tausendvierhundertachtzig Grad Celsius. Der Chemiker spricht bei Glas von einem Transformationsbereich, der zuvor erreicht wird und bei dem die Verformbarkeit von Glas einsetzt. Das muss hier passiert sein. Wie heiß es tatsächlich geworden ist, muss die KTU bestimmen.«

Plötzlich tastete Rust ihren Oberkörper ab. Als sie nicht augenblicklich den Eingriff des Overalls erwischte, wurden ihre Bewegungen immer hektischer, bis es ihr schließlich gelang, in ihre Jackentasche zu greifen und ein Smartphone hervorzuholen. Erst blickte sie mit unheilvoller Vorahnung auf das Display, dann fing sie lauthals zu lachen an.

»Meine Tochter Lucy«, erklärte sie, als sie Mertins irritierten Blick auffing. »Sie will heute Abend Mamas Chicorée-Salat. Mit Möhren, Nüssen und Orangen. Superlecker! Und die ideale Kost im Winter. ›Außerdem fördern die Bitterstoffe im Chicorée die Verdauung‹, schreibt sie. Das muss sie gegoogelt haben, von mir hat sie das jedenfalls nicht.«

Wenn es etwas gab, was Mertins von kongolesischem Essen geprägtem Gaumen zuwider war, dann war das Chicorée. Vor allem wegen der Bitterstoffe! Chicorée wurde nur noch von gedünstetem Blumenkohl übertroffen. Allein schon der faulige Geruch des Kohls verursachte bei ihr eine Abneigung, die bis hin zur Übelkeit reichte.

»Auch gekocht kann ich Chicorée nur empfehlen«, ergänzte Rust, die Mertins Verlegenheitslächeln falsch interpretierte.

Mertin konnte sich nicht vorstellen, dass der gegarte Zustand am bitteren Geschmack des Chicorées etwas änderte. Die Welt schied sich am Gemüse. Zu Mertins Erleichterung machte Rust ansonsten aber einen sehr passablen Eindruck.

»Was könnte das für ein Fahrzeugtyp sein?«, wechselte sie abrupt das Thema, um nicht länger über stinkendes Gemüse reden zu müssen.

»Ein Phaeton.«

Kaiser stand hinter ihnen. Unbemerkt war er näher gekommen.

»Sie ist Gerichtsmedizinerin«, belehrte er Mertin brummig, weil sie der Ärztin eine Frage gestellt hatte, die nicht in ihren Fachbereich fiel.

Rust warf Mertin einen mitleidigen Blick zu. Ihr war offenbar nicht entgangen, welches Unbehagen Kaisers Erscheinen bei Mertin auslöste. »Ich sortiere Autos nach ihrer Farbe«, entschuldigte sie sich, »aber wenn du das sagst, wird es wohl stimmen. Grüß dich, Markus!«

»Gabriela«, grüßte Kaiser zurück. Er vergrub sich in seinen Mantelkragen und stierte vor sich hin.

»Viel Stress in letzter Zeit?«, hakte sie nach.

Kaisers Schweigen dauerte viel zu lange. Rust musste ins Schwarze getroffen haben. »Das Übliche«, antwortete er knapp.

»Ein Phaeton also?«, echote Rust dann und unterdrückte ein Lachen.

Mertin blickte sie fragend an.

»Phaeton ist eine griechische Sagengestalt«, deklamierte die Gerichtsmedizinerin, und bei ihr klang es nicht belehrend, sondern eher wie vor langer Zeit auswendig gelerntes Schulwissen, das sie nun wieder hervorkramte. »Er ist ein Sohn des Sonnengottes Helios und der Klymene, einer Sterblichen. Helios will seinem Sohn ein Geschenk machen, er soll sich wünschen, was immer er möchte. Jeder Wunsch würde ihm gewährt werden. Phaeton bittet seinen Vater, ihm den Sonnenwagen auszuleihen.

Helios weiß, dass sein Sohn als Halbgott nicht über die Kräfte verfügt, die Pferde des Sonnenwagens bändigen zu können. Aber er hat ja versprochen, keine Bitte abzuschlagen. Also leiht der verzweifelte Gott seinem sterblichen Sohn den Sonnenwagen. Genau wie von Helios vermutet, kann Phaeton das Gespann nicht halten. Als er der Erde zu nahe kommt, löst das eine verheerende Brandkatastrophe aus, und Phaeton stürzt ab.«

Mertin, Kaiser und Rust starrten einen Moment lang gemeinsam auf die ausgebrannte Luxuskarosse. Dann sagte Rust: »Anscheinend läuft heute alles ein wenig anders. Die Staatsanwaltschaft ist auch noch nicht vertreten. Steckt wahrscheinlich im Schnee fest. Ich kann gerade nichts weiter tun.«

Mertin entging nicht, dass Rusts Verabschiedung von ihr sehr viel freundlicher ausfiel als das zurückhaltende Nicken in Kaisers Richtung.

Noch lange nachdem die Gerichtsmedizinerin gegangen war, hatten die Kommissare geschwiegen.

»Und?«, fragte Mertin schließlich.

Kaiser wich ihrem Blick aus. »Gut, dass bald Februar ist.«

Mertin atmete durch. »Was schlagen Sie vor? Wie sollen wir vorgehen?«

»Wobei?«

»Wobei? Wie, wobei? Bei dem da vielleicht?«, erwiderte Mertin aufgebracht.

»Ich will Ihnen mal was sagen«, holte Kaiser aus, »wir lassen erst mal alle ihre Arbeit erledigen. Wir warten sämtliche Untersuchungsergebnisse ab. Und erst dann werden wir uns überlegen und anschließend auch entscheiden, was zu tun ist und wie wir wobei vorgehen.«

Kaisers strafender Blick ruhte auf ihr. »Im Moment warten wir nur auf die Staatsanwaltschaft. Das ist unser Job. Und mehr nicht.«

Mertin kochte vor Wut. Sie hatte seine schulmeisterliche Art satt. »Sie machen das noch nicht mal mit Absicht, hab ich recht?«

Kaiser zeigte keine Reaktion.

»Seit drei Monaten«, stieß Mertin hervor, »seit drei Monaten behandeln Sie mich wie Scheiße!«

Das letzte Wort brachte sie nur noch gepresst hervor. Der Ausbruch war ihr unangenehm. Sie hatte große Mühe, ihre Gefühle unter Kontrolle zu bekommen. Zumal sie bemerkte, dass die Anwesenden ihre Arbeit ruhen ließen und gespannt der Auseinandersetzung lauschten.

»Du meine Güte, Sie armes Kind –«

»Tatsächlich«, schnitt sie ihrem Kollegen das Wort ab, unterbrach sich dann aber selbst, als sie in Kaisers Augen blickte und darin nichts als Verzweiflung, Angst und Hilflosigkeit erblickte. Plötzlich tat er ihr leid, und sie wandte sich ab.

»Wo wollen Sie hin?«

»Einen Gegenstand bergen.«

»Was für einen Gegenstand?«

»Im Fußraum des Phaetons liegt ein verkohltes Etwas. Vielleicht hilft es uns weiter.«

»Das ist Aufgabe der Techniker.«

»Die können sich nicht einigen.«

»Dann lassen wir es da liegen. Die sind für so was ausgebildet. Wir nicht.«

»Sie sind ein verdammter Korinthenkacker.«

Schon war ihr Mitleid wieder dahin, und am liebsten hätte sie ihm den Mittelfinger gezeigt. Aber statt ihn zu beleidigen, strafte sie ihn mit einem betont herablassenden Tätscheln seines Bauchs, so als gäbe sie einem guten Freund den guten Rat: Lass es gut sein.

Kaiser lief hochrot an. »Das untersage ich Ihnen.« Er tobte jetzt. »Sie! Sie sehnen sich einen Mord herbei!«

Mertin wurde blass. Was für eine Unterstellung. »Wissen Sie was, Kaiser, Sie können mich mal kreuzweise!«

19:50 Uhr

Kaiser griff an.

Er war hochgewachsen, hatte breite Schultern und war nicht unsportlich. Ein ernst zu nehmender Gegner. Zwar war seine Attacke unüberlegt, hätte aber aufgrund von Mertins Fehler durchaus zum Erfolg führen können. Nur gut, dass ihr Körper noch rechtzeitig wie auf Autopilot geschaltet reagierte. Sie riss beide Ellbogen hoch und hielt sie wie eine Ramme schützend vor ihr Gesicht. Gleichzeitig spannte sich jeder einzelne Muskel an. Nicht ausweichen.

Die spitzen Knochen ihrer Ellbogen gruben sich ins weiche Fleisch unterhalb seines Kinns. Schmerzhaft. Durch den Aufprall wurden Kaisers Nackenwirbel überstreckt. Es knirschte hörbar. Und es riss ihn von den Füßen.

Kaiser lag rücklings im Dreck und wandte sich vor Schmerzen. Mit der einen Hand rieb er sich den Hals, die andere drückte er auf den Nacken. Am liebsten hätte Mertin nachgetreten. Erst ein Tritt in die Weichteile, dann sein Gesicht in den Staub pressen und ihn anschreien, was ihm eigentlich einfiel. Lass ihn mal ordentlich Staub fressen, dachte sie. Und überhaupt, wer ist so blöd und greift eine erfahrene Kampfsportlerin an? Es war schließlich kein Geheimnis, dass die junge Kollegin viel Zeit im Dojo verbrachte. »Exzessiv«, munkelte der Flurfunk in diesem Zusammenhang. Oder war Kaiser schlicht so drüber, dass es ihm egal war?

Mertin tat nichts dergleichen. Kaiser war außer Gefecht gesetzt. Das reichte. Sie überließ ihn sich selbst und seinen Schmerzen. Genau wie die anwesenden Kollegen. Keiner unternahm etwas. Kaiser hatte sie angegriffen. Sie hatte sich gewehrt. Fertig.

Das Brikett lag im Fußraum des Autowracks, zwischen den Beinen der Brandleiche. Es war zu dick für ein Tablet, zu groß für ein Telefon oder ein Brillenetui. Vermutlich hatte der Tote dieses Brikett-Ding bis zuletzt in den Händen gehalten. Was man so lang festhält, muss folglich für die betreffende Person wichtig gewesen sein, und das würde ihnen wiederum helfen, zu klären, was hier passiert war. Das wusste Mertin einfach. Wie lange es wohl dauern würde, bis sich jemand bequemte, eine Greifzange zur Hand zu nehmen? Einer musste sich die Hände schmutzig machen.

Mertin entspannte sich und schob den Ärger beiseite. Sie zog ihre Winterjacke aus. Die Kälte war unangenehm, aber für das, was sie vorhatte, brauchte sie Bewegungsfreiheit. Sie stülpte sich einen Plastikbeutel über ihre rechte Hand. Dann umrundete sie das ausgebrannte Auto und blieb vor der Beifahrertür stehen. Wie eine Jägerin fasste sie den länglichen Gegenstand im Inneren des Fahrzeugwracks ins Auge, als wäre es ein Tier, das bei der geringsten Bewegung ihrerseits davonspringen könnte.

Sie überdachte ihr weiteres Vorgehen. Sie durfte weder das Fahrzeug noch den Toten berühren. Darüber hinaus hatte sie keine Ahnung, ob der Gegenstand noch heiß war und sie sich verbrennen würde, wenn sie ihn anfasste. Eine Greifzange wäre natürlich die einfachste Lösung gewesen, aber es widerstrebte ihr, die stoffeligen Techniker der KTU anzusprechen. Ihr Vorhaben an sich stellte sie nicht in Frage. Da konnte Kaiser, der immer noch am Boden lag, drohen, wie er wollte.

Infernalischer Gestank nistete sich in ihrer Nase ein. Hätte sie doch nur die Luft angehalten! Jetzt war es zu spät.

»Vorsicht, bitte«, rief ein Techniker.

Den Umstehenden wurde erst klar, dass die Kommissarin es ernst meinte, als sie mit dem Oberkörper ins Fahrzeugwrack abtauchte.

Sie war bereits halb darin verschwunden, konnte den von ihr als Brikett bezeichneten Gegenstand aber trotz ausgestreckter Hand von der Beifahrerseite aus nicht erreichen. Der Wagen war zu breit. Sie würde sich abstützen müssen, mit den Oberschenkeln an der Tür oder mit einer Hand auf den Überresten der Mittelkonsole, aber das wollte sie dringend vermeiden. Sie hatte sich verschätzt. »Verdammter Mist«, fluchte sie, als ihr klar wurde, was das bedeutete. Wenn schon dreckig machen, dann aber auch richtig.

Sie tauchte wieder auf und ging rasch zur Fahrerseite. Kurz überlegte sie sich eine Strategie, wie sie sich zwischen Tür, Lenkrad und Leiche vorbeischlängeln konnte. Wendig genug dafür war sie auf jeden Fall.

Achtsam beugte sie sich vor. Langsam und mit beiden Händen über dem Kopf, ähnlich wie beim Kopfsprung ins Wasser, bewegte sie sich tiefer und tiefer. Endlich eilten ihr auch die Kollegen zu Hilfe. Mertin spürte Hände an Oberkörper und Hüfte, die sie stützten, ohne sie zurückziehen zu wollen. Einen Arm streckte sie zwischen den Beinen des Toten hindurch. Dann verharrte sie einen Augenblick mit der Hand über dem Brikett, um eventuelle Hitze zu erspüren, und tütete es schließlich ein.

Als sie zur Seite sah, um sich vorsichtig wiederaufzurichten, fiel ihr Blick auf den Leichnam. Sie wollte gar nicht daran denken, was passieren würde, wenn sie jetzt den Halt verlor. Die Arme des Toten hingen neben den verkohlten Überresten des Oberkörpers herab, der Schädel war kahl und schwarz, die Augenhöhlen leer. An einer Stelle hatte das Feuer ein Loch in den Oberkörper gefressen. Mertin konnte die darunterliegenden rußgeschwärzten Rippen sehen. Ob die Organe verbrannt waren?

Über den Oberschenkelknochen spannte sich ausgedörrte, ledern wirkende Haut. Am linken Fuß erkannte die Kommissarin einen nicht vollständig verbrannten Zehennagel. Der Leichnam wirkte so zerbrechlich, eigenartig porös, als könnte er bei der geringsten Berührung zu Staub zerfallen. Eine schaurige Poesie des Todes. Und dazu dieser fürchterliche Geruch!

Unweigerlich musste Mertin an ihre Mutter denken. Tiefe Traurigkeit überfiel sie. Ob ihre Mutter genauso ausgesehen hatte, nachdem die Milizionäre das Dorf überrannt, sie aus der Hütte gezerrt, vergewaltigt und anschließend mit Benzin überschüttet und angezündet hatten?

Judith Mertin nahm den Boxsack ins Visier. Das schwarze Leder war fleckig und verblichen. Die Fäuste ballte sie dicht vor ihrem Gesicht. Dann prasselte die erste Serie Kettenfäuste auf den Sandsack nieder. Mertin begann langsam und steigerte ihre Geschwindigkeit unermüdlich. Erst nach einigen Minuten unterbrach sie ihren Rhythmus für einen winzigen Augenblick und täuschte mit der linken Faust einen Angriff vor, dem zwei kurze, harte Schläge mit der rechten folgten. Ein sattes Klatschen peitschte durch die Räume des Dojos. In der Kombination folgte ein gewaltiger Nierenschlag mit der linken, und Mertin stellte sich vor, wie ihr imaginärer Gegner zu Boden ging. Sie schloss die Schlagfolge mit einem rasend schnellen Doppelschlag beider – links, rechts – Ellbogen ab.

Hinter dem Sandsack stöhnte Mertins Sparringpartner auf. »Wer hat dir denn die Laune verdorben?«, ächzte Nico.

Ein Kieferbrecher war ihre Antwort.

»Schon gut. Geht mich ja auch wirklich nichts an.«

Mertin hüpfte ein paar Schritte zurück und schüttelte die Arme aus.

»Alles klar da vorne?« Nico lugte hinter dem Boxsack hervor. »Oder machst du schlapp?«

Augenblicklich ging Mertin wieder in die Angriffsposition, wiederholte die Kombination ein ums andere Mal, wobei sie die Schläge variierte und Bein- und Kniestöße mit einbaute. Training war die beste Erholung, die Mertin kannte. Besser als Schlafen.

Besser als Sex, dachte sie bitter.

Vor einigen Tagen hatte sie sich mit einem Typen getroffen, den sie übers Internet kennengelernt hatte. Zu ihrer großen Überraschung hatten sie einen schönen Abend verbracht; erst beim Essen in einem Restaurant mit italienisch-asiatischer Crossover-Küche, später in einer Lounge bei einigen Gläsern Kölsch und schließlich waren sie beim Verabschieden vor dem In-Lokal übereinander hergefallen. Zu mehr als einer unbeholfenen Fummelei im Hauseingang nebenan war es nicht gekommen. Mertin hätte eine Abwechslung von ihrer ernüchternden Realität durchaus willkommen geheißen, jedoch hatte ihre Verabredung plötzlich kalte Füße bekommen und sich seitdem nicht mehr gemeldet.

Ein rechter Uppercut schoss hinauf ins Leder. Der Boxsack machte einen Hüpfer, sodass die Ketten, an denen er hing, klirrten.

Hatte sie sich tatsächlich vorhin mit ihrem Kollegen geprügelt? Das Tätscheln seines Bauchs hatte das Fass zum Überlaufen gebracht. Das hätte sie sich sparen sollen, bereute sie nun.

Aber irgendwas stimmte mit dem Mann nicht. So viel stand fest. Oder Markus Kaiser war einfach nur ein Arschloch. Mertin nahm sich fest vor, morgen um ein Gespräch bei Dienstgruppenleiter Müller zu bitten. Sie würde sich einem anderen Teamkollegen zuteilen lassen. Das ging doch so nicht weiter.

Mertin vollzog eine Drehung und ließ ihre Ferse auf den Sack donnern.

Noch mehr als Kaiser und die Affäre, die keine geworden war, verstörten sie die lange verdrängten Gefühle und Erinnerungen, die die Brandleiche geweckt hatte. Das war die Erinnerung an ihre Kindheit im Kongo. Nicht nur die Holzkohlebriketts, mit denen ihr Vater an einem kalten Morgen den Ofen fütterte, um das Hospital, in dem er arbeitete, zu heizen; die Essensgerüchte von Hühnchen in Palmöl, Kochbananen, Fufu aus Maniokwurzeln oder »Bushmeat« mit Erdnusspaste; das endlose Grün der Hügel rund um Goma. Der See. Tief und rätselhaft. Weit mehr war es die Erinnerung an die Grausamkeit des Krieges. Diese Bestie, die aus Menschen Mörder machte. Die gleiche Mordlust, mit der Schimpansen abgeschlachtet und zu »Bushmeat« verarbeitet wurden, war auch ihrer Mutter zum Verhängnis geworden. Und der einzige Grund, wieso sie selbst das Glück gehabt hatte, diesem erbarmungslosen Gemetzel zu entkommen, lag darin, dass ihr Vater ein weißer Arzt aus Deutschland war.

Linke und rechte Faust bissen sich abwechselnd im Leder fest. Schweiß lief ihr in die Augen und zwang sie zu einer Unterbrechung.

»Du gehst ab wie 'n Kampfroboter«, sagte Nico mit anerkennendem Kopfnicken.

»Trotzdem gibt's Idioten, die sich mit mir anlegen«, feixte Mertin.

»Nicht dein Ernst.« Nico sah besorgt aus. Er warf ihr eine Wasserflasche zu. »Judith«, sagte er und zeigte auf ihre Hände, »du musst besser auf dich aufpassen.«

Mertin blickte auf ihre blutig geschlagenen Knöchel.

»Niemand trainiert ohne Handschuhe. Nur du. Das ist schon ein bisschen … na ja … krank!«

»Man muss vorbereitet sein«, sagte Mertin ausweichend. Was sie damit ausdrücken wollte, wusste sie selbst nicht so genau.

»Das ist Quatsch«, entgegnete Nico, »wir sind in Köln, nicht in Aleppo.«

Dass Nico, ihr bulliger Trainer mit den tätowierten Oberarmen, so offen mit ihr sprach, war ihr unangenehm. Mertin hämmerte die Fäuste ins Leder.

»Ganz ruhig, Brauner«, scherzte er, als wäre sie ein Pferd kurz vor dem Durchgehen.

»Heb dir die Sprüche für die Kids am Nachmittag auf«, meinte Mertin kühl und ging wieder in Angriffsposition, wobei sie dem Sandsack einen Check versetzte.

Auch wenn Nico es nicht mal so gemeint hatte – versteckte Anspielungen auf ihre Hautfarbe konnte sie gar nicht vertragen. Kongolesen bezeichneten sie gern mit einer gewissen Herablassung als Weiße. Für Weiße hingegen war Mertin eine Schwarze, und für Südländer wie Nico, der aus Zypern stammte, war sie eben braun. Ein Mischling. Ein Bastard zweier Welten. Nirgendwo richtig zu Hause. Nirgendwo richtig akzeptiert. Und das brannte in ihr so heiß wie das Feuer, das den Toten im Autowrack aufgefressen haben musste.

»Okay, Schluss für heute«, meinte Nico. »Judith, ich bin nicht dein Daddy oder dein Psychologe, ich bin nur dein Trainer. Manchmal muss ein guter Trainer etwas von allem sein. Und dieser gute Trainer rät dir …«

Nico machte eine Pause, in der Mertin den Atem anhielt. Noch ein Kerl, der sich seine Belehrungen nicht verkneifen konnte?

»Trink endlich was, du verrückte Hardcore-Streetfighterin!«

Mertin stimmte in Nicos Lachen mit ein. Erst als sie die Wasserflasche angesetzt und mit gierigen Zügen die ersten Schlucke genommen hatte, merkte sie, wie recht Nico hatte. Nicht nur, was das Trinken betraf.

In dem Moment spürte sie den Vibrationsalarm ihres Handys in der Gesäßtasche. Ohne die Flasche abzusetzen, holte sie das Gerät hervor und schielte auf das Display. Als Nico ihre Verrenkung sah, lachte er noch mehr.

Eine SMS. Gespannt darauf, was die Dienststelle für Neuigkeiten zum Fall hatte, berührte sie mit dem Daumen den Touchscreen. Die Nachricht kam nicht vom Präsidium.

»Der Abend neulich mit dir war wunderschön«, las Mertin. »Wollen wir das wiederholen? Morgen? LG, der LOVEPROPHET«.

Ein zartes Lächeln zuckte um ihre Lippen. Mister Kalte Füße hatte es sich anders überlegt und seine Einladung mit dem Benutzernamen von der Internetplattform unterschrieben, was sie amüsierte. Sie überlegte nicht lange und drückte auf »Antworten«.

22:45 Uhr

Markus Kaiser lenkte seinen Passat Kombi in die Malteserstraße. Die verschneite Buchheimer Reihenhaussiedlung strahlte selbst bei Dunkelheit etwas Idyllisches aus. Puderzucker überall. Es gab kaum einen Vorgarten, in dem nicht ein beleuchteter Tannenbaum zu finden war. Aber Kaiser fühlte sich unwohl.

Ein Gefühl, das sich noch verstärkte, als er an einem am Straßenrand parkenden alten Landrover vorbeifuhr. Denn wie ein Mahnmal seines Scheiterns parkte der Jeep genau dort, wo er es gar nicht verhindern konnte, erinnert zu werden. Und zwar jedes Mal, wenn er an dem Auto vorbeifuhr. Das war mindestens zweimal am Tag der Fall, morgens, auf dem Weg zur Arbeit, und abends, wenn er zurückkam. Einen anderen Weg aus der Siedlung heraus gab es nicht. Reinste Folter.

Wie auf allen übrigen Autos, die in letzter Zeit nicht bewegt worden waren, türmte sich auch auf dem Landrover Schnee. Kaisers wehmütiger Blick schweifte über die Karosserie. Auch wenn der Defender nicht mehr ihm gehörte, sah er ihn immer noch als sein Eigentum an.

Kaiser parkte keine hundert Meter weiter auf der Einfahrt zu seinem Haus. Den Motor schaltete er ab, er selbst blieb aber sitzen und rieb sich mit einer Hand die Stirn. Dahinter brannte es wie in einem Hochofen, was ihn abwechselnd in Lethargie oder in Raserei versetzte. Er musste das irgendwie abschalten. Nur wie?

Verzweifelt kämpfte er gegen die Wut, die Frustration und das allgemeine Gefühlschaos an. Etwas gewann immer. Heute Abend also die Raserei. Seine Attacke auf Mertin würde ein Nachspiel haben. Und sein Nacken schmerzte ebenfalls. Wie konnte er nur derartig entgleisen? Frau, Kollegin, jünger. Schuldig! Und wieso konnte er sie eigentlich nicht leiden?

Zumindest auf die letzte Frage hatte er eine Antwort, auch wenn ihn die nicht zufriedenstellte. Die Kollegin war so anders! Wie er es hasste, wenn sich dieses Energiebündel voller Tatendrang, Wissbegier und Einfallsreichtum vor ihm aufbaute, während er sich selbst hundeelend fühlte, als hätte ihm ein Vampir sämtliche Vitalität aus den Adern gesogen.

Er hob den Kopf und blickte durch das Seitenfenster auf die obere Etage seines Hauses, in der Licht brannte. Die Kids waren also zu Hause. Hanna vermutlich auch. Unter dem Carport stand ihr fabrikneues A-Klasse-Modell. Hanna hatte den Wagen also auch ohne ihn vom Autohaus abgeholt.

Die untere Etage war in Dunkelheit getaucht. Wahrscheinlich hatten alle auf ihn gewartet, während er sich am Abend seines Geburtstags noch durch die Gegend getrieben hatte, um nach dem Einsatz ja nicht nach Hause und im Kreise der Familie den fröhlichen Jubilar spielen zu müssen.

Dabei wäre er gern in Feierlaune! »Ja, vielen lieben Dank für das Rasierwasser«, hätte er seiner jüngsten Tochter gesagt und sie dabei umarmt. Seit zwei Jahren bestand sie darauf, ihrem Papa ein Geschenk ohne Mamas Hilfe auszusuchen. Kaiser würde, stolz auf die Selbstständigkeit seiner Tochter, das scheußliche Wasser benutzen, auf das seine Tochter in Ramschläden auf der Frankfurter Straße stieß und das eher wie WC-Reiniger als nach Parfüm roch, mochten die anderen denken, was sie wollten.

Er schaffte es nicht. Gute Laune konnte er niemandem vorgaukeln.

Schon heute Morgen war das gründlich schiefgelaufen, als sein Chef, Dienstgruppenleiter Jörg Müller, vor versammelter Mannschaft ein dreifaches Hoch auf den Jubilar ausgerufen hatte.

»Wir wollen uns jetzt mal daran erinnern«, hatte Müllers gut trainiertes Büttenorgan über den Flur geschallt, »wer heute fünfundvierzig Jahre wird. Ups, hab ich etwa ›fünfundvierzig‹ gesagt? Hier steht er: der Kaiser. Auch wenn er kein Fußball spielt, so ist er doch eine Legende.«

Eine Legende ohne Rückhalt. Aus dem spärlichen Applaus konnte man an die Abneigung gegen den Choleriker Kaiser förmlich heraushören. Müller spielte auf einen Fall an, den Markus Kaiser vor einigen Jahren gelöst hatte. Er hatte auf spektakuläre Weise einen Kindermörder überführt und sehr viel Lob geerntet. Im Zuge der Ermittlungen hatte die Boulevardpresse seinen Nachnamen zum Spitznamen auserkoren und ihn in Anlehnung an den Fußballer Beckenbauer »der Kaiser« genannt.

»Lieber Markus«, hatte Müller wieder angesetzt und Kaiser überschwänglich die Hand auf die Schulter gepresst, weil der

Anstalten machte, abzuhauen, »glaube ja nicht, dass du uns so schnell davonkommst. Die Kollegen haben zusammengeschmissen und dir ein kleines Präsent besorgt.«

Müller schüttelte mit gespieltem Entsetzen den Zeigefinger. »Nein, nicht, was ihr denkt. Hier springen keine nackten Frauen aus der Torte. Solchen Sexismus gibt's nur beim LKA!«

Der Humor traf Kaisers Nerv höchstens in schmerzhafter Weise. Müller war Vorsitzender bei einem Traditionskorps – Karnevalist durch und durch. Eine Grundvoraussetzung, um in Köln Karriere zu machen, wie ein Kollege ihm gegenüber mal behauptet hatte.

Wie ein großer Zeremonienmeister hatte Müller nun mit den Fingern geschnippt, bis ihm jemand das Geschenk in die Hand legte. »Hab mir sagen lassen«, hob er erneut an, »dass du früher auf dem Ding ein wahres Ass gewesen sein sollst.«

Daraufhin hatte der Dienstgruppenleiter ihm ein Skateboard überreicht. Kaiser konnte es auch jetzt, da sein Blick auf das im Fußraum des Beifahrersitzes abgestellte Board fiel, immer noch nicht glauben. Was sollte ihm die Großzügigkeit dieses Präsents sagen: Brich dir den Hals, Arschloch? Und wie lange hatte er schon nicht mehr auf einem Brett gestanden, die Vibration des Asphalts unter den Füßen gespürt, den Wind der Straße im Gesicht? Die Jahre durfte er nicht zählen, ohne sich ernüchtert zu fühlen.

Judith Mertin erschien bei jedem Wetter mit dem Board unter dem Arm zum Dienst. War das etwa von ihr gekommen, um ihn zu verhöhnen? Aber woher sollte sie das wissen?

Wut stieg in ihm auf und ging mit ihm durch. Kontrollverlust, die Zweite. Er stieß die Beifahrertür auf, schnappte sich das Board und warf es nach draußen. Es landete in der Buchsbaumhecke, die seine Einfahrt vom Nachbargrundstück trennte. Durch die Anstrengung schmerzte sein Nacken noch mehr, was seinen Zorn nur noch steigerte.

Durch die geöffnete Tür drang Kälte in den Wagen und vertrieb ihn aus seinem Refugium. Missmutig schlich er zum Hauseingang, wobei er sich bemühte, den gefrorenen Schnee unter seinen Füßen nicht zum Knirschen zu bringen. Zwischen den Fingern hielt er den Schlüsselbund fest umschlossen, um die Schlüssel zu wärmen.

Endlich hatte er die wenigen Meter bis zur Haustür hinter sich gebracht. Nun nur noch die zwei Stufen hinauf und den Schlüssel im Schloss versenken. Doch das Schloss hakte. Kaiser fluchte innerlich. Seit Wochen war ihm dieses Problem bekannt. Er hätte lediglich ein wenig Feinmechanikeröl zu Hilfe zu nehmen brauchen, aber er hatte es immer wieder verschoben. Jetzt rächte sich seine Faulheit. Und das, obwohl er den Schlüssel angewärmt hatte.

Es blieb ihm keine andere Wahl, er musste den Schlüssel ganz herumdrehen. Die alte Haustür öffnete sich mit einem Knarzen. Im Haus blieb es still. Glück gehabt!

Noch bevor er über die Schwelle trat, zog er sich die Schuhe aus, stopfte sie in seine Manteltaschen, schob die Tür hinter sich mit einem leisen Schnappen ins Schloss. Er blieb einige Zeit bewegungslos im Flur stehen und lauschte in die Stille des Hauses. Aus dem oberen Stockwerk hörte er leise Musik.

Kaiser setzte seinen Schleichgang fort und trat in kaltes Wasser. Augenblicklich waren seine Socken durchnässt. Die Schuhe der Kinder lagen wild verstreut auf dem weißen Marmorfußboden herum. Um die Schuhe breitete sich geschmolzener Schneematsch aus. Kaiser wich den Hindernissen aus und verschwand im Keller.

Seit Hanna und er hier vor fünf Jahren eingezogen waren und ihre zwei zerrütteten Familien zu einer zusammengefügt hatten, war ihm das Haus fremd geblieben. Er mochte keine Reihenhäuser. Ein Reihenhaus war ein Kompromiss. Sie hatten einfach genügend Platz für zwei Erwachsene und vier Kinder gebraucht. Und allein dieser protzige weiße Marmor im Eingangsbereich. Potthässlich. Mit seinen grauen Sprenkeln sah der Boden immer dreckig aus. Außerdem war er sauglatt. Die inzwischen pubertierenden Kinder seiner zweiten Ehefrau waren ihm ebenfalls fremd geblieben, genau wie ihm seine eigenen beiden Töchter immer fremder wurden. Er verstand nicht mehr, was sie beschäftigte und umtrieb. Ob das nur am Alter lag, wusste er nicht.

Unten in der Waschküche stand in unmittelbarer Nähe von Trockner und Waschmaschine sein alter Junggesellensessel mit schwarzem Lederbezug. Diesen Sessel hatte er mit Anfang zwanzig gebraucht auf einem Flohmarkt gekauft. Schon damals war er nicht mehr in einem guten Zustand gewesen. Aber er brachte es nicht übers Herz, ihn zum Sperrmüll zu bringen. Er ließ sich in den Sessel fallen. Ein muffiger Geruch drang in seine Nase. Ich könnte ihn neu polstern lassen, dachte er, während er eine Zigarilloschachtel, die er in einer Polsterritze versteckt hielt, hervorkramte. Genüsslich inhalierte er. Obwohl er körperlich gar nicht das Bedürfnis verspürte, unbedingt zu rauchen, fiel es ihm schwer, es zu lassen.

Urplötzlich sprang er auf, eilte zur Kellertür, die in den Garten führte, und riss sie weit auf. Wie konnte er das vergessen! Hanna roch alles. Kilometerweit.

Den Zigarillostummel schnippte er in den Abwassergully. Kaiser war sich völlig im Klaren darüber, dass er sich in seinem eigenen Haus wie ein Teenager benahm, der zu spät nach Hause kam und am Zimmer der Eltern vorbeischlich. Dabei wünschte er, die Minuten hier unten würden ewig dauern, mochte es noch so ungemütlich durch die geöffnete Kellertür hereinziehen. Einfach mal allein sein. Niemandem Rechenschaft ablegen. Im Studentensessel abhängen und an früher denken. Damals – lange vor seiner ersten und noch viel länger vor der zweiten Ehe – verklärte er in Gedanken die Erinnerung an einige Abenteuer. Wieso musste er in letzter Zeit immer an Sex denken? »Damals« hatte er sich niemals auch nur eine Sekunde erschöpft gefühlt.

Jetzt ein Glas Wein oder Whiskey, dachte Kaiser, als er sich einen weiteren Zigarillo anzündete, den muss ich hier irgendwo deponieren.

Noch während er sich auf der Suche nach einem geeigneten Versteck umblickte, verfinsterte sich sein Gemüt. Was war er nur für ein erbärmlicher Idiot geworden! Was für ein lächerlicher Hanswurst! Könnte der Damals-Kaiser dem heutigen Kaiser gegenübertreten, hätte sein jüngeres Ich nur wenig Verständnis für ihn. Die Power seiner Kollegin Mertin bekämpfte er mit Dienstvorschriften, und in seinem eigenen Haus wollte er Whiskey vor der neugierigen Ehefrau verstecken. Das war aus ihm geworden, ein Maulheld. Nicht mal das. Ein müder Krieger ohne Rückgrat. Kaiser hasste sich selbst.

Auf einmal spürte er den magischen Sog der Tür zum Garten. Schwarz und kalt. Vielleicht fand er in diesem unbekannten Kosmos da draußen zurück zu der Energie seiner Jugend. Er würde in den dunklen Garten gehen, das Grundstück durchqueren, über den Zaun steigen und über das dahintergelegene Feld streifen, bis er sich irgendwo im Freien zur Ruhe begeben konnte.

»Markus!«, hörte er hinter sich.

Kaiser drehte sich um. Hanna stand mit dem Skateboard unterm Arm in der Waschküche.

»Was machst du denn da?«, fragte sie. In ihrer Stimme lag Enttäuschung.

»Ich hab dich gar nicht kommen gehört«, antwortete er.

»Was machst du denn da?«, wiederholte sie und ging zur Kellertür, um sie zu schließen. »Sitzt bei geöffneter Tür hier in der Kälte und rauchst.«

Das Board stellte Hanna zu ihren Füßen ab. Auf dem abschüssigen Boden setzte es sich augenblicklich in Bewegung und rollte mit beeindruckender Leichtigkeit zum Abflussgully, dem tiefsten Punkt in der Mitte des Raums, und darüber hinaus, direkt vor Kaisers Füße. Die Rückfahrt verhinderte er, indem er einen Fuß auf einer Rolle abstellte. Erstklassiges Kugellager, Spitzen-Rollen. Noch so ein Energiebündel! Kaiser verspürte einen irrationalen Neid auf das Skateboard. Verärgert schnippte er die Kippe in den Abfluss.

»Wir haben auf dich gewartet. Die Kinder wollten dir ihre Geschenke geben. Jetzt liegen sie im Bett.« Vor Kälte rieb sich Hanna die Oberarme mit den Händen. »Charlotte hat geweint und ständig gefragt, warum du nicht kommst.«

»Ein Einsatz«, behauptete er.

»Der vor über einer Stunde beendet war.«

Sie hatte im Präsidium angerufen und sich nach seinem Verbleib erkundigt.

»Und was soll das überhaupt? Es ist eisig kalt. Aber du lässt alle Türen offen stehen, inklusive der Beifahrertür und der Kellertür zur Wohnung. Der ganze Rauch zieht ins Haus.«

Kaiser runzelte die Stirn. Hatte er vergessen, die Autotür zu schließen?

»Glaubst du, ich höre oder *rieche* das nicht, wenn du dich ins Haus schleichst? Nikotin und Burn-out – das verträgt sich nicht. Du verschlimmerst es nur«, meinte Hanna.

»Ach, so ein Quatsch«, rief er aufbrausend.

Hanna schwieg, blickte ihn vielsagend an.

»Lächerlich«, entfuhr es ihm.

»Was meinst du?«, hakte Hanna nach.

»Vergiss es.« Kaiser rieb sich den schmerzenden Nacken.

»Was ist los?«

»Es war glatt, und ich bin hingefallen«, schwindelte er und war erstaunt darüber, wie leicht ihm das fiel.

»Zeig her.« Sie schob den Schal beiseite und erschrak. »Es ist ganz blau. Du musst zum Arzt!«

»Ich gehe nicht zum Arzt.«

Hannas Schweigen drückte unmissverständlich Protest aus. Als sie schließlich doch etwas erwidern wollte, kam ihr Kaiser zuvor.

»Das wäre dann ein Dienstunfall, und ich muss tausend Dinge erklären. Und so weiter. Und so weiter. Wird sich schon wieder einrenken.«

»Im wahrsten Sinne des Wortes«, diagnostizierte Hanna und kommentierte gleichzeitig seinen Starrsinn. »Das muss geröntgt werden.«

Kaiser sagte nichts, ignorierte erneut ihren fachlichen Rat.

»Und was ist mit deiner neuen Kollegin? Du wolltest sie doch mal zum Essen einladen.«

»Hat sich nicht ergeben.«

»Markus«, sagte Hanna hart, »ihr sitzt den ganzen Tag im

selben Büro, und du sagst mir ernsthaft, du hättest noch keine Gelegenheit gefunden, sie einzuladen?«

Kaiser zuckte mit den Schultern. »Sie mag mich nicht.«

Hanna lachte bitter. »Und das wundert dich?«

Der Satz kam wie aus der Hüfte geschossen. Wie tödlich verwundet sank Kaiser in sich zusammen. Ach, lass mich doch in Ruhe, dachte er. Lasst mich doch alle in Ruhe!

Hanna trat unbemerkt näher. Sie wechselte den Ton und klang jetzt versöhnlicher. »Komm mit rauf, ein wenig Geburtstag feiern. Und vor allem gib Charlotte wenigstens einen Gute-Nacht-Kuss.«

»Ich komme gleich nach.« Kaiser blieb einsilbig.

»Ich hätte heute gerne ein bisschen Zeit mit dir verbracht«, sagte sie freundlich, »und mein neues Auto mit dir abgeholt.«

Die A-Klasse draußen unter dem Carport. Kaiser schüttelte den Kopf. Nicht auch noch das leidige Mercedes-Thema! Er fuhr die alte Familienkutsche, diesen Passat Kombi, während sein geliebter Jeep jetzt dem Nachbar-Idioten gehörte, der sich offensichtlich nicht um das wertvolle Stück kümmerte, und am Straßenrand verrostete. Warum hatte er sich überhaupt von dem Wagen getrennt? Weil auch ein Kriminalhauptkommissar mit Eigenheimkredit nicht über unbegrenzten Geldfluss verfügte. Und Hanna kaufte sich einen Neuwagen. Zu allem Überfluss fuhr er privat nun den gleichen Fahrzeugtyp wie während seiner Arbeitszeit, was zur Folge hatte, dass er sich ständig wie im Dienst fühlte. Und überhaupt, er fuhr Gurke und sie Granate, das war doch irgendwie ungerecht. Warum konnte Hanna das nicht verstehen?

Kaiser vergrub sein Gesicht in den Händen. Seine Finger tasteten über die Stirn. Da, direkt hinter der Stirn, dröhnte ein unvorstellbarer Schmerz. Es waren keine gewöhnlichen Kopfschmerzen. Vielmehr hatte Kaiser das Gefühl, als würde ein diabolischer Gnom ihm eine ambossgroße Stimmgabel an den Schädel pressen und mit einem Vorschlaghammer die Schwingungen durch seinen Kopf jagen. Konnte ihn nicht irgendjemand von diesem Schmerz befreien?

Er bemerkte gar nicht, dass Hanna näher gekommen war. Sie fuhr ihm durchs Haar. Kaiser erschrak. Die unerwartete Zärtlichkeit überraschte ihn. Gewaltig. Womit hatte er das verdient? Eine Welle der Gefühle übermannte ihn, alles zog sich zusammen und wurde gleichzeitig aufgesprengt. Am liebsten hätte er seinen Tränen freien Lauf gelassen, aber das konnte er nicht. Stattdessen schluchzte Kaiser laut auf. Einen derartigen Laut hatten die Gewölbe des Reihenhauses noch nie vernommen.

03:14 Uhr

Nur ein schwacher Lichtschein erhellte das Zimmer. Mertin starrte auf die gläsernen Einlegeböden in ihrem ansonsten beinahe leeren Kühlschrank. Zwiebel, Maniok, Ketchup. Noch lange Zeit würde sie dort hineinstarren können, dachte sie, dieses Nichts im Inneren würde sich nicht urplötzlich verwandeln. In ein Bier zum Beispiel, das ihr helfen könnte einzuschlafen. Es wurde Zeit für einen Großeinkauf. Regale füllen, Vorrat anlegen. Sollte sie sich anziehen und zum Vierundzwanzig-Stunden-Kiosk an der Taunusstraße gehen? Zu kalt.

Mertin schloss die Kühlschranktür, und die Küche fiel wieder in Dunkelheit. Sie lenkte die nackten Füße über den kalten Fliesenboden zurück in ihr Schlafzimmer. Wenigstens lag hier ein weicher Teppich auf dem Boden. Ansonsten kühlte die Wohnung nachts stark ab. In den Rohren wie in der Heizung selbst gluckerte es laut. Aber die Heizkörper ließen sich nicht entlüften, und der Vermieter schickte keinen Handwerker. Mertin legte sich ins Bett und wickelte sich in ihre Decke, die innerhalb der paar Minuten schon ausgekühlt war. Sie bibberte. Schlafen konnte sie nicht. Wenn sie versuchte einzuschlafen, musste sie immer wieder an ihre Mutter denken, die sie schmerzhaft vermisste. Dann an die Brandleiche vom heutigen Abend. Um den

Gestank, den sie immer noch in der Nase zu haben glaubte, zu vertreiben, schnaufte sie kräftig.

Im Dämmerzustand vermischten sich ihre Erinnerungsfetzen, bis das Todesopfer im Autowrack zu ihrer Mutter wurde. Dann rüttelte sie sich wieder wach, um die scheußlichen Gedanken zu vertreiben, aber es dauerte nicht lange, und sie befand sich erneut in dieser Gedankenschleife.

Wenn ich jemals die Möglichkeit erhalten sollte, versprach sie ihrer Mutter in Gedanken, dann werde ich dich rächen. Wahrscheinlich erlaubte sie sich nur deshalb derartige Überlegungen und ließ sich zu derartig blutigen Schwüren hinreißen, weil sie schon im Vorhinein wusste, dass es nahezu unmöglich war, die Täter ausfindig zu machen. Die Rebellensoldaten, die vermutlich selbst längst Opfer des Krieges geworden waren und in einem namenlosen Grab am Straßenrand, auf dem Feld oder zwischen Bäumen verrotteten, würden niemals zur Rechenschaft gezogen werden.

Mertin hatte es nicht einmal versucht, die Mörder zu finden. Ihr Vater dagegen forschte bis heute nach den näheren Todesumständen. Hartnäckig war er um Aufklärung bemüht, wohl wissend, dass es neben ihm viele Millionen Kongolesen gab, die ebenfalls vom ungeklärten Verbleib ihrer Familienangehörigen getrieben wurden und die genau wie er niemals eine Erklärung erhalten würden. Und so sorgte der Krieg, noch lange nachdem er offiziell für beendet erklärt worden war, de facto aber weiterschwelte, für Grausamkeiten an denjenigen Menschen, die in ihn hineingerissen worden waren. Lange nachdem die letzte Kugel verschossen war, starben Unschuldige an den Folgen der Kriegsgräuel.

Als Mertin erkannte, dass sie in dieser Nacht wohl kein Auge mehr zutun würde, geschah ein kleines Wunder, das genau das Gegenteil bewirkte. Die Einsicht, dass sie die Erlebnisse des Kriegs, die davongetragenen Wunden, nie ganz überwinden würde, löste so etwas wie Hoffnung in ihr aus. Niemals würde sie vergeben und vergessen können – über diese Erkenntnis gelang es ihr endlich, aus ihrem Gedankenkarussell auszusteigen.

Ihre Mutter lebte in ihr weiter. Dass sie deshalb Frieden finden würde, bezweifelte sie. Aber zumindest ein wenig Ruhe. Wie heilsam! Beinahe im selben Augenblick fiel sie in einen tiefen Schlaf.

Freitag

08:30 Uhr

Auf dem Bildschirm war das Mailprogramm geöffnet. Mertin saß am Küchentisch, ein Kaffeebecher wärmte ihre Hände, und sie starrte mit wachsender Unsicherheit auf die Blanko-Mail, in der bisher nur zwei Felder ausgefüllt waren, das des Adressaten joerg.mueller@polizei-koeln.de und die Betreffzeile: Versetzungsgesuch. Doch Mertin wusste nicht, wie sie das, was sie zu schreiben gedachte, formulieren sollte. Letztendlich wusste sie nicht einmal, ob für eine Versetzung, die auf eigenes Betreiben erfolgen sollte, ein offizielles Formular auszufüllen war.

Erst seit drei Monaten verrichtete Judith Mertin ihren Dienst als Kriminalkommissarin in Köln. Noch nie, seit sie in Deutschland lebte, hatte sie so freudlose Wochen erlebt. Anfänglich hatte sie sich bemüht, ein kollegiales Verhältnis zu Kaiser aufzubauen. Doch der hatte ständig etwas an ihr auszusetzen. Im Büro sprach er kaum ein Wort mit ihr, und im Einsatz suchte er nur das Gespräch, wenn es ihm darum ging, sie vorzuführen und zurechtzuweisen. Mittlerweile fragte sie sich nicht einmal mehr, ob sie etwas falsch machte.

Nach Beendigung ihres Studiums hatte Mertin ihren ersten Posten in einem westfälischen Provinzkaff angetreten. Dort hatte sie viel Zeit mit Einbrüchen, dem ein oder anderen gewalttätigen Ehekrach oder prügelnden Jugendlichen verbracht. Nicht dass sie das nicht ernst genommen hätte, aber sie hatte sich unterfordert gefühlt. Dementsprechend hoch waren ihre Erwartungen gewesen, als ihre Versetzung nach Köln zur Kriminalinspektion 1 ins Kommissariat für Tötungsdelikte bewilligt worden war. Und nun stellte sich die Zusammenarbeit mit ihrem neuen Kollegen als so unendlich schwierig heraus.

Auch privat hatte sie bisher kaum Anschluss gefunden. Die Freizeit verbrachte sie beim Sport oder zu Hause im Internet.

Sie nutzte Skype, um mit ihrem Vater im Kongo in Kontakt zu bleiben, und Kontaktbörsen in der Hoffnung, dort neue Freunde kennenzulernen.

Nach gestern Abend stand für sie fest, dass sie nicht länger mit Kaiser zusammenarbeiten wollte. Doch wohin sollte sie sich versetzen lassen? Das Kommissariat für Tötungsdelikte wollte sie nicht verlassen. Und das hieß, sie musste in das Kriminalkommissariat einer anderen Stadt wechseln, um Kaiser nie wieder über den Weg zu laufen. Doch in welche? Frankfurt, Hamburg oder Hannover? Einen kurzen Moment dachte sie an die Kleinstadt, in der sie ihren ersten Dienst abgesessen hatte. Der Teutoburger Wald war klasse – wenn man wandern gehen wollte. Einen Mordfall hatte es dort buchstäblich seit Jahren nicht gegeben. Die Großstadt war ihr Revier. Und Kaiser war im Begriff, all ihre Karriereträume zu zerstören.

Sie würde erst mal ganz allgemein eine Versetzung beantragen. Das Wohin müsste sie dann später klären.

Sie riss sich zusammen, stellte den Kaffeebecher neben dem Rechner ab und begann zu tippen: »Sehr geehrter Herr Müller …« Dann stockten die Finger wieder, schwebten rastlos über der Tastatur ihres Laptops. Sollte sie Kaisers Angriff erwähnen? Musste sie einen Grund angeben, um sich versetzen zu lassen?

Der leise anschwellende Klingelton ihres Smartphones lenkte ihren Blick vom Bildschirm auf das Display des Telefons, das hinter dem Computer auf dem Küchentisch lag. Sie sah eine ellenlange Nummer, die mit der Landesvorwahl für Deutschland begann. Wer rief aus dem Ausland auf ihrem Handy an? Mit ihrem Vater hatte sie die Vereinbarung getroffen, sich per Mail zu verabreden und dann zu skypen. Wenn es ihr Vater war, rief er nicht von seinem Handy aus an, denn die Nummer hatte sie gespeichert.

Hektisch griff sie seitlich am Bildschirm vorbei und stieß dabei ihre Kaffeetasse um. Sie fluchte. Der Toast ertrank in brauner Brühe, die jetzt Richtung Laptop floss. Mertin hob flink den Laptop hoch, griff gleichzeitig nach ihrem Smartphone, um das Gespräch anzunehmen, bevor die Mailbox ansprang, und blickte sich abwechselnd nach einem Platz für den Computer und nach etwas Geeignetem um, womit sie die Überschwemmung auf dem Tisch eindämmen könnte.

»Papa?«, rief sie ins Telefon.

Doch aus den Lautsprechern des Smartphones hörte sie lediglich ein statisches Rauschen und eine verzerrt klingende männliche Stimme. Den Computer stellte sie auf dem Kühlschrank ab. Von der Spüle schnappte sie sich ein Schwammtuch und warf es auf den Küchentisch, um die weitere Ausbreitung des Kaffeesees vorläufig zu bremsen. Dann widmete sie sich ganz dem Anruf.

»*Papa, c'est toi?*«, fiel sie ins Französische. Es konnte ja auch jemand sein, der für ihren Vater oder im Auftrag ihres Vaters anrief.

Dann endlich wurde die Verbindung etwas besser, und sie erkannte tatsächlich die Stimme ihres Vaters. Sie war erleichtert, aber er klang nicht nur wegen der schlechten Verbindung komisch.

»Papa!«

»Ja, ich bin's. Geht es dir gut?«

»Klar«, schwindelte sie.

»Ich muss mit dir sprechen.«

»Was ist los?«

»Nein, nicht jetzt«, rief er nahezu aufgebracht ins Telefon.

»Soll ich dich in der Klinik anrufen? Über Handy ist das doch viel zu teuer.«

»Nein, ich bin nicht in der Klinik.«

Die Verbindung wurde schlechter. Sie hörte nur Bruchstücke. Ein Wort konnte der Name einer Stadt gewesen sein. Dann hörte sie ihn wieder deutlicher.

»Geh online. Ich versuche, dich in ein oder zwei Stunden über Skype anzurufen, okay?«

»Mach ich«, antwortete Mertin, aber sie war sich nicht sicher, ob er ihre Antwort noch gehört hatte, denn die Leitung war plötzlich tot.

Mertin war besorgt. Wieso war ihr Vater nicht in der Klinik? War er gar nicht in Kinshasa? Was hatte das zu bedeuten? Ein rascher Blick auf die Uhr verriet ihr, dass es im Kongo kurz nach halb zehn war.

Sie rief auf der Nummer zurück, von der ihr Vater angerufen hatte. Aber nach ein paar fehlgeschlagenen Versuchen ließ sie es auf sich beruhen.

11:54 Uhr

Es regnete. Eine Art Schneeregen. Erst beim zweiten Blick fiel Mertin auf, wie seltsam das angesichts des dichten Schneefalls am gestrigen Abend war. Die Temperaturen mussten am Vormittag in den Plusbereich gestiegen sein.

Im Hof, sechs Etagen unter ihr, stand das Autowrack auf einem Abschleppwagen eingehüllt in blaue Plastikplane. Niederschlag sammelte sich in den Falten. Sonst passierte gar nichts. Mertin begann sich zu fragen, warum die Techniker das Fahrzeug nicht untersuchten. Ja noch nicht einmal in der nur wenige Meter entfernten Garagenhalle abgestellt hatten. Noch gestern hatten sich alle über ihren Eingriff beschwert und von »Kontamination« gesprochen, aber nun stand das Fahrzeug schon seit Stunden nur von Planen geschützt der Witterung ausgeliefert im Hof.

Unmittelbar nachdem sie am Morgen das Büro betreten hatte, hatte sie den Rechner hochgefahren, sich bei Skype angemeldet und auf Nachrichten gewartet. Von der KTU, von ihrem Vater und von Müller, dem sie nach langem Überlegen dann doch die Versetzungsanfrage geschickt hatte. Gleichzeitig hatte sie jeden Augenblick damit gerechnet, dass Kaiser das Büro betrat. Nichts von alldem war passiert, und nun, drei Stunden später, stand sie unter Druck. Diese Untätigkeit behagte ihr nicht. Unzufriedenheit breitete sich aus. Sie blickte zu Kaisers verwaistem Schreibtisch hinüber und schüttelte den Kopf. Seit gestern Abend war etwas anders.

Mertin schnappte sich ihr Skateboard und verließ das Büro. Um sich abzulenken, auf neue Gedanken zu kommen, würde sie einige Runden skaten. Nicht draußen. Das war bei dem Schnee und Eis nahezu unmöglich. Sand, Splitt und Salz waren Gift für die Rollen und das Kugellager. Dafür hatte sie im Kellergeschoss eine prima Skatestrecke entdeckt. Der Flur war bestimmt hundert Meter lang, glatt wie ein Kinderpopo und wurde selten aufgesucht. Ein Geheimtipp, um gemächlich zu cruisen und ungestört nachzudenken.

Auf dem Flur stieß sie mit Sundermann zusammen, ein Kollege im KK 11, mit dem sie bisher kein einziges Wort gewechselt hatte. Vorname unbekannt. Ein breites Grinsen teilte seinen Kopf in zwei Hälften.

»Das war ja so cool gestern«, sagte er und ahmte Kaisers K.o. nach, indem er mit den Armen zappelte, als wäre er ein auf den Rücken gefallener Käfer, dem es nicht gelang, sich aus eigener Kraft wieder aufzurichten.

Mertin verkniff sich einen Kommentar. Sie wollte weitergehen. Aber Sundermann hielt sie auf.

»Weißt du was«, begann er mit verschwörerischem Unterton, »ich hab ein Video gemacht.«

»Video?«, echote Mertin, und Sundermann nickte eifrig.

»Willst du es sehen?«

Mertin konnte sich gar nicht erinnern, Sundermann gestern unter der Zoobrücke gesehen zu haben. Ohne auf eine Antwort zu warten, holte der Kollege sein Smartphone hervor und rief das Video auf. Mertin sah die gesamte Szene ihrer Auseinandersetzung noch einmal. Die Aufzeichnung setzte erst spät ein, sodass sie vermutete, tatsächlich einen spontanen Mitschnitt zu sehen.

Kaiser schrie sie an. Mertin blaffte zurück. Ihr Satz war im Video nicht zu verstehen. Dann drehte sie sich um. Der heikle Moment. Sie stand nun in Richtung Kamera. Sundermann musste also irgendwo in ihrem Rücken gestanden haben. Aber sie konnte sich beim besten Willen nicht an seine Anwesenheit erinnern. Seltsam. Und dann kam auch schon Kaisers Attacke samt ihrem vernichtenden Block. Kaiser sackte zu Boden. Im Video hörte sie einen spontanen, erstaunten Ausruf des Aufzeichners. Die Kamera wackelte stark. Dann ein Lachen. Und dann noch mehr Lachen.

Ihr war alles andere als zum Lachen zumute. Auch jetzt lachte Sundermann neben ihr, als er nochmals sah, wie sich Kaiser auf dem Boden wälzte. Im Video sah es tatsächlich so aus, als wäre ihr Vorgesetzter über sie hergefallen wie ein wild gewordener Krimineller. Nicht nur, weil Mertin kleiner und zierlicher wirkte als der bullige Kaiser, sondern auch, weil man in der Aufzeichnung aufgrund der Perspektive nicht eindeutig sah, dass Mertin ihren Ellbogen schützend vor ihr Gesicht gehalten und ihre ganze Kraft in die Verteidigung gelegt hatte.

Dieser Videoclip war der Freifahrschein für Kaisers Suspendierung. Versetzung unnötig.

Sundermann schien einen ähnlichen Gedanken zu haben. Er blickte sich um, dann senkte er die Stimme. »Willst du das Video haben? Wofür du es verwendest, ist ganz deine Sache.«

Mertin traute ihren Ohren nicht. Sie war wohl nicht die Einzige, mit der Kaiser es sich verscherzt hatte.

Der Kollege bemerkte ihr Longboard unter dem Arm und zeigte darauf. »Kaiser ein Skateboard zu schenken, war das eigentlich auch deine Idee?«

Mertin schüttelte den Kopf.

»Das war endgeil«, sagte der Kollege, »das hat ihn so richtig wütend gemacht. Wenn's nicht von dir kam, muss es ein echter Fauxpas von Müller gewesen sein.« Sundermann lachte laut auf, als hätte man ihm den besten Witz des Jahrhunderts erzählt.

Schadenfreude. Mertin hatte genug gehört. Wenn Kaiser ein Arsch war, dann war Sundermann der Pickel darauf.

»Was denn!«, sagte er, als er Mertins skeptischen Gesichtsausdruck sah. »Das ist doch echt endgeiles Material, und Kaiser hat es verdient. Spielt sich hier ständig auf, als wäre das Präsidium sein Königreich. Pardon. Kaiserreich.«

Und wieder lachte Sundermann. Mertin wurde wütend. Wenn er noch einmal lacht oder »endgeil« sagt, dachte sie, braucht er einen Zahnarzt.

Versetzung hin oder her. Kaiser zu verpfeifen war nicht ihr Stil. Das Video musste verschwinden.

»Kannst du es löschen?«, fragte sie eindringlich.

»Was?«

»Lösch es!«

Sundermann blickte verzweifelt auf seinen vermeintlich viralen Goldschatz. Mertin ließ ihn stehen.

12:08 Uhr

»Nicht bewegen!«

Kaisers Kopf steckte in der kreisrunden Öffnung einer Behandlungsliege, sein Blick auf den Fußboden gerichtet. Eine Ärztin hielt seinen Kopf, eine Sprechstundenhilfe drückte seine Schultern runter. Wie sollte er sich bewegen? Er spürte, wie Daumen und Finger seinen Nacken abtasteten. Kaiser schrie auf.

Am Morgen war er mit höllischen Nackenschmerzen erwacht. Das Haus war verwaist, die Kids und Hanna bereits ausgeflogen. Ratlos schlich er durchs Haus. Er fühlte sich matt. Taubheit herrschte nicht nur in seinem Kopf, sondern breitete sich langsam auch außerhalb seines Kopfes aus. Sein Schädel wuchs auf die Größe eines Elefantenkopfes. Die Erinnerung daran, dass er eine Kollegin attackiert hatte, machte seine Gesamtsituation nicht besser. Nach gestern Abend war er sich wie ein Gespenst in seinem eigenen Heim vorgekommen.

Abhängen auf dem Sofa hatte es nicht besser gemacht. Auch wenn er anfangs glaubte, den verschneiten Garten mit dem Vogelhaus zu beobachten würde beruhigend wirken. An der Futterstelle herrschte Hochbetrieb. Abwechselnd flogen Kohlmeisen, Grünfinken und Blaumeisen ein. Hanna liebte es, die heimischen Vögel mit Sonnenblumenkernen zu füttern. Besonders stolz war sie darauf, dass Schwalbenschwanzmeisen kamen und Körner pickten.

Durch Herumtigern im Haus und Reiben des Nackens wurde sein Zustand ebenfalls nicht besser. Er hatte eine Achthundert-Milligramm-Tablette Ibuprofen genommen. Ohne Wirkung. Die Schmerzen waren so stark, dass er sich gezwungen sah, einen Arzt aufzusuchen. Trotz Termin hatte man ihn in der orthopädischen Klinik lange warten lassen.

»Da schmerzt es also«, meinte die Frau nun und drückte nochmals auf dieselbe Stelle, was Kaiser überzeugte, sich nicht in Behandlung einer Ärztin, sondern eines Folterknechts zu befinden. Aber er sagte nichts, weil er viel zu wütend war, der Schmerz zu stark und er sich in seiner Position viel zu hilflos fühlte.

»Luft anhalten – jetzt«, befahl die Schlächterin mit Doktortitel. »Ich renke Ihnen den Wirbel ein.«

Die Ärztin drückte. Es gab seltsame Geräusche, die aus seinem Körper kamen. Kaiser glaubte, man wolle ihm den Kopf abnehmen. Die Schmerzen waren so stark, dass er sie nur noch wie betäubt wahrnahm. Dann gab es irgendein komisches Ploppen, wie ein Korken, der aus einer Flasche gezogen wurde. Aber Kaiser wusste, dass sein Nackenwirbel unmöglich ploppen konnten. Die Skala, auf der er seinen Schmerz ganz oben visualisierte, wurde förmlich gesprengt, dann ließ urplötzlich der Druck im Nacken nach. Kaiser stöhnte erleichtert auf.

»Ich tape Ihnen den Nacken.«

Kaiser, der noch nie zuvor getapt worden war, wunderte sich darüber, dass sich die Bandage tatsächlich wie Klebeband anfühlte. Eine derartige Behandlung konnte er nicht ernst nehmen.

»Und immer schön weiteratmen, ja?«, hörte er die Ärztin kommandieren.

Kaum hatte sie ihre Arbeit erledigt, verschwand die Frau, ohne ein weiteres Wort zu verlieren. Kaiser starrte weiter auf den Linoleumboden, der in auffälliger Weise den Marmorboden in seinem Hausflur imitierte. Der Aufforderung der

Sprechstundenhilfe, sich zu erheben und wieder anzuziehen, kam er nicht nach. Zum Teil deshalb, weil er plötzlich, einer Eingebung ähnlich, einen Gedanken hatte, der ihn beschäftigte, zum anderen war er damit befasst, seine Wut zu unterdrücken, die ihm einreden wollte, diesem unverschämten medizinischen Personal mal ordentlich die Meinung zu geigen. Aber wohin würde das führen? Hatte er nicht erst gestern seine Kollegin in einer Art cholerischem Anfall angegriffen? Hatte er nicht am Abend seine eigene Geburtstagparty boykottiert und seine Familie enttäuscht?

Das führte ihn zurück zu seinem ursprünglichen Gedanken. Und der war so simpel, dass er sich darüber wunderte, wieso er nicht früher darauf gekommen war. Er musste wieder gesund werden! Und zwar nicht nur der Nacken, sondern auch alles andere, was sich in ihm krank anfühlte.

Wenig später saß Kaiser hinter dem Steuer seines Wagens. Im Fahrzeug war es eiskalt, daher startete er den Motor, fuhr aber nicht los. Ihm dämmerte zunehmend, welch weitreichende Folgen das Vorhaben Gesundung nach sich ziehen würde. Als Allererstes war da das Eingeständnis, in irgendeiner Weise psychisch krank zu sein. Burn-out nannte Hanna es. Denn wie sonst konnte man verhindern, dass man hilf- und wehrlos derartig unverschämten Ärzten wie gerade eben ausgeliefert war? Nur gesunde, erwachsene Menschen wurden nicht von Ärzten mit Sätzen wie »Schön weiteratmen« bevormundet.

Neben Kaiser wurde plötzlich die Beifahrertür aufgerissen. Ein Mann mit Kapuze auf dem Kopf ließ sich auf den Sitz fallen und schloss die Tür. Er blickte zu ihm hinüber, und erst jetzt erkannte Kaiser ihn.

»Bist du total bekloppt, hier aufzutauchen?«

Der Kapuzenmann schnaufte verächtlich. »Halt die Klappe, du Arschloch, ich muss mit dir reden.«

Wie eine Handgranate, bei der der Splint gezogen wurde, explodierte auch Kaiser mit ein paar Sekunden Verzögerung. Sekunden, in denen er sein Gegenüber eiskalt taxierte. Er packte den Eindringling unter dem Kinn und presste ihn gegen die Nackenlehne. Mit der anderen verpasste er ihm kleine Ohrfeigen. Anfangs wehrte sich der Mann, doch dann knickte er ein und gab auf.

»Arschloch? Wie redest du mit mir! Bringst mich und genauso dich in Gefahr, wenn du hier auftauchst. Spinnst du total?« Kaiser ließ von ihm ab. »Verpiss dich, bevor dich einer bei mir sieht!«

»Markus«, beteuerte der Kapuzenmann eindringlich und machte eine Pause, in der er sich die Handschuhe auszog, um sich die Finger an der Lüftung zu wärmen. Kaiser bemerkte ein Tattoo auf dem linken Handballen. Klein und einfarbig, fast schon unauffällig, wenn das Symbol, das die Tätowierung darstellte, nicht so eindeutig gewesen wäre – ein Hakenkreuz. Kaiser schüttelte angewidert den Kopf.

»Es ist wichtig.«

»Und dann kommst du zu mir? Warum gehst du nicht zu deinen Kumpels nach Chorweiler?«

»Ich wollte sichergehen, dass die Info auch an der richtigen Stelle ankommt.« Dann schwieg der Kapuzenmann.

Hier ist was faul, dachte Kaiser, wieso misstraut er seinen eigenen Leuten?

Jetzt wurde auch er misstrauisch. Er blickte sich um. Aber in unmittelbarer Nähe sah er niemanden. Kaiser konnte trotzdem nicht ausschließen, dass sie beschattet wurden. Und überhaupt, wie hatte der Typ ihn gefunden?

»Zeig mir dein Handy«, forderte er den Kapuzenmann auf.

Der schnaufte wieder verächtlich, holte aber ohne weiteres Murren das Telefon hervor und übergab es Kaiser. Das Smartphone war ausgeschaltet. Kaiser warf ihm das Gerät zurück in den Schoß und blickte ihn eindringlich an.

Sein Gesprächspartner verstand den Blick. Er hob beide Arme. »Hey, Mann, ich bin sauber.«

Kaiser tastete ihn ab, fand aber nichts. »Was willst du?«, fragte er.

»Es ist was im Busch.«

Kaiser glaubte seinen Ohren nicht zu trauen und wartete auf mehr. Das kam aber nicht. »Und was?«

»Mehr kann ich nicht sagen.«

»Hast du irgendwas Konkretes?«, bemühte sich Kaiser um Ruhe.

Der Kapuzenmann zögerte. »Nein.«

»Willst du nicht, oder kannst du nicht?«

Der Kerl auf seinem Beifahrersitz wurde nervös. Sein Gesichtsausdruck wirkte aufrichtig. Sagte er die Wahrheit, oder schauspielerte er? Kaiser entschied sich für Letzteres.

»Was soll ich jetzt deiner Meinung nach tun«, blaffte er ihn an, »nachdem ich von dir diesen riesenhammermäßigen Tipp erhalten habe? Soll ich das SEK alarmieren? Und wo schicke ich die hin? Ach ja, in den Busch! Am besten, ich rufe auch noch die GSG 9 oder besser gleich die KSK an. Wenn, dann sollen ja auch alle ihren Spaß an diesem unglaublichen Schwachsinn haben!« Kaiser spuckte die letzten Worte schreiend aus.

»Du musst mir glauben«, erwiderte der Kapuzenmann und klang hilflos.

»Willst du dir auch noch einen Spruch zum Thema Glauben einfangen?«

Kaiser war fest überzeugt, dass der Typ sich aufspielte. Den Grund dafür kannte er nicht. Fest stand nur, dass man mit einer derartigen Information rein gar nichts anfangen konnte. Und Kaiser konnte sich auch nicht vorstellen, dass sein Gegenüber das nicht ebenso wusste. Die Frage war dann nur, was dieser Auftritt sollte.

Der Kapuzenmann nickte einsichtig, zog beinahe ein trauriges Gesicht. Er machte Anstalten, den Wagen zu verlassen. »Markus, es ist ernst.«

»Dann komm wieder, wenn du mir mehr Infos geben kannst!«

Der Angesprochene blickte betreten zu Boden. »Ja, verstehe ich«, sagte er, »aber ich wollte dich warnen.«

»Raus aus meinem Auto. Und mach so was nie wieder!«

Der Kapuzenmann trollte sich. Kaiser blickte ihm mit fassungslosem Kopfschütteln hinterher. Ein anderer Typ wartete auf ihn. Kaisers Fassungslosigkeit ging nahtlos in schiere Verzweiflung über. Es war unglaublich, was für Trottel auf der Gehaltsliste standen! Es war zu wenig Zeit, um ein Foto zu machen, aber Kaiser prägte sich Hackfresse Nummer zwei ein. Sein Telefon klingelte. Das Präsidium. Kaiser nahm das Gespräch an und hörte die bekannte Stimme von Müllers Sekretärin.

»Markus, der Chef will dich unverzüglich in seinem Büro sehen.«

Kaiser schluckte. »Unverzüglich« war eine Vokabel, die in seinem Kontext noch nie verwendet worden war. Das war eine klare Dienstanweisung.

»Ich bin noch unterwegs. Aber ich komme jetzt rein.«

»Wo bist du?«

Kaiser zögerte. »Ich bin in Kalk, komme gerade vom Arzt«, gestand er dann.

»Dann kannst du ja in spätestens zwanzig Minuten hier sein.«

Kaiser wusste, dass sie sich Notizen machte, während sie miteinander sprachen. Müllers Sekretärin war hyperkorrekt und hatte ein Gedächtnis mit der Speicherkapazität eines Supercomputers. Mit anderen Worten – ihr entging niemals etwas.

»Ich bin da«, bestätigte Kaiser.

Die Sekretärin beendete das Gespräch, und Kaiser blickte durch die Windschutzscheibe nach draußen. Sein Blick irrte umher, bis er auf einen überquellenden Mülleimer traf. Zigarettenkippen, ausgedrückt auf leeren Burgerschachteln, alte Zeitungen, diverse Plastikbehälter und vieles mehr quollen aus der Öffnung hervor. Zu guter Letzt hatte jemand versucht, eine Pizzabox in den eh schon vollen Mülleimer hineinzustopfen. Genauso fühlte er sich, wie ein schäbiger Abfalleimer am Straßenrand, in den jeder, der vorbeikam, immer noch mehr Unrat stopfte.

Einmal pushen genügte vollkommen. Den Rest erledigten ihre
Eins-a-Kugellager. Hier im Keller auf dem lackierten Boden
ging ihr Board voll ab. Höllisch glatt, aber irgendwie cool. Wenn
nur alle Wege und Straßen mit diesem Bodenlack gestrichen wären! Doch nein, auf eine andere Art liebte sie die tausend kleinen
Unwägbarkeiten des Asphalts. Löcher, Dellen, Verwerfungen,
Rillen – das Profil der Straße würde ihr fehlen.

Mertin genoss die ruhige, aber zügige Fahrt im Kellerflur.
Etwa auf halber Strecke pushte sie erneut. Das tat gut. Sie lächelte zufrieden. Erholung in Großbuchstaben.

Kurz darauf spürte sie ihr Telefon in der Gesäßtasche vibrieren. Sie holte das Gerät heraus und wischte mit dem Daumen über das Display, um das Gespräch anzunehmen.

»Ja?«

»Fräulein Mertin?«

Ihre gute Laune verpuffte augenblicklich. Es gab nur eine einzige Frau in ihrem unmittelbaren Umfeld, die sie mit »Fräulein«
ansprach, und zwar in einem Tonfall, als wäre das ganz normal
und zeitgemäß. Und jedes Mal vermittelte ihr diese Anrede das
Gefühl, etwas Schlimmes verbrochen zu haben. So auch dieses
Mal. Ein mulmiges Gefühl breitete sich in ihrem Magen aus.

»Herr Müller will Sie in einer halben Stunde in seinem Büro
sehen.«

Ihre Mail war angekommen. »Okay«, bestätigte Mertin.

»Auf Wiederhören«, sagte die Sekretärin, dann war das Gespräch auch schon beendet.

Mertin bremste abrupt. Ein lautes Quietschen ihrer Sohlen
hallte durch den Flur. Die Lust auf Cruisen war ihr vergangen.
Müller würde sicherlich nach dem Grund ihres Versetzungs-
wunsches fragen. Sie musste sich etwas ausdenken. Ein paar
Antworten zurechtlegen. Vielleicht fühlte er sich sogar persönlich angegriffen, gar beleidigt, weil sie, Judith Mertin, von seiner
supertollen Abteilung wegwollte. Doch sie wollte Kaiser auch
nicht verpfeifen.

Sundermanns Video kam ihr wieder in den Sinn. Nicht dein Stil, sagte sie sich und hob das Board auf, um das Präsidium zu verlassen. Sie hatte noch eine halbe Stunde Zeit und brauchte dringend frische Luft.

Kaum war sie im Freien ein paar Schritte Richtung Kalker Hauptstraße gegangen, da begann ihr Magen zu knurren. Es galt also, zusätzlich zum Durchlüften die Unterzuckerung zu vermeiden, bevor sie sich zum Gespräch mit ihrem Dienstgruppenleiter zusammensetzte. Sie blickte sich um. Etliche Dönerimbisse links die Straße hinauf, etliche Dönerläden rechts die Straße hinunter, dazwischen der ein oder andere Pizzalieferservice und ein kleiner, unscheinbarer Asia-Supermarkt. Dahin lenkte sie ihre Schritte.

Der Laden war eng und unübersichtlich, die Regale vollgestopft. Links neben dem Eingang eine improvisierte Auslage aus Kartons mit Trockenfisch. »Frish eingetrohfen«, verriet ein ramponiertes Pappschild. Mertin schmunzelte. Ob mit »frisch« das Produkt gemeint war oder der Zeitpunkt der Lieferung? Ging es doch bei besagtem Trockenfisch und seiner Zubereitung eben genau darum, dass er nicht frisch war. Und wenn es den Zeitpunkt der Lieferung betraf, so musste der, den abgestoßenen Ecken des Schildes nach zu urteilen, schon eine ganze Weile her sein. Gelegentlich liebte sie es, Trockenfisch zu essen, wusste aber um die empfindlichen Nasen ihrer europäischen Kollegen angesichts fermentierter Nahrungsmittel und ließ den Fisch liegen.

Weiter hinten im Laden hörte sie Stimmen. Aus einem Regal nahm sie einige Instant-Tütensuppen und arbeitete sich tiefer in den Laden vor.

Als sie die Kasse in dem Labyrinth aus Verkaufsregalen schließlich fand, stutzte sie. Vor der Kasse standen zwei Typen. Einer von ihnen, der linke, lachte so aufdringlich, dass Mertin sofort wusste, es konnte sich nur um einen dreckigen Witz gehandelt haben.

»Lass den Scheiß«, sagte der andere.

»Was denn? Ich hab doch nur gefragt, ob sie 'ne Thai-Transe

ist oder 'ne Muschi hat.« Offenbar fand er seinen Witz so gelungen, dass er gleich nochmals lachte.

Die Frau hinter der Theke war ein junges Mädchen, kaum älter als sechzehn Jahre. Ihre Augen flirrten. Verunsichert harrte sie steif hinter der Kasse aus und wusste nicht, wie sie mit diesen Kunden umgehen sollte. Mertin fragte sich, wieso sich die beiden Gestalten überhaupt in einen Asia-Shop verirrt hatten. Zwar folgten sie mit ihrer Kleidung keinem rechten Dresscode, dennoch war es für die Kommissarin ganz offensichtlich, dass die zwei unsympathischen Glatzen mit ihren sexistisch-rassistischen Äußerungen der Neonazi-Szene angehörten. Sie waren hier so fehl am Platz wie nur sonst was.

Der Witzemacher hörte nicht auf. Er schien gerade erst richtig Gefallen gefunden zu haben. »Soll ich mal nachgucken?«

Er griff flink über die Ladentheke und berührte das Mädchen am Oberkörper. Sie schrie verängstigt auf und sprang zurück, konnte aber im engen Kassenbereich nirgendwohin ausweichen. Das Mädchen war den Typen ausgeliefert.

»Nicht zu glauben, was ich gerade gesehen habe.«

Die Männer fuhren erschrocken herum. Als der Witzereißer Mertin erblickte, grinste er unverschämt. »Was haste denn gesehen?«

Der Mann kannte keine Scham. Er griff gleich nochmals über die Theke, um dem Mädchen an die Brust zu fassen. In diesem Augenblick wusste Mertin, dass es Ärger geben würde.

»Aufhören«, befahl sie.

»Was denn? So 'n bisschen Tittentouchen ist doch nichts Schlimmes. Hey, sind das überhaupt schon Titten?«, fragte er herausfordernd.

Mertin hielt seinem Blick stand.

»Sag mal«, provozierte er sie weiter, schubste dabei seinen verunsichert wirkenden Kumpel an, »hat sie ›Nein‹ gesagt?«

Mertin antwortete nicht darauf, sondern wandte sich an das Mädchen. »Geht es dir gut?«

Die Angesprochene nickte unsicher. Doch dann schüttelte sie den Kopf und fing an zu weinen.

»Ruf 110!« Mertin sprach mit fester, lauter Stimme, sodass das Mädchen auf sie hörte und gleich zu ihrem Telefon griff.

»Das würde ich sein lassen«, fauchte der Witzemacher.

Eingeschüchtert ließ das Mädchen das Telefon sinken.

Der Rädelsführer blickte Mertin finster an. Im Leben würde er nicht nachgeben. Das schien auch sein Kumpel zu merken. Er packte ihn und schob ihn weg. »Lass den Quatsch. Wir wollen keinen Ärger, kapiert!«

Der Angesprochene bewegte sich nur widerwillig.

»Lass uns abhauen!« Der Kumpel packte den anderen am Kragen und drängte ihn durch die Reihen Richtung Ausgang. An seinem Daumen erblickte Mertin eine kleine Tätowierung. Ein Hakenkreuz. Ihr schauderte. Was wollten die Typen hier?

Das fragte sie auch das Mädchen, aber die zuckte nur mit den Schultern.

»Ich bin von der Polizei«, sagte Mertin und zeigte ihren Ausweis, »willst du Anzeige erstatten?«

»Nein«, antwortete sie ziemlich bestimmt.

»Kennst du die Typen?«

»Nein, aber wenn ich die anzeige, demolieren die uns nachts den Laden.«

Mertin versuchte sie zu überzeugen, konnte aber auch ihre Angst verstehen. Schließlich bezahlte sie ihre Suppen und ging.

Der Angriff kam überraschend aus einem der Seitengänge, als Mertin schon beinahe wieder am Ausgang war. Ein Hinterhalt. Mit einem Übergriff noch innerhalb des Ladens hätte sie nicht gerechnet.

Der Faustschlag wurde mit einem Schlagring ausgeführt. Aber auch der Angreifer hatte sich verschätzt, sodass sein Schlag nicht ihren Kopf traf, sondern die Schulter. Mertin wurde zu Boden geschleudert. Sie schrammte mit dem Gesicht über eine Metallstrebe eines Regals. Ihr Fall wurde von Reissäcken gebremst, auf denen sie bäuchlings liegen blieb. Sie kam nicht dazu, sich aufzurichten. Sofort spürte sie das kalte Metall eines mit spitzen Dornen bewehrten Schlagrings im Nacken.

»Und, hast du was gesehen, Schlampe?«

Das war eindeutig die Stimme des Witzereißers. Sich als Polizistin erkennen zu geben nützte in solchen Situationen wenig. Oft provozierte das Typen wie ihn noch mehr.

»Komm, du hast sie eingeschüchtert, lass uns abhauen«, sagte der mit dem Hakenkreuz-Tattoo.

Die Dornen gruben sich noch tiefer ins Fleisch.

»Lassen Sie mich sofort los!«

Ihr wurde eine Hand auf den Mund gepresst. »Halt die Klappe, sonst …« Der Typ presste seinen Unterleib gegen ihren Po.

»Weiß nicht«, mischte sich der Hakenkreuztyp wieder ein, »die stinkt irgendwie nach Bullerei.«

»Seit wann arbeiten Neger bei den Bullen?«

Inzwischen hatte sich Mertin wieder gefangen. Sie blickte sich um, so gut es in ihrer Lage ging. Der Typ richtete sich gerade auf und stand nun breitbeinig über ihr. Genialer Stellungsfehler! Er rechnete wohl nicht damit, dass Mertin sich wehren konnte. Fast musste sie lachen. Aber dafür hatte sie heute schon zu viel Mist erlebt. Sie schnaufte.

Der Kumpel wollte den Angreifer wegziehen, weshalb der Druck des Schlagrings nachließ. »Lacht die Negerfotze?«, hörte sie einen der beiden ungläubig fragen.

»Keine Ahnung, vielleicht gefällt es ihr.«

Es gelang ihr nicht, eindeutig zuzuordnen, wer was gesagt hatte. Sie entschloss sich, die Irritation auszunutzen. Ihr Gesäß schoss nach oben und traf den Angreifer völlig unvorbereitet im Bauch. Daraufhin ließ der Druck nach, und Mertin konnte sich geschwind auf den Rücken drehen und in einer flüssigen Bewegung ihr Knie hochziehen. Die Knochen trafen mitten in seine Weichteile. Die Wucht des Schlags schleuderte ihn nach oben, wo er mit dem Kopf gegen das Metallregal donnerte. Der Rädelsführer ging zu Boden, indem er seitlich wegkippte.

Mertin sprang auf. Gerade noch rechtzeitig, bevor ein Ellbogen dort in den Reissack klatschte, wo eben noch ihr Kopf gelegen hatte. Der Hakenkreuztyp ließ seine Zurückhaltung fallen und griff an. Seine Attacken waren plump, dafür mit ungeheurer Kraft. Mertin musste zwei Schläge einstecken, bevor sie zum Gegenangriff überging. Dann verlor sie plötzlich den Halt und fiel. Der Rädelsführer war wieder zu Atem gekommen und hatte ihr die Beine weggetreten. Sie lag am Boden. Ein Tritt erwischte sie eiskalt. Aber dann war es vorbei. Der Kräftige schnappte seinen Kumpel und schrie: »Weg hier! Weg hier!«

Und tatsächlich, sie verschwanden. Mertin schleppte sich auf den Reissack, ruhte sich aus. Atmete durch. Sie blutete im Gesicht und an den Händen. Ihr Brustkorb schmerzte, dagegen war das Ziehen im Nacken vom Schlagring noch als milde zu bezeichnen.

Zum zweiten Mal in vierundzwanzig Stunden hatte sie sich geprügelt. Die Tütensuppen lagen verstreut auf dem Boden um sie herum. Am meisten aber schmerzte die Beleidigung, diese schier unglaubliche Demütigung. Negerfotze.

13:10 Uhr

Der Besucherstuhl kippelte, als Mertin ihre Sitzhaltung veränderte. Erst als sie ihr Gewicht nach vorn verlagerte und sich mit den Ellbogen auf den Knien abstützte, entzog sie den ungleich langen Stuhlbeinen den Boden. Nervös fingerte sie an den Pflastern über ihren Handknöcheln herum. Blut sickerte durch die notdürftigen Verbände. Die Wunden an ihren Knöcheln, durch ihr Training eh schon in Mitleidenschaft gezogen, waren erneut aufgeplatzt. Für saubere Verbände war keine Zeit mehr. Stattdessen schob sie die Hände jetzt in die Taschen ihres Hoodies. Die Schürfwunde im Gesicht ließ sich jedoch nicht so leicht verbergen.

Was hatte Nico gestern gesagt? Verrückte Streetfighterin. Krank. Scheiße.

Ein neues Lieblingswort anstelle der Fäkalausdrücke wäre keine schlechte Idee, dachte Mertin bitter. Nur wäre es dazu verdammt wichtig, einen moderateren Lebenswandel zu pflegen.

Allein am heutigen Tag war bereits mehr schiefgelaufen, als sie glauben konnte. Sie hatten eine Brandleiche, doch niemanden schien das zu interessieren. Seit dem Fund gestern und Kaisers Attacke auf sie war etwas anders. Aber was genau eigentlich? Jedenfalls konnten all die heutigen Ereignisse wohl kaum einzig darauf zurückzuführen sein, dass sie schlecht geschlafen hatte.

Mertin schloss die Augen, wodurch sie den inneren Aufruhr nur deutlicher spürte. Die Erlebnisse von vorhin wurden wieder lebendig. Sie zitterte am ganzen Leib, als wäre ihr kalt, und sie spürte einen schalen Geschmack im Mund, als müsste sie sich jeden Augenblick übergeben. Trotzdem hielt sie die Augen geschlossen. Man durfte ihr nichts anmerken. Sie konzentrierte sich darauf, die Aufregung und das Zittern niederzukämpfen, was ihr in dem Augenblick, als die Tür neben ihr geöffnet wurde, noch nicht gelungen war.

Angespannt öffnete sie die Augen wieder. Kaiser rauschte mit hochrotem Kopf an ihr vorbei und verschwand am Ende des Flurs. Im Türrahmen der soeben geöffneten Tür stand ihr Dienstgruppenleiter, Kriminalrat Jörg Müller, und schaute Kaiser, *dem* Kaiser, sichtlich verärgert hinterher. Müller trug weder Jackett noch Krawatte, die Ärmel seines weißen Hemdes hatte er hochgekrempelt. Als er sein Augenmerk von Kaiser auf Mertin lenkte, wurde sein Ausdruck keineswegs freundlicher.

»Kommen Sie! Ich habe jetzt Zeit für Sie. Aber nur ein paar Minuten«, sagte er mit einem derart knappen Kopfnicken in Richtung seines Büros, als wollte er damit die Kürze der Zeit, die er für Mertin zu erübrigen gedachte, unterstreichen.

Ohne auf sie zu warten, verschwand er in seinem Büro. Wieder so eine Geste, die sie nicht zu ihren Gunsten interpretierte. Langsam folgte sie ihm und kam sich dabei wie eine zum Schuldirektor zitierte Unruhestifterin vor.

»Woher die Schramme?« Müller kam sofort zum Wesentlichen. Nach der Ankündigung hatte sie auch nichts anderes erwartet.

»Bin mit dem Skateboard ausgerutscht«, sagte sie mit belegter Stimme, als könne ihr zaghafter Ton die Lüge darin verschleiern.

Müller entgegnete nichts. Seine Augen verrieten aber, dass er ihr nicht glaubte.

»Schon mal Nachrichten geschaut in letzter Zeit?«, versetzte er und fügte dann mit plötzlichem Nachdruck hinzu: »Herrgott noch mal, ich hab keine Zeit für diese …«

Wofür genau er keine Zeit hatte, schluckte Müller herunter. Stattdessen kanalisierte er seinen Unmut, indem er den erst kürzlich benutzten Kantinenteller mit den Resten seines Mittagessens, der vor ihm auf dem Tisch stand, anhob – die darauf befindliche Soße lief durch die vehemente Bewegung gefährlich nahe an den Rand – und unsanft auf ein Tablett warf, das auf einem kleinen Nebentisch platziert war. Das klirrende Geräusch blieb wie ein Statement im Raum stehen.

»Demnach stammt die Verletzung in Ihrem Gesicht von Ihrer glorreichen Auseinandersetzung mit dem Kollegen Markus Kaiser?« Nach einer kurzen Pause fügte er hinzu: »Und kommen Sie ja nicht auf die Idee, mich erneut für blöd zu verkaufen!«

Glorreich. Sein Ton triefte vor Ironie. Das Wort Auseinandersetzung hatte er gestisch in Anführungszeichen gesetzt. Müller bediente sich einer geschönten Wahrheit. Bewusst vermied er Begriffe wie Angriff oder Anzeige.

»Nein«, sagte Mertin, froh, ausnahmsweise die Wahrheit sagen zu können.

Ihre Antwort schien ihn zu überraschen. »Also, was ist dann zwischen Ihnen vorgefallen?«

»Von meiner Seite aus ist nichts vorgefallen.«

»Und wegen diesem Nichts habe ich ein Versetzungsgesuch von Ihnen auf meinem Schreibtisch liegen?«, brüllte Müller.

Mertin, die erleichtert gewesen war, dass ihr Vorgesetzter die Schürfwunde nicht länger für wichtig erachtete, erschrak nun. »Wir passen nicht zusammen«, bemühte sie sich zu erklären.

Als sie sah, dass Müller erst seine Stirn in Falten legte und dann den Kopf schüttelte, wusste sie, dass er ihre Aussage falsch deutete. Total falsch.

»Das brauchen Sie auch nicht«, erwiderte er trocken, »Sie sollen lediglich zusammenarbeiten.«

»Tut mir leid«, beeilte sich Mertin zu sagen, »so meinte ich das nicht.«

Müller schwieg und wartete. Mertin wog die Vor- und Nachteile einer ausführlicheren Erklärung ab, entschied sich aber dann, nichts zu sagen, da sie befürchtete, dass jedes weitere Bemühen nur noch mehr Missverständnisse aufwerfen würde.

Ihr Chef verlor die Geduld, blieb aber ruhig und sachlich.

»Sie sitzen vor mir wie ein trotziger Teenager, die Hände in die Tasche gestopft, offensichtlich im Gesicht verletzt von einer Auseinandersetzung, über die Sie sich genauso ausschweigen wie über die gestrige ›Auseinandersetzung‹, wegen der wir hier sitzen. Zu einem Versetzungsgesuch streuen Sie wilde Gerüchte, zu deren Aufklärung Sie aber nichts beisteuern wollen. Was soll ich davon halten?«

Widerwillig korrigierte Mertin ihre Haltung und holte auch ihre Hände hervor.

»Skateboardunfall?«

Sie wollte etwas erwidern, aber Müller sprach schon weiter. »Ich bin selbst Boxer. Champion. Ich weiß, was ich sehe!« Mit einer unfreiwillig komischen Geste wedelte er vom Bürosessel hinüber zum Aktenschrank, in dem einige Pokale Staub ansetzten.

Halt jetzt bloß die Klappe, redete Mertin innerlich auf sich ein. Halt die Klappe. »Wollen wir mal trainieren?«, kam es ihr dann scherzhaft über die Lippen.

Müller blickte sie eisig an. »Sie haben Schneid. Keine Frage.«

Schneid oder Dummheit. Wohl eher Letzteres, denn so etwas sagte man nicht zu seinem Chef.

Ihr Dienstgruppenleiter wechselte unerwartet den Ton. Es klang beinahe freundlich. Lächelte Müller etwa? »Aber übertreiben Sie es nicht«, mahnte er.

Wenn Mertin ein Lächeln wahrgenommen hatte, dann war es nun schon wieder verschwunden.

Ein Ping-Geräusch, das aus seinem Computer ertönte, unterbrach ihr Gespräch. Müller blickte auf den Bildschirm. Sein Gesichtsausdruck verriet Irritation, als könne er die gelesene Nachricht nicht recht glauben. Kurz darauf vibrierte auch ihr Handy.

»Die Pflicht ruft«, meinte er.

Das Gespräch war beendet. Besser: vertagt. Mertin stand auf und nahm noch mal allen Mut zusammen. »Was ist mit meiner Versetzung?«

»Daraus wird nichts. Jedenfalls nicht momentan.«

Mertin setzte zu einem Protest an.

»Reißen Sie sich am Riemen! Hören Sie, ich weiß nicht, was da zwischen Ihnen beiden vorgefallen ist. Ob das was Privates ist oder nicht. Soll mir eigentlich auch egal sein. Von Kaiser können Sie einiges lernen. Ja, ich weiß, Markus kann ein ziemlicher Kotzbrocken sein, und ich will auch gar nicht bestreiten, dass er gewiss eine Abreibung nötig haben könnte. Es ist genug. Finden Sie eine andere Lösung, eine mit ein bisschen mehr Verstand. Wir haben harte Zeiten. Mir fehlen die Ressourcen, und ich brauche Sie beide hier. Klar?«

Mertin nickte widerwillig.

»Und jetzt – raus hier!«

13:35 Uhr

»Sie kommen alleine?«, fragte der Diensthabende ungläubig. »Wo ist Ihr Kollege?«

»Keine Ahnung«, gestand Mertin und kam sich dabei ziemlich unprofessionell vor. Aber eine Erklärung für Kaisers Abwesenheit hatte sie nun mal nicht.

Der Einsatzleiter fuhr im ungehaltenen Ton fort: »Ich warte

seit geschlagenen zwanzig Minuten auf mein Team, und alles, was kommt, sind Sie mit Ihrem ›Keine Ahnung‹!«

Mertin fühlte sich zu Unrecht angegriffen. Was konnte sie für Kaisers Unzuverlässigkeit?

Müllers Büro hatte sie mit gemischten Gefühlen verlassen. Gelobt und geprügelt. Nicht nur im übertragenen Sinne, und Letzteres überwog. Sie würde auch zukünftig mit Kaiser zusammenarbeiten und irgendwie – wie genau, war ihr schleierhaft – klarkommen müssen.

Je mehr Kollegen sie kennenlernte – sie dachte an Sundermann und den kleinen Choleriker vor ihr –, umso bewusster wurde Mertin, dass sie aus unerklärlichen Gründen auch weiterhin einen sehr schweren Stand in Köln haben würde.

Das gemeinsame Büro hatte sie verwaist vorgefunden. Der Einsatz wartete, und Kaiser war nicht anwesend. Wo war er? Kurz hatte sie auf ihn gewartet und in der Zeit zwei Paracetamol geschluckt, um die Schmerzen an Kopf, Schulter und Oberkörper, die von ihrem Kampf mit den Neonazis herrührten, zu bekämpfen. Ergebnislos.

Die Schlüssel für den Dienstwagen hatten auf *seinem* Schreibtisch gelegen. Wo auch sonst? Ein Gefühl, das gern als Intuition, Instinkt oder Bauchgefühl bezeichnet wurde – Mertin nannte es im Hinblick auf ihren Kollegen Erfahrung –, verriet ihr, dass Kaiser nicht jeden Augenblick zurückkommen würde, weil er vielleicht kurz die Toilette aufgesucht hatte. Er würde gar nicht kommen. Pech für ihn! Sie nahm die Autoschlüssel und brach ohne Kaiser zum Einsatzort auf.

Unterwegs hatte sie eine SMS erhalten, die aber nicht, wie sie nun sah, von Kaiser stammte, sondern von ihrer Verabredung. Das Date heute Abend hatte sie beinahe vergessen! Ihre Verabredung schickte einen Link zu einem Café in Mülheim, wo er um zwanzig Uhr auf sie warten wollte. Genau in diesen Stadtteil war sie gerade unterwegs. Interessante Zufälle. Vielleicht konnte sie später, nach dem Einsatz, am Café vorbeifahren. Ein kleiner Hoffnungsschimmer, denn die unguten Gefühle beherrschten sie und bekamen nun, da der Diensthabende sie angepflaumt hatte, neuen Nährboden. Der hatte sich abgewendet und telefonierte, wie Mertin vermutete, mit der Dienststelle.

Der Tatort, die Rhodiusstraße, war großräumig abgesperrt. Ein Löschzug der Feuerwehr blockierte die Fahrbahn. Nur die Drehleiter im Zug war nicht zum Einsatz gekommen, an allen anderen Feuerwehrfahrzeugen wurde geschäftig hantiert. Die Feuerwehrmänner hatten einiges zu tun. Schaulustige und Presseleute wurden von uniformierten Kollegen auf Distanz gehalten.

Mertin zählte drei Autos, die gelöscht werden mussten. Es waren ältere Fahrzeugmodelle, wie man noch gut erkennen konnte. Der Brand war folglich frühzeitig entdeckt worden. Die drei Fahrzeuge parkten L-förmig, wobei ein Auto auf dem Gehweg stand. Mertin mutmaßte, dass der Brand vom mittleren Fahrzeug auf die übrigen beiden übergegangen war.

Der Einsatzleiter beendete sein Gespräch und wendete sich wieder ihr zu. Mertin wappnete sich gegen weitere unfreundliche Kommentare.

»Und Sie haben keine Ahnung, wo Kaiser steckt?«, hakte der Mann nach, klang aber längst nicht mehr so gereizt wie vorhin. »Die Dienststelle hat nämlich auch keinerlei Informationen darüber, wo er sein könnte.«

Das hieß, Kaiser hatte sein Mobiltelefon ausgeschaltet oder nahm keine Anrufe entgegen. Dazu äußerte sie sich nicht, sondern bekräftigte: »Ich habe keine Ahnung, wo Kollege Kaiser sein könnte. Und von mir aus kann er auch bleiben, wo der Pfeffer wächst!«

»In Indien?«

Mertin blickte ihr Gegenüber fragend an.

»Das bedeutet doch die Redewendung: ganz weit weg, also da, wo der Pfeffer wächst. In Indien.«

»Kann man den Indern nicht zumuten«, kommentierte sie trocken.« Ihres Wissens wurde Pfeffer allerdings nicht nur in Indien, sondern auch im Kongo angebaut. Egal, sie hatten Wichtigeres zu besprechen. Sie nickte Richtung Autowracks, um die allgemeine Aufmerksamkeit auf ihre eigentliche Aufgabe zu lenken.

Der Diensthabende lachte kurz auf und reichte ihr die Hand. Er stellte sich als Karl-Heinz Klever vom KK 13 für Erpressungs-, Waffen- und Branddelikte vor. Auch Mertin nannte ihren Namen.

»Herzlich willkommen«, sagte er freundlich und informierte sie über die vorliegenden Fakten.

Es war helllichter Tag, aber niemand hatte die Brandstifter gesehen. Und das war auch die Besonderheit an dieser Serie: Die Täter schienen mittlerweile so dreist, dass sie selbst tagsüber aktiv wurden. Weder Anwohner noch Eigentümer hatten etwas Konkretes beobachtet.

Genauso schnörkellos und freundlich informierte Klever sie daher über den vermuteten Tathergang. Auf dem Parkstreifen war ein 3er-BMW angezündet worden, das Feuer war links auf einen Golf 3 und rechts auf einen Toyota Corolla übergangen. Mit dem Löschschaum sahen die Autos aus wie ein Stück Sahnetorte.

Weder der BMW noch die anderen beiden Fahrzeuge zeigten ähnliche Merkmale wie bei dem Autobrand am vorigen Abend. Ein Passant hatte den Brand frühzeitig entdeckt und die Behörden verständigt. Das war Vandalismus, kein Brandanschlag mit Todesfolge, konnte aber ein Ablenkungsmanöver oder einem Trittbrettfahrer zuzuordnen sein.

Insgesamt nichts als wilde Spekulationen, solange sie nicht mehr über den gestrigen Brand in Erfahrung gebracht hatten. Spekulationen, die noch zusätzlichen Nährboden erhielten, da nur wenige Meter vom Brand entfernt ein Koran gefunden worden war. Das Buch lag geöffnet im Schnee. Ob es mit dem Brandanschlag in Zusammenhang stand, ließ sich nicht sagen. Ebenso wenig konnte eine Aussage darüber getroffen werden, ob die betreffende Seite zufällig aufgeschlagen war oder ob die Täter damit in Anspielung auf eine bestimmte Sure einen Hinweis lieferten. Es handelte sich um eine arabische Ausgabe. Ein möglicher Zusammenhang würde sich erst klären, wenn sie einen Übersetzer hinzugezogen hatten.

Während Klever berichtete, gingen sie ein paar Schritte zur Seite, wo es weniger nach verbranntem Kunststoff roch. Auch in diesem Fall würden sie nicht viel mehr herausfinden als das, was längst bekannt war. Es war frustrierend. Fünfzehn Brände allein in den letzten drei Wochen, und es gab nichts, was man auch nur annähernd als so etwas wie eine heiße Spur bezeichnen konnte. Man musste die Täter auf frischer Tat ertappen. Aber wie sollte das passieren?

Mertin hörte ihrem Kollegen aufmerksam zu. Klever war ein kleiner, drahtiger Kommissar, der sicherlich schon viele Dienstjahre hinter sich hatte. Über seinem kauzigen Gesicht ragten stoppelige graue Haare auf. Immer wieder lächelte er ihr verschmitzt zu. Ihre anfänglichen Differenzen waren beigelegt, und Mertin gewann die Überzeugung, zur Abwechslung mal einem netten Kollegen begegnet zu sein. Das einzig Ungewöhnliche an Klevers Erscheinung war, dass er geradezu unnatürlich gebräunt war. Als wäre er unter einem Solarium eingeschlafen.

»Ich weiß nicht, was ich von alldem halten soll«, schloss er nach einer kleinen Pause seine Ausführungen.

An seinem Tonfall erkannte Mertin, dass er nicht mehr vom Brand sprach.

»Bei uns sind über die Hälfte der Kollegen krankgemeldet, die verbleibende andere Hälfte wirkt nervös bis überfordert.« Mit einem aufmunternden Lächeln Richtung Mertin fügte er an: »Frischer Wind wird uns guttun.«

Sie nickte dankend.

»Wir können gegenwärtig nichts weiter tun, als den Fall aufzunehmen, ein paar Anwohner zu befragen und auf die KTU zu warten. Die Kollegen von der Wache Mülheim haben damit bereits begonnen.«

»Können wir gerne machen«, bestätigte Mertin. »Warum ist die KTU noch nicht hier?«

Klever schaute sie an. »Haben Sie die Mail nicht bekommen?«

»Nein«, sagte Mertin, »welche Mail?«

»Oh Mann«, rief Klever aus, »sind Sie denn noch nicht in deren Verteiler? Nehmen Sie es nicht persönlich. Aber Kaiser hat die Mail sicherlich bekommen und hätte Sie informieren können, was er offensichtlich nicht getan hat. Also, die gesamte KTU ist noch mit der Spurensicherung unter der Zoobrücke beschäftigt.«

Mertin schluckte.

»Sehen Sie, was ich meine? Überfordert.«

In der Tat, das wäre eine Information gewesen, die ihr heute schon viel Verdruss erspart hätte. »Scheiße«, sagte sie.

Wieso war sie nicht im Verteiler? Eigentlich hatte sie bei Dienstantritt dafür gesorgt, beziehungsweise man hatte ihr in der IT-Abteilung versichert, dass man sie in alle Verteiler aufnehmen würde. Offensichtlich war das nicht passiert. Darüber hinaus wirkte sich ihr Kleinkrieg mit Markus Kaiser auf ihre Polizeiarbeit aus. Unprofessionell – das würde natürlich auf sie zurückfallen. Und dabei spielte es gar keine Rolle, wer diesen absurden Kleinkrieg begonnen hatte.

Klever wurde ernst. »Frau Kollegin«, begann er, »ich möchte keine altklugen Ratschläge erteilen. Denken Sie doch mal darüber nach, sich vorübergehend zu uns ins KK 13 versetzen zu lassen.«

Ganz so abwegig fand sie die Idee nicht.

»Ich komme aus einem kleinen Kaff bei Düsseldorf«, fuhr Klever fort, »und wollte nach der Ausbildung meinen Dienst auch in Düsseldorf verrichten. Aber ich wurde nach Köln geschickt. Können Sie sich vorstellen, was ich hier am Anfang durchgemacht habe? Das war noch in Zeiten, in denen man als Düsseldorfer in Köln echt aufpassen musste. Und umgekehrt auch. Von den Kollegen wurde keine Gelegenheit ausgelassen, sich über mich lustig zu machen. Ich weiß, was Sie durchmachen.«

Klever bot an, sie unter seine Fittiche zu nehmen. Rührend.

»Danke, aber ich komm schon klar«, sagte Mertin und zog Luft durch die Nase ein. Es klang beinahe wie ein Schniefen.

Klever lächelte vielsagend und stampfte gegen die Kälte mit den Beinen auf den Boden. »Denken Sie einfach drüber nach. Wie lange sind Sie schon bei uns?«

»Erst ein paar Wochen.«

»Ich frage, weil ich vorher krank war. Langwierige Knie-OP. Dann war ich in der Reha und anschließend vier Wochen im Urlaub. Ich bin erst seit heute Morgen wieder im Dienst. Wir, also meine Frau und ich, haben in Australien unsere Tochter besucht.«

Klever plauderte gegen die Kälte und das Warten an.

»Es fällt uns oft sehr schwer, zu akzeptieren, dass unsere einzige Tochter so weit weg von uns wohnt. Aber wo die Liebe eben hinfällt. Das kann man sich nicht immer aussuchen.«

Das konnte Mertin gut nachempfinden. Immerhin wohnte ihr Vater im Kongo und damit auch sehr weit weg. Ihr Vater! Der Gedanke ereilte sie wie ein Schock. Seit seinem mysteriösen Anruf von heute Morgen hatte sie nichts mehr von ihm gehört.

In diesem Augenblick kam Unruhe in die umstehenden Polizisten. Ein Beamter kam eilig auf sie zugelaufen und erklärte, dass ein Anwohner fünf Maskierte gesehen habe, die sich an der Elisabeth-Breuer-Straße, einer Parallelstraße der Rhodiusstraße, an einem Auto zu schaffen machten.

»Okay, das ist unsere Chance«, sagte Klever. »Sie da lang und ich von der anderen Seite, so schneiden wir ihnen den Weg ab.«

Mertin wartete nicht länger, sondern sprintete los, um den Tätern aus nördlicher Richtung den Weg abzuschneiden. Als sie sich umblickte, musste sie aber feststellen, dass alle anderen Kollegen Richtung Süden und Frankfurter Straße liefen. Sie war allein!

Kaum war sie um die Ecke gebogen und ein paar Meter gelaufen, da sah sie bereits zwei schwarz Gekleidete, die sich an die Mauer eines Altenheims drückten. Gerade als sich Mertin näherte, waren die zwei im Begriff, ihre Masken abzusetzen.

Mertin machte sich erst bemerkbar, als sie nah genug herangekommen war, um die Gesichter zu erkennen. Es waren zwei männliche Jugendliche. »Polizei! Stehen bleiben!«, rief sie.

Die Jugendlichen erschraken, und wie auf Kommando blieben sie auf ihren Zuruf nicht etwa stehen, sondern rannten weg. Mertin fluchte und setzte hinterher. Hin und wieder rutschte sie mehr, als dass sie lief, aber das ging den Fliehenden nicht anders.

Sie verfolgte die Jugendlichen bis in eine Seitenstraße. Sie wusste nicht mehr, wo sie war. Linker Hand tat sich ein Hinterhof auf, in dem sie eine Moschee erkannte. Ein Mann in hellbrauner Galabija und gehäkelter Gebetsmütze überquerte den Hof.

»Haben Sie zwei Jugendliche gesehen?«

Der Mann antwortete auf Arabisch. Mertin stellte ihre Frage erneut. Dieses Mal auf Englisch. Aber er zuckte nur mit den Achseln, während seine Hände entschuldigend in alle Richtungen zeigten.

Mertin hastete weiter und sah, wie zwanzig, dreißig Meter weiter ein Jugendlicher in einem Hauseingang verschwand. Sie flitzte los wie ein gespanntes Gummiband, das man flitschen ließ, und rutschte die letzten Meter bis zur Tür. Im allerletzten Augenblick, bevor die Tür ins Schloss fiel, lag ihre Hand am Türknauf.

14:05 Uhr

Mertin schob die Tür auf und blickte in den spärlich beleuchteten Hausflur eines Mehrfamilienhauses. Sie schaute zurück auf die Straße. Keine Kollegen in Sicht. »Scheiße«, fluchte sie.

Die Klingelschilder waren mehrfach überklebt. Die diversen Handschriften kaum zu entziffern. Rasch orientierte sie sich via Ortungssystem ihres Smartphones und forderte Verstärkung an. Dann betrat sie das Haus. Die Tür fixierte sie mit dem Türstopper, sodass die nachkommenden Kollegen wussten, um welchen Hauseingang es sich handelte.

Im Flur war niemand zu sehen. Links befand sich eine Tür mit der Aufschrift »Verwaltungsbüro«. Rechts waren unmittelbar in Kopfhöhe die Briefkästen angebracht. Auch hier waren die Namen der Mieter, denen der jeweilige Kasten zuzuordnen war, kaum nachvollziehbar. Und selbst wenn sie die Namen hätte lesen können, hätte sie nicht wirklich gewusst, wie sie ausgesprochen wurden. Rumänisch, bulgarisch, türkisch. Wenn sie den Nachnamen ihrer Mutter trüge, würde der sich hier ebenso gut machen.

An der hohen Decke brannte eine Funzel, die kaum die Bezeichnung Beleuchtung verdiente. Die Revolution Energiesparlampe war noch nicht bis hierher vorgedrungen. Und keine Spur von denen, die sie verfolgte.

»Polizei! Kommen Sie raus und geben Sie sich zu erkennen.«

Ein Hund begann zu bellen.

Mertin wiederholte ihren Aufruf lauter. Nichts rührte sich.

✳✳✳

Kaiser erkannte die Stimme seiner Kollegin, die durch den Hausflur donnerte. Unverwechselbar. Noch gestern hatte dieser Tonfall ihm gegolten. Verdammter Mist, was machte die denn hier?

Augenblicklich verspürte er Neid, als er die Kraft und Entschlossenheit in Mertins Stimme hörte, während er leer gesaugt in dem Büro dieses zwielichtigen Typen abhing und nicht das geringste Bedürfnis verspürte, aktiv zu werden.

Der Hund zu Füßen seines Gegenübers begann zu bellen. Der Mann hievte seinen dicken Bauch aus dem Chefsessel und verließ das Büro. Die Tür blieb offen. Auf dem Flur sprach Mertin ihn an. Kaiser rückte seinen Stuhl weiter in die Ecke, damit sie ihn nicht sehen konnte. Sie spähte nämlich in den Raum. Gerade noch rechtzeitig, bevor die Kollegin ihn erkennen konnte, wandte sich Kaiser ganz ab.

✳✳✳

Die Tür mit der Aufschrift »Verwaltungsbüro« wurde geöffnet, und heraus schoss ein bedrohlich bellender Rottweiler.

Dem Tier folgte in behäbiger Manier ein muslimisch aussehender Mann mit langer Barttracht und schwarzer Gebetsmütze. An den Beinen seines enorm beleibten Körpers schlackerte eine Cargohose in Camouflage. Er sah so offensichtlich nach militantem Salafisten aus, dass Mertin es kaum für möglich hielt, dass der Mann dieser Gruppierung tatsächlich zugehörig war.

Dennoch – die Bedrohung durch den Rottweiler bestand. Mertin zückte ihr CS-Gas und hielt es mit der linken Hand dem Hund direkt vor die Schnauze. Das Tier blieb trotz seines massigen, aggressiven Erscheinens auf Distanz.

»Halten Sie Ihren Hund fest, oder ich benutze das Gas!«

Der Mann lachte freundlich auf, was Mertin irritierte.

»Ich verfolge zwei Verdächtige.«

Keine Reaktion.

»Sprechen Sie Deutsch?«, fragte sie.

Nochmals gab sie sich als Angehörige der Kriminalpolizei zu erkennen. Der Mann änderte sein Verhalten nicht. »Letzte Aufforderung!«, brüllte sie entschlossen.

Der Mann sah sie mit einer Unschuldsmiene an, als würde er jeden Augenblick fromme Kalendersprüche aufsagen. Mertin blickte kurz über die Schulter. Sie war immer noch allein, und der Riesenköter vor ihr bellte ohne Unterlass. Er bellte nicht schnell und hektisch, sondern tief und langatmig. Das Tier kannte keinerlei Furcht.

Mertin legte die Rechte an das Holster mit der Dienstwaffe, um dem Besitzer zu signalisieren, wie ernst die Situation war, und betätigte, als wiederum keine Reaktion erfolgte, den Druckknopf des Abwehrgases. Ein langer Stoß CS-Gas umnebelte den bulligen Kopf des Hundes.

Mertin ging einige Schritte zurück, damit das Gas wirken und sich verziehen konnte. Der beißende Geruch lag sofort im ganzen Hausflur und griff auch ihre Augen an. Der Rottweiler schniefte mehrmals, nieste dann laut, wobei aus seinem sabbernden Maul Speichel herumgewirbelt wurde, und hörte auf zu bellen. Mehr passierte allerdings nicht. Das Tier war auf einen Angriff mit CS-Gas abgerichtet, was Mertin erst recht alarmierte.

»Wenn Sie sich meinen Anordnungen widersetzen, wird das kein gutes Ende für Ihren Hund nehmen«, sagte sie und öffnete den Druckknopf an ihrem Holster. Sie war entschlossen, die Dienstwaffe zu ziehen und zu benutzen. Zum ersten Mal in ihrer Dienstzeit in Köln.

Der Mann hob beschwichtigend die Hände. »Wow, wow, wow«, rief er theatralisch aus, »das ist doch nur ein harmloser Hund! Der spielt doch nur!«

Mertin hatte von Anfang an vermutet, dass der Mann sie einwandfrei verstand. Er legte es bewusst auf die Konfrontation an. Sollte sie wirklich heute einen Hund erschießen müssen?

In den wenigen Sekunden, in denen nun eine Entscheidung gefällt werden musste, konnte sie einen raschen Blick in das Büro werfen, aus dem der Mann gekommen war. Sie erkannte schwarze Männerschuhe und ausgewaschene Bluejeans. Es konnte nahezu jeder sein, aber irgendwas sagte ihr, dass ihr diese Kleidungsstücke bekannt waren. Der Mann war ihrem Blick gefolgt und befürchtete wahrscheinlich, Mertin könnte im Rahmen ihres Einsatzes Zutritt verlangen.

»Zwei Jugendliche, die gerade ins Haus gekommen sind, finde ich die bei Ihnen?«

»Schon gut, schon gut«, lenkte der Mann ein, beantwortete Mertins Frage aber nicht. Er schloss die Tür hinter sich. »Hassan, zu mir!«

Der Rottweiler gehorchte aufs Wort.

Scheiße, dachte Mertin, Hunde sind wirklich verdammte Speichellecker.

»Hab ihn nach meinem Vater benannt. Soll mich an meine Herkunft erinnern.«

Mertin erwiderte nichts.

»So ein bisschen ziviler Ungehorsam … Sie verstehen schon.« Er grinste breit und unverschämt.

Mertin schüttelte ungläubig den Kopf, der Zusammenhang

zwischen zivilem Ungehorsam und der gegenwärtigen Situation wollte sich ihr nicht erschließen.

»Haben Sie zwei Jugendliche in diesen Hausflur laufen sehen?«

Wieder folgten große Gesten und lautes Gezeter. »Oh, ich bin ja mehr so der Einäugige unter den Blinden, aber ich habe wirklich gar nichts gesehen.«

Mit einer vernünftigeren Antwort hatte sie nicht gerechnet, aber er hatte die Redewendung im falschen Zusammenhang benutzt, und das ließ sie schon fast wieder so etwas wie Mitleid empfinden. Mertin forderte ihn auf, zurück in sein Büro zu gehen, die Tür zu schließen und die Polizei zu rufen. Nicht dass sie ernsthaft erwartete, dass er das tun würde.

Ohne ein weiteres Wort kam er ihren Anweisungen nach.

***

Der Hund hatte sich beruhigt, und kurz darauf kam sein Gesprächspartner wieder zurück ins Büro.

»Kollegin von dir«, sagte der Mann und ließ die Augenbrauen anzüglich tanzen. Mit einem gewaltigen Plumps landete er in seinem Chefsessel.

Etwas an ihm erinnerte Kaiser an Jabba the Hutt – nur eben mit Vollbart und Takke. Kaiser verschwendete nur wenige Gedanken daran, ob seinem klischeehaften Vergleich mit Science-Fiction-Figuren ein rassistischer Hintergrund angedichtet werden könnte. Gleichwohl, außer in seinen Gedanken würde er das niemals äußern.

»Alter, du siehst scheiße aus. Selbst für ein Weißbrot wie dich!«

Kaiser wusste, dass sich sein Gegenüber mit Vorliebe diverser Gangster-Stile bediente, ohne einem bestimmten zugehörig zu sein. Hauptsache, der Profit stimmte. Das gab ihm etwas Albernes, gleichzeitig aber auch etwas Unberechenbares. Tatsächlich war er gefährlich.

»Bisschen viel Stress in letzter Zeit«, wiegelte Kaiser ab.

Der andere lachte hämisch auf. »Ja, das glaube ich gerne, dass ihr ein bisschen was um die Ohren habt.«

Mit »ihr« meinte er die Behörde, die Kaiser vertrat, die Polizei. Den bissigen Kommentar hätte er ihm am liebsten heimgezahlt, aber der Typ gehörte zu der Sorte, denen man besser nicht die Fresse polierte.

»Kennst du den hier?« Kaiser zeigte ihm ein Foto.

»Wow, du bist voll retro, was? Ist das echtes Fotopapier?«

»Nein, ich bin nicht retro, ich bin nur antidigital, wenn du verstehst.«

»Tut mir leid, so Neonazi-Wichser gehören nicht zu meinem Bekanntenkreis.« Er schwieg eine Weile. »Aber ich kann mich umhören.«

Kaiser nickte. »Hat so 'n Hakenkreuz-Tattoo am Daumen. – Das hast du nicht von mir, klar?«

Draußen auf dem Flur rumpelte und bollerte es laut. Der Mann blickte auf einen kleinen Bildschirm und lachte. »Hört sich so an, als könnte deine Kollegin Hilfe gebrauchen.«

»Die kommt alleine klar.«

※※※

Weiter hinten im Hausflur schreckte Mertin durch ihr Vordringen einen der geflohenen Jugendlichen auf. Hektisch lief er die kurze Distanz zwischen Mülltonnen, Kellertür und einem Ausgang zum Hof. Auf dem Boden lagen verstreut unzählige Werbeprospekte. Aufgrund der Mülltonnen roch es hier ziemlich streng.

Die Tür zum Hof war verschlossen. Als der junge Mann feststellte, dass er nicht weiterkam, entschied er sich für die Konfrontation und kam auf Mertin zu.

»Du bist vorläufig festgenommen«, klärte sie ihn auf.

In seiner Hand blitzte etwas Metallisches auf. Er klapperte mit einem Butterflymesser, was Mertin nach der Bedrohung durch den Rottweiler nicht einmal ein müdes Lächeln entlockte.

»Ich bin von der Kriminalpolizei Köln. Kommissarin. Wenn

du dich der Festnahme widersetzt, ist das als Widerstand gegen die Staatsgewalt strafbar.«

Keine Reaktion.

»Und ich werde dich festnehmen!«, fügte sie hart hinzu.

Anstatt sich einsichtig zu zeigen, griff er an. Das Messer hielt er in der geschlossenen Faust. Mertin entschloss sich, kurzen Prozess zu machen. Das war nicht die erste Messerattacke in ihrem Leben. Seine offensichtlich schon. Daher bewahrte Mertin einen kühlen Kopf.

Statt einen Schritt zurückzugehen, ging sie vor und griff ihrerseits an, um ihrem Gegner das Überraschungsmoment zu zerstören. Ihr Ellbogen schoss irgendwo dahin, wo sie das Gesicht des Angreifers vermutete, während ihre linke Hand das Messer abblockte. Mertin musste höllisch aufpassen, dass ihr die Messerhand des Gegners nicht abrutschte und folglich mit großer Sicherheit ihre eigene Hand verletzte. Kaum hatte ihr spitzer Ellbogen sein Ziel gefunden – der Getroffene röchelte –, da wanderte ihre Rechte nach unten. Mertin sägte mit der Handkante, so wie sie es beim Kung-Fu gelernt hatte, über die empfindliche Haut der Messerhand. Der Angreifer röchelte lauter und wollte seine Hand wegziehen. Als er merkte, dass Mertins Linke ihn fest im Griff hatte, sie gleichzeitig ihre Säge erneut ansetzte, öffnete er die Finger, und die Klinge fiel zu Boden.

Längst hatte Mertin ihr Bein dicht an ein Bein ihres Gegners geschoben, sodass sie nur noch eine leichte Hebelbewegung gegen das Knie des Täters ausführen musste, um ihn zu Fall zu bringen. Der Angreifer blieb auf den kalten Fliesen im Flur liegen. Er hielt sich den Hals, drehte sich hin und her, als hätte er starke Schmerzen, brachte aber keinen Schmerzensschrei heraus. Mit einem Kabelbinder band sie ihn am Treppengeländer fest.

»Kannst dich schon mal dran gewöhnen«, sagte sie mit Verweis auf die Mülltonnen, »im Jugendknast stinkt es genauso. Wo ist der andere?«

»Schlampe, ich schlitz dich auf«, brachte er jaulend hervor.

Der Junge sprach akzentfrei Deutsch, trug teure Markenklamotten, und das Messer, das Mertin in diesem Moment aufhob und in der Hand abwog, war kein billiger Schrott. Er benahm sich völlig respektlos. Vermutlich würde er später von seinen Eltern im fetten SUV mit getönten Scheiben vom Präsidium abgeholt werden. Lautstark würden die Eltern mit dem Rechtsanwalt drohen. Dieser wohlstandsverwahrloste Bengel war bestenfalls ein Trittbrettfahrer.

Mitleid und Verständnis aufzubringen wäre angebracht gewesen angesichts solcher Orientierungslosigkeit, aber der Junge spuckte ihr ins Gesicht. Sie wischte sich mit dem Ärmel durchs Gesicht. Der Ekel blieb.

»Tut weh, einen Ellbogenschlag direkt auf den Kehlkopf zu bekommen, was?«

»Leck mich, Fotze.«

Zum zweiten Mal an einem Tag eine handgreifliche Auseinandersetzung. Zum zweiten Mal beschimpfte sie jemand nicht in ihrer Funktion als Polizistin, sondern als Frau.

»Hör mal zu, du kleines Arschloch«, stieß Mertin wütend hervor, brach aber abrupt ab. Worte würden hier nicht viel ausrichten. Und dann redete sie sich doch in Rage. »Cool, so Messerkämpfe, was? Wie auf der Playstation, oder? Mal die Schlampe aufschlitzen. Was? Hast du gerade ›Negerschlampe‹ gesagt?«

Der junge Mann unter ihr wurde auf einmal ganz still. Blickte ängstlich in ihre funkelnden Augen und schüttelte verneinend den Kopf. Mertin sog geräuschvoll Luft durch die Nase ein. Ganz beiläufig glitt das Messer über ihre Finger, tänzelte um den Daumen herum und über den Handrücken und landete schließlich wieder in der geschlossenen Faust. Ein Butterflytrick, den sie Doppelhelix nannte. Der Jugendliche kam aus dem Staunen nicht mehr raus.

»Ich kann mit einem Messer umgehen«, sagte sie kalt, »du nicht!«

Ihre Messerhand schnellte vor, und die Klinge glitt tief ins Holz des Treppengeländers. Keine fünf Zentimeter neben dem

Kopf des Jugendlichen. Der erschrak darüber so sehr, dass augenblicklich sein schmerzender Hals in Vergessenheit geriet. In Panik schrie er auf. Mertin meinte, es rieche nach Urin.

»Soll ich dir mal zeigen«, setzte sie eins obendrauf, »wie man da, wo die Neger wohnen, Straßenköter wie dich kastriert?«

Panisch schüttelte der Eingeschüchterte den Kopf.

»Also, wo ist dein Kumpel?«

»Im Keller! Im Keller!«, rief er jammernd.

Mertin wandte sich Richtung Kellertür. Hoffentlich war dieser verdammte Scheißtag bald vorbei! Wahre Heldenleistung, schalt sie sich, einen reichen Schnösel einzuschüchtern. Dann stieß sie die Tür zum Keller auf.

✳✳✳

Kaiser hörte nochmals Mertins laute Stimme. Sie kam allein klar! Er spürte dennoch, dass sich so was wie ein schlechtes Gewissen in ihm regte.

Sein Gegenüber ließ die Angelegenheit auf sich beruhen, und draußen wurde es auch wieder ruhiger. Der Mann griff in eine Schreibtischschublade und warf Kaiser einen Briefumschlag zu.

»Was ist das?«, fragte Kaiser.

»Keine Ahnung, ein Zuschlag für dein neues Auto. Damit du nicht mehr diese erbärmliche Pisser-Karre fahren musst.«

Kaiser zog geräuschvoll Luft durch die Nase ein. Für ihn klangen diese Slangausdrücke aufgesetzt. Wie der Typ auch sonst eine Rolle zu spielen schien.

»Auf was für 'n Auto stehst du denn so? Ich kann dir eins besorgen.«

»Landrover.«

»Landrover? Okay, das wäre jetzt echt nicht meine Wahl, aber wie heißt es so schön in Köln. Jede Jeck is anders.«

Beide schwiegen einen Augenblick.

»Landrover, sind das nicht diese Autos, mit denen englische Lords auf Großwildjagd gehen? Mensch, Kaiser, kauf dir was

Gescheites. Einen schicken BMW. Schön matt lackiert, tiefergelegt. Ich kenn da einen Typen. Kann dich connecten.«

Beide schwiegen wieder.

Schließlich fragte Kaiser mit Blick auf den Umschlag: »Und was sollte ich dafür tun?«

***

Eine steile Stiege führte hinab in die Kellerräume. Als sie am altertümlichen Lichtschalter drehte, funkelte ganz schwach irgendwo in der Tiefe des Kellers ein Lämpchen auf. »Na klar«, kommentierte sie trocken.

Ein stark muffiger Geruch nach Schimmel und Tannennadeln stieg ihr in die Nase. Der penetrante Schimmelpilzgestank in feuchten Kellerräumen war ihr bekannt. Ungewöhnlich erschien ihr dagegen diese besondere Nadelbaumnote, die sie eher aus anderen Zusammenhängen kannte.

»Polizei!«, rief sie. »Kommen Sie mit erhobenen Händen an die Treppe!«

Mertin lauschte auf Trittgeräusche. Nichts. Keine Reaktion. Nochmals blickte sie fast sehnsüchtig zum Hauseingang. Bitter wurde ihr bewusst, dass keine Verstärkung kommen würde. Einsatz durchziehen, Verdächtige festnehmen, Konzentration, Selbstschutz, mit diesen Schlagwörtern beruhigte sie sich in Gedanken.

Mit flinken Fingern überprüfte sie, ob ihre Walther PP99 schussbereit war, schob sie aber gesichert zurück in das Holster. Aus ihrer Jackentasche holte sie stattdessen ein kleines, ungefähr handbreites Holzstück hervor und hielt es fest in der linken Faust. Es schaute fingerbreit daraus hervor. Das Yawara war ihrer Handform angepasst – ein Geschenk ihres ersten Kung-Fu-Lehrers. Der hatte ihr beigebracht, wie schmerzhaft und effektiv sein Einsatz sein konnte.

Ihr Trainer hatte das Yawara scherzhaft als »Happy Stick« bezeichnet. Happy, weil es jeden Besitzer glücklich machte, und Stick, weil es nach dem Gesetz ein Stück Holz und keine

Waffe war. Im Andenken an ihren ersten Meister hatte Mertin den Stick in »Happy Jack« umbenannt, und er begleitete sie jederzeit.

So bewaffnet ging sie nun die Treppe hinab, bei jedem Schritt damit rechnend, jemand könne von hinten durch die Stufen greifen und sie zu Fall bringen. Am Ende der steilen Treppe hatten sich ihre Augen an das dunkle Licht gewöhnt. Der muffige Geruch verstärkte sich. An den Wänden lehnte allerhand Gerümpel wie alte Fahrräder, Kartons, Kisten und ausrangierte Kinderwagen. Ein Trödelparadies. In beide Richtungen verlor sich der Kellergang im Dunkeln.

Es blieb ihr nichts anderes übrig, als mit einer Seite zu beginnen. Sie entschied sich für den rechten Gang, der näher zur Treppe lag. Sollte sich der andere Jugendliche im linken Gang versteckt halten, hätte er zwei, drei Meter weiter zu laufen. Zwei, drei Meter, die Mertin einen Vorteil verschaffen konnten.

Sie betrat den finsteren Gang. Die kleine Funzel, die in der Mitte des Kellers angebracht war, spendete hier gar keine Helligkeit mehr, da sie nun in Mertins Rücken lag. Linker Hand befanden sich Bretterverschläge, zu ihrer Rechten eine unverputzte Außenwand, die vor Feuchtigkeit glänzte. In den zum Teil mit Teppichen und anderen Textilien verhängten Verschlägen konnte sie dunkle Umrisse von noch mehr Gerümpel ausmachen. Das waren unzählige Ecken und Nischen, in denen sich ein gefährlicher Gegner leicht verborgen halten konnte.

Längst nicht jeder Angreifer war so eine Niete wie der Jugendliche, den sie vorhin nahezu mit Leichtigkeit bezwungen hatte – das Ergebnis ihres jahrelangen harten Kampftrainings. Doch auch sie war nicht gegen jeden Angriff gefeit. Nicht zuletzt der Vorfall im Kiosk am Mittag hatte ihr das gezeigt. Heimtückische Fallen, fiese Waffen, brutale Gegner, das alles konnte sehr schnell zu einer Verletzung oder Schlimmerem führen. Und diese Situation hier war ein Alptraum!

Mertin kämpfte gegen den rasenden Puls an. Das pochende Blut in ihren Adern machte sie unsicher. Ihr wurde heiß, und im Magen tummelten sich wirre Gefühle von Angst und Panik. Es war ratsam, den Einsatz abzubrechen. Das Risiko war zu hoch. Sie war bereits im Begriff, sich zurückzuziehen, als ihr erneut eine ordentliche Brise Tannennadel in die Nase stieg. Vergammelte hier irgendwo ein alter Tannenbaum in der Ecke? Dann endlich erkannte sie den Geruch.

»Du alte Kiffernase, komm endlich raus!«, rief sie.

Direkt neben ihr kam aus einem Verschlag ein Arm hervor. Die Attacke wurde nicht besonders schnell ausgeführt, dennoch erschrak Mertin, hatte sich aber sofort wieder im Griff. Sie steckte Happy Jack ein und packte den Arm an Handgelenk und Ellbogen, um ruckartig daran zu ziehen.

»Au!«, schrie der Jugendliche auf, als sein Kopf gegen die Holzstreben prallte.

Mertin ließ kurz locker, aber nur um gleich nochmals mit einem kräftigen Ruck am Arm zu ziehen. Der Jugendliche heulte auf und fluchte dann laut.

»Hab ich dir wehgetan, du Nahkampfniete? Komm raus!«

»Hey, wegen dir hab ich meinen Joint verloren«, beschwerte er sich.

»Na, dann heb ihn auf. Wir wollen schließlich nicht, dass du nicht nur Autos abfackelst, sondern ganze Mehrfamilienhäuser.«

Mertin ließ den Arm los. Mit der Taschenlampenfunktion an ihrem Telefon leuchtete sie in den Verschlag. Der Jugendliche kauerte am Boden, suchte und fand schließlich seinen Joint und nahm vor ihren Augen erst mal einen kräftigen Zug. Sie glaubte kaum, was sie sah.

»Wenn du nicht sofort rauskommst, komme ich rein!«

»Hey, du hast mir gar nichts zu befehlen, kapiert?«

Mertin trat aggressiv gegen die Tür des Verschlags, sodass sie weit aufflog. Sie leuchtete dem Jungen ins Gesicht. »Komm raus, du Spacko!«

Langsam kam der Jugendliche aus dem Verschlag gewankt. Er wirkte vom Gras berauscht, rieb sich den Oberarm und jammerte. Mertin nahm ihm den Joint ab. Eine Riesentüte.

»Was soll das?«, fragte sie. »Läufst vor der Polizei weg, versteckst dich im letzten Kellerloch und kommst als Erstes auf die Idee, dir einen Joint anzustecken. Hast wohl nichts Besseres zu tun.«

Der Jugendliche blickte zu Boden. »Mann ey, Alte, lass mich in Ruhe«, maulte er.

Mertin sah sich den Jungen genau an, auch er die Sorte verzogener Wohlstandsbengel.

»Das hier hätte ziemlich übel enden können für dich«, erklärte sie ihm ruhig, aber er schien nicht zu begreifen, dass er in eine lebensgefährliche Situation geraten war.

»Warte mal ab, du blöde Kuh, wenn mein Papa seinen Anwalt anruft. Dann geht's dir Bullenschlampe aber schlecht.«

Sie nahm ihn in den Polizeigriff, holte seinen zweiten Arm hervor und legte ihm Handschellen an. Den Joint löschte sie sorgfältig und steckte ihn als Beweismittel ein.

»Ich freue mich schon auf deinen Papa, das Jugendamt, die Joint-Geschichte … Das werden sehr interessante Gespräche! Wieso deine Jacke wohl so nach Benzin stinkt?«

Er wehrte sich.

»Scheiße, ist dir eigentlich klar, dass so was auch tödlich enden kann? Und für was? Für nichts!«

Er lachte ungläubig auf. Mertin klapste ihm mit der flachen Hand auf den Hinterkopf. »Blödmann, das war keine Frage! Los jetzt, die Treppe rauf.«

Klever staunte nicht schlecht, als Mertin mit zwei verdächtigen Jugendlichen im Schlepptau zum Einsatzort an der Elisabeth-Breuer-Straße zurückkam. Er nickte ihr anerkennend zu. Ihnen waren nämlich die übrigen Verdächtigen durch die Lappen gegangen.

»Hör mal, Chef«, kläffte der mit dem Butterfly, »die Alte hier, die ist total bekloppt! Weißt du, was die mit mir gemacht hat? Die hat mich mit meinem eigenen Messer bedroht!«

»Sagtest du gerade ›mit *meinem* eigenen Messer‹?«, wiederholte Klever.

»Ja, echt mit meinem Messer. Voll krank«, bestätigte der Jugendliche und begriff nicht, dass er Klever in die rhetorische Falle lief.

»Na, dann bin ich ja mal richtig gespannt auf die Geschichte, wie *dein* Messer in ihre Hand gekommen ist. – Abführen!«

20:12 Uhr

Das Café war voll mit Freitagabend-Ausgehhipstern. Mertin und ihr Date hatten trotzdem ein lauschiges Plätzchen ergattert. Er hatte nämlich einen Tisch reserviert. Mertin war es ein wenig peinlich gewesen, dass die Reservierung unter »Loveprophet« geführt wurde.

»Verrätst du mir deinen richtigen Namen, Loveprophet?«, fragte sie, nachdem sich ihr Gespräch überraschend positiv entwickelt hatte.

»Das ist eigentlich nicht üblich«, zog er sich zurück.

»Eigentlich?«

»Es kommt darauf an, wohin das hier führen soll«, erklärte er mit einer Nüchternheit, die Mertin verletzte.

»Ficken und das war's?«, fragte sie hart.

Er sagte nichts, blickte sie undurchdringlich an. Noch vor wenigen Augenblicken hatte er ihr besser gefallen.

»Weißt du was«, erklärte Mertin lässig, »das ist für mich okay. Hab eh keine Zeit für Beziehungsscheiße.«

Damit hatte Loveprophet nicht gerechnet. »Ich heiße Martin«, beeilte er sich zu sagen, erntete aber nur Mertins misstrauischen Blick. »Was ist?«, fuhr er fort. »Das ist kein Pseudonym.«

Bei solch auffälligen Zufällen wurde sie regelmäßig misstrauisch. Was hatte er gesagt, was er beruflich machte? Irgendwas mit Computern. Hatte er die Plattform gehackt, ihren wahren Namen herausgefunden und machte jetzt auf – was? Zu welchem Zweck?

»Weißt du, wie ich heiße?«, fragte sie. War das jetzt eine Berufskrankheit oder ein Hang zur Verschwörungstheorie?

»Nein«, antwortete er und wurde nun seinerseits misstrauisch. »Was soll das, woher sollte ich deinen Namen wissen?«

Die knisternde Stimmung war nun gänzlich abgekühlt. Es war erst ihr zweites Date, und Mertin war kurz davor, es zu beenden.

Nach dem Einsatz am Nachmittag hatte sie im Präsidium Stunde um Stunde an den Brandanschlägen gearbeitet. Sie hatte Berichte geschrieben, die Jugendlichen befragt, auch zu dem ausgebrannten Phaeton vom Vorabend, und nichts herausgefunden. Die Eltern der beiden Jungen waren im Präsidium aufgetaucht und hatten, wie zu erwarten gewesen war, für großen Aufruhr gesorgt. Von Respekt gegenüber den Beamten oder gar der Einsicht, ihre Zöglinge könnten »etwas getan« haben, war nichts zu spüren. Am Ende hatten die Eltern ihre Kinder dazu gedrängt, vom Aussageverweigerungsrecht Gebrauch zu machen.

Erst um Viertel vor acht war Mertin mit der Arbeit fertig gewesen und hatte sich ungeduscht und in Arbeitsklamotten im Auto auf den Weg zu ihrem Date gemacht. Auch war sie spät dran gewesen. Das konnte ja nichts geben. Ein schneller Blick in den Rückspiegel – Zähne, Achseln – nicht ideal, aber ganz okay. Sie konnte sich eh nicht vorstellen, dass da heute mehr passieren würde. Sie war einfach nicht in der Stimmung.

Kurz bevor sie das Café betreten hatte, hatte sie noch einen raschen Blick in den Seitenspiegel eines parkenden Autos geworfen, um ihre Haare zu ordnen. Zwecklos. Die Kapuze musste es richten. Und Kaiser war den ganzen Tag über nicht mehr aufgetaucht.

Nun blickte Judith Mertin ihr Date an, das sich ausgerechnet Martin nannte. Er wurde nervös. Kramte sein Portemonnaie hervor und legte so verunsichert wie trotzig seinen Personalausweis auf den Tisch. Mertin inspizierte die Daten auf der Karte mit professioneller Ruhe.

Er lachte beleidigt auf. »Willst du auch noch ein Foto machen? Ist okay, lass dich nicht stören.« Er schüttelte vehement den Kopf. »Das habe ich noch nie erlebt.«

»Heißt folglich, du machst so was öfters.«

»Nein! – Ja. Aber nicht oft. Ab und zu. Ich glaube es nicht, dass ich das sage. Es war doch so nett. Was ist los?«

Das klang aufrichtig. Mertin entschloss sich, ihm vorläufig zu glauben. Sie holte ihren Dienstausweis hervor und schob ihn zu ihm hinüber. Martin blickte irritiert auf das Ausweisdokument.

Sag jetzt nichts Falsches, flehte sie in Gedanken, auf keinen Fall etwas wie: »Bin ich jetzt verhaftet, Frau Wachtmeisterin?«

»Wow«, entfuhr es ihm. Er klang wahrhaftig beeindruckt. »Jetzt verstehe ich. Und du heißt Mertin. Mertin, Martin – witzig! Und was machst du?«

»Ich bin Kriminalkommissarin.«

»Hab mir schon gedacht, dass du irgend so einen megacoolen Job haben musst. Da kann ich nicht mithalten. Ich mache nur was mit Software.«

Das Kompliment tat gut.

Auch Martin gewann wieder an Sicherheit. Er spielte mit dem Ausweis in seiner Hand. »Ist der echt?«, stichelte er.

Mertin boxte ihm auf den Oberarm, gerade eben noch so, dass es als spielerisch zu bezeichnen war.

»Au, was denn«, wehrte er sich, »du hast doch geglaubt, ich wäre so eine Art Internetbetrüger, oder nicht?«

Eine ganze Weile sagte sie nichts. Dann fragte sie: »Wollen wir den Scheiß jetzt hinter uns lassen?«

Er lächelte, nickte und blickte sie an. Dann hörte das Lächeln auf, und die Verständigung bestand nur noch zwischen zwei gierig forschenden Augenpaaren. Blicke, die ewig dauerten und bis in den Magen fuhren. Er fuhr ihr mit den Fingern durch die Haare und verfing sich dabei in ihren Locken. Als Mertin das Ziepen spürte, protestierte sie, ohne dass es wirklich wehgetan hätte. Mit Erfolg.

»Oh, Mist«, entschuldigte er sich, »tut mir leid!« Seine Blicke wanderten über ihre Haare. Keine Handbreit Raum zwischen ihren Gesichtern. »Du hast geile Locken«, meinte er.

Mertin zog die Stirn kraus. Er bemerkte ihre Irritation.

»Sorry, ist aber wahr. Du hast so tolle Locken!«

Dann kicherten sie. Mertin fühlte sich jugendlich. Kitschig. Und es fühlte sich richtig gut an.

»Du bist einfach wundervoll«, beteuerte er. Seine Stimme klang unsicher und zittrig, so als wüsste er nicht, ob ein Kompliment angesagt war.

Er ist eine Schmalzlocke, dachte Mertin und blickte ihn lange regungslos an, aber ich will ihn küssen!

Und das tat sie. Nach einer Weile schob sie ihn von sich weg und sagte neckend: »Und *das* nennst du ›Loveprophet‹?«

08:15 Uhr

Immer mehr Mails tauchten auf ihrem Bildschirm auf. Die Flut wollte kein Ende nehmen. Schließlich verkündete ein Signalgeräusch, dass sämtliche Nachrichten heruntergeladen waren. Es waren einhundertfünfundachtzig an der Zahl. Mertin staunte. Das konnte doch unmöglich alles am Wochenende eingegangen sein! Hatte sie etwa seit ihrem Dienstantritt sämtliche Einsatzprotokolle der KTU verpasst?

Die letzte E-Mail kam von der IT-Abteilung. In der Betreffzeile stand: »Sorry«, mit endlos vielen Ausrufezeichen versehen. Sie klickte die Mail an und las: »… ups da haben wir wohl was übersehen – jetzt bist du freigeschaltet. ☺«

Keine Anrede, keine Einhaltung der Rechtschreibregeln und was sie am meisten wunderte und verärgerte: Der Schreiber nannte seinen Namen nicht. Irgendein anonymer ITler. Wenn sie antwortete, würde womöglich jemand ganz anderes zurückschreiben. Diese Anonymität war ihr suspekt.

Dahinter steckte sicherlich Klever! Der alte Fuchs musste für sie bei den Computerfachleuten angerufen haben. Ob er sich ins Zeug legte, um sie in seine Abteilung zu locken?

Mertin widmete sich den neuesten Mails: Die Staatsanwaltschaft leitete Ermittlungen aufgrund der ungeklärten Todesursache des Brandopfers ein. Der offizielle Dienstauftrag an die Beamten des KK 11. Außerdem fand sie einen vorläufigen Untersuchungsbericht der KTU vor. Es war ein mehrseitiger Anhang, dem sie sich gerade widmen wollte, als jemand klopfte und ohne weitere Aufforderung eintrat.

»Wollte euch ersparen, den Bericht zu lesen, und dachte deshalb, ich komme vorbei und erkläre es euch«, sagte ihr Besucher.

Ein Techniker von der KTU bemühte sich persönlich vorbei? Ungewöhnlich. Das konnte nur zweierlei Gründe haben. Er hatte bahnbrechende Neuigkeiten zu verkünden, oder er wollte sehen, wie die zerstrittenen Kollegen miteinander umgingen.

»Wo ist denn der Kollege?«, fragte der Mann mit Blick auf Kaisers unbesetzten Schreibtischstuhl.

Also Letzteres, dachte Mertin und zuckte mit den Achseln. Warum fragten eigentlich alle sie, wo Kaiser steckte? Sie war doch nicht sein Babysitter. Das Büro hatte sie selbst erst vor ein paar Minuten betreten und zu ihrem Glück genauso vorgefunden, wie sie es mochte: ohne Kaiser.

Über das Wochenende hatte sie sämtliche Gedanken an Kaiser und die Ereignisse der Tage zuvor verdrängt. Dass ihr das gelungen war, lag maßgeblich an »Loveprophet«, mit dem sie die meiste Zeit verbracht hatte. Nun sprach der Techniker sie auf Kaiser an, und das Damoklesschwert fiel auf sie herab. Die Beklemmung stieg sofort an. Irgendwann, daran führte wohl kein Weg vorbei, *musste* Kaiser schließlich wiederauftauchen. Und was dann passieren würde, war völlig unklar.

Mertin blickte ihren Besucher fragend an.

»Ich bin der, der dir am Donnerstag geholfen hat.«

Da hatte sie eine ganz andere Erinnerung. Sie konnte sich nicht entsinnen, dass ihr am Fahrzeugwrack jemand geholfen hätte. Eher behindert. Erst in allerletzter Instanz, als sie sich bereits ins Auto gebeugt hatte, da waren ihr Hände zu Hilfe gekommen. Mertin sah keinen Anlass, ihren fragenden Gesichtsausdruck zu ändern.

»Wann kommt er denn wieder?«, fragte der Techniker, von dem sie immer noch nicht wusste, wie er hieß.

»Entschuldige, haben wir uns schon kennengelernt?«, erwiderte sie ernsthaft genervt.

»Lars. Wir haben am Donnerstag gesprochen. Der Typ im Overall.«

»Tut mir leid, Lars, aber ihr hattet alle den gleichen Overall an.«

Über einer engen Jeans klebte ein mintgrünes T-Shirt in Slim-Fit an seinem Oberkörper. Der Typ war hip gekleidet, unscheinbar und nicht viel älter als sie.

»Soll ich den Bericht lesen, oder willst du mir jetzt erzählen, warum du gekommen bist?«

»Wir warten nicht auf Kaiser?«

Schon wieder! »Und in der Zwischenzeit lese ich deinen Bericht?«

Lars lachte verlegen. »Okay«, fing er zögerlich an, lachte noch mehr, wobei er sich unsicher umblickte. »Ich fasse es ganz kurz für dich zusammen. Erstens: Nummernschilder haben wir weder am Tatort noch in unmittelbarer Umgebung gefunden. Unmittelbare Umgebung heißt, wir haben am Freitag das gesamte Areal durchkämmt. Das legt die Vermutung nahe – aber das gehört natürlich in euren Aufgabenbereich –, dass die Nummernschilder absichtlich entfernt und mitgenommen wurden. Nur zum Vergleich, bei den übrigen Brandanschlägen auf parkende Autos wurde nie das Nummernschild entwendet. Zweitens: Die Fahrgestellnummer, beim Phaeton vorne am Motorblock eingestanzt, ist nicht eindeutig zu entziffern. Da muss jemand mit einem Winkelschleifer nachgeholfen haben. Ein Vorsatz rückt also näher.«

Mertin kaute auf ihrer Unterlippe. Er war also nicht nur aus Neugierde gekommen.

»Anhand der letzten Ziffern können das Herstellungsland und das Werk bestimmt werden. Da diese Zahlen nicht eindeutig zu lesen sind, müssen wir, also ich meine, *ihr*, mehrere Länder und Werke anschreiben. Ich habe eine Liste von Ländern und Werken, in denen der Phaeton hergestellt wurde, erstellt. Die Produktion des Fahrzeugtyps ist nämlich inzwischen eingestellt worden. Diese Anfragen werden grob geschätzt einige Wochen in Anspruch nehmen. Ich hoffe, das deprimiert nicht zu sehr.«

Mertin gab ein unmutiges Aufstöhnen von sich. »Was ist mit dem Gegenstand, den ich herausgeholt habe?«

»Dazu wollte ich gerade kommen.«

Er ließ eine Pause. Lesen wäre schneller gegangen, dachte Mertin und öffnete aus dem Mailprogramm per Doppelklick den Bericht.

»Deine Aktion war das Beste, was uns passieren konnte«,

erklärte Lars nun. »Fraglich, ob jemandem von uns der Gegenstand überhaupt aufgefallen wäre. Also, zumindest nicht am Donnerstag. Meiner Meinung nach, die durch Fakten unterstützt wird, die ich dir jetzt mitteilen möchte, führt uns deine Aktion zum einzigen Hinweis, den wir haben.«

Er holte Atem. Mertin scrollte durch den Bericht, bis sie gefunden und gelesen hatte, was er verkünden wollte.

Als Lars wieder ansetzte, wurde er unterbrochen. »Mach's nicht so spannend.« Kaiser stand in der Tür, wirkte mürrisch und schlecht gelaunt wie eh und je. »Oder ist das ein Krimi hier?«

Wie lange stand er schon da und hörte zu? Mertins gesamter Körper verkrampfte.

Kaiser trat ein, ließ sich im Mantel in seinen Bürostuhl fallen und schenkte dem Techniker keine weitere Beachtung.

»Also«, hob der an.

»Lass endlich diese verfickten Füllwörter weg«, fuhr Kaiser ihn scharf an und klatschte mit den Fingern in die offene Hand, »und dann erzähl mir mal das, was ich nicht nachlesen kann.«

Lars dachte nach.

»Neu, was?«

»Nein«, Lars schüttelte den Kopf, »ich arbeite seit zwei Jahren in der KTU. Und davor war ich in –«

»Ja«, pflaumte Kaiser ihn an, »jetzt verplempere nicht noch meine Zeit mit deiner Lebensgeschichte. Oder glaubst du wirklich, du könntest mich damit beeindrucken, in welchem Kackkaff du vorher deinen Popeldienst geschoben hast?«

Mertin spürte einen Kloß im Magen. Kaisers Laune hatte sich in keiner Weise gebessert. Nicht dass sie das erwartet hätte. Kaiser, die Landmine. Sobald jemand auf ihn trat, ging er hoch. In gewisser Weise war sie froh, dass nicht sie es war, die es dieses Mal abbekam. Gleichzeitig war ihr bewusst, dass der Techniker gleich wieder verschwinden würde, während sie mit dem hochexplosiven Etwas ihr gegenüber umgehen und professionelle Ermittlungen durchführen musste.

»Eine Röntgenuntersuchung des Gegenstandes führte …«, begann Mertin laut aus dem KTU-Bericht zu zitieren und las dann leise weiter. Zum einen wollte sie Kaiser von Lars, der immer nervöser wurde, ablenken, zum anderen ging Lesen wirklich schneller.

»Verlief ergebnislos«, wurde sie von Lars unterbrochen, »ja, genau! Das heißt, das Röntgenbild zeigt Verzerrungen, die nur auf Metall zurückzuführen sind! Es muss eine Art metallischer Schutzmantel sein. Irre, was? Ich habe den Gegenstand angebohrt. Ganz vorsichtig. Und dann, soweit es ging, eine Minikamera eingeführt. Es ist ein elektronisches Gerät. Aufgrund der Anordnung der elektrischen Teile, die ich einsehen konnte, lässt sich vermuten, dass es sich um ein Telekommunikationsgerät handeln könnte.«

Mertin schwieg.

»Ein Telefon?« Kaiser wirkte überrascht.

»Ja, irgendwie cool, oder?«

»Kommst du an die SIM-Karte?«

Lars stöhnte enttäuscht auf. »Darum geht es nicht. Ich vermute sogar, dass dieses Telefon, wenn es denn eines ist, gar keine SIM-Karte im herkömmlichen Sinne hat. Es ist nicht *irgendein* Telefon: Der Hersteller will nicht, dass man hineinschauen kann. Versteht ihr?«

Lars hatte Mertins volle Aufmerksamkeit. Gleichzeitig ließ sie ihren Kollegen nicht unbeobachtet.

»Der Metallkörper lässt zudem darauf schließen, dass das Gerät sehr robust – äußerst robust – sein sollte. Es könnte sich dabei um ein Satellitentelefon für militärische Zwecke handeln. Aber das ist nur eine Vermutung.«

Kaiser sagte nichts. Wenn es ihn verwunderte, ließ er sich nichts anmerken.

»Ich würde sagen«, fügte der Techniker hinzu, »ihr müsstet nur herausfinden, wer so was herstellt, und schon sind wir einen Schritt weiter. Denn bisher haben wir keinerlei Erkenntnis darüber, wer der Tote im Auto sein könnte.«

Lars lächelte und blickte erwartungsvoll von einem Kommissar zum anderen. Von Mertin erhoffte er so etwas wie Bestätigung.

»Das mit dem Kriminalistikstudium würde ich mir an deiner Stelle nochmals gründlich überlegen«, sagte Kaiser kalt. »Das war es?«

Lars nickte.

»Na, dann: Tschüs!«

Als auch Mertin nichts hinzufügte, trottete der junge Techniker langsam davon.

Kaiser rieb sich die Hände und blickte mit zerknirschtem Gesichtsausdruck auf seinen Schreibtisch. »Gehen wir es rational an.«

Mertin war verwundert. Kaiser ergriff die Initiative.

»Starten wir Anfragen bei den Kollegen von der Vermisstenstelle und fragen wir beim KK 44 nach, ob denen auf Anhieb ein Hersteller einfällt. Wer stellt solche Geräte her? Waffenproduzenten? Ich kenne mich mit derartigen Dingen nicht aus, Sie etwa?«

Mertin verneinte. »Was ist mit Kfz-Diebstahl?«

»Ja, die müssen wir auch anschreiben. Außerdem sollten wir mal in der Rechtsmedizin anrufen und fragen, wie die Obduktion verläuft. Staatsanwaltschaft?«

Mertin wusste sofort, worauf Kaiser anspielte, der in diesem Augenblick seinen Computer anschaltete. »Eine Mail ist heute Morgen gekommen.«

»Gut«, erklärte er mit deutlich besserer Laune, vielleicht hatte er sich an dem Techniker abreagiert, »dann machen wir das so. Aber vorher muss ich noch was klären.«

Kaiser stand auf und verschwand eilig aus dem Büro, ohne zu erwähnen, wann er zurückkommen würde.

Mertin schickte ein Stoßgebet Richtung Himmel, er möge doch – wohin er auch ging – nie mehr wiederkommen. Dann stand auch sie auf, denn bevor sie sich der Arbeit widmen wollte, brauchte sie dringend einen Kaffee aus der Teeküche.

Die Toilette roch nach Desinfektionsmittel. Kaiser hielt den Kopf über die Kloschüssel und übergab sich. Besser gesagt, er kotzte sich die Seele aus dem Leib. Auf ein grässliches Wochenende folgte ein grässlicher Montagmorgen! Am liebsten hätte er sich zu Hause einen Schuss Cognac in seinen Frühstückskaffee gekippt, aber Hanna hatte in weiser Voraussicht sämtliche alkoholischen Getränke – einschließlich eines teuren Whiskeys – entsorgt. Seine Laune war daraufhin gewaltig in den Keller gesunken.

Der Anblick des geifernden Technikers in seinem Büro hatte nun unweigerlich zur heftigen Entladung geführt. Diesem Penner von der KTU war doch anzusehen, wie sehr er die hübsche Kollegin anhimmelte und gleichzeitig sehen wollte, wie die zerstrittenen Kommissare ihren Dienstalltag regelten. Wahrscheinlich war er sogar »beauftragt« worden, die Kommissare auszuspähen, um Neues für den Klatsch und Tratsch im Präsidium zu liefern. Aber diesen Sensationslüstlingen würde er ein Schnippchen schlagen.

Dafür war es natürlich besser, man hätte ein schönes Wochenende mit der Familie verlebt, hätte gute Laune und wäre gesund. Aber da nichts davon zutraf, musste es auch ohne gehen.

Kaiser war mit nervöser Unruhe zum Dienst gefahren, vor allem, weil er nicht das geringste Bedürfnis verspürte, irgendwas mit seiner Kollegin zu klären oder sich gar zu entschuldigen. Er würde diesen Streit aussitzen. Fertig. Dann hatte der Techniker höchst interessante Entdeckungen bekannt gegeben, die durch die dicken Schichten aus Frustration, Krankheit, Hilflosigkeit und Depression, die ihn einhüllten, gedrungen waren und den sensiblen Nerv seines uralten Ermittlerinstinkts getroffen hatten. Hier war was faul. Mertin hatte richtig gehandelt, aber das musste man ja nicht eingestehen.

Er konnte nicht sagen, ob es an seinem ständigen Gefühl lag, einer Sache hilflos ausgeliefert zu sein, von der er nicht wusste, was sie mit ihm machte, oder ob es mit seinem rein körperlichen Bedürfnis zusammenhing, endlich mal wieder etwas zu essen – denn seit er sich so elend fühlte, litt er unter Appetitlosigkeit. Auf jeden Fall war seine Aufregung darüber, eine Spur zu wittern, in Übelkeit umgeschlagen. Gerade noch so hatte er es bis zur Behindertentoilette auf der fünften Etage geschafft. Diese Örtlichkeit wurde von anderen Kollegen nicht in Anspruch genommen – es sei denn, man wollte allein sein. Zeugen konnte Kaiser bei seiner Kotzerei nicht gebrauchen.

Mit zittrigen Händen fuhr er sich über die Lippen und betätigte die Spülung. Am Waschbecken ließ er heißes Wasser laufen, wusch sich den kalten Schweiß von der Stirn und den üblen Geschmack aus dem Mund. Hin- und hergerissen zwischen dem Bedürfnis, etwas zu unternehmen, und vollkommener Erschöpfung durchsuchte er das Toilettenschränkchen nach Seife, fand aber lediglich einen nach Desinfektionsmittel riechenden Reiniger, mit dem er sich die Hände einseifte. Anschließend blieb er minutenlang auf der Toilette sitzen und starrte auf die geschlossene Tür. Direkt in Kopfhöhe hatte irgendein Witzbold einen Aufkleber angebracht. »Klappe halten, Schlüpfer runter«, las er.

Kaiser schüttelte genervt den Kopf, während sein Gehirn automatisch die männlichen Kollegen selektierte, die er potenziell für verdächtig hielt, derartigen Schwachsinn anzubringen. Er hatte bereits einen kleinen Kreis Verdächtiger erstellt, als ihn ein Impuls durchfuhr. Belebt sprang er auf und eilte zurück ins Büro.

Mertin war nicht anwesend. Er hob den Hörer ab und wählte.

»Kriminaltechnisches –«

»Weiß ich«, herrschte Kaiser seinen Gesprächspartner an, »hör mal, von euch war eben so ein dürrer Spacko hier. Lars oder so. Habt ihr eine Liste der Kölner Firmen sowie Privatpersonen erstellt, auf die Phaetons angemeldet sind?«

»Nein, haben wir nicht.« Der Mann schwieg kurz. »Fällt das denn in unseren Aufgabenbereich?«

»Jetzt kommt mal was ganz Neues für euch: Initiative zeigen. Kennst du das?« Und als Kaiser keine Antwort erhielt, fügte er abschließend hinzu: »Dann ist ja alles klar. Die Liste erwarte ich in einer Stunde.«

Er knallte den Hörer auf den Apparat, nur um ihn sofort wieder abzuheben und die Nummer von Hannas Büro zu wählen. Während es tutete, rieb sich Kaiser mit der Hand über den Nasenrücken. Dann meldete sich Hannas Sprechstundenhilfe am Apparat, und er wurde durchgestellt.

»Was willst du?«, fragte Hanna.

Keine allzu nette Begrüßung. Wahrscheinlich hatte er das nach diesem Wochenende auch nicht anders verdient.

»Ich habe Patienten, die auf mich warten.«

Kaiser schnaufte. Wie sollte er nur anfangen nach all den bösen Worten, die gefallen waren?

09:25 Uhr

Graue Wolken drückten auf die Häuserzeile am Horizont. Weiter oben wurde die Wolkendecke dünner, und es schien beinahe so, als wollte ein wenig Himmelblau durchbrechen. Das war wohl nur ein Trugbild. Denn über dieser Schicht sammelten sich wieder dicke, dunkle Wolken, die erneuten Schneefall ankündigten.

Unten hatte sich ein nebliger Schleier über der Stadt ausgebreitet. Mit dem Ergebnis, dass es erst gar nicht richtig hell wurde. Dieser Nebel erinnerte Mertin an die dunstverschleierten Berge rund um Goma. Es war ein ähnliches Bild und doch irgendwie ganz anders.

Sie gehörte nicht zu den Menschen, die sich ans Fenster stellten, um nachzudenken, aber genau das tat sie in diesem Moment, nur um die Rückkehr ins Büro zu verzögern. Wie sollte sie mit Kaiser umgehen? Wie sollten sie gemeinsam diesen Fall angehen? Und wie sollten sie bei der dürftigen Sachlage etwas über das Brandopfer im Autowrack herausfinden?

Nur wenige Fakten deuteten auf einen Vorsatz hin. Sie wusste aus eigener Erfahrung, wie quälend es sein konnte, wenn Angehörige keine Gewissheit hatten, was passiert war. Wenn es keinen Körper, kein Grab gab, an dem man trauern konnte. Das war, als würde man die Opfer und ihre Angehörigen noch zusätzlich bestrafen. Verhöhnen geradezu.

Sie schenkte sich erneut Kaffee in eine Tasse ein und lehnte sich mit der Hüfte ans Küchenmobiliar. Ob es ihr leichterfallen würde, den Mord an ihrer Mutter zu verarbeiten, wenn sie genau wüsste, was mit ihr passiert war? Oder würde es das noch schlimmer machen? Die Ungewissheit war jedenfalls immer eine Belastung. Auch deshalb musste sie alles daransetzen, der Brandleiche ein Gesicht zu geben. Für die Angehörigen.

Ein Signalton zeigte ihr an, dass sie eine SMS erhalten hatte. Das konnte warten. Aber dann klapperte direkt neben ihr jemand am Kaffeeautomaten herum. Mertin fuhr herum und stellte sich aufrecht hin. Am Automaten stand eine Kollegin, die sie nicht kannte, und befüllte den Wassertank.

»Ich gehe dreimal am Tag Kaffee holen«, sagte die junge Frau, »und jedes Mal ist der Tank leer. Ich verbreite ungern Vorurteile, aber ich vermute, das sind unsere männlichen Kollegen, die zu faul sind, Wasser nachzufüllen.«

Mertin lächelte und nickte. Aber dann fiel ihr ein, dass sie zuletzt Kaffee genommen hatte. »In diesem Fall trifft die Schuld wohl mich.«

»Echt? Das hätte ich nicht gedacht.«

Ihr Tonfall irritierte Mertin. Es klang, als wäre sie tatsächlich auf ganzer Linie enttäuscht worden.

Mertin verabschiedete sich und wünschte sich gleichzeitig mehr Gelassenheit, um nicht alles, was ihr widerfuhr, negativ zu interpretieren. War das in der gegenwärtigen Lage überhaupt möglich?

Heute Abend gehst du endlich wieder boxen, sagte sie sich, denn seit dem letzten Donnerstag hatte sie das Dojo nicht mehr aufgesucht. Auspowern fehlte ihr.

Ihr fiel die SMS wieder ein. Um sich abzulenken, öffnete sie die Nachricht und las: »Vermisse dich, Bronzegöttin!« Es dauerte eine Weile, bis sie sich durch den Kosenamen geschmeichelt fühlte.

Auf dem Rückweg zum Büro dachte sie über eine Antwort an Martin nach, aber ihr fielen nicht annähernd so lustige wie zärtliche Worte ein. Schrieb er, weil er sie sehen wollte? Sie könnte sich nach dem Training mit ihm treffen.

Vor der Bürotür blieb sie stehen und tippte: »Hey, mein Liebespriester, schreib bloß keine Schweinereien. Bin im Dienst.« Dahinter setzte sie einen zwinkernden Smiley. Doofe Antwort. Aber zu spät, sie hatte schon auf »Senden« gedrückt.

Aus ihrem Büro hörte sie Kaisers Stimme. Er sprach mit jemandem. »Es tut mir sehr leid, was soll ich denn noch sagen?« Mertin blieb abrupt stehen.

Kaiser telefonierte. Ein Privatgespräch. Eine Entschuldigung seinerseits konnte sie sich im beruflichen Kontext schlicht nicht vorstellen. Außerdem waren sein Tonfall und sein gesamtes Verhalten ganz anders, als sie es von ihm kannte. Weich und zärtlich, liebevoll war er bemüht, auf seinen Gesprächspartner zuzugehen. Sein über den Schreibtisch gebeugter Rücken drückte Schuldbewusstsein aus. Um das zu unterstreichen, hob er beschwichtigend die freie Hand, nickte nachdrücklich. Ob er sie gehört hatte? Wenn ja, ließ er sich nichts anmerken. Kaiser hörte zu. Die Schultern bebten jetzt. Weinte er?

»Ja, das werde ich tun.«

Pause.

»Du weißt genau, dass es mir nicht nur um diese Handyverträge geht.«

Kaiser wartete ab.

»Das ist sehr viel Geld. Davon mal abgesehen: Was ist mit meinem Auto? Ich würde es gerne zurückkaufen.«

Mertin sah ihn nicken. Die Antwort dauerte lange.

»Von mir aus. Ich hole mir einen Termin.«

Wieder Pause.

»Hanna«, stöhnte er, »muss das sein?«

Hanna musste Kaisers Frau sein. Erwähnt hatte er sie Mertin gegenüber nie.

»Ja, ich will das. Ehrlich. Aber ...«

Pause.

»Ist ja gut!«

Pause.

»Ist mir vollkommen bewusst, wie ernst es ist.«

Er klang versöhnlich. Mertin entdeckte ganz neue Seiten an ihm. Dass er auch so etwas wie eine private, gefühlvollere Seite haben konnte, auf die absurde Idee war sie zuvor noch nie gekommen. Das war Kaiser, ein Arschloch. Arschlöcher haben kein Privatleben.

Aber das war wohl ein großer Irrtum. Genauso wie man immer glaubte, Mörder müssten besonders auffallen, weil sie so bestialische Dinge taten. Nein, auch Mörder führten in einem anderen Kontext ein ganz normales Leben.

»Was?«, stieß Kaiser plötzlich aufgebracht hervor.

»Nein, niemals«, jetzt klang er gewohnt unversöhnlich, »das geht zu weit!«

Es folgte eine längere Pause. Schließlich nickte er stumm. Ein schwaches »Ja« kam aus seiner Kehle. Dann drehte er sich urplötzlich zu Mertin um und blickte ihr direkt in Augen.

Mertin erschrak heftig. Er hatte ihre Anwesenheit also wahrgenommen. Das war ihr peinlich. Vor allem, weil sie in seinen Augen dicke Tränen wahrzunehmen glaubte.

»Meine Frau«, sagte Kaiser und hielt ihr den Hörer hin.

Mertin starrte auf den Hörer und wusste nicht, ob sie ihn annehmen sollte.

»Keine Sorge«, sagte er, »sie will nur mit Ihnen sprechen.«

Okay, dachte Mertin, was immer dabei rauskommt, wenn einer wie Kaiser »Keine Sorge« zu dir sagt. Du bist ein großes Mädchen. Todesmutig nahm sie den Hörer entgegen.

»Hallo, Frau Mertin? Hier spricht Hanna Fischbach-Kaiser«, hörte sie eine sympathisch und aufgeräumt klingende Frauenstimme. Mertin erwiderte den Gruß.

»Ich bin die Ehefrau von Markus. Ihrem Kollegen.«

Das war unnötig zu betonen, dennoch war es ihr anscheinend wichtig, diese Fakten hervorzuheben. Mertin gab einen bestätigenden Laut von sich. Zu einem vollständigen Satz war sie nicht fähig.

»Leider habe ich erst am Wochenende erfahren, was am Donnerstag passiert ist.«

Jetzt wurde es spannend. Mertin schwieg.

»In erster Linie möchte ich mich – soweit das überhaupt geht – für das Verhalten meines Mannes aufrichtig bei Ihnen entschuldigen. Ich habe ihm deutlich gemacht, dass es für derartiges Verhalten gegenüber Frauen keine Toleranz gibt.«

Was bedeutete das? Sie wollte sich hoffentlich nicht von ihm trennen? Dafür wollte Mertin nicht verantwortlich sein.

»Wie Sie sicherlich schon bemerkt haben, benimmt er sich in letzter Zeit – nun ja, mir fällt kein anderes Wort ein – asozial. Nicht nur im Büro hat er Probleme. Auch zu Hause steht es mit ihm nicht zum Besten. Warum er ausgerechnet mit Ihnen solche Schwierigkeiten hat, konnte er mir nicht sagen. Ich hoffe, da gibt es nichts Persönliches?«

»Von meiner Seite ganz sicher nicht«, antwortete Mertin rasch, war sich aber nicht sicher, ob sie der Aussage auch überzeugenden Ausdruck hinzugefügt hatte. Es nochmals zu bekräftigen konnte es nicht besser machen. Daher beließ es Mertin dabei.

Sie sei kein Einzelfall, fuhr Kaisers Frau fort, Markus ecke zurzeit überall an. Sie redete noch einige Zeit mit ihr über Kaisers Verhalten, wobei Mertin auffiel, dass sie ihren Mann nie in Schutz nahm, gleichzeitig aber Verständnis aufbrachte – auch für Mertin – und ernsthaft bemüht schien, etwas zur Klärung beizutragen. Ob das Erfolg haben konnte?

»Ich möchte Sie für morgen Abend zum Abendessen zu uns einladen.«

Mertin blickte entsetzt zu Kaiser. Undenkbar.

»Sie hat Sie zum Essen eingeladen, stimmt's?« Kaiser konnte Gedanken lesen.

»Markus«, rügte Hanna scharf per Telefon, was er gar nicht hören konnte, »du hältst dich da raus. Wenn ihm das nicht passt«, sagte sie an Mertin gerichtet, »kann er ja woanders essen!«

»Das müssen Sie ihm besser selbst sagen«, erwiderte Mertin hilflos und wollte den Hörer weiterreichen.

»Nein, nein, warten Sie.«

Mertin ließ sich erweichen.

»Ich kann verstehen, dass das für Sie kein leichter Schritt ist.«

Egal, wie man das formulierte, es blieb eine Untertreibung.

»Ich halte das nicht für eine gute Idee.« Mertin war drauf und dran, die Einladung auszuschlagen.

»Bitte, es ist mir wichtig. Ich würde Sie sehr gerne kennenlernen.«

Unter Kaisers schmollendem Blick sagte Mertin: »Ich weiß nicht, ob die Situation dafür nicht zu verfahren ist.«

»Kann ich irgendetwas tun, um Ihre Bedenken zu zerstreuen?«

»Sie tun schon alles und noch viel mehr.«

»Frau Mertin, Sie sind die Frau, die Kollegin, auf die er sich im Ernstfall verlassen können muss.«

Mertin wusste, worauf Kaisers Ehefrau anspielte. »Ist gut«, erklärte sie und konnte es selbst kaum glauben, »ich komme zum Essen.«

Noch lange nachdem Mertin den Hörer aufgelegt hatte, herrschte tiefes Schweigen im Büro. Kaiser wirkte niedergeschlagen und erschöpft. Notfalls konnte sie die Einladung wieder absagen. Auch wenn sie das eher als feige ansah. Sollte sie ihm eine zweite Chance geben?

***

Dieses Telefonat hatte viel Kraft und Überwindung gekostet. Und jetzt das – Abendessen mit Mertin! Entsetzt fuhr sich Kaiser mit der Hand an die Stirn. Seine Kollegin blickte ihn ohne Unterlass an. Ihr Blick schwankte zwischen Wut, Abscheu und der Sorge, er könnte erneut ausrasten. Er war eine Zumutung! Verdammt, fluchte er innerlich, jetzt versank er auch noch in Selbstmitleid.

»Diese privaten Sachen …«, bemühte er sich, brach aber ab.

»Lassen wir das!«

Kaiser nickte. Entschuldigungen waren weiß Gott nicht sein Spezialgebiet. »Ich will wissen«, sagte er dann, »was dieses verflixte Brikett für ein Gerät ist. Ziehen Sie mit?«

»Keine Frage.«

***

Mertins Antwort schien Kaiser nicht hundertprozentig zu gefallen, dennoch sagte er: »Trommeln wir ein Team zusammen.«

Kaum hatten die fünf Kollegen kurz darauf den Raum betreten, hörte Mertin zu, wie Kaiser die Aufgaben verteilte.

»Wir haben ein unbekanntes Brandopfer. Das dürfte bekannt sein. Weder das Fahrzeug noch die Person kann zum gegenwärtigen Zeitpunkt identifiziert werden. Einige Umstände deuten auf einen Vorsatz hin. Details entnehmt bitte dem Bericht. Einzige Spur ist ein verkohltes Telefon. Wenn es ein Telefon ist. Ob es Mord oder Selbstmord ist, müssen wir nun klären. Drei Fragen sind wichtig: Wer ist der Tote? Wem gehört das Auto? Was ist das für ein Gerät, und woher stammt es? Können wir eine der Fragen beantworten, sind wir bei der Klärung einen Schritt weiter.«

Kaiser machte eine Pause, beobachtete seine Kollegen.

Links von ihm stand Mirko Ludermann, ein schwergewichtiger Kriminalkommissar Anfang fünfzig, den man aufgrund seines unförmigen Körpers gern unterschätzte. Unter Kollegen war er als die »Bombe« bekannt. Ein Spitzname, den er sich in zahlreichen Dienstjahren erworben hatte.

Daneben stand Bäcker. Als einzige Anwesende war sie keine Kriminalpolizistin, sondern Verwaltungsangestellte. Sie erledigte Sekretariatsaufgaben in der Regel für Müller, erstellte Dienstpläne und kümmerte sich um die gesamte Organisation des KK 11. Sie war in Kaisers Alter und Single. Mehr wusste Mertin nicht über sie.

Ähnlich spärlich waren ihre privaten Infos zu den Kommissaren Yannik Rühl und Svetlana Mandusic. Beide waren Mitte dreißig und arbeiteten wie siamesische Zwillinge. Und das, obwohl sie vom Typ her völlig verschieden waren. Yannik war ausgewiesener Familienmensch. Er war Vater von zwei Kleinkindern und wirkte ständig ungeduscht und übernächtigt. Letzteres galt auch für Svetlana, aber vermutlich aus ganz anderen Gründen. Sie war vielfach tätowiert, wild und trieb sich angeblich in ihrer Freizeit in vielen Clubs herum. Ihre Freundin – Svetlana machte keinen Hehl aus ihrer Homosexualität – arbeitete als DJane. Zwischen Yannik und Svetlana passte kein Blatt.

Kaiser genoss die volle Aufmerksamkeit seiner Kommissare. Einzig Kollege Sundermann, das letzte Teammitglied, drückte sich in einer Ecke herum und hantierte an seinem Mobiltelefon, als ginge ihn das alles nichts an.

»Yannik, Svetlana«, sprach Kaiser die beieinanderstehenden Kollegen an, »ihr zwei kümmert euch um das Umfeld der Zoobrücke. Nachbarn, Firmen, Passanten et cetera. Fragt bei diesem Musikhaus gegenüber nach. Ich habe schon oft Mitarbeiter draußen rauchen sehen. Vielleicht hat einer was gesehen. Fragt Nachbarn. Ist einer mit seinem Hund spazieren gewesen? Die Baufirma anfragen. Gibt es irgendwo Kameras? Ist der Ort unter der Brücke ein Treff für Obdachlose, Jugendliche oder anderes Volk? Dann knöpft ihr euch nochmals diese Penner vom Freitag vor: Haben die zwei Jugendlichen irgendwas mit der Zoobrücke zu tun? Das hat Priorität.«

Yannik und Svetlana nickten.

»Farhild, du kümmerst dich um den Phaeton. In welchem Werk ist er vom Band gelaufen? Frag Lars nach der Liste oder ruf selbst bei VW an. Jetzt müssen wir noch wissen: An welchen Händler wurden die Fahrzeuge ausgeliefert und an wen weiterverkauft? Du weißt, was zu tun ist. – Mirko kümmert sich um die internen Dinge: Wissen andere Abteilungen etwas? Ähnliche Unfälle in anderen Städten? LKA, BKA und Interpol informieren und anfragen. Gibt es im Ausland vergleichbare Vorfälle?«

Kaiser machte eine Pause. »Kollege Sundermann übernimmt die Vermisstenfälle«, sagte er dann knapp.

Mertin und die übrigen Kollegen schienen den Atem anzuhalten. Keiner sagte etwas. Sundermann selbst – als Einziger der Kollegen wurde er nicht mit Vornamen angesprochen – schien überrascht.

»Und ich kümmere mich um dieses Telefon. – Ich weiß, ihr habt andere Dinge auf dem Schreibtisch. Aber das hier hat jetzt Vorrang. Ich will in spätestens zwei Stunden die ersten Ergebnisse. Je länger wir warten, umso schneller verlieren sich mögliche heiße Spuren. Das wisst ihr.«

»Den Baum ordentlich durchschütteln und sehen, was runterfällt«, fasste Mirko zusammen, was Kaiser nickend bestätigte.

Die anderen im Team lachten. Nur Mertin wurde nervös. Kaiser hatte ihr keine Aufgabe zu geteilt.

»Ist das eine Soko?«, fragte Svetlana.

Die Übrigen blickten Kaiser gespannt an. Eine Soko einzuberufen wäre Aufgabe von Dienstgruppenleiter Müller gewesen. Das überstieg Kaisers Befugnisse, was ihn nicht zu kümmern schien.

»Sicher, was sonst?«

»Und hat die Soko auch einen Namen?«

Wieder blickten alle gespannt auf Kaiser.

»Kollegin Mertin hat das Telefon gefunden«, sagte Yannik, »vielleicht sucht sie einen Namen aus.«

Die anderen stimmten zu.

»Wie wäre es mit ›Brikett‹?«, schlug Mertin vor.

»Soko Brikett«, blaffte Kaiser, »das klingt doch total scheiße!«

Keiner widersprach.

»Phönix«, legte er fest und entließ die anderen, damit sie ihren Aufträgen nachgingen.

Okay, sein Name war besser, aber musste er sie gleich so runterputzen? »Was ist mit mir? Was soll ich tun?«, fragte Mertin, bemüht, ihren Ärger zu unterdrücken.

»Sie helfen mir bei der Suche nach einem Hersteller«, erwiderte Kaiser wie selbstverständlich.

Mertin war beinahe erleichtert. Gleichzeitig fragte sie sich, warum er das tat. Es wäre ein Leichtes gewesen, sie mit einer Aufgabe zu betrauen, die sie getrennt von ihm erledigt hätte.

»Ich brauche Sie hier«, erklärte er. »Außerdem haben Sie einen Termin beim Waffenmeister.«

Mertin blickte ihn fragend an.

»Gucken Sie in Ihre Mails. Sie sollen zum Schießstand kommen, die Waffe testen und kontrollieren lassen. Als Ihr Vorgesetzter werde ich über so etwas informiert.«

Mertin überflog geschwind ihre E-Mails. Er hatte recht.

»Sie haben beim letzten Mal nicht gut abgeschnitten. Das Training wird helfen.«

Es war klar, dass er ihr das unter die Nase reiben musste.

»Also, Sie recherchieren national und international nach Firmen, die militärische Satellitentelefone herstellen«, wechselte Kaiser das Thema, »und ich rufe bei den Kollegen vom Waffendezernat an und kümmere mich um die Genehmigungen für die Soko bei Müller.«

In der nächsten Dreiviertelstunde tauchte Mertin online in die Welt der militärischen Kommunikationstechnologie ein. Mit den eingegebenen Suchwörtern fand sie Firmen, die Kommunikationsanlagen wie Satellitentelefone und Funkanlagen für alle möglichen Militärfahrzeuge vom Jeep bis zum Flugzeugträger herstellten. Das war wenig ergiebig. Sie kreiste ihre Suche ein. Nach mehreren Versuchen stieß sie auf eine Firma in Hessen, die abhörsichere Mobiltelefone herstellte. Schon besser!

Zahlreiche namhafte Politiker gehörten zur Kundschaft. Allerdings zeigten die Abbildungen der Geräte keinerlei Ähnlichkeiten mit ihrem »Brikett«. Das eigentlich Interessante an dieser Firma aber war, dass sie zu einem größeren Mutterkonzern, einer Holding mit Sitz in Belgien, gehörte, der wiederum Anteile an einer anderen Telekommunikationsfirma hielt, die ihren Firmensitz in Köln hatte: eco-tec.

Mertin rief den Webauftritt des Unternehmens auf und

klickte sich durch die hochstylishen Bilder in Grüntönen auf der Homepage. eco-tec rühmte sich damit, eine Art »Bio-Phone« herzustellen. Was das hieß, verkündete die Website nicht auf Anhieb. Vom Recycling alter Geräte war die Rede, viel mehr war aus den Schlagwortinfos auf der Seite nicht herauszulesen.

Kaiser hatte kurz das Büro verlassen, um mit Müller die Soko-Genehmigung zu besprechen, und Mertin entschied, telefonisch bei der Firma nachzufragen, ob jemand vermisst wurde. Auf der Homepage von eco-tec eine Telefonnummer zu finden kostete sie gefühlt mehr Klicks als ihre gesamte bisherige Recherche.

Am Telefon erhielt sie schließlich die Auskunft, dass das Unternehmen telefonisch keinerlei Auskünfte erteile.

»Was gefunden?«, fragte Kaiser, als er zurückkam und Mertins enttäuschtes Gesicht wahrnahm.

»Möglich«, antwortete sie mit Verweis auf ihren Bildschirm, auf dem immer noch die Website von eco-tec aufgerufen war.

Kaiser blickte auf ihren Monitor. Erst wurde er blass, nach ein paar Sekunden brüllte er los: »Meine Frau!«

Mertin erschrak heftig. »Ihre Frau? Wie schon gesagt, Ihre privaten Probleme –«

Kaiser unterbrach sie. »Lassen Sie mich ausreden. Meine Frau will für die gesamte Familie neue Handys anschaffen. Sogenannte ›Bio-Phones‹ von einer Firma namens …«

»eco-tec«, ergänzte Mertin.

Ein paar Kollegen kamen hereingestürmt und wunderten sich, wer geschrien hatte und was hier vorging. Vermutlich erwarteten sie, dass sich Kaiser und Mertin wieder an die Gurgel gingen. Kaiser stand auf, schob die ungebetenen Gäste kommentarlos hinaus und schloss die Tür.

»Mist, da hätte ich auch früher drauf kommen können. Ich bin so …« Was er war, verschwieg er. »Wir rufen am besten rasch an, um herauszufinden, ob wir auf der richtigen Spur sind.«

»Das habe ich schon gemacht.«

»Sehr gut«, lobte Kaiser. Es klang glaubhaft. »Was ist dabei herausgekommen?«

»Sie geben keine Auskünfte am Telefon.«

»Dann fahren wir hin«, entschied er grinsend.

11:30 Uhr

Es behagte Mertin nicht, dass sie und Kaiser nahezu synchron das Auto verließen und wie richtige Kollegen, als wäre nie etwas vorgefallen, ihre Schritte Richtung Verwaltungsgebäude lenkten. Sie hatten den Dienstwagen auf einem der Besucherparkplätze von eco-tec abgestellt und gingen nun über den Vorplatz direkt auf die Eingangstür des Gebäudes zu. Die Firma befand sich in einem als Technologiepark titulierten Gewerbegebiet im Westen von Köln.

In unmittelbarer Nähe des Haupteingangs parkten einige Oberklasse-Limousinen mit dunkelblauer Lackierung. Auffällig an den Fahrzeugen war, dass sie trotz der Wetterlage aussahen, als kämen sie frisch aus der Waschstraße. Kaiser wies mit einem Kopfnicken zu den Limousinen hinüber. Sämtliche Autos waren mit dem am Donnerstag ausgebrannten Fahrzeugmodell identisch.

Das vierstöckige Gebäude präsentierte sich mit einer verspiegelten Glasfront. Der eiskalte Wind, der über das Gelände peitschte, lud dazu ein, sich möglichst schnell nach drinnen zu begeben. Kaiser vergrub sein Gesicht, so gut es ging, im Kragen seiner Jacke. Als Mertin bemerkte, dass sie exakt die gleiche Bewegung zur selben Zeit durchführen wollte, unterließ sie es und nahm lieber den kalten Wind in Kauf, als diese unheimlichen Gemeinsamkeiten mit Kaiser zu teilen.

Endlich erreichten sie hinter der automatischen Eingangstür das Foyer. Obwohl der Vorplatz gut von Schnee und Eis geräumt war, klopfte sich Kaiser überlaut die Füße auf dem Schmutzfänger ab. So wie Mertin ihn einschätzte, tat er das nicht aus purer Gewohnheit. Er verfolgte irgendeinen Zweck damit.

Vermutlich wollte er laut ankündigen: Hier kommt jemand, der Wert auf Ordnung legt.

Entsetzt starrte sie auf den Boden. Sie kam sich vor wie im Psychokrieg, weil sie ständig jede Bewegung, Mimik und Äußerung Kaisers haarklein analysierte.

Sie durchquerten die gut gewärmte Vorhalle bis zum Empfangsbereich. Es plätscherte Wasser, aber Mertin sah kein Becken. Kam vermutlich über Lautsprecher. Überall standen gepflegte Bambusgewächse, und es roch nach Zitronen, als wäre literweise Aromaduft versprüht worden. Wahrscheinlich war das auch der Fall.

Als sie den Empfang erreichten, wurde aus der Redepause beharrliches Schweigen. Mertin war davon ausgegangen, dass Kaiser es übernehmen würde, zu sprechen. Aber er erwartete wohl seinerseits, dass Mertin die lästige Rederei übernahm. Mit vor der Brust verschränkten Armen blickte er herablassend auf den Pförtner hinter dem Empfang hinab. Der Pförtner selbst blickte die Kommissare argwöhnisch an.

Mertin wusste bereits, dass Kaisers Verhalten nur eines zur Folge habe würde, nämlich sture Gegenreaktion. Möglichst freundlich und entspannt erklärte sie daher den Grund ihres Kommens und zeigte ihren Dienstausweis. »Wird bei Ihnen in der Firma jemand vermisst? Können Sie uns da weiterhelfen?«, schloss sie ihre Ausführungen.

Der Pförtner blickte sie gar nicht an, sondern richtete seine Antwort an Kaiser. »Darüber darf ich Ihnen keine Auskünfte geben.«

Der Mann hatte schon viele Jahre hinter Empfangstresen wie diesem verbracht, das merkte man ihm an. Vor ihm ausgebreitet lag eine aufgeschlagene Boulevardzeitung. Sportteil. In einer weißen Tasse dampfte schwarzer Kaffee. Griffbereit lag ein Viererpack Donuts vom Discounter. Puderzucker klebte im kölschen Schnauzbart.

Nochmals wiederholte Mertin freundlich den Grund ihres Kommens, betonte dieses Mal die Dringlichkeit sowie die Amtsbefugnis der Kommissare. Es zeigte keine Wirkung, erneut erwiderte der Pförtner: »Es tut mir leid. Wir erteilen keine Auskünfte.«

Kaiser schüttelte den Kopf, blickte auf seine Armbanduhr und murmelte irgendwas wie »unglaublich« vor sich hin.

Mertin selbst verlor langsam die Geduld, zum einen, weil sie keine gute Diplomatin war, zum anderen, weil es gar keinen Grund gab, die gewünschten Informationen nicht zu geben.

»Hören Sie«, versuchte sie es erneut, »wir können auch den offiziellen Weg gehen und jemanden von eco-tec schriftlich vorladen. Vermutlich wird sich aufgrund des gegenwärtigen Vorspiels sogar die Staatsanwaltschaft einschalten. Das bedeutet sehr viele Unannehmlichkeiten für einen Manager, Ihren Boss, der mit Sicherheit wichtigere Dinge zu erledigen hat. Und das wird dann auf Sie zurückfallen. Immerhin geht es hier darum, zu klären, ob jemand von Ihnen zu Tode gekommen ist. Die Angehörigen möchten doch auch schnelle Aufklärung.«

»Ich bin nicht befugt, derartige Auskünfte zu erteilen«, sagte der Pförtner nach kurzem Schweigen.

Kaiser griff ein. Im wahrsten Sinn des Wortes. Er langte über den Empfang, hob den Telefonhörer auf und hielt dem Mann den Hörer unter die Nase. »Du holst jetzt deinen Vorgesetzten her«, befahl er.

»Dazu bin ich nicht befugt.«

Mertin spürte, dass Kaiser kurz davor war, mit dem Hörer auf den Mann einzuschlagen. Doch dann lachte er laut auf. »Das habe ich noch nicht erlebt«, sagte er und sah Mertin an. Seine Stimme klang belustigt und gleichzeitig verärgert. »Aber ich muss gestehen, seine Methode zeigt Wirkung.«

Ernst wandte er sich wieder an den Pförtner. »Was sollen wir denn nun tun, Meister? Sollen wir die Staatsanwaltschaft anrufen, damit der Staatsanwalt Sie über die Rechtsgrundlage informiert, oder soll ich dir einfach die Fresse polieren?«

»Drohen Sie mir? Dann rufe ich die Polizei!«, erklärte er.

»Du unglaubliche Hohlbirne«, brüllte Kaiser so laut und heftig, dass sowohl Mertin als auch der Pförtner zusammenzuckten, »die Polizei ist schon längst da!« Dabei nahm er Mertins Dienstausweis, den sie auf dem Empfang abgelegt hatte, in die Hand und tippte wie blöd darauf herum.

»Wir sind Kommissare der Kriminalpolizei Köln. Wir haben einen offiziellen Ermittlungsauftrag. Was Sie hier tun, nennt man Behinderung einer Amtshandlung, und das ist strafbar. Ist Ihnen der Ernst der Situation gar nicht bewusst?«

Keine Reaktion. Mertin hätte es nicht gewundert, wenn der Pförtner stur zum Donut gegriffen und abgebissen hätte. Dann hatte sie eine Idee.

»Bitte rufen Sie die Kollegen der Streifenpolizei an. Vielleicht vertrauen Sie den Uniformierten mehr als uns. Die Kollegen können Sie dann auch gleich vorläufig festnehmen und mit zur Vernehmung auf die Wache nehmen.«

Allmählich tauten die Gesichtszüge des Mannes auf. Er nahm Kaiser den Hörer ab und wählte eine Nummer. »Kann mal bitte einer runterkommen? Hier sind zwei Kommissare, die möchten mit einer verantwortlichen Person sprechen.«

Der Pförtner wartete ab. Jemand sagte ihm etwas Unerfreuliches, denn er verteidigte sich. »Weiß ich doch, aber was soll ich denn machen? Die drohen, mich zu verhaften.«

Erneut hörte er zu, dann legte er abrupt auf. »Wenn Sie bitte warten möchten, es wird jeden Augenblick jemand für Sie da sein.«

Mertin und Kaiser warteten geschlagene zwanzig Minuten, bis endlich eine Frau aus dem Aufzug trat. Sie stellte sich nicht vor und verriet auch nicht ihre Position innerhalb der Firma. Ein strafender Blick streifte den Pförtner. Mertin erklärte zum dritten Mal innerhalb kurzer Zeit den Grund ihres Kommens.

Die Frau antwortete höflich, aber reserviert: »Tut mir leid, aber wir beantworten keine Frage über unsere Mitarbeiter.«

Kaiser starrte die Frau mit unverhohlener Abneigung an. Mertin wusste nicht mehr weiter. Oder beinhaltete diese Nicht-Information indirekt die Info, dass sie jemanden vermissten?

»Im Sinne der Angehörigen wäre es sehr sinnvoll, wenn Sie uns behilflich sein könnten.«

»Es entspricht nicht unserer Firmenpolitik, Informationen über etwaige Mitarbeiter an firmenfremde Dritte weiterzugeben.«

»Wir sind Kriminalkommissare der Stadt Köln. Staatsbeamte. Wir ermitteln in einem ungeklärten Todesfall. Unter Umständen hat ein Gewaltverbrechen mit Todesfolge stattgefunden. Sie verweigern also die Aussage?«

»Ich kann Ihr Anliegen an die Chefetage weiterreichen. Wenn Sie mir eine Telefonnummer geben, unter der wir Sie zurückrufen können, dann würden wir uns gegebenenfalls bei Ihnen melden.«

Mertin schüttelte den Kopf. »Unglaublich. Dann muss das die Staatsanwaltschaft regeln«, erklärte sie ruhig. Am liebsten hätte sie dieser arroganten Kuh vor ihr eine gescheuert.

Kaiser setzte seinerseits hinzu: »Gehen Sie zu Ihrem Justiziar, den haben Sie doch sicherlich hier im Unternehmen, und lassen Sie sich über die Rechtsgrundlage aufklären.«

Das Lächeln der Frau verriet Mertin, dass vor ihnen die angesprochene Firmenanwältin stand.

»Wenn man sich so verhält, benötigt man sicherlich mehr als einen Anwalt im Haus«, stichelte Kaiser. Es zeigte wenig Wirkung.

»Ich werde mit dem Geschäftsführer Rücksprache halten und mich gegebenenfalls bei Ihnen melden«, wiederholte sie.

Mertin konnte die Selbstgefälligkeit nicht mehr ertragen. Kaiser lachte die Frau aus. Die Kommissare hatten die Rollen getauscht.

Das Lachen irritierte die Frau. »Darf ich Sie nun bitten zu gehen.«

Kaiser lächelte. Mertin verstand nicht, woher er plötzlich seine Gelassenheit nahm. »Nicht, bevor Sie mir Ihren Namen und Ihre Funktion bei eco-tec genannt haben.«

»Ich erteile keine weiteren Auskünfte.«

Kaiser lächelte überlegen. Sie war ihm in die Falle gegangen.

»Als Anwältin und Bürgerin wissen Sie sicherlich, dass wir in Deutschland eine Ausweispflicht haben. Das heißt, wenn

Polizeibeamte, wie wir es sind, Sie auffordern, sich auszuweisen, müssen Sie das tun, ansonsten können wir Sie festnehmen, und das wird nun passieren.«

Die Anwältin schwieg. Die Kiefer arbeiteten. Ihre Miene verriet, dass es ihr äußerst unangenehm war, sich in diese Situation manövriert zu haben.

»Irene Halbweis, ich bin Justiziarin im Haus«, gab die Frau kleinlaut Auskunft, »mein Personalausweis liegt oben im Büro in meiner Handtasche.«

»Ja, ich fürchte, wir benötigen das Originaldokument«, erklärte Kaiser süffisant. »So wird das nicht genügen. Allerdings kann ich meine Kollegin hier auch jederzeit anweisen, Sie festzunehmen.«

Kaiser machte das ziemlich geschickt. Mertin war ein bisschen beeindruckt von seiner Art, die Situation zu kontrollieren, daher demonstrierte sie die Entschlossenheit, seinen Anweisungen Folge zu leisten.

Anwältin Halbweis kramte aus ihrem Blazer eine Visitenkarte hervor und zeigte sie Kaiser, der sie direkt an Mertin weitergab. Mertin und Halbweis tauschten ihre Kontaktdaten aus.

»Wir dokumentieren hier für die Staatsanwaltschaft zwei Straftatbestände: erstens Behinderung der Polizeibeamten bei einer Amtshandlung sowie zweitens Verletzung der Ausweispflicht.«

»Ich werde Ihre Anfrage umgehend dem Geschäftsführer weiterleiten.«

»Und der heißt wie?«

»Ostrowski.«

»Wollen wir heute mal nicht so sein«, erklärte Kaiser herablassend, »sind doch alles Peanuts. Andererseits gibt es ja durchaus berechtigte Gründe, warum man sich einer polizeilichen Anweisung nicht widersetzen darf. Im Paradies für Gesetzesbrecher leben wir noch nicht. Oder möchten Sie das etwa?«

Halbweis war schlau genug, nicht auf Kaisers Rhetorik einzusteigen.

»Wenn Sie sich bis zum Nachmittag nicht gemeldet haben,

müssen wir ein offizielles Verfahren einleiten«, ergänzte Mertin Kaisers Aussage.

Halbweis nickte.

»Kommen Sie, Frau Kollegin«, ätzte Kaiser weiter, »wir sind hier fertig.«

Kurz darauf waren sie auf dem Rückweg ins Präsidium. Kaiser saß, wie gewohnt, hinterm Steuer des Dienstwagens und schwieg, was Mertin wieder verärgerte. Aber sie konnte nicht ständig Streit mit ihm anfangen. Außerdem musste sie sich eingestehen, dass sie gut zusammengearbeitet hatten.

Kaiser schien gute Laune zu haben, und das war eine Premiere. Um sich zu überzeugen, dass sie recht hatte, tat Mertin so, als wollte sie ein Gespräch beginnen, was Kaiser sofort aufgriff.

»Hat gutgetan, dieser arroganten Arschlochanwältin mal die Meinung zu geigen.« Er lächelte.

»Seltsamer Typ, dieser Pförtner«, sagte Mertin, »er muss mehr Angst gehabt haben, der Anweisung seines Chefs nicht zu folgen, als Ärger mit der Polizei zu bekommen. Wer macht so was?«

»Für ihn geht's wahrscheinlich um seinen Job.«

Mertins Magen gab knurrende Geräusche von sich.

»Hunger?«

»Tut mir leid.«

»Muss ihnen nicht leidtun. – Hunger?«

»Hab seit keine Ahnung wann nichts mehr gegessen.«

Kaiser schenkte ihr einen väterlichen Blick, der Mertin mehr nervte, als wenn er irgendeine Gemeinheit von sich gegeben hätte.

»Hähnchen oder Lamm? Ich kenn da einen guten Dönerladen. Ist nur ein kleiner Umweg.«

Mertin wehrte ab.

»Sie essen Falafel«, stellte Kaiser fest.

»Ja und, was dagegen? Ich esse keine Tiere.«

»Sie waren gut«, sagte Kaiser wie aus heiterem Himmel.

Fragend blickte sie ihn an.

»Sie haben intuitiv genau im richtigen Augenblick erkannt, dass ich meine Strategie geändert habe, und dementsprechend gehandelt. Wir haben die Positionen geändert, und so konnten wir das Optimum erreichen.«

»Ich finde, wir haben gar nichts erreicht.«

»Und ich finde, dass wir gar nicht wissen können, was wir erreicht haben.«

»Wir sind dorthin gefahren, um die Identität der Brandleiche zu klären. Diesem Ziel sind wir nicht näher gekommen.«

»Sie müssen noch viel dazulernen«, sagte Kaiser, urplötzlich wieder der Miesepetrige. Er rieb sich nervös die Stirn. Seine Gesichtshaut war übersät mit roten Flecken.

Mertin ließ das Gespräch auf sich beruhen. So ist er nun mal, dachte sie und erschrak. Fing sie an, sich an ihn und seine Art zu gewöhnen?

In diesem Moment piepste erst Kaisers Handy, und kurz darauf klingelte auch ihr Smartphone: Svetlana Mandusic rief an. Mertin wischte über das Display.

»Ja, ich höre.«

»Ist *er* auch da?«, fragte die Kollegin, wobei keine Zweifel daran bestanden, wen sie mit »er« meinte. Ohne Umschweife schaltete Mertin auf Lautsprecher um.

»Kaiser hört nun mit.«

»Wir haben einen Brand mit Todesfolge in einer Flüchtlingsunterkunft. Ich bin gerade mit dem Team dahin unterwegs. Die Adresse habe ich euch auf Kaisers Telefon geschickt. Verdammt, Kaiser, warum gehst du nicht ans Telefon?«

»Ist auf lautlos gestellt oder so.«

12:07 Uhr

Der Wohncontainer war eher explodiert als ausgebrannt; die Fenster zersplittert, die Außenwände windschief, und dort, wo die Flammen gewütet hatten, lagerte sich Ruß ab. Mertin blickte in ein schwarzes Loch, das mal ein Wohnraum gewesen war. Der Leichnam wurde abtransportiert.

Scheiß-Nazis, ging es ihr instinktiv durch den Kopf, obwohl noch gar keine Hinweise vorlagen, wie es zum Brand gekommen war.

Der ausgebrannte Container gehörte zu einem doppelstöckigen Komplex aus Wohneinheiten, die mitten auf das Gelände einer ehemaligen Fabrik im Osten von Dellbrück gepflanzt worden waren. Dahinter erhob sich das Verwaltungsgebäude, behelfsmäßig umgebaut zu einem Flüchtlingsheim.

Auf dem Vorplatz drängten sich einige hundert Flüchtlinge, die aufgrund des Brandes ins Freie evakuiert worden waren, was angesichts der Außentemperaturen aber keine Dauerlösung sein konnte. Wo Mertin hinblickte, herrschte Durcheinander. In einiger Entfernung erkannte sie Gabriela Rust. Die Gerichtsmedizinerin stand neben dem Leichenwagen.

Im Umfeld des ehemaligen Fabrikgeländes waren neben einigen stattlichen Gründerzeitvillen auch zahlreiche Mehrfamilienhäuser entstanden. Nebenan war ein Wildpark. Zaun an Zaun mit den Flüchtlingen wühlten Wildschweine im gefrorenen Waldboden nach Eicheln. Mertin sah Jugendliche und erschreckend viele Kinder, die ihre erste Lebensdekade noch nicht überschritten hatten. Wo waren die Erwachsenen? Wieso hatte man die Bewohner nicht in Räume im Hauptgebäude gebracht?

Einsatzkräfte von Feuerwehr und Polizei versuchten, Ordnung ins Chaos zu bringen, was offensichtlich nicht gelang. Viele wirkten überfordert. Mertin blickte auf Kaiser und wartete auf seine Order.

Kaiser zog ein verärgertes Gesicht, und Mertin dachte bereits, er würde sich wieder komplett verweigern, da sagte er: »Das kann doch wohl nicht wahr sein! Was ist denn hier los? Sind die alle unfähig!« Er wandte sich an sein Team an und befahl: »Sundermann, Mirko, Yannik und ich, wir vier kümmern uns ums Grobe. Sundermann, du machst die Einsatzleiter von Feuerwehr und Polizei aus und schickst sie zu mir.«

Als Sundermann sich nicht sofort in Bewegung setzte, kommandierte Kaiser: »Schwing die Hufe, Mann!«

Offensichtlich gab es Leute, die der Kommissar noch weniger mochte als sie, dachte Mertin, und im selben Moment sprach Kaiser sie an: »Mertin, Svetlana, ihr beide macht die unmittelbar betroffenen Personen ausfindig und befragt sie. Vor allem will ich wissen, wer der Tote ist, wann der Brand passiert ist und ob mögliche Brandstifter gesehen wurden. Das hat Priorität. Tagsüber – das ist doch ungewöhnlich.«

Mertin nickte ihm zu und machte sich mit ihrer Teamkollegin Svetlana Mandusic auf den Weg, einen Ansprechpartner zu finden.

Im Weggehen hörte sie Kaiser fluchen: »Scheiße, und ich wollte eigentlich was essen.«

»Wir duzen uns doch, oder?«, versicherte sich Svetlana.

»Klar, warum nicht«, erwiderte Mertin.

Die Kommissarinnen arbeiteten sich langsam durch die Menschenmenge. Mertin blickte ausschließlich in verängstigte, frierende Gesichter von Minderjährigen. Mit jedem Schritt wurde sie wütender.

Endlich wies Svetlana mit dem Kopf in eine Richtung. Mertin folgte ihrer Geste und erblickte eine Frau Ende vierzig, die grau melierten Haare zu einem Dutt frisiert, um den Hals trug sie ein buntes Tuch, und trotz der Kälte hatte sie lediglich ein T-Shirt an. Sie kümmerte sich um einige Kinder.

Mertin näherte sich ihr und erkannte, wie kalt den Kindern sein musste. Jacke und Pulli hatte die Frau bereits an die Kinder verteilt und legte nun einem ungefähr siebenjährigen Mädchen mit schwarzer Hautfarbe ihr buntes Halstuch um.

»Kriminalpolizei Köln«, sprach Mertin sie an, »wir suchen die Verantwortlichen dieser Einrichtung.«

Die Frau schüttelte den Kopf. »Sie sehen doch, ich habe zu tun.«

»Wir sind von der Kriminalpolizei. Wir sind hier, um zu helfen.«

Erst jetzt schien die Frau zu verstehen und richtete sich auf. »Ich arbeite nur ehrenamtlich hier«, erklärte sie.

»Wie heißen Sie?«

»Karin Welz.«

Svetlana hatte sich einige Kinder näher angeschaut und zu verstehen gegeben, dass die bereits erste Anzeichen von Unterkühlung aufwiesen. Sie zog ihre Jacke aus und zwängte ein Kind hinein. Mertin folgte umgehend ihrem Beispiel.

»Frau Welz«, begann sie dann erneut, dezidiert ruhig und entschlossen, »ich bin Kriminalkommissarin Judith Mertin von der Kriminalpolizei Köln. Wir müssen dringend mit den Personen sprechen, die in dem Zimmer gewohnt haben. Aber wollen wir nicht als Erstes diese Kinder ins Warme bringen?«

»Wir dürfen ja nicht ins Haus!«

»Sagt wer?«

»Der Sicherheitsdienst.«

»Darum kümmere ich mich. Kommen Sie mit!«

Karin Welz blickte Mertin bewegt an. »Wer macht denn so etwas – einen Brandanschlag auf ein Kinderheim?«

Am Eingang zum Gebäude wurde der kleine von Mertin und Svetlana Mandusic angeführte Trupp von einem schroffen Wachmann aufgehalten. »Halt, ey! Du darfst hier nicht rein!«

Er hatte noch nicht ganz ausgesprochen, da wurden ihm bereits zwei Dienstausweise unter die Nase gehalten.

»Kriminalpolizei Köln«, sagte Mertin. »Treten Sie beiseite.«

»Ich darf hier niemanden reinlassen.«

»Treten Sie beiseite.« Gib mir einen Anlass, dachte Mertin, während sie den Wachmann fest im Blick hielt, nur einen einzigen.

Endlich gab er den Weg frei.

Im Flur bedankte sich Karin Welz. Die Kinder setzten sich auf die Treppenstufen.

»Frau Welz«, begann Mertin, »können Sie mir sagen, was passiert ist?«

»Es gab einen lauten Knall, eine Explosion oder so was. Gesehen habe ich nichts, nur dieses laute Knallen gehört. Dann bin ich sofort nach draußen gelaufen und habe den Brand entdeckt.«

»Haben Sie jemanden gesehen?«, fragte Svetlana.

»Niemanden außer unseren Leuten.«

»Und das Todesopfer?«

»Ein Junge, siebzehn Jahre alt. Er hieß Louis Mbwol Mpasi. Er ist ohne Eltern und Angehörige nach Deutschland gekommen. Laut eigenen Angaben stammt er aus dem Kivu, das liegt im ...«

»Kongo«, ergänzte Mertin.

»Ja, genau. Kommen Sie etwa auch –«

»Ja«, unterbrach Mertin sie.

»Er gehörte zu unserer kleinen kongolesischen Gemeinde«, erklärte Welz weiter. »In dem Zimmer waren fünf Kongolesen untergebracht. Allesamt minderjährig. Das hier ist ein Heim für minderjährige Flüchtlinge, die ohne Eltern nach Deutschland kommen.«

Mertin spürte plötzlich einen seltsamen Druck auf den Ohren. Eine Art Piepen. Dazu gesellte sich Unwohlsein. Hier schienen einige Grenzen zu verschwimmen. War das ein Zufall oder eine Art Angriff auf ihre Person? Das alles konnte sie sich nicht erklären.

Svetlana schien ihr anzusehen, dass sie sich schlecht fühlte. »Setz du dich kurz hin«, sagte sie, »ich kümmere mich noch ein wenig um die Kinder.«

13:01 Uhr

»Kommen Sie, ich bringe Sie zu den Jugendlichen«, schlug Karin Welz vor.

Mertin nickte.

Karin Welz führte Mertin zu einem Raum in der zweiten Etage der Flüchtlingsunterkunft. Es war eine karge Räumlichkeit, ausgestattet mit Möbeln wie vom Sperrmüll. Ein Tisch, sechs Stühle. Mertin fühlte sich wie im Gefängnis. Vier Jugendliche blickten sie von ihren Sitzplätzen aus argwöhnisch an. Trauer, Angst, Wut, das alles glaubte sie in den jungen Gesichtern zu erkennen. Sie standen unter Schock. Hatten sie einen Freund oder gar einen Bruder verloren?

Mertin erklärte, wer sie war und was sie wollte. »Könnt ihr mir bitte eure Namen nennen?«, fragte sie auf Französisch.

»Das waren diese Scheiß-Islamisten von nebenan«, rief der älteste der Jungen und fluchte auf Französisch.

Er hatte einen kräftigen Tonfall, der zu seinem harten, fast verbittert wirkenden Äußeren passte. Im Klang seiner Stimme lag etwas Eigenartiges, als würde er bis heute unter einer nie richtig verheilten Verletzung der Stimmbänder leiden.

»Kofi Mbeki«, erklärte Welz, »der Kleine dort heißt Aristide. Bei den anderen beiden verlässt mich mein Gedächtnis. Ob das ihre richtigen Namen sind, kann ich Ihnen aber nicht versprechen.«

»Islamisten?«, erkundigte sich Mertin.

Welz bemühte sich, die Aussage zu relativieren. »Einige muslimische Flüchtlinge sind für unsere westlichen Augen ein bisschen sehr konservativ, aber Islamisten sind das noch lange nicht.«

»Woher kommen die?«

»Afghanistan, Sudan, Somalia, Irak, aber hauptsächlich Syrien.«

Bevor sie sich wieder den Jugendlichen zuwandte, schickte sie eine SMS an Kaiser und Svetlana Mandusic: »Beginne Befragung. Benötige Verstärkung.«

Mertin setzte sich, beobachtete und sagte vorerst kein Wort. Genauso verhielten sich die Jugendlichen. Vor allem vermieden sie direkten Augenkontakt. Für Mertin ein vertrautes Verhalten. Bis einer von ihnen, der kleine Aristide, das Schweigen brach und mit einem ruandischen Dialekt, den sie aus dem Ostkongo kannte, eine Frage an seinen unmittelbaren Nachbarn richtete. Verstehen konnte sie das Ruandisch, sprechen aber nicht.

»Du hast recht, ich komme aus Goma«, antwortete sie auf Französisch.

»Dann will ich auch zur Polizei!«, rief er aus. »Ist doch ein toller Job, oder?«

»Es ist ein guter Job«, bestätigte Mertin, »aber du brauchst einen deutschen Pass, um Beamter bei der deutschen Polizei zu werden.«

»Und wie kommst du dann zur Polizei?«

»Mein Vater ist Deutscher.«

Die Jungen schwiegen. Das war es, wovon die jungen Männer träumten und was sie nie bekommen würden.

Aristide wollte etwas fragen, aber Kofi Mbeki kam ihm zuvor: »Halt die Klappe, ich hab dir doch schon gesagt, dass Sie sich immer was einfallen lassen, um Leute wie uns auszuschließen.«

Mertin ließ die Bemerkung unkommentiert stehen. »Louis, war er euer Freund? Euer Bruder? Was könnt ihr mir über ihn sagen?«

»Freund. Kein Verwandter. Von keinem«, wechselte Mbeki ins Deutsche.

»Wir können weiter Französisch sprechen«, bot Mertin an, die nicht verstand, warum er ins Deutsche wechselte, obwohl er die Sprache deutlich schlechter beherrschte. Auch die anderen blickten ihn fragend an, da sie dem Gespräch nun nicht mehr folgen konnten.

Mbeki nickte, antwortete aber erneut auf Deutsch, als Mertin ihn danach befragte, wie es zum Brand gekommen war.

»Ich war auf dem Gang. Vor dem Zimmer. Jemand hat einen Molotowcocktail ins Zimmer geworfen. Durch das Fenster auf ein Bett. Es hat sofort alles gebrannt. Louis' Bett war vorne am Fenster. Er hat geschlafen.« Mbeki schwieg einen Moment. »Louis hat immer im Bett gelegen und geschlafen.«

»Und das hast du gesehen? Einen Molotowcocktail, der von draußen ins Zimmer geworfen wurde?«

»Ja«, bestätigte er, klang aber dabei ein wenig zögerlich. »Ich habe es nicht ganz genau gesehen«, fügte er dann wieder auf Französisch hinzu, »weil ich draußen auf dem Flur war.«

Die übrigen Kongolesen sahen ihn an. Blicken sie zu ihm auf?, fragte sich Mertin.

»Du hast vorhin gesagt, das wären ›die Islamisten‹ gewesen. Wer sind *die*? Und warum sollten sie das tun? Hattet ihr Streit?«

»Scheiß-Araber«, rief er aus, »machen nur Stress, grapschen Mädchen an und so. Wegen denen haben wir es schwer hier.«

»Habt ihr euch mit denen gestritten?« Sie richtete die Frage an alle vier Jugendlichen gleichermaßen. Aber Mbeki antwortete.

»Warum fragst du uns? Die schmeißen die Bomben, und wir werden abgeschoben.«

»Ich kann verstehen, dass ihr aufgebracht seid. Bleib ruhig, ich will doch nur herausfinden, was passiert ist. Niemand beschuldigt euch.«

»Das ist gut. Alkohol und Drogen findest du bei den Marokkanern«, behauptete er verärgert.

Interessante Einstellung, dachte Mertin, er schiebt alles auf andere.

»Ich muss alle Vorkommnisse überprüfen. Die Herkunftsländer der Beteiligten spielen dabei eine untergeordnete Rolle.«

»Vor dem Gesetz sind alle gleich?«, fragte Mbeki und blickte ihr ohne Scheu direkt in die Augen. Mertin war sich sicher, dass er sie provozieren wollte.

Die Tür ging auf, und Kaiser betrat das Zimmer. Mertin sah anhand der roten Flecken in seinem Gesicht, dass er auf hundertachtzig war. Im Schlepptau folgten ihm Svetlana, die ihr zunickte, und Sundermann. Ausgerechnet der, dachte Mertin.

»Klever ist eben mit seinem Team angerückt. Wir können also jetzt hier helfen. Was gibt's?« Kaiser wies Sundermann einen Sitzplatz im Hintergrund zu.

»Der junge Mann behauptet, jemand hätte einen Molotowcocktail ins Zimmer geworfen.«

»Was heißt hier ›behauptet‹«, protestierte Mbeki, »was soll denn sonst passiert sein?«

Mertin versuchte abzuwiegeln. »Noch haben wir keine Beweise. Aber es geht nicht darum, dass wir dir nicht glauben würden.«

Mbeki wollte erneut protestieren, aber Sundermann fiel ihm ins Wort. »Zeig mal ein bisschen Benimm, ja?« Er sprang von seinem Stuhl auf. »Oder gibt's das nicht da, wo du herkommst?«

»Ich darf Sie sehr wohl dringend bitten, höflich zu bleiben«, mischte sich Welz in das Gespräch ein.

Kaisers Gesichtsfärbung wurde zusehends röter, aber er sagte ruhig: »Die Befragung führt die Kollegin.«

So zurechtgewiesen, schwieg Sundermann.

»Kein Problem«, sagte Mbeki verächtlich und in deutlich besserem Deutsch als vorher, »ich habe schon begriffen. Für euch haben wir ein paar Bier getrunken und gekifft, und dann haben wir uns selbst in Brand gesteckt, weil wir das so machen da, wo wir herkommen.«

»Moment mal«, sagte Kaiser hart, »niemand hat Derartiges gesagt.«

Mbeki schnaufte. »Gleich sind wir die Islamisten.«

»Bisschen Drogen, bisschen Alkohol, ist doch logisch, da dauert es nicht lange, und das Zimmer steht in Flammen. Er behauptet doch nur das Gegenteil, um von der Wahrheit abzulenken«, giftete Sundermann.

Mertin fühlte sich derart überrumpelt, dass sie nicht wusste, wie sie sich verhalten sollte.

»War es so, Bimbo?«, keifte Sundermann.

»Das reicht«, erklärte Welz, »die Befragung ist beendet.«

Kaisers rote Flecken im Gesicht explodierten. Er schob Sundermann aus dem Zimmer. Mertin folgte ihnen. Kaum waren sie draußen auf dem Flur und hatten die Tür geschlossen, da packte Kaiser Sundermann am Kragen und schubste ihn an die Wand.

»Ich habe dich vorhin schon verwarnt, und wenn du Arschloch deine Klappe nicht halten kannst, dann schick ich dich jetzt mit offiziellem Verweis nach Hause«, brüllte Kaiser, »dein Rassistengequatsche hat hier nichts verloren. Du fährst jetzt nach Hause. Sofort! Ich will dich hier nicht mehr sehen!«

Kaiser ließ von ihm ab. Sundermann zog allerdings eine Spur

zu langsam zurück. Kaiser schubste ihn brutal weg, sodass er zu Boden ging. Weder Mertin noch Svetlana hinderten Kaiser daran.

»Hau ab!«

Sundermann rappelte sich auf und ging.

Verwundert blickte Mertin ihm hinterher – hatte Sundermann gelächelt?

»Was für 'n Arsch!«, sagte Svetlana.

»Bleib bei ihm und begleite ihn vom Gelände. Wenn es nicht anders geht, nimm dir zwei Kollegen von der Streife zu Hilfe«, wies Kaiser sie an. »Und sieh zu, dass er nicht wieder zurückkommt.«

Svetlana Mandusic folgte Sundermann.

16:08 Uhr

Mertin schloss die Schiebetür des Einsatzfahrzeugs. Die Standheizung lief auf Hochtouren. Die Soko Phönix hatte sich zu einer ersten Lagebesprechung noch am Einsatzort in einem VW-Transporter versammelt. Kommissar Klever hatte sich zu ihnen gesellt. Die Stimmung war gedrückt.

»Was können wir gegenwärtig feststellen?«, eröffnete Kaiser.

»Es war ein verheerender Brand, der sich nur aufgrund der frühzeitigen Entdeckung nicht weiter ausgebreitet hat«, erklärte Klever.

»Brandanschläge ereignen sich meistens nachts. Warum war das hier anders? Auch die Brandanschläge am Freitag wurden im Hellen ausgeführt. Besteht da eventuell ein Zusammenhang? Gibt es darüber irgendwelche Erkenntnisse?«

Keiner wusste eine Antwort.

Kaiser zeigte auf Mertin und sich selbst. »Wir haben die Kongolesen befragt, aber die beschuldigen nur die Syrer von nebenan. Die Syrer haben aber auch nichts gesehen. Dieser

Junge, Mbeki, sprach von einem Molotowcocktail, der ins Zimmer geworfen wurde. Habt ihr Spuren gefunden, die das bestätigen könnten?«

»Wir beide«, sagte Mirko mit Verweis auf seinen unmittelbaren Sitznachbarn Yannik, »haben das gesamte Außengelände abgesucht und nichts gefunden. Aber wir sollten trotzdem nochmals nachschauen und vor allem auch den Zaun abgehen.« Auch Klever schüttelte verneinend den Kopf.

»Wenn wir nichts finden, müssen wir uns auf die Untersuchungsergebnisse verlassen. Die KTU ist noch vor Ort. Vielleicht finden sie Flaschenscherben«, sagte Kaiser. »Wer hat Zugang zum Gelände des Flüchtlingsheims? Sind fremde Personen beobachtet worden?«

»Keiner hat was gesehen«, sagte Mertin.

»Wer auf das Gelände kommen will, der kommt aufs Gelände«, fasste Svetlana die Sicherheitssituation zusammen.

»Und was ist mit dieser Fahne?«, fragte Kaiser.

»Wir haben auf dem Flur eine handgemalte schwarze Fahne mit arabischen Schriftzeichen gefunden«, bestätigte Klever. »Eine Fahne des IS. Das ist unser einziger Hinweis. Die Jugendlichen behaupten, sie vorher noch nie gesehen zu haben. Ob die Fahne also von den vermeintlichen Attentätern zurückgelassen wurde, ist nicht sicher.«

»Also«, klärte Kaiser, »jede Variante ist möglich, auch die, dass sie von möglichen rechten Tätern zurückgelassen worden ist, um eine falsche Fährte zu legen. Nur, wie sind die unbemerkt am Sicherheitsdienst vorbei ins Haus gekommen?«

»Scheiße«, murmelten Yannik und Svetlana unisono. Anschließend herrschte unbehagliches Schweigen.

»Was meinst du«, begann Kaiser leise und wandte sich direkt an Mertin, »sagen die Jugendlichen die Wahrheit?«

Mertin schüttelte den Kopf und wunderte sich darüber, dass er sie duzte, ließ sich aber nichts anmerken. »Ich weiß es nicht. Wir sollten in alle Richtungen ermitteln. Es könnte ein Unfall gewesen sein, und die Jugendlichen haben Angst vor den Konsequenzen. Abschiebung.«

»Immerhin sollte man meinen, dass niemand Tausende Kilometer flieht, um dann absichtlich seine Unterkunft in Brand zu stecken«, fügte Mirko hinzu.

»Ein Unfall wäre dennoch denkbar. Etwa mit Feuerwerkskörpern«, zog Yannik in Erwägung.

»Wenn es ein Anschlag ist, warum dann tagsüber?«, fragte Mirko, und Yannik nickte zustimmend.

»Wir sollten den Sicherheitsdienst überprüfen. Es ist denkbar, dass sich unter den Wachleuten ein Komplize befindet«, sagte Klever.

»Wir haben nichts Konkretes …« Kaiser brach ab.

Eine ernüchternde Zusammenfassung. Mertin wollte nicht zustimmen, aber vor allen widersprechen wollte sie auch nicht. Im Dunkeln tappen, das war nun mal ein Teil ihres Jobs als Kommissare. Sie konnte sich nicht vorstellen, dass Kaiser das nicht selbst wusste.

Der blickte hinüber auf die Flüchtlingsunterkunft und fuhr sich mit der Hand über die Stirn. »Selbst Hunde werden bei uns besser behandelt. Für die gibt es sogar Esoterikmessen.«

16:59 Uhr

»Ja, Kaiser hier.« Er lauschte in sein Handy und schaltete dann auf Lautsprecher, sodass Mertin, die neben ihm saß, mithören konnte.

»Ostrowski, Marek Ostrowski ist mein Name. Ich bin der Geschäftsführer von eco-tec.«

Mertin richtete sich auf. Kaiser antwortete nicht sofort, ließ seinen Gesprächspartner im Ungewissen.

»Was kann ich für Sie tun, Herr Ostrowski?«, fragte er dann. »Meine Kollegin Kriminalkommissarin Judith Mertin ist ebenfalls anwesend und hört mit.«

»Ich habe erfahren, dass Sie heute Morgen bei uns waren

und dass es bei Ihrem Besuch zu einigen Missverständnissen gekommen ist.«

Mertin blickte Kaiser an, der seine Mundwinkel zu einem schiefen Grinsen verzog, während er das Auto vor einer roten Ampel stoppte.

»Herr Ostrowski, die Angelegenheit hat sich erledigt«, meinte Kaiser trocken, »das übernimmt nun die Staatsanwaltschaft.«

Weder Kaiser noch Mertin hatten den Staatsanwalt informiert.

»Behinderung einer Amtshandlung, Verweigerung der Ausweispflicht, das sind keine Missverständnisse, das sind grobe Verstöße –«

Ostrowski unterbrach Kaiser. »Deshalb rufe ich ja an! Meine Mitarbeiter sind gewaltig übers Ziel hinausgeschossen. Ich möchte Sie bitten, von strafrechtlichen Konsequenzen abzusehen. Wir, also ich erkläre mich gerne und unter höchster Bereitwilligkeit einverstanden, Auskünfte zu erteilen. Ich bitte Sie sogar dringend um Hilfe«, fügte er nach einer kleinen Atempause hinzu.

Kaiser blickte Mertin an. Als die Ampel auf Grün schaltete, fuhr er nicht sofort los. Erst langsam ließ er die Kupplung kommen, und das Fahrzeug rollte im Schneckentempo an.

»Meine Mitarbeiter hatten aufgrund einiger Vorfälle in der Vergangenheit die Anweisung, keine Auskünfte zu erteilen. Das bezog sich aber selbstverständlich nicht auf polizeiliche Ermittlungsarbeit.«

»Und Sie sind noch mal wer?«

»Marek Ostrowski, der Geschäftsführer von eco-tec.«

Nicht dass Kaiser das nicht längst gewusst hätte. Mertin hörte aufmerksam zu. Sie hatte sich bei »Vorfälle« eine geistige Notiz gemacht, und sie war sich sicher, dass Kaiser das ebenfalls registriert hatte.

»Herr Kommissar«, begann Ostrowski und klang ein bisschen sehr anbiedernd, während Kaiser das Dienstfahrzeug auf die Einfahrt zum Polizeipräsidium lenkte und vor dem Rolltor zum Stehen kam, »ich vermisse den leitenden Ingenieur meiner Entwicklungsabteilung.«

»Was heißt ›vermissen‹?«

»Ich weiß nicht, wo er ist, er hat sich nicht gemeldet, und wir können ihn auch nicht erreichen.«

»Hat er vielleicht Urlaub?«

Mertin fand, dass Kaiser es mit seiner Weichkochtaktik übertrieb.

»Natürlich nicht«, ereiferte sich der Manager, »das habe ich selbstverständlich überprüft.«

»Wie lange vermissen Sie den Mann?«

»Seit einer Woche.«

»Und hat der Mann auch einen Namen?«

»Derendorf, Niels Derendorf.«

»Haben Sie eine Vermisstenanzeige aufgegeben?«

»Nein. Ich konnte doch nicht ahnen, dass das nötig sein würde.«

Kaiser blickte Mertin an.

»Herr Ostrowski, wie alt ist die vermisste Person?«, fragte sie.

»Derendorf? Keine Ahnung. Mitte oder eher Ende fünfzig, würde ich mal schätzen.«

»Und gehe ich recht in der Annahme, dass Sie ebenfalls einen ihrer Firmen-Phaetons vermissen?«

»Ja«, bekannte Ostrowski, und er klang, als könnten Kommissare hellsehen.

»Herr Ostrowski, wo sind Sie jetzt?«

»In der Firma.«

»Bleiben Sie dort«, meldete sich Kaiser wieder zu Wort, »wir sind in einer halben Stunde bei Ihnen!«

Das Rolltor glitt auf, und das Auto schoss mit einem Satz auf den Hof.

Mertin hatte erwartet, dass sie direkt zu eco-tec fahren würden, statt ins Präsidium zu gehen. Doch seit Ostrowskis Anruf wirkte ihr Kollege wie transformiert. Elektrisiert eilte er voraus. Mertin war dieses allzu launische Verhalten von Drogenabhängigen bekannt. Konnte das Kaisers Problem sein?

»Klingt irgendwie komisch.«

»Was denn?«

»Na, dieses ›Sie‹, finden *Sie* nicht auch?« Ohne eine Antwort abzuwarten, fügte er hinzu: »Ich bin der Markus.«

»Judith.« Sie sprach ihren Vornamen zögerlich und so aus, wie ihn die deutschen Kollegen nun mal gern aussprachen: auf Deutsch.

»Ich weiß, dass dein Vorname Französisch ausgesprochen wird. *Judith.* Darf ich dich so nennen?«

Aus seinem Mund klang es komisch – unfranzösisch, gebrechlich und zärtlich. Irritiert schüttelte Mertin den Kopf und forderte Kaiser auf, ihren Vornamen so auszusprechen, wie es alle Kollegen taten, um nicht unpassende Phantasien und Gedankenspiele anzuregen.

Kaiser wollte sich nicht daran halten. »Sorry, ich gebe mir Mühe, es weniger nach Porno klingen zu lassen.«

»Nein«, sagte Mertin bestimmt, »lass es gut sein. Besser lass es ganz sein. Vor allem lass es nicht weniger nach Porno klingen, lass es gar nicht nach Porno klingen, kapiert?«

Inzwischen waren sie beim Aufzug angekommen. Kaiser kam nicht dazu, zu antworten. Die Tür war im Begriff, zuzufahren, ein leerer Aufzug wollte ohne die Kommissare abfahren. Mertin ahnte, was kommen würde.

Reflexartig hechtete Kaiser drei, vier Schritte vor und hielt den Aufzug nur dadurch auf, dass er sich förmlich zwischen Tür und Kabine warf. Mertins Verdacht, er könnte etwas Aufputschendes eingeworfen haben, schien sich zu einer Tatsache verhärten zu wollen. Aber wann sollte er das gemacht haben? Sie waren den ganzen Tag gemeinsam unterwegs gewesen.

Keine Gelegenheit, sich ein bisschen Crystal Meth reinzuziehen.

Sie wollte Kaiser seinen guten Lauf aber nicht verderben und spielte mit: »Gute Reflexe.« Ein Teil in ihr verachtete sich für die Äußerung.

»Das war noch gar nichts«, sagte er mit jungenhaftem Leuchten in den Augen, »du hättest mich mal in deinem Alter sehen sollen!«

Mertin kratzte sich am Kinn, um ein Lächeln zu verschleiern.

Die Aufzugtür fuhr wieder auf. In der Kabine stand Sundermann. Kaiser fokussierte ihn, als hätte er ein besonders ekliges Ungeziefer entdeckt. Im Aufzug drückte Kaiser auf die »2«, und sie fuhren los.

Während Mertin überlegte, was sie in der zweiten Etage sollten, da dort lediglich die Kantine zu finden war, räusperte sich Kollege Sundermann. Die gesamte Fahrtzeit, nicht länger als zwanzig Sekunden, äußerte keiner ein Wort. Erst als die Tür aufglitt und die Kommissare ausstiegen, fragte Kaiser: »Was machst du hier, Knallkopf? Ich hatte dich doch nach Hause geschickt.«

Sundermann antwortete nicht, und zu seinem Glück schloss sich die Aufzugtür wieder.

»Halt dich fern von Typen wie Sundermann«, belehrte Kaiser seine Kollegin. Er klang nicht wie sonst. »Was immer wir für Differenzen haben, Kollege Sundermann ist dumm und gefährlich. Nein, eigentlich nur gefährlich.«

Zur Aufputschdroge gesellte sich ein Wahrheitsserum. Mertin lächelte gezwungen und beeilte sich, Kaiser zu folgen, der dann abrupt stehen blieb. Beinahe wären sie zusammengestoßen. Grotesk.

»Da gibt es nichts zu beschönigen. Papa Sundermann ist Bäcker und hat im Rheinland circa vierzig Filialen. Vierzig! Ein kleines Brötchenimperium. Und da hätte Sohnemann auch bleiben sollen. Er ist die größte Niete in der Polizeigeschichte.«

Kaiser ging ein paar Schritte weiter und legte die Hand an den Türgriff der schweren Glastür zur Kantine, öffnete sie aber nicht. Sein Zögern verursachte einen Stau. Kollegen, die die Kantine verlassen wollten, konnten die Tür nicht öffnen, ohne Kaiser umzureißen.

»Und leider ist Sundermann kein Einzelfall.«

Haltung und Ton ihr gegenüber verrieten Mertin, dass Kaiser nicht etwa indirekt sie meinte. Sie war ja irgendwie froh, dass er – aus ihrer Sicht – plötzlich Ermittlergeist an den Tag legte, aber das ging doch eindeutig zu weit.

»Du glaubst mir nicht und hältst mein Urteil für voreilig und ungerechtfertigt. Die Sundermanns sind nicht nur einfach fremdenfeindlich. Sie tun auch was dafür.«

Ihr Blick fiel an Kaiser vorbei auf die ungeduldig wartenden Kollegen im Kantinenraum.

»Papa Sundermann«, monologisierte er weiter, ohne auf sein Umfeld zu achten, »hat im vergangenen Jahr der ADZ hundertfünfzigtausend Euro gespendet. Ein Betrag, den er vermutlich aus der Portokasse zahlt. Wie auch immer. Vater und Sohn sind gemeinsam auf verschiedenen Veranstaltungen gesichtet worden. Darüber hinaus ist der Sohnemann aktives Mitglied bei diesem rechten Bündnis ›#remigration‹. Für mich verträgt sich das nicht mit dem Dienst und dem geleisteten Eid eines Polizeibeamten in einem demokratischen Staat. Wie heißt es so schön: Das muss unsere Demokratie vertragen.« Kaiser lachte höhnisch.

Mertin war erstaunt. Tatsächlich änderte das ihre Meinung. Die Rechtspopulisten der »ADZ – Aktion für Deutschlands Zukunft« plädierten öffentlich dafür, Zuwanderer mit Waffengewalt daran zu hindern, deutschen Boden zu betreten. Und »#remigration« war eine nationalistische Gruppierung, die sich bemühte, Rassismus hip und salonfähig zu machen.

Woher wusste Kaiser das alles?

Endlich betraten sie die Kantine und lösten den Stau auf, der sich mittlerweile auch hinter ihnen gebildet hatte.

Im gesamten Präsidium gab es keinen Ort, den Mertin weniger mochte als die Kantine. Nicht wegen des Essens oder gar der Qualität des Essens, vielmehr weil hier mit großer Beliebtheit das betrieben wurde, was ihr besonders schwerfiel: nicht berufliche Kommunikation. Aus diesem Grund mied sie die Örtlichkeit.

Eine lange Warteschlange hatte sich vor der Essensausgabe gebildet. Kaiser dachte gar nicht erst daran, sich brav anzustellen. Kommentarlos drängte er sich an den Wartenden vorbei und nötigte Mertin durch hektisches Zuwinken, ihm zu folgen.

Sie senkte den Blick und entschuldigte sich mehrfach. Die Kollegen maulten, aber nur, bis sie sich umblickten und Kaiser sahen. Dann verstummten auch sie. Mertin wurde die absurde Situation immer unangenehmer, und sie entschuldigte sich erneut.

»Lasst uns mal durch«, befahl Kaiser.

Aus dem Tischbereich kam schließlich ein Kommentar. »Tatütata, die Mordkommission ist da! Lasst sie durch, Kollegen. Sie haben es eilig.«

Das war Klever, der an einem Tisch saß und ihr zunickte, als sie entschuldigend mit den Schultern zuckte. Auch er konnte erst vor wenigen Augenblicken vom Einsatz zurückgekommen sein.

»Und, Markus«, fragte Klever nicht ohne beißenden Spott, »wie heißt der Mörder, Hans Hunger?«

»Und Dieter Durst«, parierte Kaiser.

Keiner lachte.

Kaiser hatte sich längst der Servicekraft hinter der Theke zugewendet und wollte bestellen.

»Sie hinten anstellen«, protestierte die Frau mit osteuropäischem Akzent.

Kaisers Mienenspiel schwankte zwischen bedrohlich und vollkommen irre. Mertin glaubte, er würde jeden Augenblick über die Theke greifen, um die polnische Küchenhilfe durchzuschütteln. »Tut mir leid«, sagte er mit unterdrücktem Beben in der Stimme, »ich habe Sie akustisch nicht verstanden.«

Ach du Scheiße, ging es Mertin nicht zum ersten Mal durch den Kopf, der Typ ist krank!

»Nun macht nicht noch eine Szene!«

Der Protest kam aus der Warteschlange, bewirkte aber, dass die Frau hinter der Theke einlenkte.

»Du bestellen jetzt. Aber nächstes Mal hinten anstellen.«

»Menü eins«, sagte Kaiser.

Mertin überlegte, ob es möglich war, mit noch mehr Verachtung in der Stimme zu bestellen.

Ein Teller mit einem Berg Gyros, Pommes und Krautsalat wurde ihm gereicht. Obendrauf thronte ein großer Klecks Tsatsiki mit rohen Zwiebeln. Dann wurde Mertin aufgefordert zu bestellen.

»Oh, nein danke«, wehrte sie ab, »ich möchte gar nichts.«

Die Frau wurde richtig unangenehm. »Erst nicht warten können und dann nicht bestellen! Was du wollen?«

»Okay, okay«, lenkte sie beschwichtigend ein, »die Nudeln.«

17:20 Uhr

»Ihr seid spät«, erklärte Gabriele Rust zur Begrüßung, als sich Kaiser zu ihr an den Tisch setzte.

Endlich verstand auch Mertin. Wieso sagte er ihr nicht einfach, dass ein Termin mit der Gerichtsmedizinerin anstand, den beide vermutlich vorhin im Flüchtlingsheim vereinbart hatten?

»Wir hatten was zu tun«, entschuldigte sich Kaiser und schaufelte sich Gyros-Stücke in den Mund.

»Jedes Mal, wenn ihr was zu tun habt, hab ich auch was zu tun.«

»Ja, *c'est la vie*«, kommentierte er.

»*C'est la mort*«, widersprach Rust. »Wir haben in vielerlei Hinsicht eine besondere Brandleiche vorliegen. Angefangen bei den hohen Temperaturen. Der Körper ist bis zur Unkenntlichkeit verbrannt. Was ich aber sagen will, ist, dass wir es mit einer männlichen Person zu tun haben. Anhand einiger Organreste lässt sich vermuten, dass der Mann schon etwas älter war. Über fünfzig. Vermutlich europäischer Herkunft.«

»Das passt«, erklärte Kaiser.

Rust blickte die Kommissare überrascht an, sparte sich ihre Nachfrage aber auf und fuhr fort.

»Der Mann wurde nicht gefesselt. Ob er betäubt wurde, ist bislang nicht geklärt. Die Untersuchungen laufen noch.«

Kaisers anfänglicher Heißhunger hatte nachgelassen. Er stocherte nur noch lustlos in den Pommes herum. Ob das mit den unappetitlichen Details in Rusts Bericht zusammenhing oder eine ganz andere Ursache hatte, konnte Mertin nur raten.

»Etwas noch: Der Tote hat sehr lange gelebt. Was sehr ungewöhnlich ist. Seine Lunge, wie die übrigen Organe, ist stark verbrannt. In der Regel sterben Brandopfer früh, das heißt, sie ersticken am Rauch. Man fällt in Ohnmacht und spürt dann nichts mehr. Dieser Tod muss sehr qualvoll gewesen sein.« Rust machte eine kurze Pause. »Es passt – wozu?«

Sie blickte Mertin an, aber Kaiser antwortete. »Erst mal essen. Dann fahren wir nochmals zu eco-tec.«

Rust verstand immer noch kein Wort. Mertin berichtete mit knappen Worten von den neuesten Erkenntnissen.

»Warum erfahre ich das erst jetzt?«, protestierte sie.

»Wissen wir ja selbst erst seit ein paar Minuten«, erklärte Kaiser und schob seinen kaum geleerten Teller beiseite.

Rust blickte vom einen zum anderen. »Besorgt mir von den Angehörigen das Einverständnis, einen Zahnabgleich durchzuführen. Dann kann ich euch sagen, ob unsere Brandleiche dieser vermisste Manager ist.«

»Ingenieur.«

Ein unangenehmes Schweigen entstand.

»Hätten wir das nicht telefonisch klären können?«, erkundigte sich Kaiser mit höhnischem Unterton. Er starrte deprimiert auf sein Essen.

Rust ließ sich von Kaisers erneut aufkommender schlechter Laune nicht irritieren. »Muss ich mich jetzt schon entschuldigen, wenn ich keine eindeutigen Hinweise auf ein Gewaltverbrechen finde? Die Untersuchungen laufen noch. Das habe ich doch gesagt. Außerdem wollte ich noch mit der Kollegin ein paar Worte wechseln.«

Mertin blickte die Gerichtsmedizinerin überrascht an.

»Markus«, sagte Rust mit Nachdruck, »kannst du uns bitte mal alleine lassen? Ich muss etwas mit der Kollegin unter vier Augen besprechen.«

Kaiser nickte abwesend und erhob sich. »Ich warte unten am Auto.«

»Alles okay bei euch?«, fragte Rust, nachdem sich Kaiser einige Schritte entfernt hatte.

»Wohl eher nicht. Warum fragst du?«

Rust blickte auf die Tischplatte. Mertin stutzte, die Gerichtsmedizinerin hatte etwas auf dem Herzen.

»Es gab, nein, es gibt Gerüchte«, erklärte sie zögerlich.

»Gerüchte?«

Rust nickte. »Ja, Gerüchte über euch und warum ihr euch gestritten habt. Na ja, das ist wohl eher eine verharmlosende Beschreibung. Warum ihr aufeinander losgegangen seid.«

Mertin wollte widersprechen. Nicht sie war auf Kaiser losgegangen. Aber etwas ganz anderes an diesem Gespräch beunruhigte sie, nämlich die Art und Weise, wie Rust sie und Kaiser als »euch« bezeichnet hatte.

Sie ließ eine lange Pause und beobachtete Kaiser, der in diesem Moment sein Tablett in einen Geschirrwagen verräumte. Sie kniff die Augen zusammen, um sich zu vergewissern, ob sie träumte, aber da stand immer noch Markus Kaiser, und er war nicht attraktiver geworden! Auch Müller hatte bereits diesen Verdacht geäußert, sie könnten eine Affäre haben. An wem das wohl lag? An ihr? Oder hatte Kaiser den Ruf eines Schürzenjägers? Derartiges war ihr noch nicht zu Ohren gekommen. Wobei die Kommunikation mit anderen Kollegen ja auch nicht ihre Stärke war.

Noch einmal sah sie zu Kaiser rüber, dem nun ohne Tablett in den Händen etwas Verlorenes anhaftete. Er stand in der Nähe des Geschirrwagens und schien unschlüssig, wohin er gehen sollte. Keiner sprach mit ihm. Das wunderte Mertin nicht. Aber wie die Leute darauf kamen, sie könnte *etwas* – und zwar Sex – mit ihm haben, das war geradezu absurd. Oder wirkte sie auf ihre Kollegen wie eine Nymphomanin? Eine Femme fatale? Das war doch nur die Phantasie der anderen.

Ihr neuer Freund Martin hatte am Wochenende seine Internetfirma mit den Worten ›Ich bin meine eigene Marke‹ erklärt. Eine Aussage, die sie auch für sich in Anspruch nahm. Sex mit Kaiser? Wie kamen die Leute nur darauf? Ernsthaft, wie kommen die darauf?, dachte Mertin, und laut sagte sie: »Man sollte nicht allzu viel auf Gerüchte geben.«

»Gut.«

»Wie, gut? Was bedeutet das?« Mertin war verärgert, was Rust verunsicherte.

»›Gut‹ bedeutet ›besser als schlecht‹.«

»Kommt auf den Betrachter an«, widersprach Mertin. »In diesem Fall gibt es weder gut noch schlecht. Beide Fälle sind keine Option. Habe ich mich deutlich ausgedrückt?«

Sie war lauter geworden. Rust blickte sich um, aber niemand schenkte ihnen Beachtung.

»Ist ja gut, ich wollte dich nur warnen. Informieren.«

»Also, um eins klarzustellen: Kaiser hat mich angegriffen, und daraus schließen die lieben Kollegen, wir hätten eine Affäre?«

»Einfaltspinsel, allesamt.« Rust redete Mertin nach dem Mund.

»Mehr fällt ihnen nicht ein?«

»So sind die männlichen Gehirne: einfach gestrickt. Sex und Alkohol, mehr funktioniert nicht.«

»Ich habe einen Freund«, sagte Mertin und bereute ihre Aussage im selben Augenblick. Nicht nur, weil sie noch gar nicht wusste, ob man das, was sie und Loveprophet Martin hatten, eine Beziehung nennen konnte. Sie kam sich albern vor, weil sie sich gegen dieses Gerücht mit einer Notlüge verteidigte.

Verärgert und enttäuscht erhob sich Mertin und ging. Von Rust hatte sie etwas anderes erwartet.

»Die Einverständniserklärung für den Zahnabgleich nicht vergessen«, rief ihr Rust hinterher.

18:00 Uhr

Ostrowski schlürfte ein shakeartiges Getränk mit gelbgrünlicher Färbung. In der trüben Suppe schwammen Bröckchen, die Mertin auf die Entfernung nicht genauer erkennen konnte. Beim Anblick, wie Ostrowski die Trinkflasche an seine Lippe führte, drehte sich ihr der Magen um.

Auf dem gläsernen Schreibtisch lag nichts weiter als ein Tablet. Er setzte das Gefäß ab und sagte: »Schön, dass Sie so schnell kommen konnten. Kann ich Ihnen was zu trinken anbieten?«

»Nein, nein! Danke«, beeilten Mertin und Kaiser sich zu erwidern. Der Einklang sorgte bei Mertin dafür, dass sie sich noch unwohler fühlte.

»Was können wir für Sie tun?«, fragte Kaiser.

»Ach, und ich dachte, ich könnte was für Sie tun«, erwiderte Ostrowski.

Kaisers Augen verengten sich zu finsteren Schlitzen, wie Mertin aus dem Augenwinkel sehr wohl erkennen konnte. Es war ihr unangenehm, dass man ihm seine Gemütsverfassung immer unmittelbar im Gesicht ablesen konnte.

»Also, eigentlich geht es lediglich um einen simplen Informationsaustausch«, erklärte sie sachlich.

»Sehen Sie«, begann Ostrowski, brach aber sofort wieder ab, um auf sein Tablet zu blicken, das aufgeblinkt hatte.

Mertin blickte hinüber zu Kaiser, der ausdruckslos dasaß. Aber er kochte vor Wut. Die roten Flecke sprossen in seinem Gesicht um die Wangenknochen herum auf wie kleine Vulkankrater, in denen Lava brodelte. Ostrowski benahm sich wie ein Gutsherr, der zur Audienz geladen hatte, aber Mertin wollte keine weitere Zeit mit Kräftemessen verschwenden.

Nach dem Gespräch mit Rust in der Polizeikantine hatte sie ihren Kollegen an der Schleuse zum Fuhrpark eingeholt. Kaiser hatte ihre veränderte Stimmung sofort registriert und fragte nach: »Alles okay?«

»Nein, gar nichts ist okay«, gestand sie kühl, »aber darüber möchte ich nicht mit *Ihnen* reden.«

Am liebsten hätte sie ihm eine Standpauke gehalten. Nicht nur, dass er sie seit ihrem Dienstantritt schlecht behandelt hatte, nun verhielt er sich auch noch so, als wären sie die besten Kumpel.

Mertin hatte auf den Wandschalter für die Automatiktür geschlagen, die sich daraufhin öffnete. Eiskalte Winterluft schlug ihr entgegen.

»Scheiße«, fluchte sie, als ihr klar wurde, dass Totschweigen auch keine Lösung war. Sie blieb stehen. »Kaiser, wir müssen das jetzt klären.«

Kaiser blickte sie überrascht und fragend an. »Ich dachte, *du* wolltest nicht reden.«

»Jetzt!«

Der Luftzug in der Schleusentür wirbelte ihr die Haare durcheinander.

»Aber ich habe mich doch entschuldigt«, sagte Kaiser fast kleinlaut.

»Das meine ich nicht.« Erbost überging Mertin seine dreiste Behauptung.

»Okay«, hatte Kaiser nun ebenfalls wütend geschrien, »ich wüsste nur gerne, *was* du *klären* willst.«

Mertin funkelte ihn an. »Gabriela behauptet ... also sie sagt, da gäbe es gewisse Gerüchte über uns in Kollegenkreisen, und ich will von dir wissen –«

»Kacke«, entfuhr es Kaiser. Seine Reaktion schien aufrichtig zu sein. »Das kann ich gar nicht gebrauchen.«

Was hatte das zu bedeuten? »Kaiser, ich frage Sie das nur ein einziges Mal. Dann will ich nie wieder – nie wieder! – darüber reden.«

Kaiser blickte sie mit großen Augen an.

»Wollen Sie was von mir?«

Seine Kinnlade fiel runter. Sie konnte ihm in den offenen Mund schauen. Auch kein besonders schöner Anblick. Seine Reaktion überraschte sie aber doch. Einerseits war sie beruhigt, andererseits auch ein wenig verletzt. Ihm schien die Annahme, eine Affäre mit ihr haben zu können, geradezu grotesk.

»Scheiße, wenn Hanna das erfährt, bin ich geliefert«, murmelte er mehr zu sich als zu Mertin.

Das war keine Antwort auf ihre Frage, und das sagte sie ihm auch.

»Nein und nochmals nein«, sagte Kaiser überdeutlich, »und ich glaube nicht, dass ich dich damit sonderlich enttäusche.«

»Gut«, sagte Mertin nach einer Weile, »aber wir müssen dieses Gerücht aus der Welt schaffen.«

Kaiser schnaufte. »Was sollen wir tun? Ein Aushang am Schwarzen Brett? Selbst wenn das was bringen würde … Gibt es überhaupt noch ein Schwarzes Brett im Präsidium? Es würde nichts bringen, im Gegenteil, wir würden die Gerüchteküche nur noch mehr anheizen. Wir tun jetzt das einzig Sinnvolle. Und das sage ich nicht nur, weil du die ganze Zeit in der Lichtschranke von dieser Scheiß-Tür stehst und ich mir wegen dir den Arsch abfriere.«

Mertin überlegte, das musste die längste Rede gewesen sein, die er bisher jemals an sie gerichtet hatte. »Und das wäre?«, fragte sie todesmutig.

»Wir steigen jetzt in dieses Fahrzeug, fahren zu eco-tec und vergessen den ganzen Dreck.«

Mertin überlegte. Das klang vernünftig. Ein Restrisiko würde natürlich immer bleiben. Sie nickte.

»Weißt du was«, sagte Kaiser jovial, »fahr du!«

»Kaiser!«, stöhnte Mertin.

»Und übrigens, wir waren schon beim Du. Hast *du* gar nicht gemerkt. In der Aufregung hast du vom Du zum Sie gewechselt.«

»Na gut. Ich habe keine Ahnung, was in *dir* vorgeht«, sagte sie. »Ja, wir sind von mir aus beim Du, aber bei Sticheleien sind wir noch lange nicht. Sehr lange. Wahrscheinlich bin ich für dich nur so etwas wie ein unbedeutender Sidekick im Kaiser-Universum. Das ist mir egal, ich habe nämlich mein eigenes Universum. Da fühl ich mich wohl. Das ist riesengroß. Und da ist kein Platz für Arschlöcher!«

»Keine Ahnung, wovon du sprichst. Aber wenn du willst, dann fahr du!«

»Scheiße«, fluchte Mertin, »ich will nicht fahren, nur weil du dich dazu bereit erklärst, mich fahren zu lassen. Es ist mir egal, wer fährt.«

»Mir aber nicht. Ich fahre nämlich am liebsten selbst.«

Das war ein Standpunkt, über den sie noch nie nachgedacht hatte. Mertin wusste keinen Rat.

»Dann müssen wir eben eine Münze werfen«, hatte sie schließlich vorgeschlagen.

In Ostrowskis Büro war ihr nun urplötzlich zum Heulen zumute. Noch so ein Tag, der emotional kaum zu bändigen war. Mit dem Kollegen darum losen, wer fahren durfte, wie unprofessionell! Sie rieb sich die Augen.

Endlich wandte sich Ostrowski wieder den Kommissaren zu. »Es tut mir sehr leid. Bin ständig im Dienst. Und ständig ist es wichtig.« Er lächelte gespielt verlegen.

»Wissen Sie, was richtig wichtig ist«, sagte Kaiser kalt und wartete nicht auf eine Antwort Ostrowskis. Er tippte auf seinem Handy herum und zeigte ihm ein Foto der Brandleiche im ausgebrannten VW Phaeton. Beim Anblick der entstellten Leiche schreckte Ostrowski eingeschüchtert zurück.

»Jaja, Entschuldigung. Ich helfe, wo ich kann. Ich wollte mich nur vorab bei Ihnen wegen der Unannehmlichkeiten mit meinen beiden Mitarbeitern entschuldigen.«

»Das sagten Sie schon am Telefon.«

»Außerdem vermissen wir unseren leitenden Ingenieur. Niels Derendorf.«

Auch das hatte er schon am Telefon erwähnt.

»Ein bisschen ausführlichere Infos wären hilfreich.«

»Am Telefon sagten Sie, Sie würden ihn seit einer Woche vermissen. Wann haben Sie das letzte Mal mit ihm gesprochen?«, mischte sich Mertin ein.

»Das muss letzten Mittwoch gewesen sein.«

»Können Sie das anhand Ihres Terminkalenders überprüfen?«

»Es war Mittwoch«, antwortete Ostrowski, ohne auf ihre Frage einzugehen.

»Ist bei diesem Gespräch etwas vorgefallen?«

Ostrowski dachte nach. »Nein. – Ja, natürlich, doch! Ich habe ihm mitgeteilt, dass wir seine Abteilung schließen werden.«

Die Kommissare wurden aufmerksam.

»Das heißt, Sie haben ihm mitgeteilt, dass er in Kürze arbeitslos sein wird.«

»Bei einem Ingenieur wie Derendorf ist das kein Beinbruch. Der hat innerhalb kürzester Zeit einen neuen Job. Wenn er den nicht schon längst hatte.«

»Können Sie das erläutern?«

»Leute wie Derendorf, die werden doch ständig von irgendwelchen Headhuntern kontaktiert.«

Die Kommissare warteten, bis Ostrowski mit seinen Erklärungen fortfuhr.

»Ich strukturiere die Firma um. E-Mobilität. Sie verstehen sicherlich. Deshalb auch die Phaetons. Ich möchte aus alten neue E-Pheatons machen. Aber pst! Das ist ein Firmengeheimnis.«

Wenn das wirklich so wäre, hätte er es sicherlich nicht der Polizei verraten. Mertin überging den Hinweis und fragte stattdessen: »Am Telefon haben Sie von Vorfällen gesprochen, die Ihre Mitarbeiter misstrauisch gemacht hätten. Was ist denn passiert?«

»Presse«, wiegelte Ostrowski ab.

Die Kommissare blickten ihn fragend an.

»Wir hatten ein bisschen Ärger mit einem besonders hartnäckigen Journalisten. Irgend so ein Undercover-Quatsch vom Fernsehen, glaube ich.«

Was der betreffende Journalist gewollt hatte, verriet Ostrowski nicht.

»Nützt ja nichts, nicht offen mit Ihnen zu sprechen, oder?«, gestand er dann. »Schlechte Presse ist nicht schlimm. Aber Ärger mit der Presse ist schlechte PR fürs Unternehmen.«

Kaiser zeigte Ostrowski ein Foto von dem »Brikett«, das Mertin aus dem ausgebrannten Wagen geholt hatte.

Ostrowski schaute sich das verkohlte Ding auf dem Display von Kaisers Smartphone an und nickte. »Das muss es sein. Sieht ähnlich aus.«

»Sieht wonach aus?«, hakte er nach.

Ostrowski setzte zu einer Antwort an, schwieg dann aber und starrte auf das Foto.

»Unsere Techniker werden sich mit Ihren Technikern in Verbindung setzen, um das Gerät eindeutig zu identifizieren. In Ordnung?«

»Natürlich.«

Kaiser warf einen kurzen Blick auf Mertin, die ihm zunickte, dann richtete er sich wieder an den Manager. »Herr Ostrowski, um absolute Gewissheit zu haben, dass es sich bei dem Toten um Niels Derendorf handelt, brauchen wir die Erlaubnis eines Angehörigen, einen Zahnabgleich durchzuführen. Hatte Derendorf Angehörige?«

Ostrowski wirkte blass um die Nase. »Eine Frau. Keine Kinder.« Ostrowski war abgelenkt. Er starrte immer noch auf das »Brikett«.

»Herr Ostrowski«, sagte nun wieder Mertin, »es würde uns enorm helfen, wenn Sie uns die Kontaktdaten der Ehefrau aushändigen würden.«

»Jaja«, meinte er beiläufig – und konnte plötzlich nicht mehr an sich halten. »Verdammte Scheiße«, brüllte er, »unser MX300 ist ja völlige Matsche!«

22:10 Uhr

Mertin fuhr vom Präsidium zur Boxhalle. Sie nahm den Dienstwagen. Kaiser war längst nach Hause gegangen. Nur sie hatte noch im Büro gesessen und sich die Akten über die Brandanschläge der vergangenen Zeit angeschaut, um aus der spärlichen Informationslage irgendetwas herauszuziehen, was sie für ihre Ermittlungen gebrauchen könnten.

Nachdem sie Stunden über den Akten gebrütet hatte, musste sie sich eingestehen, dass sie sich mit ihrer vermeintlichen Kunst, Dinge zu deuten, im vorliegenden Fall schon im Bereich der Hellseherei bewegte. Sie vertröstete sich in der Hoffnung auf neue Informationen im Gespräch mit Erika Derendorf, das für den nächsten Morgen angesetzt war.

Am liebsten wäre sie mit dem Skateboard zum Boxen gefahren, aber draußen war es zu kalt, und vor allem war sie zu müde. Nein, nicht zu müde, sie hatte einfach keinen Bock, sich mit dem Board durch den Eis- und Schneematsch zu kämpfen.

Im Dojo war noch Licht, und als sie die Halle betrat, schlug ihr der typische Mief in die Nase – abgestandener Schweißgeruch mischte sich mit frischen Ausdünstungen, und man hätte sich fragen können, warum die Fenster an der Seitenwand der Halle nicht zum Lüften benutzt wurden. *Home, sweet home*, dachte Mertin. Aber an der hölzernen Trainingssäule trainierte jemand, den sie nicht kannte.

»Wo ist Nico?«

Der Typ unterbrach sein Training und wischte sich den Schweiß mit dem T-Shirt-Ärmel von den Schläfen. »Keine Ahnung«, sagte er nur.

Mertin trainierte allein. Nach ungefähr einer halben Stunde stellte sie fest, dass sie ihre Schläge immer unsauberer ausführte. Sie trainierte halbherzig, war unkonzentriert und lustlos. Die Gesichter der kongolesischen Jungs gingen ihr nicht aus dem Kopf. Vor allem Kofi Mbeki hatte sie mit seiner Art an die Kindersoldaten der Mai-Mai-Rebellen erinnert, an das, was ihr erzählt worden war oder was sie auf Bildern gesehen hatte, daran, wie die Schlächter das Dorf ihrer Mutter gestürmt hatten.

Aber die Jungs im Flüchtlingsheim waren viel zu jung. Als ihre Mutter getötet wurde, musste Kofi Mbeki neun oder zehn Jahre alt gewesen sein. Von wegen zu jung, dachte sie jetzt – ihre

Gefühle und Gedanken waren widersprüchlich. Sie *wollte* etwas sehen.

Durch den Brand hatten die Jungs ihr Zimmer verloren, ging es ihr dann durch den Kopf. Wo schliefen die jetzt, bei den Syrern nebenan, die sie gleichzeitig beschuldigten? Das konnte nicht gut gehen.

Mertin packte ihr Zeug zusammen und verließ das Dojo.

»Wo bist du?«, fragte sie über den Kurznachrichtendienst.

Lange Zeit kam keine Antwort, dann piepste ihr Gerät doch noch. »Im Bett. Schlafe schon … natürlich alleine. Alleine heißt ohne dich.«

»Das könnten wir ändern«, schrieb sie zurück.

Dieses Mal kam die Antwort prompt: »War ein harter Tag. Viele Meetings. Morgen muss ich ganz früh nach London fliegen. Wichtig. Sorry, Bronzegöttin, heute muss die Vernunft siegen.«

Er hatte einen harten Tag gehabt? Ja, auch andere Leute können harte Tage haben, besänftigte sie sich. Diese SMS klang allerdings wirklich sehr vernünftig. Dabei war ihr gerade nach einem Tag wie diesem nach etwas Unvernünftigem zumute, aber bitten wollte sie nicht.

»Ok«, schrieb sie kurz zurück, »gute Nacht.«

Enttäuscht und unschlüssig, was sie mit sich anfangen sollte, fuhr sie zum McDrive an der Istanbuler Straße, direkt hinter dem Präsidium und keinen Steinwurf entfernt von der Zoobrücke, unter der sie vor wenigen Tagen die Brandleiche entdeckt hatten, kaufte einen Veggie-Burger, einen großen Milchshake mit Vanillegeschmack und Pommes. Sie aß im Auto und schaute dabei Nachrichten via Smartphone, bis es kalt wurde.

06:53 Uhr

Kein nervöses Hüsteln war zu vernehmen. Niemand schlürfte Kaffee. Müller sah aus, als hätte er in seinen Klamotten geschlafen. Im Besprechungsraum waren sämtliche Stühle bereits Minuten vor dem offiziell angekündigten Beginn des Meetings besetzt.

»Guten Morgen«, begann Müller mit säuerlicher Miene und wiederholte: »Guten Morgen. Die Höflichkeit wollen wir uns angesichts der Lage nicht nehmen lassen. Sicherlich wissen Sie alle, was sich gestern Abend zu später Stunde in München ereignet hat.«

Mertin wurde von Müllers ernster Stimmung ergriffen.

»Ob es ein Amoklauf oder ein Anschlag mit islamistischem Hintergrund war, wird sich hoffentlich in den nächsten Stunden klären. Die nordrhein-westfälischen Behörden arbeiten eng mit den bayerischen zusammen. Es besteht erhöhte Terrorgefahr. Das Ministerium hat zu erhöhter Wachsamkeit aufgerufen.«

Als Letzter betrat Kaiser den Raum und blieb im Türrahmen stehen.

»Von geheimdienstlicher Seite liegen allerdings keine konkreten Hinweise auf geplante Anschläge in Deutschland und speziell im Großraum Köln vor. Wie Sie wissen, sind gestern Abend in München zwei Polizisten gestorben. Kollegen. Was mich nicht nur traurig stimmt, auch wütend. Etwas Derartiges soll sich in Köln nicht wiederholen.«

Mertin sah um sich herum die circa fünfzig Kolleginnen und Kollegen zählende Belegschaft der Kriminalinspektion 1, die die Kriminalkommissariate 11 bis 14 umfasste, die Müller unterstellt waren.

»Nutzt eure Kontakte zu anderen Dienststellen, verbessert die Kommunikation zwischen den Kommissariaten der jeweiligen Inspektionen. Nochmals: Es liegt kein konkreter Hinweis vor. Aber die Gefahr durch Nachahmungstäter ist groß, außerdem werden die Zeitspannen, in denen sich Täter radikalisieren und dann zuschlagen, immer kürzer. Es besteht also kaum Vorwarnzeit. Es sind noch mögliche weitere Täter auf der Flucht. Die Fahndung läuft. Achtung, Kollegen, es besteht die dringende Gefahr, dass Täter nach NRW geflohen sein könnten.«

Mertin sah, wie sich Kaiser übernächtigt die Augen rieb.

»Wir müssen klären, ob der gestrige Brand im Flüchtlingsheim, bei dem ja eine IS-Fahne gefunden wurde, auch ein Anschlag gewesen ist. Und in der Nähe des Autobrands vom letzten Freitag wurde ein Koran gefunden. Wir wollen den Teufel nicht an die Wand malen, aber ich bereite gerade einige Razzien vor, unter anderem im marokkanischen Viertel. Bis auf die Mitglieder der Soko Phönix sind momentan alle Kommissare dahin gehend abgestellt. Wir werden jedem Hinweis nachgehen. Ich will Ergebnisse!«

Müller schwieg einen Moment und fuhr sich durch die strubbeligen Haare.

»Das wäre es fürs Erste. Ich habe die halbe, nein, eher die ganze Nacht am Telefon verbracht. Jetzt gehe ich erst mal duschen.«

Nur wenige Anwesende ließen sich zu einem verhaltenen Lachen hinreißen.

»Leute«, ermahnte Müller abschließend, »passt auf euch auf!«

Die Beamten verließen den Besprechungsraum. Müller nickte Kaiser zu. Als Mertin auf den Flur trat, sah sie Müller und Kaiser im Gespräch mit einer Kollegin. Müller machte ein ernstes Gesicht, und Kaisers Körperhaltung legte die Vermutung nahe, dass er die Kollegin jeden Augenblick wie ein Raubtier überfallen und zerfleischen würde.

Als Müller Mertin erblickte, winkte er sie heran. »Tun Sie mir den Gefallen und beantworten Sie der Kollegin hier ein paar dringende Fragen.«

Müller wartete keine Antwort ab, sondern verschwand mit Kaiser den Flur hinunter.

07:30 Uhr

Seit gut fünfzehn Minuten prasselten die Fragen der Frau auf sie ein.

Mertin hatte Müllers Aufforderung eher als Befehl denn als Bitte gedeutet und war der Kollegin in die fünfte Etage des Präsidiums gefolgt. Das hatte sie verwundert, denn sie hatte die Frau neulich bei ihnen im sechsten Stock in der Teeküche gesehen und deshalb vermutet, sie gehöre zu einem von Müllers Kommissariaten. Doch sie musste wohl einer ganz anderen Kriminalinspektion angehören. Was hatte sie auf der sechsten Etage gemacht? Und was sollten ihre ständigen Fragen, die vor allem Markus Kaiser betrafen? Nicht mal vorgestellt hatte sich die Frau, als wären sie beim Geheimdienst. Lächerlich.

Im gesamten Raum standen Flipcharts auf Rollen, deren jeweilige Vorderseite aber zur Wand gedreht war. Man sollte nicht sehen, was darauf stand. Zwei männliche Kollegen saßen an einem Tisch, sagten keinen Ton, machten aber auch keine Notizen.

Die Frau saß halb auf einer Tischkante, sodass der Rock ihres ohnehin knappen grauen Businesskostüms viel Bein freigab. Irritierend viel Bein. Bei ihren Fragen wechselte ihre Miene zwischen einem herablassenden und einem geringschätzigen Ausdruck – ein Unterschied, der nur feine Nuancen aufwies. Die Kombination aus beidem mochte Mertin an ihr besonders. Mertin selbst hing betont lässig in einem Bürosessel.

»Wie gut kennen Sie Markus Kaiser eigentlich?«

»Ich kenne ihn gar nicht gut.«

»Aber Sie duzen den Kollegen?«

»Schon.« Mertin wollte noch ergänzen, dass sie ihn duzte,

wie man es eben unter Kollegen tat. Die Frau fuhr ihr über den Mund.

»Wissen Sie, wie hoch die Hypothek auf sein Haus ist?«

»Nein. Das geht mich nichts an.«

»Er hat mehr Ausgaben als Einnahmen.«

»Seine Frau verdient meines Wissens gut.« Mist, dachte Mertin, diese »Meines Wissens«-Floskeln sind nicht gut. Gar nicht gut. Sie lassen zu viel Raum für Spekulationen.

»Also kennen Sie ihn doch besser, als Sie zugeben wollen?«

»Wieso sollte ich das tun?«

»Den Grund dafür müssten Sie mir schon nennen.«

Mertin holte tief Luft. »Können Sie, bitte, so freundlich sein und mir erklären, was das hier soll? Warum stellen Sie mir Fragen über Markus Kaiser?«

Die Frau schlug ihre Beine übereinander, nuckelte an einem Kugelschreiber und zog dabei ihre Augenbraue hoch, als wäre Mertin ein beschränktes Kleinstlebewesen. »Warum haben Sie sich mit Kaiser gestritten?«

»Woher wissen Sie das?«

»Warum haben Sie sich mit ihm gestritten?«

»Das geht Sie gar nichts an. Und übrigens habe nicht *ich* mich mit *ihm* gestritten. Solange Sie mir nicht endlich Auskunft erteilen, was hier gespielt wird, sage ich nichts mehr.«

Die Frau wechselte zum ersten ihrer drei Gesichtsausdrücke. »Wir untersuchen ein paar Unregelmäßigkeiten bei Ihrem Kollegen Kaiser.«

»Sprechen Sie von Korruption?«

»Könnte sein.«

Dann war die Frau wohl vom KK 32 für Korruptions- und Beamtendelikte, die sogenannte Interne. Ihren Namen verschwieg sie weiterhin.

»Vorhin haben Sie sich bereit erklärt, meine Fragen zu beantworten. Ich mache Sie darauf aufmerksam, dass mangelnde Kooperation auch zu Schwierigkeiten für Sie führen kann.«

Mertin schüttelte den Kopf. Hatte das hier irgendwas mit ihrer Prügelei neulich im Asia-Shop zu tun?

»Sind Sie bei Kaiser zum Abendessen eingeladen?«

»Ja.« Ihre Telefone wurden abgehört!

»Also kennen Sie ihn doch besser, als Sie zugeben wollen.«

»Sind Sie nie bei Leuten eingeladen, die Sie eigentlich gar nicht gut kennen? Das nennt man Teilnahme am gesellschaftlichen Leben.« Innerlich beglückwünschte sich Mertin zu ihrer Parade.

Die Frau gab einem der sitzenden Kollegen ein Zeichen, der stand daraufhin auf und drehte ein Flipchart um. Auf der Vorderseite waren einige Fotos angebracht. Eines kam ihr auf Anhieb bekannt vor.

»Kennen Sie einen dieser Männer?«

Mertin nickte. Ihr wurde unwohl. »Den da mit dem Salafistenbart.«

»Abdul Abdullah al Salam. So nennt er sich. Deutsch-Türke. Seinen Geburtsnamen kennen wir auch, tut aber gerade nichts zur Sache. Er benennt sich absichtlich nach dem Paris-Attentäter. Ich nenne ihn einfach ›Bartmann‹. Bartmann ist eine ganz große Nummer, wenn es darum geht, seinen osteuropäischen Arbeitssklaven überteuerte Wohnungen zu verschaffen. Der Mann vermietet sogar Kellerlöcher zu Penthouse-Preisen. Die Problematik kennen Sie sicherlich. Darüber hinaus wissen wir, dass es kein illegales Geschäft gibt, bei dem er nicht mitmischt – Drogen, Waffen, Menschenhandel –, leider können wir ihm nicht genug beweisen. Bartmann ist nicht doof. Außerdem unterstützt er einen Imam, der sich offen zum IS bekennt und schon mehrfach Geld gespendet hat. Wir wissen oder vermuten, dass er seine Aktivitäten nicht ohne Unterstützung im Präsidium durchziehen kann.« Die Frau, die ihren Namen nicht nannte, änderte erneut die Position ihrer Beine. »Woher kennen Sie ihn?«

»Der Hund dieses Mannes hat mich neulich bedroht.«

Die Frau nickte. »Können Sie sich vorstellen, was Kaiser mit ihm zu schaffen hat?«

»Nein.« Mertin war überrascht. Kaiser?

Ihr Gegenüber schnaufte. »Frau Mertin!«

»Frau, deren Namen ich nicht weiß«, konterte Mertin, »wie

soll ich Sie nennen? Agent Smith? Und können Sie bitte aufhören, mir Ihre Unterwäsche zu zeigen. Das funktioniert bei mir nämlich nicht.«

Die Frau lief hochrot an, drehte sich um und sagte zu ihren Kollegen: »Zeigt ihr das Video.« Dann nahm sie in veränderter Sitzposition wieder Platz.

Ein Laptop wurde vor Mertin aufgebaut. Der Ausschnitt aus der Videodatei zeigte in schlechter Bildqualität einen Hauseingang von schräg oberhalb. Mertin vermutete, aus der zweiten oder dritten Etage in einem Haus auf der gegenüberliegenden Straßenseite, es konnte aber nicht das direkt gegenüberliegende Haus sein, denn der Winkel war dafür zu steil. Den Hauseingang erkannte sie sofort. Mertin wurde übel.

Kaiser erschien im Bild und verschwand im Hauseingang. Eine ganze Weile passierte gar nichts. Dann tauchte sie im Bild auf und verschwand im selben Hauseingang wie Kaiser.

Mertin wurde beinahe schwarz vor Augen. Wo geriet sie hinein? Kaiser war anwesend gewesen, als sie die zwei Jugendlichen gestellt hatte. Er war dabei, als sie Verstärkung angefordert hatte, und war ihr nicht zu Hilfe geeilt. Nicht nur, dass sie nicht wusste und auch nicht wissen wollte, was Kaiser da machte – es konnte zu vieles bedeuten. Doch momentan überwog ein ganz anderes Gefühl.

»Habt ihr das gefilmt?«, fragte sie.

»Wir beobachten nicht nur Markus Kaiser.«

»So wie ich das sehe«, begann Mertin und erhob sich, »ist das der traurige Beweis, dass mich am letzten Freitag gleich zwei haben hängen lassen. Mein sogenannter Partner und ihr.«

Die Frau blickte auf die Schreibtischplatte und wich ihrem Blick aus.

»Wisst ihr, was draußen los ist, ihr Kollegenschweine?«

»Ich kann Ihre Aufregung durchaus nachvollziehen. Allerdings müssen Sie bedenken, dass wir bei unserer Tätigkeit nicht immer unsere oftmals mühsam aufgebaute Deckung für nichts und wieder nichts aufs Spiel setzen dürfen.«

Nichts und wieder nichts.

»Jetzt pass mal auf, wenn du mich das nächste Mal in der Teeküche ausspionierst, dann wundere dich nicht, wenn mir der Kaffee oder was anderes ausrutscht!«

Mertin ließ ihre Wut an einem Flipchart aus, dann stürmte sie aus dem Zimmer.

10:02 Uhr

DING-DONG! Kaiser lächelte sie begeistert an und drückte gleich nochmals auf den Klingelknopf. Wieder ertönte ein höherer und dann ein tieferer Gong, der Mertin eher an billiges Automatengeplärre als an eine ehrwürdige Haustürglocke erinnerte.

Aufgrund der hohen Umzäunung waren von hier aus nur blau glänzende Dachpfannen zu sehen. Die Ausmaße des Daches ließen die Schlussfolgerung zu, dass sich hinter dem Zaun ein villenartiger Bungalow-Komplex befand. Hahnwald lag in unmittelbarer Nachbarschaft.

»Ich bin mir ziemlich sicher«, meinte Kaiser, »meine Großeltern hatten genau den gleichen Klang.« Er betätigte zum dritten Mal den Knopf. »Ja, ganz sicher, genau der gleiche Sound.«

Mertin starrte ihn sprachlos an. »Alles okay?«

»Wieso?«

Okay, dachte sie, das kann ich auch! »Mohnkuchen, oder?«

»Was meinst du?«

»Sieht wie Mohnkuchen aus.«

»Was denn?«

»Was da zwischen deinen Zähnen klebt. Hässlich.«

Kaiser fletschte die Lippen und ließ seine Zunge die Stelle abtasten, die Mertin ihm angedeutet hatte. Der beleuchtete Kreis rund um die Kamera der Sprechanlage blinkte grell auf.

»Ja?«, fragte eine weibliche Stimme.

»Kripo Köln«, sagte Kaiser, »wir möchten mit Erika Derendorf sprechen.«

»Halten Sie bitte Ihre Ausweise in die Kamera.«

Kaiser zückte sein Dokument und presste es dicht auf die Kamera. »Gut so?«, blökte er in die Anlage. »Jetzt müssten Sie sogar die Hologrammfolie mit dem Schriftzug ›Polizei‹ erkennen können. Falls Ihnen das nicht genügt, dann versuchen Sie doch, die Brailleschrift zu entziffern. Und wenn Sie sich dann fragen, wieso meine Kollegin eine blaue und ich eine grüne Ausweiskarte habe, dann darf ich Ihnen mitteilen, dass ich noch ein älteres Ausweisdokument führe, als meine jüngere Kollegin es tut. Und um letzte Zweifel zu zerstreuen: Ja, die zwei Deppen, die sich draußen vor Ihrer Tür den Arsch abfrieren, sind Beamte von der Kriminalpolizei Köln!«

Kaiser hatte sich in Rage geredet. Mertins Versuch, ihn mit einer Geste zu beruhigen, lief ins Leere.

Der Summer ertönte, aber das Tor öffnete sich nicht.

»Verblödetes Wohlstandspack«, fluchte Kaiser.

Manchmal klang ihr Kollege wie ein Radikaler. Bliebe nur zu klären, welchem Spektrum – links oder rechts – er sich zugehörig fühlte. Mertin hatte so ihren Verdacht, sagte aber nichts.

Der Summer ertönte nochmals, und das Eingangstor öffnete sich mit einem kleinen Hüpfer. Sie betraten das Gelände.

»Du meine Güte, wer wohnt denn hier? Der Kaiser von China?«

Die Bewohner dieses Bungalows legten gesteigerten Wert auf Sicherheit, das hatte Mertin auf den ersten Blick erkannt. Das gesamte Gelände wurde von einem mannshohen, blickdichten Zaun umschlossen, das Tor war aus massivem Stahl. Videokameras richteten ihre Linsen in alle Richtungen und ließen keinen Quadratzentimeter unbeobachtet.

Links sah Mertin eine Garage, vor der ein schwarzer Range Rover parkte. Über einen geräumten Weg durchquerten sie den verschneiten Vorgarten. Etwa auf halber Strecke öffnete sich die Haustür, und eine Frau erschien im Türrahmen.

»Ihre Ausweise, bitte«, sagte sie mit giftigem Unterton zu Kaiser. Vermutlich hatte sie seine Beschimpfung gehört. Sie kamen der Bitte nach.

»Entschuldigen Sie, wenn ich ein bisschen vorsichtiger geworden bin. Ich öffne einfach nicht mehr jedem.«

»Und wir sehen aus wie ein Terrorkommando, oder was?«

»Kaiser!« Mertin fasste ihn am Oberarm. »Ich übernehme das hier.«

Kaiser hörte nicht auf sie. »Vermissen Sie Ihren Mann?«

Die Frage schien sie ernsthaft zu überraschen. »Niels?«

Das hier war keine leichte Aufgabe. Mertin befürchtete, Kaiser würde wie bei Ostrowski das Foto der Brandleiche zeigen. Daher beeilte sie sich, den Grund ihres Kommens zu erklären.

»Kommen Sie doch herein«, bat Erika Derendorf sichtlich verwirrt, nachdem Mertin geendet hatte.

Bevor sie das Haus betraten, hielt Mertin Kaiser kurz zurück. »Willst du lieber im Auto warten?«

Eigentlich hätte sie allen Grund gehabt, auf ihn stinksauer zu sein, stattdessen musste sie nun noch den Babysitter spielen, weil bei ihm offensichtlich ein paar Sicherungen durchbrannten.

»Nein«, wehrte Kaiser ab.

»Wir teilen der Frau mit, dass ihr Mann vermutlich gestorben ist. Lass mich das erledigen«, sagte Mertin.

Kaiser nickte, aber erst nachdem er einige Sekunden nachgedacht hatte. Dann folgten sie der Frau ins Haus.

»Und Sie sind sicher, dass es sich um meinen Mann handeln könnte?«

Sie standen nun im Eingangsbereich des Hauses. Erika Derendorf trug eine Art altmodischen Haus- oder Morgenmantel aus Samtstoff, der ihr bis zum Knöchel reichte.

Mertin erläuterte die Lage. »Einige Umstände deuten darauf hin – das Fahrzeug sowie ein Gegenstand, der bei eco-tec wiedererkannt wurde, befanden sich im Auto. Wir möchten nun von Ihnen die Erlaubnis einholen, einen Zahnabgleich durchzuführen. Nur so können alle Zweifel ausgeräumt werden«, schloss Mertin. »Es tut mir sehr leid, Ihnen mitteilen zu müssen, dass die Möglichkeit besteht, dass es sich bei dem Toten um Ihren Mann handeln könnte.«

»Niels.« Erika Derendorf kniff die Augen zusammen. »Und

Sie sagten, Sie können ihn nur über den Zahnabgleich identifizieren?«

Mertin bestätigte.

»Ich bin selbst Ärztin. Ich weiß, wovon Sie reden.«

»Wann haben Sie Ihren Mann zuletzt gesehen?«

»Das ist wohl einige Tage her.«

»Sie wissen das nicht genau?«

»Lassen Sie mich mal überlegen. Er hat nicht jede Nacht hier geschlafen.«

Auf Mertins fragenden Blick hin fuhr Frau Derendorf fort: »Manchmal hat er in einem Hotel in der Nähe von eco-tec übernachtet. Genau weiß ich das aber gar nicht.«

»Frau Derendorf, ist alles in Ordnung? Geht es Ihnen gut?«

Erika Derendorf lächelte. »Alles in Ordnung.«

»Möchten Sie vielleicht, dass wir uns hinsetzen, und dann kann ich Ihnen alles in Ruhe erzählen?«

Die Frau ging nicht auf die Frage ein.

»Wann haben Sie Ihren Mann zum letzten Mal gesehen?«, wiederholte Mertin.

»Warten Sie mal …«

Mertin ließ ihr keine Zeit, nachzudenken. »Leben Sie in Trennung?«

Erika Derendorf holte tief Luft. »Ja, ich habe ihm eröffnet, dass ich mich von ihm trennen möchte.«

»Und dieser Wunsch basierte auf Gegenseitigkeit?«

»Nein.«

»Haben Sie sich im Streit getrennt?«

»Nicht direkt Streit …« Erika Derendorf wirkte sehr nachdenklich.

Irgendwo aus der Tiefe des Hauses ertönte eine männliche Stimme. Ein Gesicht zur Stimme ließ sich nicht blicken.

»Warte«, rief Erika Derendorf ins Haus, »ich erzähle es dir gleich!«

»Wir müssen den Zahnabgleich durchführen, erst dann können wir mit Gewissheit sagen, ob es sich um Ihren Mann handelt.«

»Jaja.«

»Dürfen wir das als vorläufiges Einverständnis werten? Es müsste auf jeden Fall noch schriftlich bestätigt werden, aber erst mal würde Ihre mündliche Zusicherung ausreichen, um schnellstmöglich und unbürokratisch Gewissheit zu haben.«

»Aber wo soll Niels sonst sein? Das ist nicht seine Art.«

»Was ist nicht seine Art?«

»Na, das.«

»Vielleicht hat er sich nur ein paar Tage Auszeit genommen«, mischte sich Kaiser plötzlich ein, »und meldet sich bald wieder.«

Mertin warf ihm einen giftigen Blick zu. »Würden Sie bitte den Zahnarzt Ihres Mannes anrufen, damit sich die Gerichtsmedizin die notwendigen Röntgenbilder dort besorgen kann?«

»Jetzt sofort?«

»Das wäre sehr sinnvoll. Nochmals, ich vermute, eine rasche Klärung könnte auch in Ihrem Interesse sein.«

»Jaja, Sie haben sicherlich recht«, erklärte Erika Derendorf und griff zum Handy.

10:35 Uhr

Ein paar Lkw-Fahrer gruppierten sich am Laderaum eines Lkws mit bulgarischem Kennzeichen um einen Gaskocher herum. Die Minustemperaturen schienen sie nicht zu stören. Sie unterhielten sich lebhaft, lachten, rauchten und tranken Dosenbier.

Ein Mann löste sich aus der Gruppe und ging keine dreißig Schritte weiter zum Waldrand, um zu pinkeln. Eine lange Wolke Zigarettenqualm zog er hinter sich her. Bei einigen Büschen angekommen, holte er etwas Hautfarbenes aus seinem Hosenstall. Um nicht länger Dinge zu beobachten, die sie gar nicht sehen wollte, tippte Mertin auf den Temperaturregler, bis die Anzeige auf vierundzwanzig Grad angestiegen war.

Sie saß bei laufendem Motor im Dienstfahrzeug, während sie auf Kaiser wartete. Der stand draußen neben dem Auto in gebückter Haltung, wobei er die Hände auf seinen Knien abstützte, und kotzte in den Schnee.

Autobahnrastplätze, zu unpersönlich, dachte Mertin.

Auf dem Rückweg von Erika Derendorf zum Präsidium hatte das Navi sie über die Autobahn gelotst. Kaiser hatte sie gebeten zu fahren, weil ihm nicht gut gewesen war. Draußen wischte er sich nun den Mund ab, atmete ein paarmal kräftig durch und stieg dann wieder ins Auto.

»Was sollte der Scheiß?«, fuhr sie ihn an, da sie sich nicht mehr beherrschen konnte.

»Muss was Falsches gegessen haben.«

»Du weißt ganz genau, wovon ich rede.«

Kaiser wirkte verschlossen und gerade so, als hätte es den gestrigen Tag nicht gegeben.

»Die Frau hat sich merkwürdig verhalten. Findest du nicht?«

»Sie hat sich nicht so verhalten, wie ich mich verhalten würde, wäre ich in ihrer Situation«, gab er zurück.

»Es schien ihr überhaupt nichts auszumachen, dass ihr Mann gestorben ist.«

»Dass es sich bei dem Toten um ihren Mann handeln *könnte*«, verbesserte Kaiser sie.

»Komm schon.«

»Vielleicht läuft Derendorf noch irgendwo da draußen quicklebendig herum.«

»Und vor allem superglücklich, weil er keinen Job mehr hat und seine Frau sich von ihm trennen will. Und weil er sooo happy war, hat er sich und sein Auto abgefackelt. Zuvor hat er noch mit einem Winkelschleifer die Fahrgestellnummer manipuliert und die Kennzeichen vernichtet.«

Kaiser ignorierte ihre Ironie. »Komisch fand ich nur diesen seltsamen Mantel. Vielleicht war es eine Art Unterrock für diese ganz langen Reitermäntel.«

Ob ihm eine Ohrfeige guttun würde?, überlegte Mertin. »Wir haben ihr eröffnet, dass ihr Mann mit großer Wahrscheinlichkeit grausam gestorben ist, und sie bleibt total locker. Fast schon gleichgültig.«

»Ich hatte nicht den Eindruck, dass ihr der Tod gleichgültig war. Auf mich wirkte sie eher sehr gefasst.«

»Blödsinn!«

»Das ist aber meine Meinung. Willst du mir meine Meinung verbieten?«

»Ja sicher«, konterte Mertin, »wenn deine Meinung Blödsinn ist.«

Sie blicken sich einige Sekunden schweigend an.

»Wer war der Mann im Hintergrund?«, fragte Mertin. »Warum kam er nicht nach vorne? Und warum hat sie ihm nicht gesagt, dass ihr Mann vermutlich tot ist, sondern ihn auf später vertröstet? Klingt für mich sehr berechnend.«

»Vielleicht nur eine Schutzreaktion, um nicht vor uns in Tränen auszubrechen.«

Mertin schüttelte den Kopf. Vorhin hatte Kaiser die Frau noch beschimpft, nun nahm er sie in Schutz. Wenn das eine Strategie war, erkannte sie nicht den Sinn dahinter. »War das ihr Liebhaber?«

»Kann auch ihr Bruder gewesen sein.«

Es war sinnlos, ein fachliches Gespräch mit ihm zu führen. »Was ist, willst du nicht mal losfahren?«

Mertin blickte Kaiser an. Keine Reaktion seinerseits. Sie ließ ihren Ärger an Schaltknüppel und Gaspedal aus.

Obwohl sie die Unterlagen bereits gestern durchgegangen war, nahm sie sich vor, den Bericht der KTU und der Gerichtsmedizin nochmals zu studieren. Vielleicht würde ihr heute etwas auffallen, was sie weiterbrachte. Außerdem wollte sie bei den Kollegen nachfragen, ob bei weiteren Befragungen im Flüchtlingsheim etwas herausgekommen war.

»Findest du es nicht seltsam, dass das alles gleichzeitig passiert?«, nahm sie das Gespräch wieder auf.

»Seltsam schon, aber deshalb muss es noch keinen Zusammenhang geben.«

»Aber wir könnten weiter überprüfen, ob es da Zusammenhänge gibt.« Mertin setzte den Blinker und verließ die Autobahn.

»Es ist noch nicht so weit«, stöhnte er und rieb sich die Augen. Sein Ausspruch klang wie ein Orakel.

»Wir sollten versuchen, weitere Zeugen zu finden, die gesehen haben könnten, wie es zum Brand unter der Zoobrücke gekommen ist.«

»Die Nachfrage beim Music Store hat nichts ergeben.«

»Dann fragen wir eben noch mal nach«, beharrte sie.

»Das sind doch alles bloß Mutmaßungen«, brüllte Kaiser. »Dir mangelt es offensichtlich an Erfahrung. Superbulle Mertin zaubert Zusammenhänge aus dem Ärmel! Meine Erfahrung sagt mir nämlich, dass wir nichts haben. Wir wissen *gar* nichts. Und nur weil ein Ehepaar sich streitet und sich trennt, muss hier noch lange kein krudes Ehedrama vorliegen.«

Mertin fuhr rechts ran. Eine Tankstelle fünfzig Meter die Straße runter, ein Kiosk auf der anderen Seite; die Gegend kannte sie nicht.

»Raus!«, befahl sie. »Ich lasse mich nicht mehr von dir anschreien.«

19:37 Uhr

Emma, Mari, Sarah, nein, Lara – oder doch Sara, nur ohne h, aber sprach man das dann nicht genauso aus wie mit h?, überlegte Mertin, die versuchte, sich die Namen von Kaisers Kindern in Erinnerung zu rufen. Und der Junge hieß Äneas, kurz Änni. Das war leicht. Einen Fünfzehnjährigen Änni zu nennen fand sie irgendwie ulkig. Er war das älteste Kind. Den Namen des jüngsten Mädchens hatte Mertin ganz vergessen.

Sie hatte keine Ahnung, welche der Kinder von Kaiser, welche gemeinsam und welche von seiner Frau waren. Was besonders peinlich war, da Hanna ihr bei der Begrüßung nicht nur das Du angeboten, sondern auch die Familienverhältnisse genauestens aufgeschlüsselt hatte. Allerdings war Mertin viel zu nervös gewesen, um sich die vielen Infos merken zu können.

»Sehr angespannt«, antwortete Mertin auf Hannas Frage, wie die Stimmung im Präsidium sei.

Hanna aß von ihrem vegetarischen Schnitzel. Mertin fiel die rechteckige Form auf, aus der Hanna quadratische Häppchen schnitt.

»Und zwischen euch beiden?«, fragte Hanna geradeheraus. »Wie ist die Stimmung im Team, da ihr euch vertragen habt?«

»Gut«, meinte Kaiser. Seine Lüge klang sehr überzeugend.

»Ich bin eher für Einzelarbeit. Aber die Stimmung in der Soko Phönix ist gut«, antwortete Mertin ausweichend, woraufhin Hanna die Stirn runzelte und ihren Mann anblickte.

Er hat ihr nicht erzählt, dass es eine Soko gibt, ging es Mertin durch den Kopf.

»Es hätte wohl keiner gedacht, dass sich die weltpolitische Lage nochmals so sehr verändern könnte. Zum Negativen«, bemühte sich Hanna, ein neues Thema aufzugreifen.

Kaiser blickte mit bestätigendem Nicken zu ihr herüber. Was für 'n Arsch, dachte Mertin. Aber er hatte wahrlich genügend andere Probleme. Also lächelte sie gezwungen. Wie er nach ihrem Rauswurf heimgekommen war, wusste sie nicht.

»Wein?« Kaiser bot ihr lächelnd von ihrem eigenen Mitbringsel an. Zum dritten Mal an diesem Abend. Mertin schloss daraus, dass es ihm nicht ums Anbieten, sondern ums Ablenken ging. Oder war es pure Verlegenheit?

»Danke. Ich trinke nicht«, antwortete sie mit versteinerter Miene.

»Wir sind in einer Phase relativen Friedens aufgewachsen«, erklärte Hanna, »wir kennen das doch gar nicht, dass man aufpassen muss, wohin man geht, wer in der U-Bahn neben einem steht. Wir sind nur Frieden gewohnt.«

»Ich nicht«, widersprach Mertin.

Hanna blickte sie perplex an, was Kaiser nicht mitbekam, da er sein Weinglas leerte und gleich wieder nachfüllte.

»Wann bist du denn das letzte Mal U-Bahn gefahren?«, spöttelte er, bevor Hanna dazu kam, auf Mertins Bemerkung hin genauer nachzufragen.

»Irgendeiner muss doch immer irgendwohin kutschiert werden«, entschuldigte sich Hanna und zeigte auf den Nachwuchs, »und wer von uns beiden macht das in der Regel? Ich.«

Jetzt, da die Sprache auf die Kinder gebracht wurde, erwachten diese aus ihrer unbeteiligten Haltung. Einer nach dem anderen rutschten sie von den Stühlen und verschwanden in die oberen Etagen des Hauses. Nur die Jüngste blieb sitzen.

»Keine weitere Medienzeit, hört ihr«, rief Hanna den anderen hinterher.

»Komisch, ich als Taxi-Mama hätte mir aber ein anderes Auto gekauft«, sagte Kaiser, »zum Beispiel meinen Defender.«

Hanna spielte mit der Gabel in ihrer Rechten, bevor sie antwortete: »Du willst mir doch nicht allen Ernstes sagen, dass dieser Jeep als Familienauto geeignet wäre.«

Kaiser schwieg.

»Dein Landrover ist *deine* Sache, Markus. So war es ausgemacht.«

»Jaja, ich kaufe ihn zurück«, sagte Kaiser trotzig, »verlass dich drauf. Die Kohle krieg ich schon zusammen.«

Ob die beiden gar nicht interessierte, dass noch andere, ihr eigenes Kind – die anderen hatten sie ja bereits vergrault – und sie, am Tisch saßen, fragte sich Mertin. Bei der Erwähnung der geheimnisvollen Geldbeschaffungsmaßnahme verlor sie den Appetit.

Kaiser hing seinen Gedanken nach und stocherte im Salat herum. »Was ist denn das überhaupt für ein Zeug? Das kriegt man nicht einmal auf die Gabel.«

»Das sind Posteleien, die kommen aus Nordamerika. Haben wir im Biomarkt gekauft«, erklärte die Jüngste.

»Charlotte, hast du mir Präriegras untergejubelt? Wer isst das normalerweise – Yakari oder Kleiner Donner?«

»Papa«, wehrte sich das Mädchen, »das gucke ich schon lange nicht mehr. Ist doch voll der Babykram.«

Mertin beobachtete ihren Kollegen. Ob die Frau vom KK 32 sie heute Morgen abwerben wollte, um Kaiser zu observieren? Frustrierend.

»Probieren kann ich ja mal«, kommentierte sie ihren Griff zur Weinflasche, was eh keinen interessierte.

Leer.

»Willst du ein Bier?«

»Nein.«

»Okay, dann mache ich den Rosé auf.«

»Markus!«

»Was denn?«

Gab es hier ein eheliches Alkoholverbot?

Aus Unkenntnis in Bezug auf Weine hatte sich Mertin im Weinladen ein Probierpack – Rot, Rosé, Weiß – Moselweine andrehen lassen. Kaiser öffnete den Schraubverschluss der schlanken Roséflasche und schnupperte dran. »Riecht fruchtig.«

»Du hast doch gar keine Ahnung von Wein!«

»Ja, deshalb trinke ich welchen.« Kaiser lachte, während seine Frau die Zähne aufeinanderbiss und sich kopfschüttelnd abwandte, was ihn in Rage versetzte. »Wenn ich als Polizist nichts mehr tauge, dann sattele ich um auf Weintester.«

»Sommelier heißt das«, mischte sich Mertin gereizt ein, »Augen auf bei der Berufswahl.« Sie platzierte die Redewendung als Zitat seiner eigenen Aussage ganz bewusst.

Kaiser blickte sie an, schluckte seinen Ärger aber runter.

Ihr Smartphone gab ein lautes »Ping« von sich. Eine SMS.

»Kannst du mal auf deine Mutter hören? Die Medienzeit ist vorbei. Leg das Handy weg«, brüllte Kaiser Charlotte an, sodass sogar Mertin vor Überraschung zusammenzuckte.

»Markus, es reicht!«, zischte Hanna. »Charlotte hat noch gar kein Handy!«

Das Mädchen war den Tränen nahe. Sie ging zu ihrer Mutter und ließ sich von ihr trösten.

Mertin überlegte, ob sie den Irrtum aufklären und sich entschuldigen sollte, aber sie kam nicht zu Wort.

»Und du willst immer noch neue Geräte anschaffen.«

»Das hat doch ganz andere Gründe. Wir können es nicht ändern oder gar rückgängig machen. Wir werden von diesen Geräten überschwemmt, aber wir können es ein bisschen zu steuern versuchen.«

»Weißt du, dass wir gestern bei eco-tec waren?«

Hanna schüttelte den Kopf. Woher hätte sie das auch wissen sollen, wenn Kaiser es nicht selbst erzählt hatte?

»Der Laden ist nicht ganz koscher.«

Das sagte er jetzt? Verwundert blickte Mertin ihren Kollegen an.

»Ach, Markus, du siehst doch überall Verbrecher, sobald jemand deinen hohen Ansprüchen nicht genügt.«

»Mag sein. Mag aber auch nicht sein.«

»Wenn du recht hast, verbringe ich meine Arbeitszeit bald gerne damit, Räucherstäbchen zu schwingen.«

»Besser Räucherstäbchen schwingen als Fäuste«, meinte Mertin.

Das Ehepaar Kaiser verstand ihre Anspielung.

Mertin hatte genug. Sie ließ sich sogar einbinden! Das musste aufhören. Sie legte Messer und Gabel beiseite, wischte sich den Mund an der Serviette ab und stand auf, um zur Garderobe zu gehen. In Jacke und Schuhen kam sie zurück an den Esstisch, um sich zu verabschieden.

»Danke für die Einladung. Ich gehe jetzt mal.«

Die Kaisers stritten immer noch.

21:25 Uhr

Hanna schloss die Haustür hinter Mertin. Kaiser sah, wie seine Frau ihr durch das kleine Sichtfenster im Türblatt hinterherblickte. Dann seufzte er laut und trank einen kräftigen Schluck von dem Weißwein, zu dem er inzwischen vorgedrungen war. Der Pappkarton des Probierpacks lag zu seinen Füßen.

Nach Mertins Rauswurf aus dem Auto war er zwei Stunden zu Fuß durch die Kälte bis nach Hause gegangen. Durchgefroren bis auf die Knochen hatte er sich den Rest des Tages wie ein wundenleckender Köter im Keller verzogen. Heute Abend war er gescheitert. Das las er auch in Hannas Gesichtsausdruck, als sie zurückkam und sich an den nicht abgeräumten Tisch setzte. Auch sie wirkte erschöpft, griff zur Weinflasche und füllte ein Glas, das vor ihr stand, bis zum Rand.

»Wir müssen reden«, sagte sie genervt.

Kaiser zog es den Boden unter den Füßen weg. Dieser Tonfall war ein Todesurteil. Noch eine Scheidung würde er nicht verkraften. Er knickte ein. Sofort.

»Ich weiß gar nicht, was mit mir los ist«, jammerte er.

»Du hast mir versprochen, dir einen Termin zu holen«, ignorierte sie seine hilflose Entschuldigung, »du musst zum Arzt.«

Er spürte, dass es keinen anderen Ausweg geben würde. Es widerstrebte ihm trotzdem.

»Du brüllst die Kinder an, du belügst mich, und deine Kollegin, die im Übrigen eine sehr nette Person ist, leidet unter deinen Attacken; das war schon richtig peinlich heute Abend.«

Kaiser fühlte sich wie vor Gericht. Und er war schuldig!

»Weißt du, was mit dir passiert, abgesehen davon, dass ich dich verlassen muss, weil es kein Leben mehr mit dir ist, wenn du nicht zum Arzt gehst?«, kam sie zurück auf das eigentliche Thema ihres Gesprächs. »Du wirst zusammenbrechen. Aber du wirst hier noch benötigt. Deine Kinder brauchen ihren Vater – nicht diesen Stress-Zombie, der immer kurz vor einem Schlaganfall steht!«

Sie hatte es gesagt, im Nebensatz.

»All das predige ich seit Monaten. Ich verstehe es nicht. Es kann dir nämlich geholfen werden. Du hast keine unheilbare Krankheit. Warum weigerst du dich, Hilfe anzunehmen?«

Kaiser wusste keine Antwort. Was sie sagte, tat sehr weh.

»Du gehst zum Arzt und wirst ganz langsam wieder gesund. Das wird eine harte Zeit. Eine sehr harte Zeit. Nicht nur für dich! Aber das wirst du tun, ansonsten …« Hanna brach ab und stand auf.

Was folgte, musste ihrem professionellen Verständnis von Hilfeleistung widerstreben, aber sie tat es trotzdem.

»Ansonsten kannst du nämlich die Koffer packen«, sagte sie wütend, »und heute kannst du gleich wieder hier unten schlafen. Bei mir im Bett will ich dich nicht sehen.«

Damit ging Hanna nach oben. Von ihrem Glas Wein hatte sie nicht einen Schluck getrunken.

21:40 Uhr

Auf den letzten Stufen kurz vor ihrer Wohnungstür ging das Flurlicht aus. Sie war zu müde, zu abgekämpft und zu frustriert, um laut zu fluchen, und das ärgerte sie nun doch. Derartig lahm war sie noch nie die drei Stockwerke hinauf bis zu ihrer Wohnungstür gekrochen.

Durch das Fenster in der Zwischenetage fiel vom Hof Licht in den Hausflur, doch vor ihrer Wohnungstür angekommen, wollte sie den Lichtschalter betätigen. In dem Moment nahm sie im Augenwinkel eine Bewegung wahr. Reflexartig drehte sie sich um, aber es ging zu schnell. Der Angreifer fiel mit ausgestreckten Armen über sie her. Er musste auf der nach oben führenden Treppe gestanden und auf sie gelauert haben.

Rückwärts knallte Mertin gegen ihre Wohnungstür. Ihr blieb der Atem weg. Für gezielte Schläge hatte sie keine Zeit. Wenigstens die Arme hatte sie noch vors Gesicht ziehen können. Bereits im Fallen suchten ihre Hände eine Angriffsfläche. Ihre Fingernägel bohrten sich ins Gesicht des Angreifers. Das fühlte sich seltsam an. Im wilden Durcheinander und verdeckt von ihren eigenen Haaren, konnte sie dennoch einen mit einer futuristischen Atemschutzmaske maskierten Glatzkopf erkennen. Höllische Angst durchfuhr sie.

Die unheimliche Gestalt war auf sie gefallen und begrub sie unter sich. Mertin wehrte sich mit Händen und Füßen. Erst allmählich vernahm sie dumpfe Schmerzensschreie.

»Judith, hör auf! Ich bin's!«

Durch die Maske hörte sich die Stimme fremd, unheimlich und vor allem leise an. Seltsam.

Als sie merkte, dass der Maskierte sie gar nicht weiter angriff, hörte auch sie auf, auf ihn einzuschlagen. Endlich konnte sie ihn von sich hinunterschubsen. Der Angreifer robbte sich in Sicherheit und riss sich dabei die Maske vom Gesicht. Verletzt und atemlos blieben sie einen Moment liegen.

Schließlich richtete sich Mertin auf, um den Lichtschalter zu betätigen. Ohne Maske trug der Mann vor ihr gar keine Glatze. Er stöhnte und rang nach Luft.

»Scheiße, Martin«, sagte Mertin, »Spinnst du total? Was soll das?«

»Was meinst du?«

»Wie, was meinst du? Warum lauerst du mir in diesem Aufzug auf?«

Martin wirkte begriffsstutzig. So kannte sie ihn gar nicht.

»Du Idiot, du siehst aus wie ein durchgeknallter Terrorist.«

Langsam schien er zu begreifen. »Ich war auf einer Karnevalsparty«, lallte er, »und wollte dich überraschen.«

»Guckst du Affenarsch keine Nachrichten? Was denkst du dir dabei?«

»Was denn? Ich hab mich doch nur verkleidet!«

»Was soll das denn für eine Verkleidung sein? Vergewaltiger?«

»Nein«, wehrte sich Martin entsetzt, »das ist ›Bane‹. Ich gehe als Bane.«

»Bane. Was ist das?«

»Bane aus ›Batman‹«, rief er, »der Terrorist, der Gotham City lahmlegt.« Das öffnete ihm selbst die Augen. »Oh nein, Scheiße, und ich fand es saucool.«

Sie schwiegen. Martin kratzte sich am Kinn. Mertin funkelte ihn böse an, dann lächelte er zaghaft.

»Tut es weh?«

Mertin nickte.

»Kann ich reinkommen?«

»Nie im Leben. Du bist betrunken.«

»Sturzbesoffen, ja!«

»Dann wird's wohl nichts mit Sex.«

»Kann ich nicht versprechen.«

Mertin schnaufte. »Bist du jetzt Diplomat, oder was?«

»Nein, tut mir leid«, gestand er und setzte dabei eine treudoofe Miene auf.

»Blödmann, das war rhetorisch gemeint.« Mertin blickte ihn eindringlich an, weil er viel zu lange brauchte, um das Gesagte zu verstehen. »Und was machst du auf einer Karnevalsparty?«

»Das Ticket habe ich schon seit Monaten.«

»Hast du rumgeknutscht?«

»Scheiße, verhörst du mich?«

»Beantworte die Frage!«

»Nein.«

Mertin blickte ihn eindringlich an.

»Ja, möglich. Weiß ich nicht mehr. Judith, das ist Karneval. Bützchen verteilen –«

»Wenn du weiterhin mich küssen möchtest, dann küsst du besser keine anderen Frauen. Such dir ein anderes Hobby.«

»Das ist kein Hobby«, protestierte er.

»Martin!«

»Schon gut, hab ich kapiert.«

»Und wenn du dich morgen an nichts mehr erinnern kannst, weil du zu besoffen warst, wirst du feststellen, dass ich nichts getrunken habe und dass meine Erinnerung erstklassig funktioniert.«

Martin nickte.

»Ich verzeihe nicht.«

»Kommt nicht wieder vor«, versprach er.

Während sie in die Wohnung gingen, bemühte sich Martin zu erklären, wie es zu seinem spontanen Besuch gekommen war. Er habe den ganzen Tag mit superanstrengenden Terminen in London verbracht, weil er dort an einem Internet-Start-up beteiligt sei, das nun aufgrund des bevorstehenden Austritts der Briten aus der EU nach Deutschland geholt werden müsse. Auf dem Rückflug wollte er sich eigentlich mit ihr verabreden, aber dann war ihm das Ticket für die Karnevalssitzung eingefallen. Die Eintrittskarte hätten Kollegen vor Monaten besorgt, und er wollte sie, auch weil sie nicht eben billig gewesen war, nicht verfallen lassen.

»Hast du meine SMS nicht bekommen?«, fragte er.

»Bekommen, aber nicht angeschaut.«

Martin guckte sie enttäuscht an. »Scheiß-Brexit«, schloss er seinen Bericht. »Wie war's bei dir?«

Mertin druckste herum, berichtete dann aber von den enormen Schwierigkeiten, die sie mit Kaiser hatte, seinem teils aggressiven, teils überfordert wirkenden Verhalten, seinen unberechenbaren Stimmungsschwankungen, die oftmals von Beleidigungen begleitet wurden. Seine Attacke erwähnte sie nicht. Dafür beschrieb sie sein Benehmen bei Erika Derendorf. »Total verrückt«, sagte sie.

»Er macht Klingelmäuschen bei Verdächtigen?«

»Nicht bei Verdächtigen. Er hat dreimal auf den Klingelknopf gedrückt, weil ihn das angeblich an die Klingel bei seinen Großeltern erinnert. Dann beschimpft er die Frau als ›Wohlstandspack‹. Stell dir vor, wir haben der Frau die Nachricht vom Tod ihres Mannes überbracht.«

»Krass.« Martin dachte nach.

»Im letzten Jahr haben wir eine Gesundheits-Fitness-App auf den Markt gebracht«, begann er dann und hatte angesichts seines Alkoholpegels Mühe, sich zu konzentrieren, »da geht's auch viel um Modekrankheiten. Durch Stress und allgemeine Überforderung. Wie dein Kollege sich verhält, klingt ziemlich genau nach Symptomen einer …«, jetzt musste Martin sich besonders lange konzentrieren, »stressbedingten Depression.«

Mertin stutzte.

»Ich bin kein Arzt, aber für mich hört sich das an, als hätte dein Kollege einen klassischen Burn-out.«

Samstag

11:43 Uhr

Judith Mertin stand oben im ausgebrannten Wohnraum der Kongolesen und beobachtete die Vorbereitungen für ein Fest unten im Hof. Dort wurden einige Lagerfeuer in Feuerschalen entzündet, ein Grill mit Holzkohle entfacht sowie Bierzeltgarnituren und Zeltpavillons mit Heizsonnen aufgebaut, als wollten die Veranstalter der Kälte trotzen.

Auf dem Gelände des Flüchtlingsheims sollte ein Solidaritätsfest gegen Ausgrenzung und Rassismus gefeiert werden. Einige linke Gruppierungen hatten sich hierfür zusammengeschlossen, und auf einer kleinen Bühne bereitete sich eine Band nun auf ihren Auftritt vor. Die Musiker trugen Wollmützen. Der Gitarrist blies sich warme Luft in die Hände. Als zwei Gasheizstrahler in Richtung Bühne getragen wurden, begannen die Musiker, laut zu johlen.

In der Presse war der Brand vom Dienstag allgemein als Anschlag von Rechtsextremisten gewertet worden. Wer sonst könne so etwas tun?, lautete der Tenor. Vom moralischen Standpunkt aus hatte Mertin gar nichts dagegen, die Tat rechten Gewalttätern zuzuschreiben, wenn das der Beweislage entsprochen hätte. Es war aber auch vier Tage nach dem Vorfall keinesfalls geklärt, was genau die Brandursache war.

In den vergangenen Tagen war die Soko Phönix bei ihren Ermittlungen in beiden Fällen keinen Schritt vorwärtsgekommen. Selbst der Zahnabgleich von Niels Derendorf erwies sich als schwierig. Derendorf war offensichtlich kein Freund von Zahnärzten gewesen. Sein letzter Zahnarztbesuch lag viele Jahre zurück, und es gab kein einziges Röntgenbild. Nun bestand noch die Hoffnung, dass sein ehemaliger Arbeitgeber, die Bundeswehr, alte Röntgenbilder seiner Zähne aufbewahrte. Irgendwann musste er ja schließlich mal beim Zahnarzt gewesen sein.

Mit diesem ernüchternden Ermittlungsstand hatte sich Mertin gestern ins Wochenende verabschiedet.

»Kommen Sie mit hinunter in den Hof.«

Mertin drehte sich um. Karin Welz stand vor der Absperrung zum Zimmer. Sie lehnte dankend ab. Nach Feiern war ihr aus vielen Gründen nicht zumute.

»Was machen Sie überhaupt hier?« Welz klang verwundert.

»Nachdenken.«

»Laut dem neuesten Bericht des UNHCR leben achtundzwanzig Millionen Kinder und Jugendliche auf der Flucht. Wir dürfen dem Krieg keine Chance lassen.«

»Ich bin nicht so in Partystimmung.«

»Vielleicht überlegen Sie es sich noch anders. Dann wissen Sie ja, wo wir zu finden sind.«

Welz ließ sie allein. Mertin blieb noch einige Minuten im Zimmer stehen, ließ ihre Augen über die verkohlte Einrichtung schweifen. Ruhe fand sie nicht.

Im Hof wurde nun fröhlich gefeiert, aber sie fühlte nur Frust und Wut. Sie sank in die Hocke und bedeckte mit den Händen ihr Gesicht.

Als sie sich wieder aufraffen wollte, fiel ihr Blick unter ein Bettgestell. Sie stutzte. Darunter lagen etliche Krümel. Als wäre dort ein Holzscheit zu Asche verbrannt. Es war das Bett vor dem Fenster, der Schlafplatz des Toten.

Mertin schaute sich das aus der Nähe an. Die Krümel sahen nicht wie Holz aus. Eher wie Dreck. Sie nahm ihr Smartphone hervor und schaltete die Taschenlampe ein. Es musste Erde, versetzt mit anderem Unrat, sein, kleine Steine dazwischen.

Sie wählte die Nummer der KTU. Da ging nur ein AB dran. Sie rief in der Leitstelle an und ließ sich mit der Handynummer des Technikers Lars verbinden.

»Habt ihr unter das Bett geschaut?«, fragte sie ohne Umschweife.

»Welches Bett?«

»Das Bett des toten Kongolesen.«

Schweigen am anderen Ende.

»Nein. Weiß ich nicht. Bestimmt«, stotterte Lars dann, »wird wohl einer gemacht haben.«

»Dann habt ihr diesen Dreck, der darunterliegt, untersucht?«

»Davon weiß ich nichts.«

»Scheiße.«

»Bist du im Flüchtlingsheim? Was machst du da? Es ist Wochenende!«

Mertin beendete das Gespräch. Sie dachte nach. Dabei durchsuchte sie ihre Taschen nach irgendeinem Beutel oder etwas Ähnlichem, in dem sie Proben von diesem Unrat aufbewahren konnte. Außer einem Päckchen Taschentücher hatte sie nichts bei sich. Sie nahm sich dringend vor, diesen Mangel an Beweismittelsäckchen und Plastikhandschuhen am Montag zu beheben.

Sie leerte das Päckchen, faltete einige Taschentücher auseinander und legte sie übereinander. Dann glitt sie mit Daumen und Zeigefinger in die leere Plastikhülle und begann vorsichtig, Proben von dem Dreck aufzupicken und in der Mitte der Taschentücher zu sammeln. Sie wickelte die Tücher zu einem kleinen Säckchen zusammen und steckte es ein.

Mertin verließ das Gebäude. Das Fest war nun in vollem Gange. Eine Reggae-Band jammte gegen die Winterkälte an. Etliche Leute hielten sich auf dem Hof auf, meistens in der Nähe eines Feuers oder einer anderen Wärmequelle. In einem Pavillon sah sie die kongolesischen Jugendlichen. Sie trugen dicke Winterjacken, Mützen und bibberten unter einer Heizsonne. Sie erkannte Kofi Mbeki, der neben Karin Welz saß.

Mertin ging hinüber. »Wie geht es euch?«, fragte sie zur Begrüßung.

»Nicht gut«, antwortete Karin Welz, »sie haben immer noch kein neues Zimmer.«

»Was bedeutet das?«

»Sie wissen nicht, wo sie schlafen sollen. Sie müssen jeden Abend woanders schlafen.«

Mertin schüttelte ungläubig den Kopf. Was konnte so schwer daran sein, vier Jugendlichen einen Schlafplatz zu beschaffen?

Sie holte das Taschentuchsäckchen hervor und zeigte den Jugendlichen die darin befindliche Probe. »Könnt ihr mir sagen, was das ist?«, fragte sie auf Französisch, doch die Jüngeren verneinten.

»Wo haben Sie das gefunden?«, fragte Kofi Mbeki.

»Du weißt, was es ist?«

»Nein.«

»Bist du dir sicher?«

»Ja, so sicher, wie ich weiß, dass wir nicht für den Brand verantwortlich sind«, sagte er aggressiv.

»Okay, du kannst ganz ruhig bleiben. Wisst ihr, ob Louis irgendwas unter seinem Bett aufbewahrt hat? Schuhe?«

»Ja, seine Schuhe standen vorne vor dem Bett. Und es kann sein, dass er eine Tasche unters Bett geschoben hat. Sicher bin ich mir da aber nicht.«

»Was hat er in der Tasche aufbewahrt?«

Mbeki zuckte mit den Schultern.

»Private Dinge waren da vermutlich drin«, mischte sich Karin Welz ein.

»Frau Kommissarin, hier ist Besuch für sie.«

Mertin drehte sich um. Neben einem Sicherheitsdienstmitarbeiter stand Lars, der KTU-Techniker. »Was machst du hier?«, fragte sie. »Ist doch Wochenende.«

»Unseren Ruf retten.«

»Gute Idee.«

Gemeinsam ging sie nochmals ins ehemalige Zimmer der Kongolesen. Lars schaute sich die Stelle unter dem Bett an.

»Das haben die Kollegen wohl übersehen. Ich war gar nicht hier«, erklärte er. Dann holte er einen Beutel hervor. »Du hast ein Foto gemacht, bevor du was weggenommen hast?«

Mertin verzog einen Mundwinkel.

»Na, dann mach ich mal besser eins. *Noboby is perfect.*«

Lars fotografierte und tütete dann eine Probe ein. Er hielt den Beutel gegen das Licht, tastete mit den Fingern durch das Plastik den Inhalt ab.

»Erde mit kleinen Steinchen.«

Mertin nickte.

»Könnte Splitt sein«, meinte Lars.

»Du meinst dieses Zeug, das auf Bürgersteigen verstreut wird, damit die nicht so glatt sind?«

Im Hof hatte die Band aufgehört zu spielen. Mertin musste nicht mehr gegen den Musiklärm anschreien.

Lars nickte ihr zu und begann zu fachsimpeln: »Das Zeug muss sich unter der Schuhsohle von Louis Mwobl gesammelt haben. Er kommt zurück ins Heim, legt sich ins Bett, stellt die Schuhe darunter ab. Bums! Brandbombe. Die Schuhe verbrennen und – soll nicht pietätlos sein – der Rest auch. Übrig bleibt lediglich ein bisschen Splitt mit Erde. So in der Art?«

Bevor Mertin seine Theorie bestätigen konnte, wurde Lars von einem lauten Megafongeräusch übertönt.

12:30 Uhr

Judith Mertin schloss das Gittertor hinter sich. Eine beachtliche Menschenmenge hatte sich vor dem Flüchtlingsheim in Dellbrück versammelt. Mertin sah viele etwas ältere Männer, vereinzelt ein paar Frauen, die einen gut situierten Eindruck vermittelten. Es gab nur wenige Transparente. »RUHE!«, stand auf einem DIN-A4-Blatt-großen Zettel; eine Deutschlandfahne mit dem Emblem des Deutschen Fußballbundes, mehr nicht. Die Ansammlung wirkte unorganisiert. Aber was Mertin überdeutlich spürte, war die ungeheure Wut, die ihr entgegenschlug.

Sie stand ganz allein vor einer wütenden Menschenmenge, und das fühlte sich äußerst beunruhigend an. Ihre Knie wurden weich. Der Magen drehte sich um. »Was ist denn los? Was wollt ihr?«, fragte sie mit dünner Stimme.

»Was willst denn du!«, blaffte sie sofort einer aus der vordersten Reihe an.

Mertin gab sich als Polizistin zu erkennen. Das änderte wenig.

»Na und?«

Ein anderer rief: »Wir haben auch Rechte! Nicht nur die!«

Sie rieb sich die Stirn, blickte in die Menge und sah nun auch viele verhärmte Gesichter. Das waren Normalos, denen irgendwas abhandengekommen war. Zum Beispiel Mitleid.

Mertin griff zum Telefon und rief den Notruf. Anschließend telefonierte sie mit dem Diensthabenden im Präsidium und erklärte ihm die brisante Situation.

»Ich habe nochmals genau nachgeschaut«, erklärte der Mann, »angemeldet ist hier gar nichts. Ich fordere Verstärkung an. Aber wenn ich Ihnen einen Rat geben darf, dann gehen Sie hinter das Tor und bringen Sie sich in Sicherheit.«

Ja, da hatte er sicherlich recht, dachte Mertin, nachdem sie aufgelegt hatte, sie sollte besser an ihre eigene Sicherheit denken.

Sie blickte sich nach den Wachleuten vom Sicherheitsdienst um, konnte aber niemanden entdecken. Wahrscheinlich versteckten sie sich irgendwo hinter der Mauer. Lars stand in einiger Entfernung, wirkte aber ebenso hilflos wie sie selbst. Was sollte sie tun?

Jemand schubste sie an der Schulter. »Was willst du? Was bildest du dir ein?«

Der Typ, der sie so ansprach, trug teure Markenklamotten. Man musste kein Modefachmann sein, um das zu erkennen. Das veränderte die Lage.

Trotzig hielt Mertin ihre Nase in den eiskalten Wind. »Ich bin Polizeibeamtin«, wiederholte sie nun mit fester Stimme, »das Willkommensfest ist angemeldet, Ihre Demo bestimmt auch?«

Keiner sagte etwas.

»Gehen Sie nach Hause!«

»Sie haben mir gar nichts zu befehlen«, fuhr der Mann sie an.

»Gut«, entgegnete Mertin und beglückwünschte sich selbst, dass sie die Nerven behielt, »damit widersetzen Sie sich einer polizeilichen Anweisung. Ich nehme jetzt Ihre Personalien auf – von Ihnen allen nehme ich die Personalien auf! Und dann schicke ich Sie mit Platzverweis nach Hause.«

Mertin blickte dem Mann direkt in die Augen. Er schnaubte. Sie senkte die Stimme: »Sie können natürlich auch sehr gerne noch einmal versuchen, mich zu schubsen.«

Der Typ blickte sie verunsichert an, dann zog er sich zurück. Andere waren mutiger und meldeten sich zu Wort. Einige Leute machten mit Mobiltelefonen Fotos und Videos; andere berichteten Mertin, dass in dem gegenüberliegenden, momentan noch leer stehenden Baumarkt bald weitere Flüchtlinge einziehen sollten. Vielen ging das zu weit.

Nun beging die Band, von wem auch immer angestiftet, den Fehler und intonierte »I Shot the Sheriff«. Der Bandleader variierte: »*I shot some Germans, but I dit not shoot the refugees.*« Das sorgte für enormen Aufruhr.

»Scheiß-Affenmucke!«, schrie eine Frau hasserfüllt. Andere lachten.

Mertin rief beide Seiten, Band wie Leute vor dem Tor, zu Ruhe und Besonnenheit auf. Ohne Erfolg.

»Spielt was Richtiges!«

»Dreckspack!«

»Ja, genau. Wo sind denn unsere guten deutschen Lieder?«

Einige Leute machten Anstalten, auf Mertin zuzugehen.

»Stopp! Keinen Schritt näher! Halten Sie Abstand«, rief Mertin, die innerlich flehte, es möge doch endlich die Verstärkung eintreffen. Sie erblickte Lars, der nun etwas mutiger direkt hinter ihr am Gittertor stand. »Wo bleiben die?«, fragte sie ihn.

Aber auch er konnte nur erneut zum Telefon greifen. Mertin hörte, wie er mit dem Diensthabenden im Polizeipräsidium telefonierte.

In diesem Augenblick hörte die Band auf zu spielen. Stattdessen erklangen über Mikrofon einige Kinderstimmen. Mertin blickte hinüber zur Bühne. Dort gruppierten sich vor allem schwarze Flüchtlingskinder um die dirigierende Karin Welz. Ihre glockenhellen Stimmen sangen: »Kein schöner Land in dieser Zeit als hier das unsre weit und breit, wo wir uns finden, wohl unter Linden zur Abendzeit.«

Immer mehr Flüchtlinge setzten mit ein. Der Gitarrist spielte ein Riff. Auch Lars sang laut mit. Gänsehaut krabbelte Mertin über den Nacken den Rücken hinab. Als die Flüchtlingskinder aufhörten zu singen, blieb es einen Moment mucksmäuschenstill.

Dann endlich sah sie die ersten Einsatzwagen. Noch nie hatte sie sich so sehr über die Ankunft der Kollegen von der Hundertschaft gefreut wie heute.

14:24 Uhr

Kaiser bog von der Frankfurter Straße mit seinem Passat in das Gewerbegebiet in Köln-Porz ein. Hier waren Firmen ohne Verkaufsräume angesiedelt. Am Wochenende arbeitete hier niemand mehr, die Straßen waren vollkommen verwaist. Kaiser beobachtete zur Landung ansetzende Linienmaschinen. Der Flughafen war nicht weit entfernt. Selbst durch die geschlossenen Fenster konnte er die Turbinen wie den Verkehrslärm der nahe gelegenen A 59 hören.

Im Vorbeifahren sah er die abgeranzte Reklame eines Indoorspielplatzes. Ihm fiel ein, dass er den vor Jahren mal mit den Kindern besucht hatte. Eigentlich waren Samstage die Hochsaison für Hüpfburgen und Bällchenbäder, die nach Käsefüße stanken, aber der Laden schien geschlossen zu haben. Der Parkplatz war leer.

Er lenkte den Wagen zum vereinbarten Treffpunkt. Dort wartete bereits ein Audi Q7 auf ihn. Durch die getönten Scheiben konnte Kaiser nicht ins Innere des Fahrzeugs blicken. Nicht nur die hinteren Scheiben, sondern auch die Frontscheiben zu tönen erforderte sicherlich eine Sondererlaubnis, dachte er, der sich vornahm, seine Vermutung zu überprüfen und dabei auch zu klären, wem warum eine solche Sondererlaubnis erteilt wurde.

Kaiser wartete einige Minuten und beobachtete den SUV, in dem sich nichts tat, bevor er den Wagen verließ. Kaum stand er im Freien, da wurde das Beifahrerfenster des Audi heruntergefahren.

»Was machst du denn da so lange? Steig endlich ein!«

Kaiser kam der Aufforderung nach.

Im Inneren des SUVs war es sehr warm. Abduls Hund sabberte die Rückbank voll. Kaisers Termin trug ein Achselshirt. Im Wagen roch es nach Hund und Schweiß.

»Warum wolltest du dich hier treffen?«

»Komm grad vom Training und war zufällig in der Nähe«, sagte Abdul und strich sich über den langen Bart. »Ganz schön was los da draußen.«

Er meinte nicht die menschenleeren Straßen des Gewerbegebiets. Kaiser spürte die Nervosität seines Gegenübers, die auch ihn ansteckte.

»Ich hab einen Tipp für dich. Wenn du auch was für mich springen lässt, sind wir im Geschäft.«

Kaiser zögerte nicht lange und nickte.

»Wer fängt an?«

»Du hast den Deal angeboten, also fängst du an«, antwortete Kaiser.

»Ich sollte mich doch nach dieser Naziglatze umhören. Heute findet so ein ›Willkommensfest‹ in dem Flüchtlingsheim statt, auf das neulich ein Anschlag verübt wurde. Ich weiß aus zuverlässigen Quellen, dass das Fest von Rechten gestört werden soll und dass die auch mehr planen, und die Naziglatze von neulich soll auch dabei sein.«

Kaiser lachte spöttisch. »Also, du willst mir ein paar Gegner ans Messer liefern, die dir vermutlich selbst im Weg sind? Das ist dein Tipp?«

»Als guter Bürger tut man doch einiges.«

Der Tenor schmeckte Kaiser nicht. »Wann soll das stattfinden?«

»Jetzt.« Abdul ließ seine linke Hand nach unten gleiten.

»Lass deine Hände da, wo ich sie sehen kann!«

»Nervös?«

»Nur so nervös wie mein Gegenüber.«

Abdul hob beschwichtigend beide Hände, ließ sie dann auf das Lenkrad sinken. »Ja, die Angst vorm Terror – man nennt es auch die europäische Krankheit.«

»Im selben Europa wurdest du geboren.«

Abdul antwortete nichts. Nur das laute Schmatzen des Hundes, der an einem Kauknochen nagte, war zu hören.

»Und ihr plant Razzien gegen meine Brüder?«

»Sicher«, entgegnete Kaiser und nannte prompt Ort und Uhrzeit einer bevorstehenden Polizeiaktion im marokkanischen Viertel von Köln.

»Eine Hand wäscht die andere«, sagte Abdul, »so haben alle was davon.«

Kaiser kniff die Augen zusammen.

»Hey, Partner«, meinte Abdul jovial, »das hast du letztes Mal liegen lassen.« Abdul öffnete ein Fach in der Mittelkonsole. Darin lagen zwei identische Briefumschläge.

»Der eine ist vom letzten Mal, der zweite ist für heute.« Er grinste. »Ich hab doch nur Mitleid mit deiner Scheiß-Auto-Situation. Der Schrotthaufen da ist eine Scheiß-Krankheit.«

Kaiser blickte auf die Briefumschläge.

Abduls Handy gab einen Signalton von sich. Der Mann sah ernst auf das Display, dann lachte er auf und hielt Kaiser das Handy unter die Nase. »Alter, schau dir mal an, was mir gerade einer meiner Brüder geschickt hat.«

Kaiser sah auf ein Foto, das Abdul vermutlich über WhatsApp oder einen anderen Dienst geschickt worden war. Er sah Judith Mertin, die sich ganz allein einer wütenden Horde entgegenstellte.

»Alter«, meinte Abdul, »das ist doch die Tante, die neulich bei mir im Haus war!«

»Wo ist das?«

»Na, bei dem Flüchtlingsheim.« Abdul blickte fasziniert auf

das Foto und zoomte mit gespreizten Fingern auf Mertins Gesicht. »Hab da einen Beobachter postiert.«

Kaisers Anspannung wuchs.

»Die hat echt Mumm. Das muss man ihr lassen. Jetzt bin ich mir ziemlich sicher, dass sie neulich meinen Hassan abgeknallt hätte.«

Kaiser sah ihn fragend an, aber in Wahrheit drängte es ihn, den Wagen rasch zu verlassen. Er hatte es plötzlich eilig.

»Meinen Hund.«

Rasch warf Kaiser einen Blick auf die sabbernde Töle auf der Rückbank.

»Das ist noch eine richtige Polizistin, oder? Nicht diese Weicheibullen von heute. Heute gibt's nur noch die Sorte Pupser. Die taugen nicht mal zum Furz. Das Privileg Furz müssten sich die Bullen erst erstinken.«

Abdul fand Gefallen an seinen Worten. Kaiser ließ ihn quatschen und quatschen, obwohl er ihm lieber ein Loch in den Kopf geschossen hätte. Nichts wie weg hier. Daher senkte er demonstrativ seinen Blick auf die Briefumschläge.

»Ich weiß«, sagte Abdul endlich, »ist nicht ganz leicht. Aber es ist in Ordnung.«

Kaiser schnaufte verächtlich, dann steckte er die Kuverts ein.

14:47 Uhr

Einige Minuten nach Eintreffen der Verstärkung saß Mertin auf der Rückbank eines Gruppentransporters und beobachtete die weiteren Aktionen der Hundertschaft. Sie wusste nicht, was sie fühlen oder denken sollte. Etwas Vergleichbares hatte sie bisher noch nicht erlebt.

Sie fror. Aber da sie weder den Autoschlüssel von dem Transporter hatte, um den Motor zu starten, noch einen wärmenden Kaffee, musste sie sich damit begnügen, die Jacke eines Kollegen als Decke über die Beine zu legen. Sie verspürte Hunger und Durst. Gleichzeitig war ihr übel. Die kleine Wasserflasche, die ihr gegenüber auf der Bank lag, rührte sie nicht an.

Plötzlich stutzte sie. In unmittelbarer Nähe des Polizeitransporters, in dem sie saß, fanden sich einige offensichtliche Neonazis ein. Sie trugen Kapuzenjacken mit Runen – Sons of Walhalla – und Symbolen von einer Bekleidungsfirma, die in der rechten Szene als beliebt galt. Ein Typ hatte sich die Kapuze aufgesetzt. Auf seinem Hinterkopf prangte eine aufgenähte »88«. Mertin wusste, die Zahl galt als Code für »Heil Hitler«. Sammelten sie sich hier, um gleich vorn bei der Demo Stunk zu machen? Gerade hantierten sie an etwas herum. Das ließ Mertin aufmerken.

Aus der Männergruppe stach ein Typ hervor, und jetzt erkannte Mertin ihn. Der Hakenkreuzmann. Einer der Angreifer aus dem Asia-Shop. Das hatte sie schon fast wieder vergessen. Und die Gegenstände, an denen sie herumfuchtelten, offenbarten sich als nichts anderes als Brandbomben, die sie nun fast unmittelbar vor Mertins Augen entzündeten. Da sie die Polizisten im Einsatz und nicht in den Fahrzeugen glaubten, wähnten sie sich unbeobachtet.

Ein paar Schläger bereiteten einen Brandanschlag auf das Flüchtlingsheim vor, und Mertin wurde gerade zur Zeugin. Es bestand auch die Möglichkeit, dass sie ihre Molotowcocktails einfach in die Menge vor dem Tor werfen wollten. Vermutlich hatten sie den Brandanschlag von letzter Woche ähnlich dilettantisch, aber nichtsdestotrotz effektiv durchgeführt.

Jetzt ist aber wirklich Schluss, dachte Mertin.

Sie zögerte keine Sekunde. Sie verließ den Transporter und trat auf den verschneiten Gehweg. Keine zehn Meter lagen zwischen ihr und sechs gewaltbereiten Neonazis. Bereits das Öffnen der Fahrzeugtür hatte die Aufmerksamkeit der Männer auf sie gelenkt. Mertin ging direkt in Kampfposition über, denn sie rechnete keinesfalls damit, dass sich sechs Hooligans einer schwarzen Polizistin ergeben würden.

Womit sie nicht gerecht hatte, war, dass der Hakenkreuzmann, kaum hatte er Mertin seinerseits wiedererkannt, ohne zu zögern, eine brennende Flasche auf sie schleuderte. Die Brandbombe verfehlte ihr Ziel. Ohne zu explodieren, landete sie im Schneehaufen am Straßenrand und erlosch mit einem zischenden Geräusch. Eine zweite Flasche hingegen zerschellte am Metallzaun zum Flüchtlingsheim. Das brennende Benzin würde dem Stahlzaun aber keinen größeren Schaden zufügen.

Dieser Wichser, er hatte sie schon mal angegriffen und jetzt tatsächlich mit Molotowcocktails beworfen. Er hatte in Kauf genommen, dass sie Mertin trafen und verletzten. Es war ein ganz normaler Samstagnachmittag in Köln, aber sie hätte jetzt genauso verbrennen können wie ihre Mutter vor zehn Jahren im Kongo.

Judith Mertin sah rot.

Entschlossen ging sie auf die Männer zu. Die hielten sich für weit überlegen und wichen keinen Schritt zurück. Zuvorderst baute sich ein kaum Zwanzigjähriger mit ärmellosem Hoodie und Baseballschläger auf. Er demonstrierte seine tätowierten Armmuskeln. Als er den Baseballschläger mit beiden Armen anhob und ausholte, schnellte Mertin vor. Ihr Ellbogen zerschmetterte seine Nase. Daraufhin ließ er den Baseballschläger fallen, um sich die ramponierte Nase zu halten. Damit gab er seinen Oberkörper frei. Eine Einladung, die Mertin annahm. Mehrmals schlug sie ihm mit linken und rechten Schwingern in den Magen. Er sank auf die Knie und übergab sich in den Schnee.

Gnade zeigte sie keine. Sie hob den Baseballschläger auf und versetzte ihm damit einen harten Nierenschlag. Dann wandte sie sich an die übrigen Nazis. Die Männer blieben wie angewurzelt stehen. Dass eine einzelne Frau sie angreifen würde, damit hatten sie wohl im Leben nicht gerechnet. Es hieß fünf gegen eins. Sie wog den Schläger in der Hand.

»Eine plumpe Waffe für asoziale Arschlöcher«, verkündete sie. »Du bist der Nächste.« Sie zeigte mit dem ausgestreckten Baseballschläger auf den Hakenkreuzmann.

Zu ihrer und auch zur Verblüffung seiner Kumpel entschloss

sich der Angesprochene zur Hasenfußtaktik. Zwischen den parkenden Polizeiautos hindurch über die Straße Richtung Hochhäuser, die auf der anderen Straßenseite standen, machte er sich davon.

Mertin setzte ihm nach.

So gut es die Wetterlage zuließ, sprintete sie an den Eingängen zu den Hochhäusern vorbei, wo der Flüchtige einen Haken schlug. An einer günstigen Stelle quetschte er sich durch einen Bauzaun auf das Gelände des leer stehenden Baumarktes. An einer ähnlichen Stelle am anderen Ende des Geländes verließ er es wieder. Immer wieder schaute er sich nach Mertin um. Es gelang ihm nicht, sie abzuschütteln. Er überquerte erneut die Straße zum Flüchtlingsheim und rannte, nun mit deutlichen Anzeichen der Erschöpfung, in den Wald auf der östlichen Seite des Heims.

Auf dem gefrorenen Untergrund konnte Mertin besser Fuß fassen als bisher auf der zum Teil rutschigen Straße. Daher holte sie ihn rasch ein. Als er schließlich schwer atmend vor Erschöpfung stehen blieb, hatte sich Mertin gerade erst warm gelaufen. Er hatte einen hochroten Kopf, keuchte und konnte sich kaum noch auf den Beinen halten. Er blickte sie verzweifelt und beinahe ergeben an.

Aufgeben wollte er anscheinend dennoch nicht so schnell, denn er beförderte aus der Jackentasche seiner schwarzen Bomberjacke einen Schlagring hervor. Die Ringe waren mit fiesen Stacheln besetzt, der Handgriff zeigte die Umrisse des deutschen Reichsadlers. Die perfekte Waffe für einen Neonazi.

Körperlich war er ihr überlegen. Größer, kräftiger, brutaler. Dennoch wusste sie, dass sie ihn besiegen würde. Für einen ausgeglichenen Kampf fehlte ihm die Puste. Mertin würde ihm nichts schenken. Nicht heute. Heute würden die Brutalos für ihre Taten bezahlen.

Sein Erstschlag kam hart, aber halbherzig. Mertin tauchte unter der Faust mit Schlagring hindurch, fasste das Handgelenk, überstreckte den gesamten Arm und versetzte ihm dann mit der linken Hand einen gezielten Treffer auf den gestreckten

Ellbogen. Wenn das Gelenk nicht gebrochen war, hatte sie etwas falsch gemacht. Das mussten höllische Schmerzen sein, und so laut schrie der Kerl dann auch. Sein schöner Schlagring landete irgendwo im Schnee. Das Messing glänzte verführerisch, aber Mertin ließ die Waffe liegen. Sie zog ihr Knie hoch. Im Magen getroffen, sank er auf die Knie, wobei er sich vornüberbeugte und somit seinen Kopf präsentierte. Mit einem kurzen Schlag stieß sie ihren spitzen Ellbogen auf sein ungeschütztes Ohr. Sein Schreien wurde intensiver.

Mertin holte Happy Jack hervor. Als er sich aufzurichten versuchte, brachte ihn das lediglich in die ideale Position für ihre nächsten Treffer. Eigentlich war der Kampf an dieser Stelle längst entschieden. Reue spürte sie keine. Im Gegenteil, es musste vollendet werden. Mit einem wuchtigen Schlag ihres Handballens unter sein Kinn brachte sie ihn endgültig zu Fall. Mertin hörte seine Zähne knirschten. Kiefer gebrochen. Blutend, sich vor Schmerz windend und fast schon ohnmächtig sank der Neonazi in ein Bett aus Schnee und Laub auf dem Waldboden.

In rasendem Zorn blickte Mertin auf ihr Werk. Sie kam nicht zur Besinnung. Irgendein Dummkopf beging den fatalen Fehler, eine Hand auf ihre Schulter zu legen. Instinktiv tauchte sie erneut ab, beugte sich tief hinunter und verschaffte sich damit Raum und Schwung, um ihr rechtes Bein nach oben schnellen zu lassen. Der Getroffene taumelte zurück. Mertin drehte sich um.

Kaiser.

Er plumpste mit dem Po auf den Waldboden und hielt sich die blutende Nase. Wie um alles in der Welt hatte er sie gefunden? Und warum? Ihr Schlag musste ein Glückstreffer gewesen sein – sie hatte Kaiser direkt im Gesicht getroffen.

Von nun an würde es keine reinen Glückstreffer mehr geben! Da war er, Kaiser, dieses Riesenarschloch. Neulich den Nacken, jetzt die Nase und noch mehr. Sie würde ihn bluten lassen für drei Monate Pein und Ärger. Mit geballten Fäusten schritt sie auf ihn zu. Happy Jack war noch nicht glücklich.

»Hör auf!«, schrie Kaiser mehrmals, mit wachsender Verzweiflung.

Mertin kam zur Besinnung. Endlich war der Alptraum beendet.

»Was tust du?«

Mertin antwortete nicht.

Kaiser hielt sich die Nase und suchte in seinen Taschen nach etwas, womit er die Blutung stoppen konnte. Schließlich nahm er seinen Schal.

»Wir tun das einzig Richtige«, sagte Kaiser, der nun die Taschen des Neonazis durchsuchte und ein Handy hervorholte, »wir rufen einen Krankenwagen und verpissen uns. Wir, das heißt, du tust so, als wäre nie etwas geschehen. Und ich war nie hier.«

Mertin blickte ihn ungläubig an. Wieso tat er das?

»Weißt du, wer das ist? Nein, natürlich nicht. Du denkst wahrscheinlich, Nazis verprügeln ist eine gute Beschäftigung, während andere Biogemüse beim samstäglichen Einkauf auf dem Markt besorgen. Da gebe ich dir sogar recht, aber das hier ist ein Kollege. Deckname Herwig.«

Sie schaute ihn fassungslos an. Woher wusste Kaiser das? Wieso hatte sich der Mann nicht zu erkennen geben? Und wieso war er überhaupt weggelaufen?

»Ja, niemand sagt, dass Herwig 'ne helle Nummer wäre. Wenn du mich fragst, ist er deshalb V-Mann. Dummköpfe fallen unter Neonazis nicht so auf.«

»Ich dachte, diese V-Männer wären abgeschaltet.«

Kaiser blickte sie ernst an, lachte dann lustlos. »Jaja, ›dachte‹ war schon immer ein Halunke mit zu vielen Optionen.«

Während Kaiser den Notruf absetzte, versuchte Mertin, gedanklich und emotional zu sortieren, was sie angerichtet hatte. Kaiser dachte an alles. Sogar daran, auf dem Handy keine Fingerabdrücke zu hinterlassen.

»Okay«, sagte er in einem pragmatischen Ton, als wäre er Spezialist für derartige Situationen, »wir müssen weg hier. Jetzt!«

Mertin hielt ihn zurück. »Woher wusstest du, dass ich hier bin? Wie hast du mich gefunden?«

Er wich ihrem Blick aus.

»Scheiße, Kaiser, was für ein Spiel spielst du?«

Kaiser schüttelte den Kopf.

»Und woher verdammte Scheiße kennst du diesen V-Mann?«

»Erzähle ich dir irgendwann mal.«

Beide schwiegen einen Moment.

»Du musst dich entscheiden«, sagte er, während Mertin auf ihre blutigen Hände blickte.

Montag

08:14 Uhr

Leises Getuschel. Ein Stöhnen. Sie hielt sich die Ohren zu und wälzte sich auf die Seite. Dabei rutschte sie in eine Sofakuhle. Fast automatisch verfiel sie in eine Art Embryohaltung, passte sich so der Form des durchgesessenen Sofas an und zog sich die Decke weiter über den Kopf. Übler Geruch drang in ihre Nase. Die alte Decke stank wie Bolle nach Köter. Das war es also, was sie in den letzten zwei Stunden, seit sie hier auf dem Sofa in ihrem Büro etwas Schlaf zu finden versuchte, gestört hatte. Nur war sie vorher viel zu müde und kaputt gewesen, um es zu identifizieren.

Sie schob die Decke von ihrer Nase. Der Gestank war trotzdem noch da. Wahrscheinlich, so dachte Mertin, hatte ein Hundeführer seinen Wuffi bei einem Einsatz in die Decke gehüllt. Nur wie zum Geier kam dann dieses stinkende Etwas in ihr Büro? Ach ja, jetzt fiel es ihr wieder ein.

»Und das gilt als sicher?«, hörte sie mit schläfrigem Verstand jemanden fragen.

Um drei Uhr nachts hatte die Dienststelle sie aus dem Schlaf gerissen und zu einem Einsatz gerufen. Sie musste für einen plötzlich erkrankten Kollegen einspringen. Die Kriminalinspektion ST1 hatte nicht genügend Personal für ihre bevorstehende Razzia im marokkanischen Viertel von Kalk. Da sie eine Außenstehende war, hatte sie beim Einsatz nur unbedeutende Aufgaben zugeteilt bekommen. »Unbedeutend« hatte in diesem Fall geheißen, sich in der Kälte die Beine in den Bauch zu stehen. Die Razzia an sich war zudem ein Reinfall gewesen. Schnell lag die Vermutung nahe, jemand könnte gequatscht haben. Die Einsatzkräfte schnappten nur Taschendiebe und kleine Hehler. Die eigentlichen Verdächtigen, auf die es der Staatsschutz abgesehen hatte, waren nicht auffindbar gewesen. Was für ein Fiasko, aber nicht ihre Baustelle.

Mertins Geist war zu unruhig, um noch ein wenig schlafen zu können. Tausend Gedanken schossen gleichzeitig durch ihren Kopf. Und nicht einer dieser Gedanken war als schön oder angenehm zu bezeichnen. Immer wieder sah sie sich selbst und wie sie mit einem Schlag den Kiefer dieses Neonazis zerschmettert hatte. Satisfaktion der fragwürdigen Art.

»Weiß nicht, muss ich sie fragen«, hörte sie die Stimme wieder. »Nein, nein, sie liegt da und schläft.«

Wieder herrschte einen Moment lang Stille. Dann: »Judith, willst du mit der Gerichtsmedizin sprechen?«

Kaiser war also im Büro. Wer sonst? Gerichtsmedizin, wieso sprach er so förmlich?

»Gabriela Rust?«

»Ja sicher.«

Typisch pampige Kaiser-Antwort. Mertin öffnete die Augen. Es dauerte ein paar Sekunden, bis sie sich scharf gestellt hatten und das altmodische Achtziger-Jahre-Muster des Sofas fokussierten: braun-beige-rotes Zickzack, ein Blauton mischte sich auch noch mit hinein – hässlich wie die Nacht.

»Nein.«

»Sie will nicht mit dir reden«, gab Kaiser ins Telefon weiter. Rust erwiderte etwas.

»Ja, was kann ich denn dazu, dass sie auf dich sauer ist?«

Kleine Pause.

»Ach, sehr viel also?«

Wieder gab es eine kurze Pause.

»Genau genommen also *alles*?«

Kaiser holte tief Luft. »Wisst ihr was«, schrie er ins Telefon, »ich habe so was von die Schnauze voll davon, verantwortlich zu sein für jede Scheiße, die hier abläuft, das könnt ihr euch gar nicht vorstellen! Lasst mich doch um Herrgotts willen ein für alle Mal mit eurer Scheiße in Frieden!!!«

Er knallte den Hörer auf den Apparat und erklärte damit quasi das Telefon zur Persona non grata. Verärgert warf Mertin die Decke beiseite und richtete sich auf.

»Vielen Dank für das Gebrüll. Jetzt bin ich wirklich wach.«

Kaiser erwiderte nichts. Mertin sah eine Menge Obst auf seinem Schreibtisch: ein Netz Orangen, eins mit Zitronen, eine Schale Kiwis. Einen Plastikbeutel mit Äpfeln entdeckte sie auch noch. Das Obst brachte Farbe ins Büro.

»Ich soll viele Vitamine zu mir nehmen«, erklärte Kaiser. Er blickte sie treudoof an, als hätte man ihm eine Strafarbeit aufgetragen. »Sehr viele Vitamine. Willst du einen Apfel?«

Glaubte er, sie seien nun Verbündete? Mertin schmeckte das alles nicht. Von der blutigen Nase sah man nichts mehr. Sie hätte jetzt am liebsten da weitergemacht, wo sie am Samstag aufgehört hatte. Obst von ihm anzunehmen kam also nicht in Frage. »Halt die Klappe«, sagte sie daher nur.

Kaiser blickte enttäuscht drein. »Willst du denn wissen, was Gabriela wollte?«

Mertin nickte.

»Das Brandopfer ist Derendorf. Zu achtzig Prozent, sagt sie. Sie hat heute Morgen eine E-Mail von der Bundeswehr vorgefunden mit etlichen uralten Röntgenbildern von Derendorf. Sie muss das noch mal verifizieren, aber eine erste rasche Überprüfung lässt angeblich keinen Zweifel zu.«

Mertin war plötzlich wach.

»Außerdem«, fuhr Kaiser fort, »hat sie am Wochenende mit einem Kollegen in Tübingen telefoniert und die Sachlage erklärt. Auch er hat bestätigt, was wir bereits vermutet haben. Dass jemand einen so schmerzhaften Selbstmord begeht, hält er für unwahrscheinlich. Es ist natürlich eine reine Mutmaßung.«

Mertin schüttelte die letzte Müdigkeit ab. »Wir müssen unsere Bemühungen intensivieren!«

»Was soll denn das heißen?«, meinte Kaiser aufbrausend. »Klingt wie eine Politikerfloskel. Im Übrigen tun wir bereits alles.«

**

Kaiser beamte sich fort. Nur sein Körper blieb ihm Büro zurück. Goldener Regen ergoss sich über ihn. Seit zwei Tagen tat er alles Mögliche für seine Gesundung. Es wurde einfach nicht besser!

Gut, also im Grunde hatte er nur gestern »alles Mögliche« für sein Seelenheil getan. Lavendelbad zur Entspannung. Das hatte sich eher angefühlt, wie Salz in eine offene Wunde zu streuen. Er hatte gutes, vitaminreiches Essen zu sich genommen, sich aber zwischendurch in die Imbissbude um die Ecke verdrückt und sich eine Currywurst-Pommes mit extraviel Mayo reingezogen. Abends dann die größte Qual: nicht rauchen. Auch das war ihm nicht so richtig geglückt. Aber er hatte es versucht. Deswegen war Kaiser der Ansicht, es könnte ihm doch wirklich endlich mal besser gehen! Er gab sich so viel Mühe, und – verdammte Scheiße! – dieser Schwachsinn mit dem goldenen Regen klappte auch nicht.

»Kannst du mir eine Orange geben?«, bat Mertin nun doch um etwas von seinem Obst.

Er reichte ihr eine Frucht aus dem Netz. Statt sie zu schälen, spielte seine Kollegin damit. Wog sie in der Hand. Ein männlicher Kollege an ihrer Stelle hätte sicher einen dreckigen Witz gerissen, etwas mit »Möpsen, groß wie Orangen«. Diese Art Witze waren ihm früher schon immer tierisch auf die Nerven gegangen.

Mertin riss keinen Witz, sie tat etwas ganz anderes. Sie holte weit aus und pfefferte ihm die Orange an den Kopf. Es tat nicht weh, aber Kaiser rieb sich dennoch die Stelle am Kopf – vollkommen überwältigt und erniedrigt davon, dass ihn jemand mit Obst bewarf. Noch dazu mit seinem eigenen!

»Hör mir mal ganz genau zu«, begann Mertin ernst, »ich erzähl dir jetzt was. Und es wird dir gar nicht schmecken. Egal was bisher gewesen ist. Genau genommen geht mich das gar nichts an. Aber du nervst. Vollkommen. Nerven ist natürlich eine nette Untertreibung.«

»Für was ist das eine Untertreibung?«, fragte Kaiser.

»Für untragbar.«

»Früher hätte ich die Orange geschnappt«, erwiderte er hilflos.

Mertin blickte ihn mitleidig an. Diesen Gesichtsausdruck kannte er von Hanna. Das traf ihn unendlich.

»Geh zum Arzt, meld dich krank, was weiß ich, nur verpiss dich aus diesem Büro!«

Er stand auf und wandte sich ab.

**

Mertin blickte Kaiser fassungslos hinterher. An der Tür stieß er mit dem KTU-Techniker Lars zusammen, der ein T-Shirt mit dem Abbild eines Eisbären trug.

»Lars, der Scheiß-Eisbär«, brummte Kaiser. »Die Chefin sitzt da vorne«, spottete er weiter. »Pass nur auf, wenn sie dich um Obst bittet.« Kaiser zeigte auf Mertin und verließ das Büro.

Entsetzt ließ sie ihr Gesicht in die Hände sinken.

»Wie hat er das mit dem Obst gemeint?«

»Nicht so wichtig.«

»Ich weiß, was es ist«, sagte Lars breit grinsend.

Mertin musste erst ihre Gedanken sortieren, bis sie verstand, wovon er sprach.

»Es ist kein Splitt. So viel ist mal sicher.«

»Sondern?«

»Ich habe das ganze Wochenende gebraucht, um das herauszufinden. Es ist ein Erz. Willst du wissen, wie ich das geschafft habe?«

Mertin kniff die Augen zusammen und rieb sich genervt über den Nasenrücken. »Können wir den Teil überspringen? Kannst du mir nicht einfach sagen, was herausgekommen ist?«

»Du willst nicht wissen, welche Tests, Verfahren, Analysemethoden, Geräte und so weiter ich verwendet habe, sodass ich ein wenig mit meinem Wissen und Können prahlen kann? Es ist nämlich gar nicht sooo einfach, zu bestimmen, was es ist, wenn man gar nicht weiß, wonach man sucht. Verstehst du?«

»Lars, bitte.«

Er lachte verlegen. »Dir fehlt der Sinn für derartige intellektuelle Gedankenspiele?«

Mertin nickte eindringlich. »Was ist denn nun herausgekommen?«

»Das Erz ist Coltan.«

»Und weiter?«

»Wie, und weiter? Mehr habe ich nicht. Es wird in Australien und im Kongo abgebaut, und da dachte ich, du wüsstest schon Bescheid.«

»Sag mal, bin ich blöd, oder was?«, konterte Mertin. »Natürlich weiß ich, dass Coltan im Kongo abgebaut wird. Im Kongo werden auch Bananen angepflanzt. Weiß ich deshalb alles über Bananen, nur weil ich zufällig ebenfalls im Kongo geboren wurde? Und du, weißt du alles über Kohleabbau, nur weil du Deutscher bist?«

Lars hob entschuldigend die Hände. »Hab's kapiert! Schon gut. Ich bin Techniker. Kein – wie heißt das? – Kombinierer.«

»Ermittler.«

»Genau. Sorry. Noch ein Fehler.«

»Lars, das bringt mir nichts. Du siehst doch, was hier los ist. Kannst du mir den Gefallen tun und einige Hintergründe zu Coltan recherchieren? Was ist das? Wo wird es verwendet? Et cetera.«

Er nickte.

»Und dann muss ich wissen, wie das Zeug hierhingekommen ist. Was macht Louis Mwobl in Deutschland mit Coltan-Erz in seinem Gepäck?«

»Vermutlich hat er das Zeug mitgebracht«, meinte Lars.

»Aber was wollte er damit? Dachte er, er könnte das hier verkaufen?«

Lars zuckte mit den Schultern. »Möglich«, erwiderte er, »aber soweit ich weiß, muss ein Erz erst verhüttet werden, bevor man es überhaupt verwenden kann.«

»Das heißt, wir müssen herausfinden, wie Coltan verhüttet wird. Und was entsteht dann daraus?«

»Ja, keine Ahnung, ich denke, das Zeug kannst du gar nicht einfach verkaufen wie Schwarzmarkt-Zigaretten.«

Mertin nickte. »Mwbol ist mit dem Rohprodukt nach

Deutschland gekommen. Wenn wir beim Zigarettenvergleich bleiben, hieße das, er hatte Tabakblätter bei sich. Und wer steht schon an der Straßenecke und verkauft Tabakblätter?«

»Also müssen wir überprüfen, ob es einen legalen und einen illegalen Markt für Coltan in Deutschland gibt.«

Mertin dachte einen Moment nach. »Ich fahre zum Flüchtlingsheim und befrage nochmals die Kongolesen.«

»Und ich erledige die Recherche. Sagen wir, bis morgen früh?«

08:43 Uhr

Sobald Lars gegangen war, griff Mertin zu ihrem Telefon und rief Farhild Bäcker an, um eine Teambesprechung der Soko Phönix einzuberufen. Sie erfuhr, dass nur Svetlana Mandusic und Yannik Rühl im Dienst waren. Mirko Ludermann hatte heute seinen freien Tag, er feierte Überstunden ab.

»Und was ist mit Sundermann?«

»War eben hier beim Chef und hat sich anschließend krankgemeldet.«

Mertin dachte nicht weiter darüber nach. »Farhild, kannst du bitte bei der Wirtschaftskriminalität nachfragen, was die über Coltan wissen? Gibt es einen Schwarzmarkt in Deutschland?«

»Coltan? Was ist das?«

»Das ist ein Erz, das bei Louis Mwobl gefunden wurde.«

»Klar, wird erledigt.«

»Wenn es bei dem toten Kongolesen gefunden wurde, könnte es einen internationalen Zusammenhang geben. Also könnte sich auch eine Nachfrage beim BKA oder LKA in Düsseldorf lohnen.«

»Gute Idee, wir fangen mit dem LKA an. Noch was?«

»Wir sollten einen Experten ausfindig machen, der uns erklären kann, wie man Coltan verhüttet. Und warum das jemand mit sich herumschleppen könnte.«

Nach dem Telefonat dachte Mertin darüber nach, wie sie eine

Befragung der Kongolesen angehen sollte, um festzustellen, wie das Coltan in Louis Mwobls Besitz gekommen war und was er damit vorgehabt hatte. Sie erwartete nämlich nicht, dass die Jugendlichen ihr sofort »die Wahrheit« gestanden.

Mertin rief beim Jugendamt der Stadt an, um sich dort nach Unterbringungsmöglichkeiten für minderjährige Flüchtlinge und Asylsuchende zu erkundigen. Während sie in der Warteschleife der Hotline hing und Mozarts »Kleine Nachtmusik« in einem immerwährenden Loop hörte, kamen Svetlana und Yannik herein. Beide sahen grauenvoll übernächtigt aus.

Endlich nahm jemand das Gespräch entgegen. Aber Mertin erfuhr nur, dass beim Jugendamt keine Anfrage vorlag, die jugendlichen Kongolesen in eine andere Unterkunft zu verlegen.

»Es handelt sich um die Flüchtlinge, die neulich bei dem Brandanschlag ihr Zimmer verloren haben.«

»Ach so, verstehe«, antwortete der städtische Mitarbeiter am Telefon, »aber ich habe hier nichts vorliegen.«

»Kann man das irgendwie unkompliziert beschleunigen oder selbst in die Hand nehmen?«

»Da es sich um Minderjährige handelt, bliebe nur die Variante, sie in Pflegefamilien unterzubringen. Aber da gibt es gerade keine Kapazitäten.« Der Mitarbeiter gab ihr den Tipp, es bei den Bezirksjugendämtern oder beim Interkulturellen Dienst zu versuchen.

Frustriert legte Mertin auf und blickte ihre Kollegen an. Svetlana hatte dicke Ringe unter den Augen, sah aber glücklich aus. Yannik hingegen erweckte den Eindruck, er könne jeden Augenblick in komatösen Schlaf verfallen.

»Alles okay bei euch? Ihr seht müde aus«, sagte Mertin.

»Dito«, lächelte Svetlana sie an.

Dass sie selbst ein ziemlich anstrengendes Wochenende hinter sich hatte, war ihr schon fast wieder entfallen, und es war ihr unangenehm, mit Kollegen so vertraulich zu sprechen. Deshalb begann sie zügig, die beiden auf den neuesten Ermittlungsstand zu bringen.

»Wow, wow, Judith, langsam«, wurde sie von Svetlana unterbrochen, »können wir den Tag nicht mit ein bisschen Small Talk und Kaffeetrinken beginnen?«

»Von mir aus«, erwiderte Mertin, aber sie fühlte sich ausgebremst. »Ich habe den Tag mit einer beschissenen Razzia begonnen, und ihr?«

»Meine Tochter zahnt«, stöhnte Yannik, der offenbar nur halb zugehört hatte, »wir haben seit x Nächten nicht mehr geschlafen.«

»Dann geh nach Hause und ruh dich mal aus«, meinte Svetlana.

»Nee, sinnlos, da sind ja die Kinder. Die können krank schließlich nicht in den Kindergarten. Muss mich auf der Arbeit ausruhen.«

»Voll ätzend, dieser Babykram«, stichelte Svetlana und blickte Mertin an, »oder?«

Yannik zog eine Grimasse.

»Ich habe die letzten zwei Nächte auch kaum Schlaf gefunden«, berichtete Svetlana mit funkelnden Augen. »Meine Freundin hat am Samstagabend in einem Club in Barcelona aufgelegt. Wir haben zwei Nächte lang durchgefeiert. Obermegageil.«

Mertin biss sich auf die Unterlippe.

»Leute, um ehrlich zu sein, ich glaube, ich bin noch stoned.«

Yannik stöhnte theatralisch. »Ach, Svetlana, kannst du einfach die Klappe halten, ja?«

Die lachte ihren Kollegen breit an. »Und wie war's bei dir?«, wandte Svetlana sich an Mertin.

Mertin blickte mit zusammengekniffenen Augen in die Gesichter der gespannt auf ihre Antwort wartenden Kollegen. Was sollte sie erzählen?

»Frau Kriminalkommissarin Mertin hat am Wochenende Wyatt Earp gespielt«, grummelte Kaiser, der wieder ins Büro geschlurft kam. »Unsere geschätzte Kollegin verkennt gerne die Realitäten und schlägt über die Stränge. Wahrscheinlich glaubt sie, sie wäre in einem superduper Videogame, in dem sie als ›Jane got a Fist‹ im Wilden Westen gegen Vampire fightet.«

»Hört sich cool an«, kommentierte Yannik müde.

Svetlana stieß ihn grob an.

»Ja, findet mein Sohn sicherlich auch«, meinte Kaiser herablassend. »Änni wird auch rot, wenn er die Unterwäsche-Models im Aldi-Prospekt sieht.«

»Hey, Markus«, ergriff Svetlana das Wort, »spielst du eigentlich in deiner Freizeit in einer Amateurtheatergruppe? Sieht aus, als könntest du schauspielern.«

Kaiser schnitt eine Grimasse. »Du bist noch stoned? Vielleicht musst du heute mal einen Bluttest bei unserem Doktor abgeben«, konterte er kalt.

»Ach, weißt du was«, erwiderte sie, »das macht mich nicht bang. Im Gegensatz zu dir habe ich nämlich Freunde.«

Daraufhin gab Kaiser einen Laut zwischen Stöhnen und Lachen von sich. »Ihr Anfänger, in einem Polizeipräsidium gibt's keine Freunde, höchstens Bündnispartner.« Dabei blickte er auf Mertin, der daraufhin übel wurde.

»Und was hat dir der Bärenflüsterer gezwitschert?«, fragte er.

Yannik und Svetlana verstanden kein Wort und blickten Mertin fragend an.

»Kann ihm bitte einer von euch erzählen, was die KTU herausgefunden hat?«, bat Mertin.

Yannik berichtete Kaiser von dem Coltanfund. Er hörte sich alles in Ruhe an. Dann ergriff er das Wort.

»Ihr zwei«, befahl er tonlos, »geht zu Erika Derendorf. Ich werde mich bei eco-tec umhören. Und Kollegin Mertin übernimmt die Coltansache.«

Nach allem, was er ihr angetan hatte, fühlte er sich jetzt offenbar von ihr beleidigt. Eiskalt trennte er das Team. Anders konnte Mertin sich die Reaktion nicht erklären. Eigentlich hätte sie froh sein können, doch sie fühlte sich zutiefst verletzt.

Kaiser blickte ungläubig auf den Pappbecher mit heißem Kaffee, den Ostrowskis Sekretärin ihm gereicht hatte. Wurde bei eco-tec allen Kunden Automatenkaffe gereicht oder nur der Polizei?

»Das ist Bambus«, erklärte Ostrowski lächelnd, der Kaisers Gedanken erraten haben musste, »kein plastikbeschichteter Pappbecher. Bambus ist ein natürlicher Rohstoff, der zudem noch nachwächst.«

Kaiser hätte sich beinahe verschluckt am heißen Kaffee. »Nachwachsende Pflanzen«, spöttelte er, »sehr innovativ!«

Ohne etwas zu erwidern, erhob sich Ostrowski von seinem ergonomischen Sattelhocker und ging um den Schreibtisch herum. Kaiser beobachtete seinen nahezu stolzierenden Gang. Er trug einen dunkelgrauen Anzug, das hellblaue Hemd ohne Krawatte war leger nicht in die Hose gesteckt. Seit ihrer letzten Begegnung war Ostrowski offensichtlich im Begriff, sich einen modischen Vollbart wachsen zu lassen.

Der Manager wirkte auf Kaiser frisch, ausgeschlafen, unternehmungslustig. Er strotzte vor Vitalität. Kaiser spürte Neid. Wann hatte er sich zum letzten Mal gut gefühlt?

Ostrowski setzte sich neben ihn auf einen Besucherstuhl. »Ich habe noch eine Besprechung. Können wir das hier möglichst kurz halten?«

»Sollen wir Sie lieber vorladen?«

»Herr Kaiser, was ist denn? Mache ich Sie nervös? Sind Sie am Ende etwa homophob?«

»Und Sie?«

Ostrowski lächelte.

»Erzählen Sie mir etwas über Derendorf«, forderte Kaiser ihn unbeirrt auf. Vermutlich legte es Ostrowski auf eine Beschwerde an.

»Sie meinen, was er für ein Mensch war? Ob er Feinde hatte und Derartiges?«

»Was Ihnen einfällt«, antwortete Kaiser.

»Also menschlich kann ich Ihnen nicht viel über Niels Derendorf sagen. Wir hatten privat keinerlei Kontakt.« Ostrowski machte eine kurze Pause, bevor er fragte: »Ist denn nun sicher, dass er der Tote ist?«

Kaiser überhörte die Frage, was Ostrowski verärgerte. »Dann erzählen Sie mir doch etwas über seine Arbeit hier.«

»Er war, wie ich schon sagte, der Leiter unserer Entwicklungsabteilung.«

»Er war also für Ihr Aushängeprodukt, das Biohandy, verantwortlich?«

Ostrowski schüttelte den Kopf. »Nein, das ist eine ganz andere Abteilung. Damit hatte Derendorf nichts zu tun. Wir haben eine Sparte, die Produkte für zivile wie nicht zivile Einrichtungen entwickelt. Ich möchte die militärische Sparte veräußern. Das hat Derendorf nicht gefallen.«

»Das verstehe ich nicht«, spielte Kaiser den Dummen.

»Derendorf hält einige Patente. Die wiederum lizenziert sind für eco-tec.«

»Würde das nicht bedeuten, dass er eigentlich in einer guten Verhandlungsposition war?«

»Derendorf hat das nicht so gesehen.«

»Erzählen Sie mir mehr über das Gerät, das Derendorf bei sich hatte.«

»Dabei handelt es sich um den Prototyp eines robusten, kompakten und abhörsicheren Satellitentelefons. Technologisch auf dem allerneuesten Stand. Was ganz Feines für die Spezialeinsatzkräfte im Feld.«

Kaiser zog einen Mundwinkel nach unten. »Sie hatten mir eine unkomplizierte Zusammenarbeit bei der Klärung der Frage, ob unser Fund Ihr Prototyp ist, zugesichert. Bevor ich hierhergekommen bin, habe ich gehört, dass das nicht erfolgt ist, warum?«

»Wir möchten so schnell wie möglich das Gerät zurück.«

»Im Vordergrund sollte doch erst mal die Frage stehen, ob es sich dabei überhaupt um das Gerät handelt.«

Ostrowski machte eine barsche, abwehrende Geste. »Ich

gehe davon aus, dass es unser Prototyp ist, und den benötigen wir zurück.«

Kaiser verspürte so etwas wie Genugtuung, denn für ihn stand fest, dass Ostrowski mit dieser Aussage indirekt zugab, dass der Prototyp firmenintern gesucht und als verschwunden erklärt worden sein musste.

»Die Wichtigkeit dieser ganzen Angelegenheit scheint Ihnen nicht ganz klar zu sein«, sagte er. »Das Gerät ist ein Beweismittel. Die Kriminalpolizei ermittelt in einem Fall von ungeklärter Todesursache. Unter Umständen Mord. Vielleicht geht es dabei um genau diesen Prototyp. Sie sprechen von Differenzen, die Sie mit Derendorf hatten. Differenzen führen zu Streit. Streit führt zu Gewalt.«

Ostrowski schwieg.

»Wenn Sie dann endlich einmal kooperieren und wir zu einhundert Prozent klären können, ob Ihr MX-Dingsdabums tatsächlich das Gerät ist, das wir gefunden haben, wird es trotzdem bei der Polizei verbleiben.«

Kaiser bemühte sich, zu seinem kaltschnäuzigen Laisserfaire-Ton ein überhebliches Gesicht aufzusetzen. Ostrowski lief rot an.

»Gab es jemanden im Unternehmen, der oder die Derendorf näherstand als Sie und mir vielleicht mehr erzählen könnte?«

»Sie verstehen mich falsch, wir sind hier alle tief geschockt. Wir verlieren nicht jeden Tag einen Mitarbeiter – und dann noch auf derart schreckliche Art und Weise.«

»Können Sie bitte auf meine Frage antworten?«

»Wenn Sie meinen, können Sie sich gerne in der Abteilung umhören«, meinte Ostrowski.

Kaiser nippte am Kaffee. Er sah sich bereits, wie er bei seinem nächsten Besuch dem Manager einen Durchsuchungsbeschluss unter die Nase hielt. »Was zaubert Ihre Waffenschmiede denn sonst noch so herbei?«, fragte er dann.

Ostrowski ließ sich nicht provozieren. »Wir entwickeln unter den Aspekten neuester Technologie sogenannte Smart-Weapon-Systeme.«

Kaiser blickte ihn eindringlich an.

»SWS oder eben Smart-Weapon-Systeme, kurz gesagt: mitdenkende Waffen. Wir kombinieren Telekommunikationsgeräte und leistungsfähige KI, künstliche Intelligenz, mit Elektroschockfunktionen und Überwachungssystemen.« Ostrowski ließ seine Worte wirken.

»Sie stellen Taser her?« Kaiser wusste, dass Elektroimpulswaffen seit einiger Zeit bei Spezialeinheiten wie SEK oder MEK der deutschen Polizei zur Standardausrüstung gehörten.

Ostrowski nickte.

»Wie muss ich mir dieses Smart-Weapon-System konkret vorstellen? Klingt für mich ein bisschen nach Science-Fiction.«

»Nun, das erklärt sich wohl, indem ich Ihnen von Derendorfs Vision erzähle.«

»Bitte, ich halte Sie nicht auf.«

»Derendorf träumte davon, Drohnen mit Tasern zu bestücken, die sich via Smartphone steuern lassen und eigenständig arbeiten. Diese Vision kann man beliebig fortführen.«

Kaiser verschlug es die Sprache. Diese Sparte von eco-tec musste äußerst profitabel sein. Und die wollte Ostrowski verkaufen? Im Leben nicht. »Des einen Traum ist des anderen Alptraum«, erwiderte er.

»Sie sollten das nicht beurteilen. Das gehört nicht zu Ihren Aufgaben.«

»Ja, sehen Sie, genau in diesem Punkt bin ich ganz anderer Auffassung. Sie irren sich sogar ganz gewaltig. Wenn einige Leute ihre Phantasien ausleben, zum Beispiel indem sie Spielzeug für Diktatoren zusammenbasteln, die anderen Gewalt antun, dann ist das genau mein Aufgabegebiet, und meine Arbeit nehme ich sehr ernst.«

»Wollen Sie mir etwas unterstellen?«

»Gar nicht nötig.«

Von Ostrowski würde er nicht zu hören bekommen, was er über Derendorf in Erfahrung bringen musste. Eines stand unumstößlich fest: Sowohl Derendorf als auch Ostrowski boten genügend Raum für Spekulationen, wie er es momentan zurückhaltend in Gedanken formulierte. Er musste Derendorfs Leben durchleuchten. Kaiser war sich zu einhundert Prozent sicher, dass es dort etliche dunkle Ecken und Geheimnisse zu entdecken gab.

»War es das jetzt?«, fragte der Manager, als sich Kaiser erhob.

»Vorerst schon.«

Kaiser ging Richtung Tür, wandte sich dann nochmals an Ostrowski. »Dürfte ich Ihnen eventuell eine private Frage stellen?« Er gab sich Mühe, kleinlaut zu klingen.

»Kommt auf den Inhalt der privaten Frage an.«

»Meine Frau möchte unbedingt für die gesamte Familie Biohandys kaufen. Und ich dachte gerade, da bist du schon mal an der Quelle, frag den Mann doch mal, was ich meiner Frau sagen kann. Um ehrlich zu sein, ich finde ja schon Ihre Bezeichnung ›Biohandy‹ total scheiße.«

Ostrowski lächelte. »Ihre Frau scheint sehr vernünftig zu sein.«

Kaiser zog ein beleidigtes Gesicht.

Ostrowski brachte sich in Positur für sein anstehendes Produktreferat. Während sich Kaiser diebisch freute, dass die Masche »dummer Bulle«, zum richtigen Zeitpunkt eingesetzt, doch immer wieder funktionierte.

»Das Biohandy ist das Handy der Zukunft. Denn wir arbeiten ausschließlich mit ökologisch und politisch saubereren Rohstoffen. Wer unser Handy kauft, kann zu einhundert Prozent sicher sein, dass das Produkt mit allen Inhaltsstoffen und technischen Bestandteilen fair und ökologisch nachhaltig entstanden ist. Das geht vom Mindestlohn der Minenarbeiter bis hin zur biologisch abbaubaren Verpackung.«

Ostrowski zeigte hochnäsig auf den Bambus-Kaffeebecher, den Kaiser immer noch in den Händen hielt. »Andere Hersteller achten nicht darauf, woher das stammt, was im Gerät steckt. Wir wollen aber, dass auch die Kunststoffe und Erze, die in der Telekommunikationstechnologie benutzt werden, fair, sauber und nachhaltig sind.«

Ein Wort ließ Kaiser hellhörig werden. »Was sind das für Kunststoffe und Erze?«

»Na ja, bei den Kunststoffen achten wir auf Umweltverträglichkeit bei der Herstellung. Es gibt ja auch natürliche Kunststoffe.«

»Und bei den Erzen?«

»Wir benötigen Aluminium, Nickel, Tantal und eine ganze Reihe anderer Metalle.«

»Danke, sehr aufschlussreich. Ich hoffe, ich kann mir das alles merken, bis ich meine Frau heute Abend sehe und ihr davon erzähle. Wahrscheinlich wird sie sofort ins nächste Geschäft laufen, um ihre kompostierbare Bananenschale zu kaufen.«

»Oh, das kann sie momentan gar nicht«, sagte Ostrowski stolz, »Sie müssen sich auf einer Liste eintragen lassen und warten, bis eine neue Charge fertiggestellt ist. Wir sind zurzeit total ausverkauft.«

10:51 Uhr

Mbeki hockte im Schneidersitz auf dem Küchenboden und stampfte Kochbananen, als Mertin den Raum betrat. Die Fenster waren beschlagen, und es roch nach frisch zerstoßenen Pfefferschoten. Auf dem Herd blubberte in einem Topf eine dunkle Soße vor sich hin. Der große Topf daneben produzierte Wasserdampf.

Die Küche war der zentrale Raum einer städtischen Außenwohngruppe für Kinder und Jugendliche. Auf der Straße hatte sie Tiergeräusche gehört. Mbekis neue Bleibe lag in der Nähe des Zoos.

Mertin ging in die Knie. Sie schaute Mbeki zunächst lediglich bei der Arbeit zu, wie er den Bananenbrei im Holzbottich, den er zwischen seine verschränkten Oberschenkel geklemmt hatte, mit einem Stößel weiter zerstampfte. Ihre Anwesenheit gefiel ihm nicht. Was sie aber einzig an dem veränderten

Stampf-Rhythmus bemerkte. Seine kräftigen, drahtigen Hände würgten den Stiel des großen Holzstampfers.

Im rechten Augenblick, als die teigige Masse im Bottich klebrig wurde, goss sie ihm einen Schluck Wasser dazu. Mbeki reagierte lange nicht.

»Was willst du?«, fragte er sie endlich auf Deutsch.

»Es gibt noch das eine oder andere zu klären«, antwortete Mertin und blickte ihn kritisch an.

»Seit Samstag gibt es gar nichts mehr zu klären. Ihr wollt uns hier nicht. Und du hilfst ihnen dabei.« Er sprach es ganz direkt und schnörkellos aus.

»Ganz so einfach ist es nun wirklich nicht«, sagte sie. »Wir haben etwas gefunden. Und es gibt noch eine zweite Sache, die der Klärung bedarf.«

»Sie haben dich mit Feuer beworfen, und du hilfst ihnen.« Mbeki wurde wütend.

Er hatte also ihre Auseinandersetzung mit den Neonazis beobachtet. Hatte er noch mehr gesehen? Und wieso behauptete er, sie würde ihnen helfen? Ob es auch Zeugen gab, die gesehen hatten, was sich später im Wald ereignet hatte? Mertin schob die Unsicherheit beiseite.

»Kofi«, begann sie und fuhr dann auf Französisch fort, »ich komme gerade vom Flüchtlingsheim. Mir wurde gesagt, du hättest noch Sachen, einen Rucksack, von Louis Mwobl. Stimmt das?«

»Wer sagt das?«

»Spielt keine Rolle. Hast du noch den Rucksack?«

Er schwieg. In ihrem Rücken betrat jemand den Raum. Mertin vermutete, dass es Karin Welz war, denn sie betreute diese Wohngruppe.

»Meine Kollegen haben euch gebeten, sämtliche Dinge von Louis abzugeben. Das sind Beweismittel in einem ungeklärten Todesfall. Beweismittel zurückzuhalten ist nach deutschem Recht strafbar.«

Mbeki schnaufte höhnisch. »Komme ich jetzt ins Gefängnis?« Ohne sie anzublicken, setzte er seine Tätigkeit fort.

Mertin wusste nicht, was sie sagen sollte.

»Wenn du vorbestraft bist, machst du es *ihnen* noch leichter, dich abzuschieben, du Idiot«, mischte sich Karin Welz ein.

Mertin blickte sich um.

»Kofi macht das Essen für heute Abend. Sechzehn Jugendliche wollen kongolesisches Essen ausprobieren.« Welz lachte amüsiert auf. »Es soll eine kleine Willkommensgeste und sein Einstand hier in der Außenwohngruppe sein«, sagte die Sozialarbeiterin zu Mertin.

»Wie sagt ihr Deutschen«, meldete sich Mbeki zu Wort, »Friede, Freude, Eierkuchen.« Er lachte bitter.

Welz reagierte darauf sichtlich verärgert. »Mach mal die Fenster auf. Hier stinkt es ja erbärmlich! Was ist das denn für Fleisch?«

»Trockenfisch«, erklärte Mertin, da Mbeki nichts sagte.

»Stinkt wie vergammelt«, schimpfte Welz, »und du hast nur Mist in der Rübe. Du gibst der Kommissarin jetzt den Rucksack! Sie will doch nur helfen.«

Als Antwort kam lediglich ein verächtliches Schnauben. Und selbst dafür ließ er sich eine Ewigkeit Zeit. Nun wuchs auch Mertins Groll rapide.

»Wir haben bei Louis unterm Bett etwas gefunden. Was ist das?«

»Keine Ahnung.«

»Ich glaube, du lügst.«

Er sagte nichts.

»Was ist mit Coltan?«

»Coltan? Was soll damit sein?«

»Warum könnte Louis Coltan bei sich gehabt haben?«

Mbeki blickte sie zum allerersten Mal ganz kurz ungläubig an. Seine Miene verriet dabei nur allzu deutlich, was er von alldem hielt, nämlich gar nichts. »Vielleicht war er süchtig nach dem Scheiß, der ihn zum Sklaven machte.«

»Kommt da heute noch mal was Intelligentes von dir?«, fragte Mertin.

Mbeki schüttete etwas Wasser in den Bottich.

»Antworte mir«, schrie Mertin ihn urplötzlich an und schlug ihm den Messbecher aus den Händen, »und guck mich an!«

»Kofi«, mahnte Welz.

Ähnlich wie zuvor blickte er einmal kurz auf.

»Kofi«, sagte Welz, »die Kommissarin kann dich in Untersuchungshaft stecken. – Stimmt doch, oder?«, richtete sie sich an Mertin, die ihrerseits den Kopf hin- und herwog.

»Schon«, antwortete sie, »aber das würde rein gar nichts bringen. Ich glaube, Kofi Mbeki erkennt keine Autoritäten an.« Mertin sprach über ihn, als wäre er nicht anwesend. Nicht ohne Grund. »Vermutlich weiß der kluge, dumme junge Mann vor mir nicht, dass man ihn tatsächlich, wie Sie eben schon sagten, mit Vorstrafe noch sehr viel leichter abschieben kann. Er gibt also den deutschen Behörden einen Freifahrschein zur Abschiebung. Vielleicht will er das ja.«

Mbeki schaute sie ernst an. »Ich weiß nicht, was Louis mit Coltan machen wollte«, sagte er widerwillig.

»Du willst mir glaubhaft machen, dass du nichts davon gewusst hast?«

»Er war Tutsi.« Mbeki sprach mit einer Verächtlichkeit, die Mertin überraschte. Die alten Vorurteile zwischen den unterschiedlichen Volksgruppen schienen immer noch Bestand zu haben.

Ungläubig blickte sie Welz an, die daraufhin mit den Schultern zuckte. »Kofi kommt aus der Provinz Katanga«, erklärte sie. »Tutsi, Hutu ... ich habe es aufgegeben, das zu verstehen.«

»Aber ich dachte, ihr kämt alle aus dem Kivu? Das steht in euren Unterlagen.«

Mbeki lachte. »Das haben wir doch nur gesagt, weil wir dachten, dass es eh keine Rolle spielen würde, woher wir kommen. Und dann ist ein Kriegsgebiet wohl die bessere Wahl.«

»Dann kannst du jetzt anfangen und die Wahrheit erzählen. Wie wäre das?«

»Feines Land ist das hier. Die Rechten dürfen uns mit Brandbomben bewerfen, und wir werden abgeschoben. Was haben wir denn getan?«

»Ich kann mir gut vorstellen, dass du wegen Samstag sehr wütend bist. Wie du vielleicht weißt, war ich auch da.«

Er blickte sie ernst an. Lag da so etwas wie eine Spur Anerkennung in seinem Blick? Dann stand er plötzlich auf.

»Wo willst du hin?«, fragte Mertin scharf.

»Den Rucksack holen«, antwortete er verärgert.

»Du hältst mich wohl für superbescheuert, was? Ich komme natürlich mit.«

Mertin folgte Mbeki und stellte Welz, die sie ebenfalls begleitete, einige Fragen, ließ aber Mbeki nicht aus den Augen.

»Was ist eigentlich eine Außenwohngruppe?«

»Ich kümmere mich um sogenannte schwer erziehbare Jugendliche. Salopp gesagt, das hier ist eine Art WG, und ich passe auf, dass sie keinen Blödsinn machen.«

Mertin wies mit einem Kopfnicken auf Mbeki. »Wieso konnte er hier unterkommen und die anderen drei nicht?«

»Ich hatte genau einen Platz frei. Und er passt vom Alter her gut zu den anderen. Das war Glück. Mehr nicht. – Außerdem«, fügte sie nach einer kleinen Pause hinzu, »hat er die Ereignisse vom Samstag gar nicht gut verarbeitet. Er musste weg vom Heim.«

»Wer verarbeitet das schon gut?«

»Stimmt«, erwiderte Welz, »wissen Sie, Kofi kommt wie gesagt aus Katanga. Er hat jahrelang in einer Kobaltmine geschuftet. Morgens Schule, nachmittags und abends graben. Mit bloßen Händen. Keine Helme, keine Sicherheitskleidung. *Nada.*«

Mertin blickte sie fragend an. Welz fuhr fort.

»Sie wissen doch sicherlich selbst, dass ein Menschenleben im Kongo nicht viel wert ist. Im Kivu herrscht nach wie vor Krieg. Dort gibt es circa siebzig unterschiedliche Milizengruppen, und keiner weiß mehr, wer eigentlich was will. Da blickt keiner mehr durch.«

Mbeki öffnete eine Tür, betrat sein Zimmer. Mertin und Welz blieben auf dem Flur stehen. Kurz darauf drückte er ihr einen schwarzen Billigrucksack in die Hände, den er zuvor vom Tisch genommen hatte. Er hatte ihn dort einfach so liegen lassen, Mertin schüttelte den Kopf, unfassbar, er hatte ihn nicht einmal versteckt. Entweder war Mbeki dreist, oder er hatte wirklich nicht die geringste Ahnung, dass er sich strafbar machte.

»Das ist alles?«

»Ja.«

»Hast du was rausgenommen?«

»Nein.«

»Und du bist dir sicher, dass du dieses Mal die Wahrheit sagst?«

Statt auf die Frage zu antworteten, entgegnete er: »Wir werden einfach ausgestoßen. Aber ihr seid ja nett, deshalb kriegen wir für die Rückreise eine Banane und eine alte Jeans in die Hände gedrückt. Die Jeans hat mal hundert Euro gekostet. Einhundert Euro. So viel, wie ein Minenarbeiter im Kongo in drei Monaten verdient. Wenn er Glück hat.«

Mbeki ließ Mertin grußlos stehen. Sie blickte ihm hinterher.

»Ich rede mit ihm. Er meint es nicht so«, sagte Welz besorgt, »ihm fehlt das Verständnis, weil er sehr wütend ist.«

Mertin schwieg einen Moment, dann sagte sie: »Das bin ich auch.«

13:05 Uhr

Dienstgruppenleiter Müller legte den Hörer auf und wandte sich den vor ihm sitzenden Kommissaren zu. »Gibt's was Neues bei der Soko?«

Mertin hob den Rucksack hoch, den sie von Mbeki erhalten hatte. »Das habe ich gerade eben sichergestellt: neues Beweismaterial im Fall des verbrannten Kongolesen Louis Mwobl. In dem Rucksack befindet sich auch ein Mobiltelefon. Vielleicht erfahren wir darüber mehr.«

Müller nickte beiläufig, fast desinteressiert, was Mertin irritierte.

»Frau Mertin«, erklärte er anschließend und klang beunruhigend formell, »ich habe am Freitag eine E-Mail von Samir Turak erhalten, in der er sich über Sie beschwert. Massiv beschwert.«

Sie blickte ihn fragend an. »Samir Turak. Kenne ich gar nicht. Wer ist das?«

Müller kratzte sich im Gesicht. »Ich habe mir gedacht, dass Sie so etwas antworten würden.«

»Tut mir leid, aber Sie reden in Rätseln.«

»Polizeiobermeister Samir Turak, Frau Mertin, ist für die Organisation und die Durchführung unseres Waffentrainings zuständig«, hob Müller schmallippig an. »Sie hatten bei ihm einen Termin, den Sie versäumt haben. Laut seiner Mail haben Sie es aber nicht nur versäumt zu erscheinen, sondern auch abzusagen oder sich in irgendeiner Weise erklärend bei ihm zu melden. Und dabei hebt er hervor: ›Die Präzision im Umgang mit der Waffe sowie die Trefferquote der Kollegin lassen zu wünschen übrig.‹ Können Sie mir das erklären?«

Mertin kniff schuldbewusst die Augen zusammen. »Wann war das?«

Der neben ihr sitzende Kaiser hüstelte.

»Wir sind hier nicht in der guten alten Penne«, schrie Müller aufbrausend.

»Tut mir leid, mein Fehler. Ich bin mit der Kollegin zur Vernehmung von Erika Derendorf gefahren.«

»Ach, noch so ein kleiner Fehler von dir, Markus?«

Kaiser wich den bohrenden Blicken seines Chefs aus und hielt sich bedeckt.

»Nur zur Erinnerung: Das war letzten Montag, am 27., vor einer Woche.«

»Habe ich total vergessen«, sagte Mertin schlicht.

»Mehr fällt Ihnen nicht ein?«

Mertin blickte Müller direkt in die Augen. »Schießen wird überbewertet.«

Müller zeigte keinerlei Regung, bis er seinen Kopf sinken

ließ. »Als Chef habe ich hier ja schon wirklich und wahrhaftig sehr viele saublöde Sprüche und Entschuldigungen gehört, aber ich glaube, den lasse ich mir in Bronze gießen und hänge ihn über die Eingangstür: ›Schießen wird überwertet.‹ Darf ich Sie zitieren?«

»Ich stehe nun mal nicht auf Schusswaffen«, erklärte Mertin.

»Frau Mertin, ich weiß nicht, ob mir Ihr Ton gefällt, auf jeden Fall fehlt mir aber in Ihrer Aussage eine erkennbare Reue über dieses enorme dienstliche Fehlverhalten.«

Müller blickte Mertin herausfordernd an, aber sie zuckte nur entschuldigend mit den Schultern.

»Na gut«, sagte er, klang aber keinesfalls beschwichtigt, »lassen wir das vorerst. Kommen wir zu dem Punkt, warum ihr zwei vor mir sitzt.«

Mertin wurde unwohl. Sie waren nicht hier, um Ermittlungsergebnisse zu berichten, und auch nicht wegen des versäumten Trainingsschießens. Weshalb dann?

Müller drehte seinen Bildschirm so herum, dass die beiden Kommissare draufschauen konnten. Mertin erkannte es schon am Standbild. Sundermann, du Arschloch, dachte sie, seine Rache für den von Kaiser erteilten Platzverweis im Flüchtlingsheim.

Die folgenden Minuten, in denen Müller ihnen das Video von Kaisers Attacke auf Mertin vorführte, wurden quälend lang. Für Kaiser musste der Clip neu sein, er blickte nicht zu ihr herüber. Wie versteinert saßen sie da, starrten auf den Bildschirm, bis der Clip anhielt.

»Soll ich jetzt rumbrüllen und ›Scheiße, Scheiße, Scheiße‹ rufen?«, fragte Müller, unmittelbar nachdem das Video beendet war. »Oder wollen Sie beide mir etwas erklären?«

Als keiner antwortete, wandte sich Müller direkt an Kaiser. »Hast du den Verstand verloren, Markus? Völlig bekloppt geworden, oder was?«

Kaiser blickte zu Boden, schwieg.

»Und Sie haben mir auch nichts zu sagen?«, wandte sich Müller an Mertin.

»Warum werde ich vom KK 32 bezüglich des Kollegen Kaiser befragt?«

»Andere Baustelle«, erwiderte Müller, »außerdem war das nicht meine Frage. Konzentrieren wir uns doch vorerst auf dieses Video. Das enthält schon genug Bockmist-Potenzial für eine Karriere.«

»Will ich aber trotzdem wissen«, meinte Mertin trotzig.

»Sie sind renitent«, sagte Müller erbost, »eigentlich müsste ich euch beide suspendieren. Beide! Wenn ihr noch länger frech seid, macht es mir auch gar nichts mehr aus, zwei gute Leute in einer Situation zu verlieren, in der ich auf eure gute Mitarbeit angewiesen wäre. Aber ihr baut nur Scheiße!«

Kaiser räusperte sich. »Wer hat das Video gemacht, und wer hat es dir gegeben?«

»Wieso willst du das wissen?«

»Ich will wissen, wer mich in die Scheiße reitet.« Kaiser schwieg kurz. »Und ich will ihm die Fresse polieren.«

Müller begriff, dass Kaiser bereits einen bestimmten Verdacht hegte. »Ach, Markus, das geht doch nur wieder so aus wie im Video«, versetzte er.

Kaiser wurde rot.

»Was ist nur mit dir los? Du bist nicht mehr fit.«

»Ich?«, fragte Kaiser. »Was ist denn *hier* los? Wie ich höre, ist bei der Razzia am Samstag einiges schiefgelaufen.«

»Interner Kommunikationsfehler«, meinte Müller.

»Ihr habt Abdul nicht festnehmen können.« Kaisers Tonfall war bedrohlich. Seine berühmten roten Flecken im Gesicht blühten auf wie eine Blumenwiese im Frühling.

Müller schüttelte verneinend den Kopf.

»Und dafür mache ich das«, brüllte Kaiser, »dafür mache ich das!« Er sprang auf.

»Markus«, befahl Müller streng, »bleib hier! Das ist meine letzte Warnung an euch beide. Ihr steht ab jetzt unter besonderer Beobachtung. Wenn noch irgendwas passiert, dann bin ich gezwungen, disziplinarische Maßnahmen zu ergreifen. Und, Frau Mertin, finden Sie sich mit der Schusswaffe ab. Ich habe nicht vergessen, dass Sie schon mal mit blutigen Händen vor mir saßen.«

13:17 Uhr

Auf dem Flur hielt Mertin Kaiser auf. »Du warst neulich bei diesem Abdul, als ich auch da war und die Jugendlichen festgenommen hab. Du hast mich im Stich gelassen«, sagte sie ihm direkt ins Gesicht.

Kaiser reagierte darauf nicht, sondern fragte: »Und du hast dieses Video nicht zum ersten Mal gesehen, stimmt's?«

»Ich verpfeife keine Kollegen.«

»Ist nicht nötig. Weiß, wer es gemacht hat.«

Mertin blickte Kaiser überrascht an. »Wenn du so allwissend bist, dann sag mir bitte eines: Woher wusstest du am Samstag, wo ich bin?«

»Ich habe einen Tipp bekommen. Von Abdul.«

Mertin schüttelte verwirrt den Kopf. »Und diesen V-Mann, woher kennst du den?«

»Wir sind beide kurz davor, zum Teufel gejagt zu werden, und dieser Scheiß interessiert dich?«

»Ich will wissen, mit wem ich arbeite.«

Kaiser senkte die Stimme. »Was wäre passiert, wenn ich nicht dazwischengegangen wäre, hm? Du hast dich nicht im Griff!«

»Die Arschlöcher haben mich mit Brandbomben beworfen. Außerdem haben sie mich neulich im Asia-Shop überfallen. Wer ist dieser Herwig?«

»Er ist eine meiner Quellen bei meinen Ermittlungen gegen Sundermann.«

Mertin blickte ihn an.

»Ich sammle Material gegen unseren rechten Kollegen.«

»Was?«, hakte sie ungläubig nach.

»Komm, stell dich nicht so doof. Sundermann hat sich an mir gerächt. Mehr nicht. Müller weiß das. Schätze ich.«

»Schätzt du? Dann verrate mir jetzt endlich, was du mit diesem Abdul treibst.«

»Ich versuche über ihn, Informationen über die Salafistenszene herauszubekommen.«

»Das ist doch gar nicht unser Job! Wir müssen uns auf Derendorf konzentrieren.« Das war alles voller Widersprüche. Mertin wusste nicht, was sie von Kaisers Aussagen halten sollte. »Und das erklärt mir immer noch nicht, wieso die Tussi vom KK 32 gegen dich ermittelt.«

»Das tun die?« Kaiser sah überrascht aus.

»Kaiser«, sagte Mertin kalt, »ich traue dir mittlerweile alles zu.«

Kaiser starrte sie an, als hätte er ein Gespenst gesehen. Er war blass, und seine Gesichtsmuskeln zuckten nervös.

»Mach jetzt nicht noch auf betroffen«, blaffte sie ihn an und wartete auf eine Erklärung, die aber nicht kam. Wütend ließ sie ihn stehen.

13:28 Uhr

Kaiser lehnte sich mit dem Rücken an die weiß gestrichene Betonsäule, die hinter dem Parkscheinautomaten stand. Dieser enge Raum zwischen Automat und Säule – mitten im Parkhaus – war eine Art Niemandsland im Trubel der Mittagszeit, in der zahlreiche Menschen aus den umliegenden Büros hier geparkt hatten, um in der Shoppingmall etwas zu essen. Hierhin hatte er sich geflüchtet.

Er atmete tief ein und aus und widmete sich dabei ganz dem Schmutz und Staub auf dem Parkscheinautomaten, der sich dort mit der Zeit angesammelt hatte. Eine zerknüllte Parkkarte zog ihn in ihren Bann.

In den Monaten, seit es ihm mieser und mieser ging, hatte er zahlreiche seltsame Gefühle, Launen und Stimmungen durchlebt. Doch was er nun empfand, dieses eine Gefühl, wohl eher ein Bedürfnis, war neu. Und obwohl es natürlich in gewisser Weise schön war, sexuelle Lust in übersteigerter Intensität zu spüren, gefiel ihm seine Situation gar nicht. Es irritierte und schockierte ihn gleichermaßen, unterwegs, mitten im Parkhaus, von einem so unbändigen Sexdrang überfallen zu werden, dass er am liebsten an Ort und Stelle onaniert hätte. War es nicht irgendwie ungehörig, so etwas zu empfinden? Ach was, dachte er, du kleiner Spießer, es ist doch nur Sex.

Aber musste das ausgerechnet jetzt sein?

Kaiser hatte sich zumindest so weit im Griff, diesem Bedürfnis, obwohl vor neugierigen Blicken geschützt, jetzt nicht nachzukommen. Er dachte daran, was Mertin ihm vor wenigen Minuten vorgeworfen hatte. Wut- und Lustwellen brandeten durch seinen Körper, begleitet von einer Vielzahl anderer Gefühle. Er fühlte sich betrogen, missverstanden, gehasst. Es schmerzte körperlich wie seelisch. Aber ändern konnte er es nicht. Mit dem Vorwurf seiner Kollegin, er habe sie im Stich gelassen, war er quasi überführt. Fortan würde, egal was er tat oder unterließ, diese Behauptung im Raum stehen. Niemand würde ihm mehr uneingeschränkt trauen. Was würde Hanna denken? Was seine Kinder, wenn sie es eines Tages erführen?

Immer mehr vermengten sich seine wirren Gefühle zu einem riesigen kakofonischen Brei, der in ihm waberte, pulsierte und köchelte wie Lava kurz vor der Explosion. Dann geschah etwas völlig Unerwartetes. Es fühlte sich an, als würde jemand Millionen und Abermillionen Liter eiskalten Wassers über die Lava schütten; es ging im wieder besser.

Kaiser kam aus der Nische hervor und bewegte sich langsam Richtung Einkaufszentrum. Kleine Panikattacke, dachte er. Er klopfte seine Taschen ab, obwohl er bereits wusste, dass er kein Päckchen Zigarillos bei sich trug. Auf den Schreck hätte er gern eine geraucht.

Kaiser fror, rückte den Mantel zurecht. Der Winter ging seinem kalendarischen Ende entgegen, doch Kaiser hatte erst an diesem Wochenende die dicken Wintersachen hervorgekramt. Wochenlang hatte er nur die sogenannten Übergangsklamotten getragen. Herrgott noch mal, so lange konnte der Winter in Köln doch nicht dauern, hatte er sich immer wieder gesagt. Doch nun wurde ihm ständig kalt. Eisig kalt. Die plumpen Winterstiefel mit dem hohen Schaft und dem Fell am oberen Ende zwangen ihn zu einem etwas breitbeinigen Gang. Er wischte eine Haarsträhne, die unter seiner Wollmütze hervorschaute, wieder hinters Ohr.

Was hatte Mertin gerade angedeutet? Hatte er sie richtig verstanden? Schlechter Kollege, korrupter Bulle. Die spinnt total, dachte er.

Sie hatte ihm vorgeworfen, sie im Stich gelassen zu haben. Okay, den Vorwurf musste er gelten lassen, aber doch nur, um seine Deckung nicht gänzlich preiszugeben und weil – nun ja, sie kam doch wohl mit zwei Jugendlichen zurecht. Mit welcher Präzision sie V-Mann Herwig am Samstag regelrecht zerlegt hatte, hatte das doch nur noch mal bestätigt. Und Kaiser wusste, dass »Herwig« nicht als zimperlich galt. Er hatte mehrere Verfahren wegen schwerer Körperverletzung laufen. Keine fünf Sekunden hatte Mertin gebraucht, um Herwig zu fällen. Fünf Sekunden, vier Schläge. Unglaublich schnell. Er hatte eingegriffen, denn zusehen, wie seine Kollegin ihn beinahe zu Tode prügelt, wollte er nicht.

Schlechter Vater und Ehemann, das würde seine Frau zu dem ganzen Potpourri noch ergänzen.

Plötzlich durchfuhr ihn ein höllischer Schmerz. Die Panik kam zurück. Das war keine Einbildung. Der Schmerz wurde – Kaiser fiel keine andere Erklärung ein – körperlich.

Er blieb stehen. Dann blickte er auf die Eingangstür der Shoppingmall, keine fünfzig Meter entfernt. Das Parkhaus um ihn herum war ziemlich leer. Was hatte er noch mal gewollt? Einen Anzug kaufen, wie Ostrowski ihn trug? Wieso dachte er an diesen Manager, der mit seiner Homophobie-Unterstellung sicher ein Disziplinarverfahren gegen Kaiser begründen wollte, und, vor allem, warum an dessen Anzug? Er mochte gar keine Anzüge. Noch nie hatte er Krawatten und Anzüge gemocht. Dann fiel es ihm wieder ein. Er wollte ein kleines Versöhnungsgeschenk für Hanna besorgen.

Dieses Mal wurde der Schmerz noch viel stärker, und Kaiser spürte, dass aus seinem Besuch im Einkaufszentrum nichts mehr werden würde. Er blinzelte, dann kippte er um.

Markus Kaiser blieb regungslos auf dem Asphalt liegen, als hätte ihn ein Heckenschütze niedergestreckt.

10:11 Uhr

In ihrem Büro wurde Mertin von Dienstgruppenleiter Müller erwartet. Dabei hatte sie gedacht, verspätet in eine Dienstbesprechung der Soko zu platzen, die offiziell auf Punkt zehn Uhr angesetzt war. Sie legte die Stirn in Falten. »Ich komme gerade vom –«, begann sie zu erklären.

»Schießtraining. Ich weiß«, unterbrach Müller. »Wir müssen reden.«

Ihr Chef wirkte nachdenklich. Mit aufkommendem Unwohlsein stand Mertin da und wartete ab.

»Es geht um Kaiser.«

Mertin schüttelte heftig den Kopf. »Ich bin nicht für meinen Kollegen verantwortlich«, wehrte sie sich, »zum Beispiel jetzt, wo ist er? Ich habe keine Ahnung, was Kaiser so treibt. Und Sie sagen mir nicht, was es mit dem KK 32 auf sich hat.«

Müller blickte betreten zu Boden. »Kaiser liegt im Krankenhaus.«

»Wie bitte?«

»Er wurde bewusstlos drüben im Parkhaus der Köln Arcaden gefunden.«

»Wann?«

»Gestern Mittag. Nach unserem Gespräch. Ist wohl einfach umgekippt. Ich habe das erst heute Morgen, gerade eben, um genau zu sein, von seiner Frau erfahren.«

Mertin setzte sich. »Was ist passiert?«

»Ein Nervenzusammenbruch, ein kleiner Herzinfarkt – eher wohl beides. Genaueres wissen die Ärzte noch nicht. Oder ich habe es mir nicht gemerkt. Denn offen gestanden, die Nachricht hat mich tief geschockt.«

»Wo liegt er?«

»Auf der Intensivstation im Klinikum Holweide.«

Mertin blickte auf das Obst auf Kaisers Schreibtisch.

»Kaiser wird für unbestimmte Zeit ausfallen. Sie sind auf sich alleine gestellt. Kommen Sie damit klar?«

Mertin schwieg einen Moment betreten, dann nickte sie.

»Hören Sie, Frau Mertin, was immer da zwischen Ihnen beiden auch vorgefallen sein mag, das muss zu einem späteren Zeitpunkt geklärt werden. Ich brauche ihre volle Einsatzfähigkeit, jetzt, da Kaiser ausfällt. Sie müssen die Leitung der Soko übernehmen.«

Mertin blickte ihren Chef skeptisch an.

»Ja, ich habe sonst niemanden.«

»Was ist mit Kollege Ludermann? Er gehört schon zur Soko und hat mehr Erfahrung. Das wäre nur logisch.«

»Mirko fühlt sich in Leitungspositionen nicht wohl.«

Mertin überlegte.

»Was ist, Frau Mertin? Sie wollten sich versetzen lassen. Nun ist Kaiser weg, Sie müssen sich nicht mehr mit ihm rumärgern und übernehmen seinen Job. Für sie läuft es also bestens. Wenn Sie das nicht machen, kriegt Sundermann den Job. Wollen Sie das?«

»Nein.«

»Also, dann: Kriegen Sie das hin?«

»Ja«, antwortete sie deutlich.

»Mann, Mann, Mann, schwere Geburt, was?«, rief Müller.

Mertin funkelte ihn finster an. »Ich muss mit Kaiser sprechen. Er war gestern bei eco-tec.«

»Das können Sie vergessen. Kaiser ist nicht ansprechbar. Sie müssen nochmals selbst hinfahren und die Befragung wiederholen.« Müller schaute sie ernst an. »Noch Fragen?«

»Werde ich befördert?«

»Mal langsam mit den jungen Pferden, junge Dame«, meinte ihr Chef.

»Was ist mit meiner Position? Ich brauche personellen Ersatz.«

»Ich habe niemanden, den ich zur Verfügung stellen kann. Sonst noch was?«

»Herr Müller, ich muss wissen, was es mit diesem Abdul auf sich hat.«

Müller fuhr sich mit der flachen Hand durchs Gesicht. »Abdul steht seit einiger Zeit auf der Fahndungsliste. Aber es fehlten konkrete Beweise. Oder sagen wir: ausreichend konkrete Beweise, um ihn aus dem Verkehr zu ziehen. Vor allem rekrutiert er für den IS.«

Mertin nickte, das wusste sie bereits.

»Markus hatte, aus welchen Gründen auch immer, einen guten Zugang zu Abdul. Der Plan, nein, mein Plan war es, Abdul ein falsches Datum für die Razzia zu übermitteln und sich dafür schmieren zu lassen.«

Mertin blickte Müller verblüfft an. »Ist so was nicht eher Aufgabe des LKA?«

»Jetzt fangen Sie auch noch an«, brach es aus ihm hervor, »der Einsatz ist schiefgelaufen. Aber es ist nicht Kaisers Schuld. Entweder hat Abdul den berühmten Braten gerochen, oder … ja, oder es gibt noch einen zweiten, einen echten Maulwurf.«

»Und was ist mit der Tussi vom KK 32, schnüffelt die hier weiter rum?«

Müller überlegte einen Moment. »Oh, verstehe, Sie glauben, Markus wäre korrupt.«

»Die Vermutung lag im Bereich des Möglichen«, sagte Mertin zu Müller, der lustlos auflachte, »er hat mir keine Antwort gegeben. Ich habe ihn mehrmals gefragt, und Kaiser hat immer ausweichend geantwortet.«

»Daher weht der Wind«, glaubte Müller zu verstehen, »und damit haben Sie ihn konfrontiert?«

»Nicht nur damit«, erwiderte Mertin wahrheitsgemäß. »Kaiser ist vollkommen überarbeitet. Er hat einen Burn-out. Das ist meine Diagnose. Deshalb schikaniert er alle. Und wie es sich für einen ordentlichen Durchbeißer wie Kaiser gehört, hat er niemandem etwas gesagt.«

»Immerhin, Sie verstehen unseren ›Kaiser‹ schon ganz gut«, kommentierte Müller, während er sich Richtung Tür bewegte.

»Übrigens«, wandte er sich nochmals an Mertin, »ich habe

meiner Frau gestern Abend von Ihrem ›Schießen wird überbewertet‹-Spruch erzählt. Eines muss ich Ihnen lassen, meine Frau hat schon lange nicht mehr so herzlich gelacht. Der war echt gut!«

Mertin setzte ein gezwungenes Lächeln auf. Legendenbildung, die erste. Dieser dumme Spruch würde sie nun ihre gesamte Laufbahn begleiten.

10:24 Uhr

Die Soko-Mitglieder trudelten offenbar alle verspätet zur morgendlichen Teambesprechung ein. Noch saß Mertin allein mit Bäcker im Büro und hörte sich ihr Referat über »Coltan in Deutschland« an.

Weder spielte das Erz auf dem Schwarzmarkt eine Rolle, noch gab es nach gegenwärtigen Erkenntnissen bei den Kollegen vom KK 31 für Wirtschaftskriminalität überhaupt einen Schwarzmarkt für Coltan auf deutschem Boden. Wie es international aussah, entzog sich dem Kenntnisstand der Kollegen. Bisher war es laut KK 31 in Deutschland noch zu keinem Verbrechen gekommen, in dem Coltan nachweislich irgendeine Rolle gespielt hatte. Die Kollegen hatten Bäcker ans BKA verwiesen. Die Anfrage beim BKA war bisher noch unbeantwortet geblieben, allerdings hatte Bäcker einige deutsche Spezialfirmen gefunden, die das Erz verhütteten.

»Als Nächstes werde ich einige dieser Firmen anrufen, um mehr darüber zu erfahren«, schloss sie ihren kleinen Recherchebericht.

Mirko Ludermann erschien schniefend und hustend im Büro. Mit seinem hochroten Gesicht sah er aus, als hätte er Fieber. Der Kollege gehörte ins Bett, aber er wehrte ab: »Kaiser ist krank. Ihr braucht jeden Mann.«

Schließlich kam Svetlana Mandusic fast zeitgleich mit Sundermann herein, den Mertin beflissen ignorierte. Auch Svetlana sah mitgenommen aus. Sie hielt sich die Wange. Wurzelbehandlung. »Ich hab Schmerzmittel bekommen«, sagte sie mit noch schwerer Zunge.

Um Mertins Soko stand es nicht gut. Zwei waren krank, einer fehlte unentschuldigt, und einem konnte man nur Aufträge erteilen, bei denen er keine Scheiße bauen konnte.

Während sie darüber nachdachte, erzählte Svetlana eine absurde Episode von ihrem Zahnarztbesuch. An dem Haus, in dem der Zahnarzt seine Praxis hatte, waren Handwerker momentan damit beschäftigt, die Außenmauern zu dämmen. Die Bauarbeiter hatten von ihrem Gerüst vor dem Fenster immer wieder ins Innere Richtung Behandlungsstuhl geschielt und dabei ein ähnliches Werkzeug wie der Zahnarzt bedient – ein Schlagbohrer war im Mund- und im Mauerwerk zugleich aktiv gewesen. Darüber wurde herzlich gelacht.

»Und ich muss morgen wieder hin«, klagte Svetlana.

»Nimm dir Ohropax mit«, sagte Ludermann lachend, dann schüttelte ihn ein Hustenanfall.

»Hey«, maulte Sundermann, »verteil deine Bazillen woanders!«

»Leute, Leute, lasst uns anfangen«, richtete Mertin die Aufmerksamkeit auf die Arbeit. Dabei ließ ihr Unterton keinen Zweifel daran, welchem Kollegen die Mahnung eigentlich galt.

Immer noch leicht lallend begann Svetlana, ihren gestrigen Besuch bei Erika Derendorf zusammenzufassen. Derendorfs Freundeskreis war sehr klein, seine sozialen Kontakte gering. Erika Derendorf hatte ihn als eigenwilligen Tüftler charakterisiert, der für seine beruflichen Projekte auch die Ehe aufs Spiel gesetzt und schließlich ruiniert habe. Derendorf sei im letzten Jahr eigentlich kaum zu Hause gewesen.

Yannik schleppte sich ins Zimmer.

»Habt ihr meine SMS nicht bekommen?« Er ließ sich vollkommen entnervt in Kaisers Bürosessel fallen, den bisher niemand angerührt hatte. Gut möglich, dass er noch gar nicht wusste, dass Kaiser im Krankenhaus lag. Yannik bedeckte sein Gesicht mit den Händen. Er bebte.

»Yannik, weinst du? Was ist nur los?«, fragte Svetlana besorgt.

»Ich hab Scheiße gebaut. Totale Scheiße!«

»Was ist denn passiert?«

Aber Yannik beantwortete die Frage nur mit weiteren Flüchen.

»Meine Güte, Yannik, jetzt rede schon. Hast du dich mit deiner Frau gestritten?«

Endlich ließ er das Fluchen sein und blickte Svetlana überrascht an. »Nein, wieso sollte ich mich mit meiner Frau streiten?«

»Dann ist was mit den Kindern?«, fragte Mertin.

»Ja, nein.« Er war völlig durcheinander, atmete durch und erzählte, dass er sich auf dem Weg zur Kita mit einem Verkehrsrowdy angelegt hatte. Rücksichtslos habe der Autofahrer mitten auf einer kleinen Kreuzung in einem Schwung gedreht, sei dabei über den Bürgersteig gebrettert, ohne darauf zu achten, dass sich dort Kinder aufhielten.

»Und ich bin ausgerastet. Habe ihn angeschrien, beleidigt. Ziemlich übel beleidigt. Dummkopf, Volltrottel, Oberasi, so was in der Art.«

»Korrekt«, beschützte Mirko seinen Kollegen.

»Danke«, antwortete Yannik, »aber der Typ hat dann die Polizei gerufen und behauptet, ich hätte ihn mit Pfefferspray angegriffen. Die sind auch mit Blaulicht angerauscht und haben nur ihm geglaubt.«

Er ließ eine Pause.

»Mein Dienstausweis hat die nicht interessiert. Ich habe jetzt eine Anzeige wegen Beleidigung und Bedrohung laufen.«

»Wieso Bedrohung?«, erkundete sich Svetlana.

Er blickte sie ernst an. »Weil ich Pfefferspray bei mir hatte. Die Kollegen haben mich durchsucht und das Spray gefunden.«

»Scheiße.«

»Sag ich doch! Mist, ich rege mich immer so schnell auf, wenn es um kleine Ungerechtigkeiten geht. Ich ticke aus. Die Kollegen haben geglaubt, ich wäre betrunken.«

Ein höhnisches Lachen ging durch die Runde.

»Betrunken die Kinder in der Kita abliefern. Das waren wohl ganz umsichtige ›Genossen‹ von der Streife«, brummte Mirko belustigt.

»Du wirst lachen, Mirko«, sagte Yannik, dem gar nicht zum Lachen zumute war, »das ist leider gar nicht weit hergeholt.«

Mirko blickte Yannik ungläubig an. »Du meinst, da bringen Eltern ihre Kinder in die Kita und haben vorher erst mal ein Kölsch gesüppelt?«

»Wo lebst du?«, entgegnete Svetlana provokant.

»Keine Ahnung«, gestand Mirko, »aber um neun Uhr morgens betrunken in der Kita?« Er war fassungslos, griff sich einen von Kaisers Äpfeln und biss frustriert hinein.

»Sorry, dass ich euch mit dem Scheiß belästigt habe«, meinte Yannik abschließend, was alle vehement abwehrten. Sie sicherten ihm ihre Unterstützung zu.

»Wenn es nach den Ökos geht, gibt es bald eh keine Autos mehr«, mischte sich Sundermann plötzlich ein, als sich die Soko längst wieder der Arbeit widmen wollte.

Man schwieg und wartete gespannt, was der Kollege noch hinzuzufügen habe.

»Dann können bald wieder alle singend und klatschend auf der Straße zur Kita spazieren.«

Yannik lief rot an. Svetlana fasste ihn am Oberarm und hielt ihn zurück.

»Die Straße ist für die Autos da«, blökte Sundermann, »da muss man schon mal aufpassen, wo die Kinderchen hinlaufen.«

Eine Orange traf ihn am Kopf. Mertins Wurf war hart genug, um ihn halb vom Stuhl zu werfen. Sundermann schrie auf, dann ließ er sich absichtlich auf den Boden plumpsen.

»Sorry«, spottete sie, »ich wollte eigentlich den Mülleimer treffen.«

Svetlana kicherte und klopfte Mertin anerkennend auf die Schulter.

»Das ist Körperverletzung«, beschwerte sich Sundermann.

»Geh petzen oder halt die Klappe«, fuhr sie ihn aggressiv an. Innerlich ermahnte sie sich: Reiß dich zusammen.

Kommissar Klever vom KK 13 steckte seinen Kopf durch die Tür. »Kollegen, kann ich euch kurz stören?«

Mertin bedeutete ihm, hereinzukommen.

»Mich hat ein Bericht von der Wache Ehrenfeld erreicht, den ich – vorsichtig formuliert – seltsam finde.«

Klever bemerkte den am Boden liegenden Sundermann. »Und was machst du Armleuchter da? Aufstellung zur Verbrechensbekämpfung und du spielst ›das Opfer‹?«

»Ich *bin* das Opfer!«

»Dafür siehst du viel zu schuldig aus«, kommentierte Klever trocken. Er wusste folglich, dass Sundermann ein Video bei Müller abgegeben hatte.

»Also, diesem Bericht zufolge haben die Kollegen eine Meldung von einem Kassierer eines Baumarkts aufgenommen. Ich dachte, vielleicht könnt ihr was damit anfangen.«

Laut Bericht hatte ein junger Mann mit schwarzer Hautfarbe ungewöhnlich viel Brennspiritus in dem Baumarkt gekauft. Als der Kassierer verwundert nachfragte, was er denn damit wolle, war der Kunde sehr wütend geworden, regelrecht ausgerastet und ohne weitere Erklärung gegangen.

Bisher war die Angelegenheit nicht ganz so kurios, wie Klever sie eingangs dargestellt hatte, doch Mertin ahnte bereits, dass er nicht mit einer Lappalie zu ihnen kam.

»Ich habe noch nie Brennspiritus gekauft«, meinte Svetlana, »wofür braucht man den?«

»Grill anzünden«, warf Mirko ironisch ein, »so was kennt ihr Vegetarier natürlich nicht.«

»Haha, ist es verboten, Brennspiritus zu kaufen?«

»Nein, das ist es nicht«, antwortete Klever, »nur die Menge im vorliegenden Fall ist seltsam. Äußerst seltsam. Normalerweise kauft man vielleicht ein oder zwei Flaschen.«

»Über was für eine Menge sprechen wir denn?«, fragte Mertin.

»Einhundertachtundachtzig Flaschen«, sagte Klever mit Blick auf seinen Notizzettel.

Die Stimmung im Raum änderte sich schlagartig.

»Und das ist noch nicht alles«, fuhr Klever fort, »insgesamt hat der Mann einhundertachtundachtzig Flaschen Brennspiritus, fünfunddreißig Behälter à drei Liter Nitro-Universalverdünnung sowie vierzig Dosen Terpentinersatz gekauft. So steht es auf dem Kassenbeleg. Dieser Irre hat den gesamten Bestand des Baumarkts an brennbaren Flüssigkeiten aufgekauft. Regale leer.«

»Moment«, hakte Mertin nach, »er hat bezahlt?«

»Ja, ganz normal bezahlt. Leider bar.«

»Und hat der Kassierer den Mann näher beschrieben?«, erkundigte sich Mirko.

Klever las von seinen Notizen ab. »Ein junger Schwarzer. Mehr steht hier nicht. Diese Mitteilung ist bei der Wache in Ehrenfeld telefonisch eingegangen und dann an uns weitergeleitet worden. Ist also ein sehr spärlicher Bericht.«

Klever blickte in perplexe Gesichter.

»Ich habe das mal ausgerechnet«, führte er aus, »beim Terpentinersatz wusste ich nicht, wie viel in einer Dose ist. Da habe ich einen ungefähren Wert von fünfhundert Millilitern genommen. Da hat jemand *round about* vierhundertfünfzig Liter brennbare Flüssigkeiten gekauft.«

Es herrschte langes Schweigen. Schließlich fasste Mirko Ludermann zusammen, was wohl alle dachten: »Verdammter Mist!«

»Zwei Badewannen voll«, mutmaßte Yannik, »was macht man damit? Was hat unser ominöser Käufer damit vor?«

Klever blickte Mertin an. »Sind unsere Autobrandstifter auf großer Einkaufstour?«

Sie dachte nach.

»Könnte auch ein Megaspinner sein, der an den Weltuntergang glaubt oder daran, dass die Russen morgen den Gashahn abdrehen, und sich vorsorglich mit irgendwelchem brennbaren Zeugs versorgt«, ergänzte Svetlana nicht ohne Ironie.

»Wurde das Fahrzeug des Mannes gesehen?«

»Nein, davon steht in dem Bericht nichts.«

»Wie war sein Deutsch?«

»Gleiche Antwort.«

»Das heißt«, fasste Mertin zusammen, »wir haben nur extrem spärliche Infos. Wissen aber, da hat jemand Unmengen Brennspiritus und anderes Zeugs gekauft. Entweder er hat das für eine Baufirma, für die er arbeitet, als Vorrat besorgt, oder er plant – einen Anschlag.« Sie sprach aus, was allen anderen bestimmt ebenfalls durch den Kopf gespukt war.

»Wir können leider erst mal gar nichts unternehmen«, mischte sich zum ersten Mal Sundermann ein.

»Natürlich können wir was unternehmen, du Pflaume«, maßregelte Mertin ihn.

Alle schwiegen, keiner blickte Sundermann an.

»Zuerst einmal«, zählte Mertin auf, »leiten wir diese Info – sofern noch nicht geschehen – an sämtliche Inspektionen, Kommissariate und Dienststellen weiter. Außerdem sollen die Kollegen, die den Fall aufgenommen haben, nochmals zum Baumarkt fahren und sich dort erkundigen, ob noch weitere Details aufgefallen sind. Vielleicht hat jemand gesehen, in was für ein Auto er den Brennspiritus verladen hat, und es klärt sich alles auf.«

»Darum kann ich mich kümmern«, erklärte Klever und verabschiedete sich.

11:05 Uhr

Mertin blickte Klever hinterher und wurde unruhig. Sie sprang auf. Auf dem Flur holte sie ihn ein.

»Karl-Heinz!«

Der Kommissar drehte sich zu ihr um.

»Kaiser fällt aus«, erklärte sie.

Klever nickte. »Weiß ich. Nicht deine Schuld! Gratuliere, Soko-Chefin«, sagte er schließlich lächelnd, während er ins Rheinische fiel, »und wenn wat es, Frau Kollegin, kumm zom Kalle, klar?«

Kollegin Mertin lächelte dankend.

Als sie ins Büro zurückkam, lauschten die Kollegen einer Lautsprecherstimme via Telefon, die Mertin schnell als Lars' Stimme erkannte.

»Sie ist jetzt da«, teilte Svetlana ihm mit, als sie Mertin erblickte.

»Warte kurz«, sagte Mertin ins Telefon, dann wandte sie sich an die Soko: »Können wir an sämtliche Kölner Baumärkte einen Hinweis schicken?«

»Du meinst eine Bitte, brennbare Flüssigkeiten nur in kleinen Mengen abzugeben?«, fragte Bäcker, was Mertin bejahte.

»Das kläre ich mit Müller und kümmere mich gleichzeitig um die Weiterleitung an die übrigen Dienststellen«, erklärte Bäcker und verließ den Raum.

»Lars, ich höre«, sagte Mertin.

»Tut mir leid, dass ich mich erst jetzt wieder melde. Mein Chef ist sauer auf euch da oben, weil wir uns vom KK 11 vereinnahmen lassen. Recherche sei nicht Aufgabe der KTU, sagt er. Kaiser muss wohl auch einen Kollegen mit Aufgaben betraut haben. Ich soll mich um kriminaltechnische Fragestellungen kümmern. Übrigens, die Untersuchung des Handys von dem toten Kongolesen läuft. Da ist die IT-Abteilung dran.«

»Wie lange wird das dauern?«, erkundigte sich Mertin.

»Es kommt darauf an, ob sie schnell und unkompliziert Zugriff auf das Gerät bekommen. Besser, du fragst direkt in der IT-Abteilung nach.«

»Darum kümmern wir uns«, antwortete Mertin mit Blick auf Mirko, der nach einem anderen Telefon griff, »und was ist mit dem Coltan?«

»Coltan wird zu Niob und Tantal verhüttet. Tantal wiederum ist in der Handyindustrie unverzichtbar. In Umweltschutzkreisen ist Coltan seit Langem ein Thema. Daher kam es mir auch irgendwie bekannt vor. Die Coltanminen im Kongo bedrohen nämlich den Lebensraum der Berggorillas.«

Mertin richtete sich auf. »Du meinst, es könnte einen Zusammenhang mit eco-tec geben?«

»Auf ihrer Homepage schreibt eco-tec, dass sie ausschließlich recyceltes Tantal verwenden«, erklärte Lars. »Also Tantal, das Altgeräten entnommen wird. Das macht eco-tec alles selbst. Dieses Recyceln von Elektroschrott ist schon ein eigenständiger Industriezweig geworden.«

»Das heißt aber, wenn Louis Mwobl an eco-tec beziehungsweise Derendorf tatsächlich Coltan verkaufen wollte, hätten die damit gar nichts anfangen können?«

»Ja, genau, es muss erst verhüttet werden, um Niob und eben Tantal zu gewinnen. Und entsprechend ihrer ökologisch orientierten Firmenphilosophie müssten sie die Herkunft des Tantals überprüfen. Das ist enorm schwierig. Zudem benötigt ein Betrieb wie eco-tec wohl erhebliche Mengen Tantal. Wie sollten die Kongolesen darangekommen sein? Fünf Kilo sind für eco-tec wohl nicht interessant.«

»Wir werden uns nochmals an eco-tec wenden.«

»Warte«, rief Lars, »es kommt noch dicker. Tantal ist pyrophor.«

»Was bedeutet das?«

»Es ist leicht entzündlich, besser gesagt hochexplosiv. Schon bei dreihundert Grad reagiert es. Flammen haben oft eine höhere Temperatur. Nämlich vierhundert Grad.«

»Wie muss man sich das vorstellen?«

»Also, pulverisiert fliegt das Metall schnell in die Luft. Es ist wohl ein bisschen ähnlich wie bei Magnesium.«

»Das heißt, es ist eine Art Sprengstoff?«

»Nein, das eher nicht. Aber Tantal wird auch in panzerbrechender Munition verwendet, eben weil es leicht entzündlich ist und hohe Temperaturen entwickelt. Und es ist auch ziemlich teuer. Der gegenwärtige Kilopreis bewegt sich bei circa fünfhundert Euro. Ich habe eben einen befreundeten Chemiker angerufen. Selbst er musste passen. Eine genaue Erklärung konnte er mir ad hoc nicht geben. Allein schon meine Nachfrage sei sehr ungewöhnlich. Tantal ist begehrt, sogar unverzichtbar, aber selbst in Fachkreisen wenig bekannt. Nach längerem Überlegen meinte er aber, dass er sich eine Reaktion ähnlich wie bei einer

Mehlstaubexplosion vorstellen könne. Unter natürlichen Bedingungen ist das allerdings nur schwer vorstellbar. Vor allem auch, weil Coltan selbst nicht brennbar ist. – Tut mir leid«, entschuldigte er sich nach einer kleinen Redepause, »mehr habe ich erst mal nicht.«

»Danke, Lars, ich melde mich später nochmals bezüglich der Details«, erklärte Mertin und legte auf.

»Wow«, sagte Svetlana, »das sind Neuigkeiten. Panzerbrechend. Ich wusste noch nicht einmal, dass es dieses Wort gibt.«

»Lasst uns bitte kurz rekapitulieren, wo wir stehen und wie wir vorgehen wollen«, meinte Mertin. »Wir haben den mysteriösen Todesfall eines Ingenieurs, der Handys entwickelt. Oder Satellitentelefone oder was auch immer. Und einen mutmaßlichen Anschlag auf ein Flüchtlingsheim, bei dem ein Kongolese stirbt, der ein in der Branche unverzichtbares Material mit sich führt.«

»Worauf willst du hinaus?«, fragte Mirko.

»Nehmen wir mal an, eco-tec hätte Verwendung für Coltan. Wenn sie Tantal aus Altgeräten recyceln, haben sie vielleicht auch die Möglichkeit, Coltan zu verhütten. Das müssen wir herausfinden. Und dann: Hat Louis Mwobl Coltan an Derendorf verkaufen wollen? Wenn ja, wer wusste davon? Kofi Mbeki? Ist er Mitwisser oder arbeiteten die Kongolesen zusammen? Oder es gibt keine Verbindung zu Derendorf, sondern zu einem anderen eco-tec-Mitarbeiter, zum Beispiel Manager Marek Ostrowski. Ostrowski hat bereits beim Gespräch angedeutet, dass es Probleme mit Derendorf gab. Kaiser hat gestern erneut mit ihm gesprochen, aber wir wissen nicht, was bei dem Gespräch herausgekommen ist. Wir können Kaiser momentan nicht befragen.«

Mertin schwieg einen Moment.

»Ist Derendorf gestorben, beziehungsweise musste er sterben, weil er zu viel wusste oder weil er nichts mitbekommen sollte? Denkbar wäre auch, dass er von diesem ›Deal‹ Wind bekommen hat und damit nicht einverstanden war. Wie viel Kilo hat Mwobl bei sich gehabt, und vor allem, wo hat er es versteckt? Wir müssen eine nachweisliche Verbindung zwischen Mwobl und Derendorf finden.«

Sie teilten sich in kleinere Teams auf. Yannik Rühl und Svetlana Mandusic wollten ihre Befragung bei Erika Derendorf fortsetzen, Mirko Ludermann sollte nochmals bei Mbeki nachhaken. Mertin selbst würde zu eco-tec fahren und Ludermann nach seinem Gespräch mit Mbeki zu ihr stoßen. Denn, so vermutete Mertin, es könnte ein längerer Termin werden. Sie musste sich vor Ort umhören, mehrere Mitarbeiter ansprechen, außerdem spekulierte sie darauf, dass die bei eco-tec, wenn sie dort Tantal verarbeiteten, doch wissen mussten, wie man mit der hochexplosiven Eigenschaft des Metalls umging. Welche Gefahr stellte es dar?

Für den Nachmittag setzten sie eine neue Teambesprechung an. Yannik, Svetlana und Mirko waren bereit aufzubrechen und verabschiedeten sich. Nur Sundermann blieb übrig. Mertin fluchte innerlich. Dann hatte sie einen Einfall.

»Wir brauchen dringend einen unabhängigen Fachmann, einen Chemiker, der uns Tantal besser erklären kann«, meinte sie, »das ist sehr wichtig!«

»Darum kann ich mich ja kümmern«, erklärte Sundermann bereitwillig. Vermutlich hatte er selbst keine Lust, mit Mertin länger allein in einem Raum zu sein.

Als Sundermann gegangen war, setzte sie sich an ihren Schreibtisch, um in Ruhe zu notieren, was sie bei eco-tec fragen und wie sie dabei vorgehen wollte. Gerade schlüpfte sie in ihren Winterparka, um das Büro zu verlassen, als das Telefon nochmals klingelte. Sie zögerte kurz, nahm das Gespräch aber doch entgegen.

11:25 Uhr

»Hast du das Video gesehen?« Klever klang besorgt. »Wir haben noch einen Vorfall«, verkündete er über Telefon, »dieses Mal an einer Tankstelle. Ich war keine zwei Minuten oben in meinem Büro, als mich die Kollegen von der Wache Ehrenfeld anriefen, um mir mitzuteilen, dass sie mir ein neues Überwachungsvideo geschickt hätten.«

Mertin hatte in der Zwischenzeit das Mailprogramm aufgerufen und öffnete nun den Anhang. »Ich schaue es mir gerade an«, sagte sie.

»Gut, ich komme runter«, erklärte Klever und legte auf.

Das Überwachungsvideo zeigte aus erhöhter Position einen Mann mit Kapuze und Baseballkappe, der an einer Zapfsäule stand und den Zapfhahn in ein großes Fass hielt. Allein dieser Umstand war schon äußerst beunruhigend. In einem derartigen Behältnis transportierte unter normalen Bedingungen niemand Benzin. Der Mann hatte dunkle Hände. Er war also vermutlich ein Schwarzer. Aber war es auch derselbe Mann, der morgens literweise Brennspiritus gekauft hatte?

Da im Video lange Zeit gar nichts passierte, außer dass der Mann den Zapfhahn in den Behälter hielt, drückte sie auf Vorlauf. Als das Fass voll war, schraubte der Mann den Deckel zu und rollte es über die Kante zur geöffneten Hecktür eines Transporters. Mertin war gespannt, wie es weitergehen würde.

Der Mann unternahm zahlreiche Versuche, das Fass hochzuwuchten, was ihm schließlich mit sehr viel Krafteinsatz auch gelang. Sein Gesicht blieb verdeckt. Bei allem, was er tat, ließ er sich Zeit. Das ganze Unterfangen wirkte unbeholfen, unüberlegt, geradezu grotesk komisch, aber er ließ sich nicht aus der Ruhe bringen. Im Gegenteil, er holte ein neues Behältnis aus dem Transporter, diesmal einen großen Wasserkanister aus transparentem Kunststoff. Mertin schüttelte instinktiv den Kopf.

Sie drückte erneut den Vorlauf, bis auf dem Bild eine Frau erschien. Sie trug Arbeitskleidung, war also vermutlich eine Angestellte der Tankstelle. Sie sprach den Mann an. Der interessierte sich überhaupt nicht dafür.

Mertin konnte anhand ihrer Gesten förmlich hören, was die Frau sagte: »Was machen Sie da? Das dürfen Sie nicht. Bitte unterlassen Sie das!« Lange redete sie auf ihn ein. Schließlich platzte ihr der Kragen. Sie brüllte den Mann an, der unterbrach seine Tätigkeit, sprang auf und verpasste der wild gestikulierenden Frau eine Ohrfeige. Erschrocken hielt sie inne, dann eilte sie davon.

Wieder passierte eine ganze Weile gar nichts. In aller Seelenruhe befüllte er weiter den Kanister.

Spätestens hier musste dem Typen doch klar gewesen sein, was die geohrfeigte Angestellte in der Zwischenzeit getan hatte, dachte Mertin.

Nach etlichen Minuten, die sie wieder vorgespult hatte, erschienen tatsächlich zwei Streifenpolizisten im Bild. Es handelte sich um eine junge Kollegin und einen etwas älteren Beamten. Letzterer übernahm das Sprechen, und als die beiden schließlich einschreiten wollten, hob der Mann den Zapfhahn und begoss die Polizisten von oben bis unten mit Benzin. Die waren darüber so geschockt, dass sie völlig untätig stehen blieben. Ihr größter Fehler.

Gebannt verfolgte Mertin das tonlose Schwarz-Weiß-Video auf dem Bildschirm.

Der Mann tauchte den laufenden Zapfhahn wieder in den Kanister, dann schritt er in aller Ruhe auf die Polizisten zu. Den älteren Kollegen fasste er von vorn ins Genick und hieb ihm die geballte Faust ins Gesicht. In der nächsten Sekunde hatte er dem geschlagenen Beamten die Dienstpistole abgenommen, mit der er dann prompt die junge Kollegin bedrohte. Zum ersten Mal sagte er etwas, was die Beamtin mit einem Kopfschütteln abwehrte. Der Mann zögerte nicht lange und schlug ihr mit der Pistole ins Gesicht. Die Polizistin ging in die Knie. Dann trat er mehrmals auf sie ein. Als er sah, dass sich der ältere Kollege wieder bewegte, bekam auch der harte Tritte zu spüren. Der Polizistin nahm er ebenfalls die Waffe ab. Dann machte er sich gelassen daran, den schwer befüllten Wasserkanister zur Hecktür zu bringen.

Als er den Kanister endlich auf die Ladefläche gehoben hatte, schloss er die Hecktür und drehte sich zum allerersten Mal um, sodass er direkt in die Kamera blickte. Das geschah, so mutmaßte Mertin, mit voller Absicht.

Fassungslos griff sie zum Telefon.

11:42 Uhr

Die Monitorwand im großen Konferenzraum zeigte einen stark vergrößerten Bildausschnitt aus dem Überwachungsvideo. Trotz Unschärfe, Kappe und Kapuze konnte Mertin klar und deutlich die Gesichtszüge erkennen.

»Frau Mertin, was wissen wir über Mbeki?«, fragte Müller.

Im Besprechungsraum herrschte angespannte Stille. Vertreter von allen acht Kriminalinspektionen und ihren Kommissariaten waren anwesend. Rund zweihundert Polizeibeamte füllten den Raum. Alle waren gespannt darauf, die Jagd auf Kofi Mbeki zu eröffnen. Müller reichte Mertin sein Mikrofon.

»Nicht viel«, antwortete sie. »Er gibt an, siebzehn Jahre alt zu sein. Ich vermute aber, dass er älter ist. Über zwanzig. Einen Jugendlichen abzuschieben ist schwerer. Seine Angaben sind mit großer Sicherheit nicht korrekt. Laut seiner Akte im Asylantrag ist er vor vier Monaten über die sogenannte Maghreb-Route nach Frankreich und schließlich nach Deutschland eingereist. Einen Pass hatte er nicht bei sich.«

Mertin gewöhnte sich daran, ihre Stimme über Lautsprecher zu hören, und fuhr zügiger fort.

»Er hat angegeben, aus dem Kivu im Kongo zu stammen. Vermutlich hat er das gemacht, weil der Ostkongo an seinen Grenzen zu Ruanda und Uganda auch heute noch als Kriegsgebiet einzustufen ist. Er erhofft sich wohl damit bessere Chancen bei seinem Asylantrag. Als ich ihn gestern befragt habe, hat er nämlich zugegeben, aus der Provinz Katanga im Süden des Kongos zu stammen. Ich kann noch nicht einschätzen, was stimmt, denn er spricht Swahili mit ruandischem Einschlag, so wie es in Goma gesprochen wird. In Katanga werden neben Swahili auch andere Sprachen gesprochen. Der Wahrheitsgehalt seiner Aussagen ist nicht überprüfbar. Momentan ist nicht mal gewiss, ob ›Kofi Mbeki‹ sein richtiger Name ist. Mbeki ist in Südafrika ein häufiger Nachname. Ein Xhosa-Name. Außerdem wird im Kongo nicht so häufig die Kofi-Variante benutzt. Es heißt bei uns eher Koffi.«

Mertin machte eine kurze Pause. Dann zeigte sie auf sein Foto an der Wand. »Mbeki ist kampferprobt, trainiert, und er ist entschlossen, das auch einzusetzen. Karin Welz, die Leiterin der Außenwohngruppe, in der Mbeki zuletzt untergebracht war, hat ausgesagt, er habe in einer Kobaltmine gearbeitet. Ich vermute aufgrund seiner enormen Gewaltbereitschaft aber eher, dass er militärische Erfahrung gesammelt hat. Als Milizionär oder eventuell als Kindersoldat. Meiner Einschätzung nach ist er zu allem bereit, und er hat etwas vor.«

Müller nickte dankend.

»Was heißt das, ›er hat etwas vor‹?«, wurde von weiter hinten gefragt.

»Er wird einen Anschlag verüben«, antwortete Mertin knapp.

Müller nickte erneut, als sie ihm das Mikro zurückgab.

»Wir dürfen nicht vergessen«, übernahm der Kriminalrat nun die Ansprache, »er hat bereits zwei Beamte angegriffen und ist nun bewaffnet. Er führt eine unbestimmte Menge Benzin und andere brennbare Materialien mit sich. Das Kennzeichen des Transporters lässt sich nicht erkennen. Die befragten Zeugen an der Tankstelle haben unterschiedliche Angaben zum Fahrzeug gemacht. Für einige war es ein Fiat Ducato, für andere ein Ford Transit. Einige Zeugen haben sogar ausgesagt, Mbekis Auto sei rot gewesen.« Müller schüttelte verständnislos den Kopf. »Aber zumindest das ist sicher: Mbeki fährt einen *weißen* Mercedes Sprinter.«

Er machte eine kurze Pause, um einen Schluck Wasser zu trinken, dann fuhr er entschlossen fort: »Wir müssen ihn finden und stoppen. Wir müssen alles Menschenmögliche tun, um zu verhindern, dass Ähnliches wie neulich in München passiert. Arbeiten wir konzentriert und mit Hochdruck!«

Die Kommissare sprachen mögliche Anschlagsszenarien durch. Es bestand die Möglichkeit, dass Mbeki als Einzeltäter Amok lief. Mertin nannte es eine Art »Spontan-Radikalisierung«, möglicherweise weil er den Anschlag auf das Flüchtlingsheim nicht verarbeiten konnte. Ihrer Ansicht nach suchte Mbeki Rache. Aber an wem? Musste die Gesellschaft herhalten, da er sich nicht an einer Einzelperson rächen konnte?

Diesen möglichen Fall stufte Müller als »zivilen Terrorismus« ein. Es konnte sich aber auch um einen von langer Hand geplanten, einen »richtigen« Terroranschlag handeln. Beweise für die Zugehörigkeit zu einer terroristischen Gruppierung gab es in Mbekis Fall allerdings nicht.

Ein Kollege vom Staatsschutz warf ein: »Dieser Täter ist an Dilettantismus kaum zu überbieten. Am Ende sprengt er nur sich selbst in die Luft.«

»Am Ende sprengen sich Selbstmordattentäter immer *selbst* in die Luft«, konterte Mertin, wenig darauf bedacht, sich Freunde zu schaffen.

Müller räusperte sich. »Die Kollegen vom Staatsschutz überprüfen momentan, ob der IS oder eine andere militante Gruppierung via Internet zu Anschlägen aufruft. LKA und BKA sind ebenfalls längst eingeschaltet.«

»Unserer Einschätzung zufolge«, meldete sich der Mann vom Staatsschutz erneut zu Wort, »wird der Täter schon Schwierigkeiten haben, sein erbeutetes Benzin zu einer wirklich funktionierenden Brandbombe zusammenzuzimmern.«

»Nein«, widersprach Mertin, was, wie sie sah, selbst Müller verwunderte, obwohl er von ihr schon einiges gewohnt war. Dem Beamten vom Staatsschutz verschlug es die Sprache. Sein stummer Protest wurde ignoriert. Mertin genoss die volle Aufmerksamkeit der Kollegen.

»Erstens«, sagte sie hart, »Mbeki ist alles andere als ein Dilettant. Ich gebe zu, es sieht so aus. Er will, dass es dilettantisch aussieht. Das ist Guerillataktik. Er spielt uns was vor. Mbeki wusste, dass er an der Tankstelle von Kameras beobachtet wird. Er hätte nicht in die Kamera schauen müssen. Er hat es mit Absicht getan.«

»Wieso sollte ein Attentäter das mit Absicht tun? Das wäre wirklich ein Novum in der Extremismusgeschichte«, konterte der Kollege vom Staatsschutz verschnupft.

»Versuchen Sie mal, ein Zweihundert-Liter-Fass auf die Ladefläche eines Transporters zu heben. Das erfordert nicht nur viel Kraft, sondern vor allem auch enorm viel Entschlossenheit. Ich bin überzeugt, wenn Mbeki nicht zu einer Terrorzelle gehört, die bei Einzeltaten an mehreren Orten Anschläge verüben will, dann wird er weiter durch Köln fahren, Benzin und andere brennbare Materialien sammeln, bis wir ihn an einer Tankstelle oder an einem Baumarkt stellen, und dann wird er alles in die Luft jagen. Dazu braucht er nicht viel. Nur ein bisschen Feuer. Es könnte auch sein, dass er Tantalpulver als Brandbeschleuniger verwendet.«

Ihre Worte hallten lange nach. Zumindest erschien ihr das so.

»Wir sollten uns an den Paris-Attentätern orientieren«, stimmte ein anderer Kommissar ihr zu, »ich vermute, dieser Mbeki ist nur ein Täter von vielen, die insgesamt als Gruppe funktionieren und agieren. Sie werden Brandbomben in Cafés, Geschäfte und so weiter werfen.«

»Das heißt, er ist komplett unberechenbar.«

»Ist er Islamist?«

»Es gibt fast keine Moslems im Kongo«, erklärte Mertin ruhig, »der Hintergrund, sich einer islamistischen Gruppierung anzuschließen, ist nicht gegeben. Er muss einen ganz anderen Grund haben, den wir zurzeit nicht kennen. Das alles ist im Moment auch nicht ganz so wichtig. Wir sollten rausgehen und ihn suchen!«

Mertin blickte ins Plenum und wiederholte: »Denn eines steht fest, Mbeki wird zünden.«

Es herrschte Schweigen.

Müller räusperte sich erneut. »Vielen Dank für die Einschätzung, Frau Mertin«, erklärte er. Dann blickte er nachdenklich auf die leere Tischplatte vor sich.

Mertin war angespannt. Sie rechnete nicht damit, dass ihr Müller glaubte.

»Also, wir mobilisieren sämtliche Kräfte, holen Kollegen aus dem Urlaub et cetera. Es gilt die höchste Terrorwarnstufe. Wir schreiben Mbeki zur Fahndung aus. An sämtlichen öffentlichen Plätzen muss die Polizeipräsenz erhöht werden. Wir müssen mit dem Schlimmsten rechnen und entsprechend handeln. Wie viele Tankstellen und Baumärkte gibt es in Köln?«, fragte Müller abschließend.

Bäcker meldete sich zu Wort. »Das habe ich inzwischen recherchiert.«

In einer anderen Situation hätte Mertin ihr dankbar zugelächelt. Nun blieb ihre Miene regungslos.

»Im Großraum Köln gibt es einhundertfünfunddreißig Tankstellen und einhundert Baumärkte, dazu kommen etliche Fachmärkte wie zum Beispiel Fliesenfachgeschäfte. Auch dort kann man Verdünnung und Ähnliches erstehen. Weiterhin gibt es noch an die achtzig kleine Spezialgeschäfte, etwa für Malerbedarf, die zum Teil brennbare Flüssigkeiten wie Brennspiritus und Terpentin im Sortiment führen. Dazu zählen auch Ein-Euro-Shops, die ebenfalls Material zum Heimwerken anbieten. Zusammengezählt sind das ungefähr dreihundertfünfzig Geschäfte.«

Ein Überwachungsalptraum!

15:35 Uhr

Brennspiritus, Aceton, Terpentin und Terpentinersatz, Universalverdünnung, Nitro-Universalverdünnung, Spezial-Waschbenzin, zählte Mertin in Gedanken auf. Im Regal vor ihr standen brennbare Flüssigkeiten in vielen verschiedenen Zusammensetzungen und Mengen. Wofür wurde wohl Spezial-Waschbenzin verwendet?

Der »Heller«-Baumarkt am Barbarossaplatz führte all das unter dem Sammelbegriff »Malerbedarf«. Weiter rechts den Gang hinunter gab es dann tatsächlich Pinsel und Farbe.

Wo steckte Mbeki? Seit Stunden waren sie im Innenstadtbereich von Tankstelle zu Tankstelle und Geschäft zu Geschäft gefahren, hatten das Personal zu erhöhter Wachsamkeit aufgerufen, aber keine Spur, keinen Hinweis auf den Flüchtigen entdeckt. Die Großfahndung lief. Gelegentlich erreichten sie via Twitter oder einem anderen Dienst Reaktionen von Usern auf die Nachrichten, die das Polizeipräsidium über die sozialen Netzwerke verbreitete.

Nach dem Vorbild von München hatte Müller entschieden, die Mithilfe der Bevölkerung bei der Suche nach einem Terrorverdächtigen über soziale Medien zu erbitten. Gleichzeitig gab das Präsidium Warnungen heraus. Die Nutzung sozialer Medien versprach neue Chancen und Möglichkeiten, ebenso wie sie Risiken und Gefahren barg. Es herrschte eine wahre Schwemme an Online-Kommentaren. Ein brauchbarer Hinweis war noch nicht eingegangen.

Mertin war überzeugt, dass Mbeki wusste, was er tat. Er würde versuchen, möglichst viel gleichzeitig zu erreichen: möglichst viel Personenschaden, möglichst viel mediale Aufmerksamkeit, möglichst viele Opfer unter Polizeikräften.

Wo, verdammter Mist, steckst du?, ging es ihr immer wieder durch den Kopf.

Wohin sie im Baumarkt auch blickte, sah sie mit einem Mal lauter Dinge, die sich zu Waffen umfunktionieren ließen – Hammer, Beil, Nagelschusspistole, Kreissäge, Eisenstangen, Nägel, Schrauben, Grillspieße und, und, und. Ein Paradies für jemanden, der entschlossen war, all diese Dinge nicht dafür zu benutzen, wofür sie gedacht waren, sondern um anderen Leid zuzufügen. Mit einer Axt konnte man schließlich nicht nur Holz spalten.

Ein Mitarbeiter des Baumarkts kam mit einem Einkaufswa-

gen zum Regal und begann, die Flaschen Brennspiritus wegzuräumen.

»Warum machen Sie das?«, gab sie die Unwissende.

Der Mann schaute sie skeptisch an. »Wir haben eine Anweisung erhalten, sämtliche brennbaren Flüssigkeiten aus dem
regulären Sortiment zu nehmen und nur auf spezielle Anfrage
in kleinen Mengen zu verkaufen.«

Demnach hatte es vier geschlagene Stunden von der Idee bis
zur Umsetzung gedauert. Vier Stunden, in denen Mbeki oder
jeder andere Terrorist das Regal hätte leer kaufen können.

»Wieso fragen Sie?« Der Mitarbeiter schaute sie, die schwarze
Kundin, misstrauisch an. Mertin zeigte ihm ihren Dienstaus-
weis. Ob es ihn beruhigte, konnte sie aber nicht aus seinem
Gesicht ablesen.

»Gibt es besondere Vorschriften, wie Brennspiritus zu lagern
ist?«, fragte sie.

Der Mann warf ihr einen schrägen Blick zu. »Nicht neben
offenem Feuer. Das steht aber auch hintendrauf.«

Mertin zog die Augenbraue hoch. »Wofür braucht man
Spezial-Waschbenzin?«, unternahm sie einen neuen Versuch,
Informationen zu sammeln.

»Um Schimmel zu entfernen oder so was«, antwortete er
schulterzuckend.

»Und was genau ist der Unterschied zwischen Terpentin und
Terpentinersatz?«

Der Mann schien überfragt. Er ließ sich Zeit und verkündete
schließlich: »Da müssen Sie meinen Kollegen fragen.«

Mertin spürte Zorn aufwallen, ihr lag bereits eine bissige
Antwort auf der Zunge, schluckte sie aber hinunter. Bevor ich
zum Kaiser mutiere, gehe ich lieber, dachte sie.

Kurz vor dem Kassenbereich gab ihr Smartphone einen Signalton von sich. Sie schaute nach, was es war. Ein User hatte
einen neuen Hinweis geschickt, direkt an das Twitter-Konto
der Polizei. Mertin klickte auf die App und sah ein unscharfes
Handyfoto, das ein Autofahrer von seinem Tankstellenaufent-
halt hochgeladen hatte.

Die Perspektive war eindeutig: Der Fotografierende saß hinter dem Steuer seines Autos. Am unteren Bildrand konnte sie noch die schwarze Rundung eines Lenkrades erkennen, und gegenüber – keine fünf Meter vor der Motorhaube – blickte sie direkt in die geöffnete Hecktür des Sprinters. Ein blaues Fass stand an der Zapfsäule, der Tankende trug unter der Kapuze eine Baseballkappe. Dieses Mal konnte sie die Farbe der Mütze erkennen. Rot. Die Bildunterschrift zum Post lautete: »Uihhh, unheimlich, was zum Geier macht der da!!!!????«

Mertin sprintete Richtung Ausgang. »Polizei! Platz da!«, schrie sie, als sie sich durch die Menschenschlange an den Kassen drängeln musste.

Draußen wurde sie bereits von Svetlana in Empfang genommen. Ihr Dienstwagen parkte in zweiter Reihe. Yannik saß am Steuer.

»Hast du es gesehen?«

»Ja«, antwortete Mertin, während sie auf den Beifahrersitz sprang.

»Es ist die Aral-Tankstelle an der Cäcilienstraße«, sagte Rühl.

»Weißt du, wo das ist?«

»Sicher, wir sind ziemlich nah dran.«

»Dann los!«

Rühl gab Gas.

»Blaulicht, aber keine Sirene«, sagte Mertin.

»Klaro.« Er beschleunigte stark.

Sie fuhren über den dicht befahrenen Habsburgerring in nördlicher Richtung bis zum Rudolfplatz. Rühl fuhr auf der doppelspurigen Straße Slalom. Sie näherten sich einem Autofahrer, der unsicher zwischen linker und rechter Spur hin- und herwechselte, bis er sich schließlich für die schlechteste Variante entschloss, indem er sich mittig hielt und somit beide Spuren blockierte. Souverän zog Yannik rechts an ihm vorbei. »Sorry«, meinte er, als er dem kleinen VW Lupo den Außenspiegel abrasierte.

Kurz vorm Rudolfplatz bogen sie rechts in eine Seitenstraße ein, die Mertin nicht kannte. Dort war weniger Verkehr. Rühl gab Vollgas und ließ einmal kurz die Sirene aufheulen. Svetlana, die auf der Rückbank saß, hatte in der Zwischenzeit zum Sprechfunk gegriffen und die Dienststelle über ihren Einsatz informiert.

Mertin war vertieft in das Foto, das der Hinweisgeber geschossen hatte. Es eröffnete einen ebenso faszinierenden wie schockierenden Einblick in den Laderaum von Mbekis Sprinter. Auf der linken Seite standen die Fässer bereits aufeinandergestapelt, und rechts ... Mertin vergrößerte das Bild. Daran hatte sie noch gar nicht gedacht. Nun war ihr zumindest klar, wie er die Bombe zünden würde.

»Beeil dich«, sagte sie zu Yannik, »er hat Gasflaschen geladen.«

Als sie den Neumarkt hinter sich gelassen hatten, bog Yannik rechts auf die Cäcilienstraße ab. Er wollte eben über die Gleise fahren, um mit einem U-Turn zur Tankstelle auf der anderen Straßenseite zu gelangen, als Mertin ihn stoppte.

»Bleib hier!«, rief sie, denn sie hatte erkannt, dass der Sprinter gerade in diesem Augenblick wieder anfuhr, um die Tankstelle zu verlassen. Yannik fuhr rechts ran und wartete in exponierter Lage direkt vor dem Rautenstrauch-Joest-Museum, welche Richtung Mbeki einschlagen würde.

Der Sprinter fuhr auf die Gegenfahrbahn, folgte aber nicht der Fahrtrichtung zum Neumarkt, sondern machte einen wilden Schlenker quer über die Fahrbahn zur Abbiegespur, die Yannik hatte benutzen wollen und die eigentlich für den Gegenverkehr gedacht war. Mbeki überfuhr einfach den Spurrichtungspfeil auf einer Verkehrsinsel. Der klobige Lkw wackelte hin und her.

Yannik fuhr sein Fenster hinunter und holte eilig die Signalleuchte vom Dach, gerade noch rechtzeitig, ehe der Sprinter auf ihrer Spur angefahren kam und vorbeifuhr.

»Er hat uns erkannt«, fluchte Mertin, während sie dem davonfahrenden Wagen hinterherblickte.

Die Fenster der Hecktüren waren mit bunten Afrika-Tüchern zugehängt. Form und Muster der traditionellen Tücher kannte sie gut. Sie kamen aus Goma.

»Nein, hat er nicht«, meinte Svetlana.

»Ich hätte uns erkannt«, widersprach Mertin.

»Sei nicht so pessimistisch.« Doch Svetlana klang selbst wenig überzeugt.

Mertin rappelte sich auf. »Okay«, sagte sie, »folgen wir ihm!«

Die Kommissare wussten, dass sie nur auf den richtigen Augenblick für den Zugriff warten mussten.

Yannik setzte den Blinker und reihte sich wieder in den Verkehr ein. Der Sprinter hatte großen Vorsprung. Im dichten Straßenverkehr bestand die hohe Wahrscheinlichkeit, dass sie das Fahrzeug aus den Augen verlieren würden. Der erste heikle Moment ergab sich bereits, als sie die Abbiegung zur Neuköllner Straße erreichten. Mbeki lenkte das Fahrzeug auf die rechte Abbiegespur, entschied sich im letzten Augenblick aber dafür, geradeaus zu fahren, und steuerte ruckartig zurück in seine ursprüngliche Fahrtrichtung.

Yannik hatte alles richtig gemacht. Er war von vornherein auf der mittleren Spur geblieben und musste nun nicht mehr durch einen neuen Spurwechsel riskieren, die Aufmerksamkeit Mbekis, der sicherlich den nachfolgenden Verkehr im Rückspiegel beobachtete, auf sich zu ziehen. Die Ampel sprang auf Gelb, dann auf Rot. Mit dem letzten Schwung Fahrzeuge rutschten auch die Kommissare über die Kreuzung. Dann beschleunigte der Sprinter.

»Er ist zu weit weg. Wir müssen aufholen.«

»Das ist riskant«, meinte Yannik, »besser wäre Luftüberwachung.«

»Schon angefordert«, bestätigte Svetlana knapp.

Mertin hatte nicht mitbekommen, wann sie das gemacht haben sollte.

»Hey, ihr wart so beschäftigt, das habe ich eben gemacht, als ich mit der Dienststelle telefoniert habe«, erklärte sich die Kollegin.

»Okay«, wandte sich Mertin wieder an Yannik, »versuchen wir, langsam aufzuholen.«

Der Sprinter fuhr mal langsamer, mal schneller, bald links,

bald auf der rechten Spur. Das unstete Fahrverhalten führte dazu, dass Yannik seine liebe Not hatte, Mbeki zu folgen, ohne entdeckt zu werden. Der Sprinter schubste vorausfahrende Autos an, touchierte Kotflügel oder polterte über Bordsteine und freie Parkplätze. Mbeki fuhr auf der rechten Spur, als er urplötzlich anhielt. Vollbremsung.

Yannik fluchte. Es war offensichtlich, wozu diese Aktion diente. Mbeki hegte den Verdacht, verfolgt zu werden, und wollte eine Bestätigung. Was sollten sie tun? Anhalten kam nicht in Frage. Dann konnten sie sich auch gleich zu erkennen geben. Vorbeifahren kam ebenso wenig in Frage, da die Gefahr bestand, Mbeki könnte Mertin erkennen.

Yannik reihte sich auf die linke Abbiegespur ein. Dort zeigte die Ampel Rot. Wenn sie Glück hatten, fuhr Mbeki weiter, bevor die Ampel auf Grün umschaltete. Aber der Sprinter rührte sich nicht vom Fleck. Die Ampel sprang auf Grün, und Yannik musste auf die Gegenfahrbahn abbiegen. Mertin und Svetlana drehten sich auf ihren Sitzen, um den weißen Wagen im Auge zu behalten, der genau in dem Moment, in dem sie abbogen, wieder anfuhr und hinter Bäumen und einer Häuserreihe verschwand. Die Kommissare fluchten unisono.

»Fahr bis zum Kaufhof und dann wieder zurück. Wenn wir ihn unten am Maritim-Hotel verpassen, haben wir ihn verloren.«

Mit Lichthupe Passanten und andere Autofahrer warnend, tat Yannik alles, um Mbekis Schachzug wettzumachen. Autos hupten, Passanten fluchten, aber Yannik raste unbeeindruckt zurück bis zur Zufahrt des Parkhauses vom Kaufhof. Nur dort konnten sie die U-Bahn-Gleise überqueren. Beim U-Turn brach das Fahrzeug aus und kollidierte mit einem SUV. Der Fahrer sprang aus seinem Auto – ein Opfer von Fahrerflucht, begangen von der Kriminalpolizei. Das musste später geklärt werden. Yannik beschleunigte. Mertin schielte auf die Tachonadel, die immer weiter anstieg und nun hundertzwanzig Stundenkilometer im Innenstadtbereich anzeigte.

»Mach mich jetzt nur nicht nervös«, mahnte Yannik trocken, der ihren Blick bemerkt haben musste.

Die Ampelanlage an der Pipinstraße stoppte ihre Fahrt. Yannik trat kräftig auf die Bremse, bis sie alle drei in den Sicherheitsgurten hingen. Der Sprinter war weg. Yannik hämmerte auf das Lenkrad ein, während sich Mertin vergeblich nach dem flüchtigen Lkw mit dem Afrika-Tuch im Heckfenster umblickte. Nichts. Mbeki konnte in drei Richtungen gefahren sein. Sie hatten ihn verloren. Resignation machte sich breit.

»Wo ist die nächste Tankstelle?«, überlegte Mertin laut. »Vielleicht fährt er dahin.«

»Gute Idee«, sagte Svetlana. »Yannik, komm schon, beeil dich, du bist hier der Ortsprofi!«

»Ich überleg ja schon. Unten auf der Straße ist irgendwo Richtung Ubierring eine Shell-Tanke. Das ist gar nicht weit weg«, verkündete er mit neuem Mut.

»Unsere beste Option«, meinte auch Mertin.

Die Ampel schaltete auf Grün, und Yannik bemühte sich, zum Protest anderer Autofahrer, von rechts außen auf die linke Abbiegespur zu kommen.

»Florian vier in Position«, hörten die Kommissare über Sprechfunk im Telegrammstil, »verdächtiger Sprinter fährt auf der Deutzer Brücke in östliche Richtung. Unsere Wärmesignatur zeigt eine Person im Fahrzeug an. Nummernschildüberprüfung unmöglich. Fahrzeug führt keine Kennung. Kommen!«

Yannik riss erneut das Lenkrad herum und fuhr Richtung Deutz. Mertin griff zum Sprechfunk. »Danke, das war gerade noch rechtzeitig!«

Ihr Telefon klingelte. Bäcker war am Apparat.

»Ich hab Neuigkeiten«, begann sie, »wie sieht es bei euch aus?«

»Wir hatten ihn kurz verloren, aber jetzt haben wir ihn wieder. Er hat gerade die Deutzer Brücke passiert und fährt links Richtung Deutzer Bahnhof«, berichtete Mertin.

»Zwei Dinge: Kollegen haben Karin Welz befragt. Die hat ausgesagt, Kofi Mbeki seit gestern Abend nicht mehr gesehen zu haben. Sie habe sich über die neuesten Entwicklungen äußerst bestürzt gezeigt. Auf jeden Fall hat sie versprochen, sich sofort bei uns zu melden, falls er wieder auftauchen sollte. Noch eines: Bereits am frühen Morgen ist es auf einer Autobahnbaustelle bei Porz zu einem Raubüberfall gekommen. Das ist untergegangen, weil es auch spät gemeldet wurde. Jedenfalls hat ein Unbekannter zwei Arbeiter der Frühschicht niedergeschlagen und fünfzehn Gasflaschen gestohlen. Könnt ihr damit was anfangen?«

»Und ob«, sagte Mertin, »das wird Mbeki gewesen sein. Er hat Gasflaschen im Sprinter geladen.«

»Oh mein Gott«, meinte Bäcker, »passt auf euch auf!«

Mertin dankte und beendete das Gespräch. Auf Höhe des Deutzer Bahnhofs waren sie endlich wieder in Sichtweite des Sprinters, der links auf die Deutz-Mülheimer Straße abbog und unter der Bahnunterführung verschwand. Mbeki könne dort nur geradeaus fahren, beruhigte Yannik seine Kolleginnen.

Als sie selbst die Unterführung hinter sich ließen, konnten sie gerade noch sehen, wie der Sprinter rechts abbog. Mertin hielt den Atem an. Mbeki hatte ein weiteres Ziel erreicht: die Tankstelle am Messekreisel.

Dann stoppte ein Rückstau ihre Weiterfahrt.

16:20 Uhr

Immer mehr Menschen verließen die Messehallen. Mertin beobachtete die grau oder schwarz gekleideten Geschäftsleute, die ihre Rollkoffer durch Eis und Schnee hinter sich herzogen. Rote Schlüsselbänder mit Akkreditierungskärtchen baumelten an ihren Hälsen. Auf dem Weiß der Hemden und Blusen waren die roten Farbkleckse eine Abwechslung im Bekleidungseinerlei.

Vereinzelt fanden sich die Männer und Frauen zu kleineren Gruppen zusammen. Hier und dort wurde gelacht, viele blickten auf ihr Smartphone, andere zündeten sich eine Zigarette an, wieder andere blickten sich orientierungslos um. Viele Messebesucher trugen keinen Mantel und froren sichtlich. Eine zierliche Asiatin biss in ein Schnitzelbrötchen. Die Salatgarnierung quoll hervor, fiel zu Boden und schmückte nun den Schnee.

Sämtliche Besucher der diesjährigen Tec-Com wollten irgendwohin – zu einem Geschäftsessen, ins Hotel oder zum Flughafen – und suchten ein Fortbewegungsmittel. Vor dem Taxistand hatte sich bereits eine beachtliche Menschenmenge versammelt. Taxis flogen ein und aus. Die Wartezeit bei Minustemperaturen war nicht angenehm, und so gingen diejenigen, die erkannten, wie aussichtslos es war, ein Taxi zu ergattern, zur Straßenbahnstation. Es waren Hunderte, wenn nicht sogar Tausende Besucher allein an diesem Ausgang des Messegeländes. Bei diesem Gedanken erschrak Mertin und richtete sich abrupt im Beifahrersitz auf. Sie beobachtete die Menschen, und ihr wurde klar, was passieren würde. Sie fluchte laut.

»Was ist los?«, fragte Yannik.

Mertin wies mit einer knappen Kopfbewegung Richtung Messeeingang. Kurz darauf fluchte auch er.

»Wo ist –« Mertin kam nicht dazu, ihre Frage auszuformulieren.

»Fünfhundert Meter voraus an der Shell-Tanke«, meldete sich Svetlana zu Wort, die zwischen den Sitzen hervorschaute und mit einem Fernglas vor ihren Augen die Zielperson keine Sekunde unbeobachtet ließ. Yannik tippte ihr an die Schulter und zeigte auf die Messebesucher.

»Oh Mann«, meinte Svetlana, »und nicht ein Streifenwagen zu sehen.«

Mertin blickte die Kollegen an. »Yannik, du rufst das SEK«, befahl sie, »und wir zwei –«

»Scheiße«, fuhr ihr die Kollegin über den Mund, »wir tragen nicht mal Westen.«

Mertin hörte nicht mehr zu. Sie sah nur, was geschehen würde, wenn sie noch weiter untätig zuschauten. Sie sprang aus dem Wagen und rannte los. Das Fahrzeug stand auf der dritten Spur, links außen, mitten im Stau. Auch auf der Gegenspur standen die Autos inzwischen mehr, als dass sie fuhren.

Der Asphalt war nass und glitschig. Doch immer noch besser, als auf dem Gehweg zu rennen, wo sich alles türmte, was von der Straße geräumt und nicht geschmolzen war. Im Laufen zog Mertin die Waffe, überprüfte das Magazin und entsicherte sie dann. Als sie die Ampel kurz vor der Tankstelle erreichte, stand dort eine Anhalterin mit einem von Hand beschriebenen Pappschild. Die junge Frau wollte nach Rosenheim. »Deckung«, rief Mertin ihr zu und sprintete über die Verkehrsinsel, unmittelbar an der Anhalterin vorbei.

Schließlich kam Mbeki in ihr Sichtfeld. Mertin sprang über einen Schneehaufen, hoffte, sicher zu landen, dann verlangsamte sie ihren Lauf zu einer Art hüpfendem Trippeln.

»Polizei«, rief sie und blieb stehen, »keine Bewegung!«

Mertin blickte in ein Gesicht voller Hass und Spott. Eiskalt lief es ihr über den Rücken. Er war zu allem entschlossen. Sie hob die Waffe und zielte. Mbeki stand an einer der hinteren Zapfsäulen, um einen großen Wasserkanister mit Benzin zu füllen. Er hatte so geparkt, dass er den Kanister auf der Ladefläche des Sprinters abstellen konnte. Der die Heckfenster verhängende Stoff sah aus, als stamme er aus ihrer Heimatprovinz Kivu, und er hatte ihn wie einen Vorhang aufgehängt. Das knallbunte Tuch mit seinem psychedelischen Muster versperrte Mertin den Einblick ins Innere des Sprinters.

Mbeki sah sie unverschämt direkt an. In seiner Haltung lag sowohl Gleichgültigkeit als auch Entschlossenheit. Diese widersprüchliche Mischung machte ihn für Mertin besonders gefährlich. Lässig setzte er die rote Baseballkappe ab, er ließ sie einfach auf den Boden fallen und beachtete sie nicht weiter.

»Hände hoch«, rief Mertin.

Keine Reaktion.

»Kofi, sei vernünftig«, versuchte sie es nochmals.

»Wir sind die Soldaten Kongos«, rief er auf Swahili aus, »und wir werden für den Kongo sterben«, zitierte er eine Textpassage aus der kongolesischen Nationalhymne.

Sinnlos. Er würde sich nur stoppen lassen, wenn sie nahe genug an ihn herankäme, um ihn zu überwältigen. Einen Schuss auf eine Tankstelle abzufeuern, auf der zudem ein mit hochexplosiven Flüssigkeiten beladener Kleinlaster stand, war unverantwortlich. Und überall waren Passanten. Wahnsinn.

Zweimal schoss sie in die Luft und löste damit eine Kettenreaktion aus. Fluchtartig verließen die Menschen die Tankstelle, ließen ihre Autos zurück. Das hatte wiederum zur Folge, dass auch andere Passanten einfach davonrannten. Mertin arbeitete sich langsam vor. Noch ein paar Meter näher an ihn heran, dann könnte sie einen sicheren Schuss abgeben, um Mbeki außer Gefecht zu setzen. Der sang vor sich hin, während er Textilklebeband zur Hand nahm und um den Handgriff des Zapfhahns band. Er versuchte damit die Stopp-Automatik außer Funktion zu setzen.

»Hände hoch oder ich schieße«, rief sie aus, während sie die Waffe weiter vorstreckte.

Langsam kam Mbeki ihrer Aufforderung nach. Er hob beide Hände. Zu ihrer Verblüffung behielt er aber den Zapfhahn in der Hand. Benzin sprudelte hervor und platschte auf die Betonplatten, wo es sich schnell ausbreitete. Die Dreistigkeit dieser Aktion lenkte Mertin kurzzeitig ab, was Mbeki sofort ausnutzte. Gleichzeitig ließ er den Zapfhahn fallen, dessen Arretierung sich beim Aufprall auf den Boden aufgrund des Klebebands nicht löste, und holte mit der anderen Hand eine Pistole hervor. Es musste eine der Waffen sein, die er früher am Tag zwei Polizisten abgenommen hatte. Zu seinen Füßen bildete sich eine Benzinpfütze.

Ohne jede Vorwarnung schoss Mbeki sofort. Er zielte direkt auf Mertin und gab mehrere, sehr schnell aufeinanderfolgende Schüsse ab. Sie stand, zwischen Tankstelle und Verkehrsinsel, ohne jegliche Deckung mitten auf der Straße. Es war lediglich einer gewissen Vorahnung zuzuschreiben, dass die Schüsse sie verfehlten, indem sie sich einfach zur Seite warf.

Als sie sich auf die Seite rollte, sah sie, dass Mbeki ein anderes Ziel getroffen hatten. Die Anhalterin, die in unmittelbarer Verlängerung der Schusslinie hinter ihr gestanden hatte, lag statt ihrer blutend auf dem Boden. Die junge Frau war tot. Gut zwanzig Meter dahinter hatte Svetlana Deckung hinter einem Fahrzeug gesucht. Kaum hörten die Schüsse auf, bewegte sie sich weiter auf Mertin zu.

Hatten sich vorher bereits zahlreiche Männer und Frauen in heller Aufregung in Bewegung gesetzt, verfielen die Menschen nun regelrecht in Panik – Autofahrer, Radfahrer und Fußgänger, wer konnte, floh. Keiner wusste, was los war und wohin man laufen sollte. Dieses kopflose Durcheinander nutzte Mbeki für seine Flucht.

Er war bereits wieder hinters Steuer seines Sprinters gestiegen und hatte den Motor gestartet. Da vor ihm andere Autos die Ausfahrt blockierten, musste er besonders rigoros vorgehen. Er setzte ein paar Meter zurück und fuhr dann mit Vollgas auf die vor ihm stehenden Fahrzeuge zu. Mehrmals setzte er den Sprinter als Rammbock ein, bis die Kraft des Fahrzeugs ausreichte, die Hindernisse beiseitezuschieben. Mensch und Material waren ihm vollkommen egal. Mertin wusste, solange er zu entkommen versuchte, würde er die Bombe – was sonst war der Sprinter samt Inhalt? – nicht zünden.

Svetlana erreichte Mertin. »Bist du verletzt?«

»Nein«, sagte sie, »aber –«

»Ja, ich weiß, das Mädchen ist tot.«

Yannik kam mit zwei Westen für seine Kolleginnen angelaufen. Dankbar legte Svetlana die schusssichere Weste an, die auch er übergezogen hatte. Mertin musste ihren dicken Winterparka ausziehen, um die Schutzweste benutzen zu können. Den Parka ließ sie liegen, wo er hinfiel. Dann widmete sie sich wieder ihrer Aufgabe.

»Verdammt, Judith«, rief Yannik aufgebracht, »du musst die Weste ganz schließen. Sonst bringt sie gar nichts.« Mit einem Rutsch hatte er den Reißverschluss hochgezogen.

»Du hältst dich zurück, kapiert?«, ordnete sie an.

»Ich …«, wollte er protestieren, dann fiel ihm selbst der Grund ein. »Ich gebe euch Deckung«, sagte er.

Die Kommissare beobachteten Mbeki, der immer noch den Kleinlaster als Rammmaschine einsetzte. Die Geräusche von zersplitterndem Glas, das Quietschen, wenn Metall auf Metall rieb, und immer wieder dieses dumpfe Knallen, wenn der Lkw gegen ein Auto stieß, lagen bedrohlich in Luft. Was hatte er vor? Wo wollte er hin?

Eilig stiegen Menschen aus ihren Autos und bahnten sich ihren Weg zwischen den Fahrzeugen, um irgendwo sichere Deckung zu finden. Die Kommissare wiesen die Passanten an, in östlicher Richtung über die Brügelmannstraße zu fliehen. Dort gab es einige Hotels, die den Menschen Unterschlupf bieten konnten.

»Beide Straßen sind blockiert«, meinte Svetlana, »wir könnten ihn einkesseln und zur Aufgabe zwingen.«

Mertin schüttelte den Kopf. »Er wird nicht aufgeben.« Sie blickte sich um, versuchte, den Fluchtweg zu antizipieren. Der Weg zum östlichen Eingang der Messe war versperrt. Mertin registrierte beiläufig, dass der Tankwart geistesgegenwärtig die Zapfsäulen ausgeschaltet haben musste. Es lief kein Benzin mehr aus. »Niemals.«

»Was sollen wir dann machen?«

»Ihn ausschalten.«

Mit äußerster Brutalität hatte sich Mbeki inzwischen den Weg von der Tankstelle freigerammt. Doch wohin wollte er nun?

Mertin schloss aus, dass er wirklich zu entkommen glaubte. Er suchte nur ein anderes Ziel, einen Ort, an dem er die Bombe zünden könnte. Der nächstgelegene Besucherzugang lag keine fünfhundert Meter weiter nördlich am Messeplatz. Der repräsentativ angelegte Vorplatz bot genügend Raum, und ein solcher Anschlag würde nicht nur Köln und seine Bewohner treffen. Die Tec-Com war eine Technologie-Messe, die von Geschäftsleuten aus der ganzen Welt besucht wurde. Mbeki würde einen Anschlag globalen Ausmaßes verüben. Es würde Opfer aus vielen anderen Ländern rund um den Globus geben. Die ganze Welt wäre betroffen. Und die Straße dahin war frei. Mbeki würde sich quer über den gesamten Messekreisel einen Weg durch den Verkehr bahnen.

Mertin richtete ihre Waffe auf den Lkw, traute sich aber nicht, einen Schuss auf die Reifen abzufeuern. Zu groß war ihre Befürchtung, angesichts ihrer wenig überzeugenden Treffsicherheit die Gasflaschen im Inneren zu treffen.

Svetlana erledigte die Aufgabe. Sie zielte und schoss zweimal in schneller Folge. Beide Kugeln trafen sicher ihr Ziel. Die Reifen auf der linken Lkw-Seite waren unbrauchbar. Der Lkw geriet in Schieflage, aber Mbeki gab nicht auf.

»Wir schneiden ihm den Weg ab. Notfalls müssen wir ihn erschießen, bevor er die Möglichkeit hat, die Bombe zu zünden.«

Svetlana stimmte ihr zu. Gemeinsam liefen sie dem Lkw hinterher. Währenddessen orderte Yannik übers Präsidium Verstärkung, um die Messe evakuieren zu lassen.

Mertin erkannte, dass Mbeki angesichts seiner aussichtslosen Lage noch eines obendrauf setzte. Um schneller ans Ziel zu kommen, steuerte er den Sprinter dort entlang, wo keine Autos waren – über Verkehrsinseln, Befestigungsstreifen, Bordsteine sowie mitten über die Gleise, um zur freien Abbiegespur auf die Deutz-Mülheimer Straße zu kommen. Der hohe Lieferwagen schaukelte hin und her. Von den platten Reifen ließ er sich nicht aufhalten. Mertin befürchtete, die Erschütterungen könnten jederzeit eine Explosion auslösen. Wer wusste schon, was er sonst noch geladen hatte!

Die Explosion blieb aus, und Mbeki erreichte nach wenigen Augenblicken die Abbiegespur. Dort schnitten ihm Mertin und Svetlana den Weg ab. Mertin schoss auf den Kühler, Svetlana versuchte, einen gezielten Körpertreffer zu landen. Ohne Erfolg. Mbeki hatte sein Fahrzeug mittlerweile so sehr zerschunden, regelrecht schrottreif gefahren, dass es nur noch im ersten Gang mit heulendem Motor vorwärtshopste, aber er brach durch und fuhr den Kommissaren davon. Auf freier Straße verschaffte sich Mbeki schnell einen Vorsprung von mehr als fünfzig Metern.

Die Kommissarinnen sprachen sich rasch mit Blicken ab – entschlossen, auf das Fahrzeug zu schießen, dort, wo wenige Personen waren, um es zur Explosion zu bringen. Gerade wechselten sie ihre Magazine, als ein Fahrzeug aus der Gegenrichtung angerauscht kam. Das Auto flog quasi über den Asphalt. Es sah fast so aus, als wollte der Fahrer den Sprinter rammen. Aber kurz vorher trat er auf die Bremse, brachte das Auto quer zur Fahrtrichtung zum Stehen und versperrte dem Sprinter so die Zufahrt zum Messeplatz.

Mirko Ludermann und Sundermann sprangen heraus.

Mbeki stieg aus dem Sprinter und hielt einen kleinen schwarzen Gegenstand in die Höhe. Sundermann nahm Reißaus und ließ Mirko stehen. Der ältere Kommissar ließ sich davon nicht aus der Ruhe bringen. Mertin und Svetlana waren immer noch zu weit weg, um direkt einzugreifen.

Svetlana feuerte einen Warnschuss in die Luft. Als Mbeki nicht darauf reagierte, zerschoss sie die Fensterscheibe der weit geöffneten Fahrertür. Ein ideales Ziel. Mbeki stand direkt daneben. Für Mirko bestand keine Gefahr, er stand weiter links. Zersplitterndes Glas musste Mbeki getroffen haben, denn er drehte sich zu ihnen um.

Mertin warf einen Blick auf den Eingang der Messe mit seinem weitläufigen Vorplatz. Die Distanz zum Sprinter betrug weniger als zweihundert Meter. Viele Messebesucher kamen auf den Platz. Als sie allmählich erkannten, dass hier etwas nicht mit rechten Dingen zuging, drehten sie um und versuchten, wieder zurück in den Schutz des Gebäudes zu gelangen. Die Besucher im Inneren, die keine Ahnung haben konnten, was draußen geschah, strömten weiterhin hinaus. Sie drängten mit aller Macht, um ins Freie zu gelangen. Die gegensätzlichen Bewegungen lösten eine Massenpanik aus. Wie zwei feindliche Lager stießen die Menschen aufeinander, und Hysterie wandelte sich in Gewalt.

In der Zwischenzeit hatte Mirko die kurze Ablenkung durch Svetlanas Schuss ausgenutzt. Er entschloss sich zu einem unkonventionellen Überraschungsangriff. Der übergewichtige Kollege nahm kurzen Anlauf und warf seinen hundertzwanzig Kilogramm schweren Körper mit einem kühnen Hechtsprung über die Motorhaube. Er putzte Mbeki um wie im Spielzug eines bulligen Defense-Spielers auf dem Footballfeld. Damit hatte Mbeki nicht gerechnet. Er wurde gegen die Fahrertür gestoßen.

Mühsam befreite Mbeki sich und rappelte sich wieder auf. Aber auch Mirko musste sich verletzt haben, denn der Kollege unternahm nichts mehr und blieb am Boden liegen. Mbeki zückte eine Machete, um auf den am Boden liegenden Mirko einzuschlagen. Mertin schoss sofort, verfehlte Mbeki aber. Der Schuss machte ihn zornig.

Da erkannte Mertin den Zünder in seiner Hand. Es war ein kleiner Butangasbrenner, der in gewöhnlichen Haushalten zum Flambieren von Crème brûlée benutzt wurde. Mbeki ließ die blaue Flamme aufbrennen. Die Stopp-Automatik hatte er mit Klebeband arretiert. Den Brenner warf er auf die Sitze in der Fahrerkabine des Sprinters, die rasch qualmten und Feuer fingen. Dann ging er zum Gegenangriff über. Er kam auf Mertin zugelaufen. Sie schoss, bis das Magazin leer war. Zum Nachladen blieb keine Zeit.

Der Fahrerraum des Lieferwagens brannte mittlerweile lichterloh. Ihr blieb nur, sich über den Befestigungsstreifen zu werfen und hinter einem Verteilerkasten in Deckung zu gehen. Wo Svetlana geblieben war, die eben noch direkt neben ihr gestanden hatte, konnte sie nicht mehr sehen.

In diesem Augenblick explodierte der Lkw.

Die Detonation und das darauffolgende Flammeninferno waren so gewaltig, dass die Kunststoffummantelung des sie schützenden Verteilerkastens erst schmolz und schließlich Feuer fing. Die Hitze zwang sie, auf Distanz zu robben. Mertin verschanzte sich hinter aufgetürmtem Schnee, presste sich flach auf den Boden. Sie hörte seltsame zischende und pfeifende Geräusche. Fensterglas in umliegenden Bürogebäuden zersplitterte. Ein heftiger Schmerz durchfuhr sie. Irgendwas hatte sie an der Wade getroffen.

Die erste Explosion war schnell vorbei, aber das Feuer blieb. Bäume brannten, eigentlich stand alles um sie herum in Flammen. Selbst der Asphalt. Dicker schwarzer Qualm zog gegen den Himmel. Sie hörte verzweifelte Schmerzensschreie. Ansonsten war es auffallend ruhig. Neben dem Gestank von Verbranntem breitete sich ein süßlicher Geruch aus.

Benommen blickte sie an sich hinab. In ihrer Schutzweste steckten zwei gebogene Nägel. Der Kopf dröhnte. Alles schmerzte. Sie blieb einfach liegen und realisierte erst allmählich, was passiert war.

Als sie wieder einigermaßen bei Sinnen war, wurde ihr bewusst, dass möglicherweise nicht alle Gasflaschen und Benzinfässer im Sprinter gleichzeitig explodiert waren. Zeitlich versetzte Explosionen konnten die Opferzahl beträchtlich in die Höhe treiben, wenn inzwischen Rettungskräfte und andere Helfer am Anschlagsort eingetroffen waren.

Genau das passierte. Insgesamt drei weitere kleinere Explosionen ereigneten sich.

Und dann blieb es eine ganze Zeit lang gespenstisch ruhig, bis Mertin die ersten Sirenen von Polizei und Feuerwehr hörte. Langsam richtete sie sich auf.

Mbekis Kleinlaster hatte es völlig zerrissen. Es war nur noch ein verkohltes Blechgeripppe übrig. In Richtung Messe lagen viele Menschen reglos auf dem Boden. Die verkohlten Fahnenmasten wirkten wie übergroße verbrannte Streichhölzer, die man aufrecht hingestellt hatte. Es sah aus wie im Krieg, und so fühlte es sich auch an – alle Gesetze waren außer Kraft gesetzt.

Mirko Ludermann konnte sie nirgends entdecken. Es war unwahrscheinlich, dass er noch lebte. Ebenso Mbeki. Beide waren bei der ersten Explosion viel zu nah am Sprinter gewesen.

In einiger Entfernung kauerte Yannik auf dem Boden. Der Kollege sah unverletzt aus, aber er hielt Svetlana in den Armen. Sie blutete aus vielen Wunden. Svetlana musste einen regelrechten Schauer an herumschwirrenden Metallteilen abbekommen haben. Ihre Gliedmaßen sahen unnatürlich deformiert aus; ein Gesicht war nicht mehr vorhanden.

»Sie ist tot«, rief er Mertin zu, dann begann er hemmungslos zu weinen.

Mertin war viel zu geschockt, um irgendetwas zu fühlen,

geschweige denn Emotionen zu zeigen. Sie blickte sich um und sah etwas, was bei ihr schlagartig sämtliche Sicherungen durchbrennen ließ: Mbeki hatte überlebt.

Selbst auf die Entfernung konnte Mertin sehen, dass er schwer verletzt sein musste, aber das hielt ihn nicht auf. Er hinkte und schleppte sich davon. Sie nahm ihn ins Visier.

»Soldat!«, brüllte sie ihm wie wild geworden hinterher.

Ihr Schrei hallte wie ein Schlachtruf über den Anschlagsort und ging jedem, der ihn hörte, durch Mark und Bein. Dann nahm sie die Verfolgung auf.

Mbeki nahm tatsächlich alle Kräfte zusammen, um zu fliehen. Er rannte über den Parkplatz auf der linken Seite des Messeplatzes auf die Fußgängerrampe zu, die zum Autobahnzubringer 55a führte. Er bewegte sich den Aufgang hinauf. Als er oben angekommen war, war Mertin noch ganz unten. Doch jetzt holte sie schnell auf, denn seine Kraft schien deutlich nachzulassen. Mbeki kletterte über die Brüstung auf die Fahrbahn und überquerte sie. Der Verkehr auf der Zoobrücke war zum Erliegen gekommen. Auch hier hatte die Wucht der Explosionen gewütet. Ungefähr einen Kilometer weiter östlich hatten sie Derendorfs Leiche entdeckt. Dort hatte es begonnen. Und nun sollte es hier enden?

Mertin begriff plötzlich, dass sie ihren Zorn zügeln musste. Wenn sie jemals etwas von alldem, den Hintergründen und Motiven, begreifen wollte, dann musste sie Mbeki lebend schnappen.

Der war inzwischen an der gegenüberliegenden Rampe angekommen, die er hinunterlief. Mertin setzte ihm nach. Verbissen schleppte er sich noch hundert Meter weiter, mitten auf den leeren Parkplatz, dann blieb er stehen und starrte Mertin an. Dieser Mistkerl wartet auf dich, dachte sie. Er will kämpfen.

Kaum war sie bis auf zehn Meter an ihn herangekommen, zog er seine Pistole und hielt sie zum Zeichen, dass er sie nicht benutzen wollte, in die Luft. Dann warf er sie weg. Zum ersten Mal in ihrem Leben wäre Mertin einem Kampf lieber aus dem Weg gegangen. Denn das hier würde ein Kampf auf Leben und

Tod sein. Mbeki würde niemals aufgeben. Aber sie durfte ihn nicht töten. Und wo zum Teufel steckte dieses verdammte SEK?

Mbeki blutete aus mehreren Wunden, die von den Metallsplittern, mit denen er seine Bombe bestückt hatte, stammen mussten. Aber er hielt sich aufrecht und ließ keine Zeichen von Schwäche erkennen.

»Was bist du, Mischling?«, rief er. »Deutsche Kongolesin oder kongolesische Deutsche?«

»Ich will nicht reden, ich will kämpfen«, behauptete sie.

Mbeki schnaufte. »Den Leuten hier geht es so gut, sie scheißen auf uns, aber das interessiert dich nicht.«

Blut tropfte in den Schnee.

»Als mein Bruder aus dem Krieg kam …«, rief er aus und holte Luft, »er kam heim und sagte zu mir: ›Krieg macht Spaß! Ich habe Frauen und Kinder getötet. Es hat Spaß gemacht.‹ Dafür habe ich ihn verachtet. Kurz darauf wurden wir von Milizen überfallen. Meine Mutter haben sie zerhackt, meinem Bruder den Kopf mit einer Machete abgeschlagen. Dann bin ich in den Krieg gezogen, um zu töten.«

»Das gibt dir nicht das Recht, Bomben zu zünden und Unschuldige zu töten.«

Mbeki lachte schwach. »Keiner ist unschuldig.«

Dann kam sein Angriff. Mertin wehrte ab.

Seine Schläge und Tritte wurden immer härter, er kämpfte mit so verbissener Todessehnsucht, dass Mertin nicht dazu kam, zwischen all seinen Attacken selbst einen Schlag zu platzieren, um ihn außer Gefecht zu setzen. Sie hätte nur zwei, vielleicht drei gezielte Schläge gebraucht, aber dazu ließ er ihr keine Gelegenheit. Einzig ein Schubs gelang ihr, nachdem sie unendlich viele Schläge eingesteckt hatte. Der Stoß trieb ihn weit genug von ihr weg, sodass ihr Raum blieb, um Schwung für einen Sprung zu holen. Mit beiden Beinen traf sie seinen Brustkorb. Doch sie selbst landete hart auf dem schutzlosen Rücken. Sie schnappte nach Luft.

Wieder war es Mbeki, der sich schneller aufraffte. Plötzlich stand er über ihr. Die Waffe, die er vorher weggeworfen hatte, hielt er nun in den Händen. Mbeki presste die Mündung knapp oberhalb der Weste an Mertins Hals und schoss. Erst spürte sie nicht viel.

Mbeki richtete sich auf und blickte sie vorwurfsvoll an, als wollte er sagen: »Du hast nicht mit vollem Einsatz gekämpft.« Im selben Augenblick zuckte sein Körper kurz zusammen, an seiner Stirn klaffte ein kleines rotes Loch. Dann brach Mbekis tödlich getroffene Gestalt über ihr zusammen.

Scheiße, dachte sie. Sie wollte sich von Mbekis Körper befreien, konnte sich aber nicht bewegen. Nur verschwommen nahm sie die Umrisse des näher kommenden SEKs wahr. Dann schloss Mertin die Augen.

02:45 Uhr

Als Erstes sah sie die Farbkleckse an der Zimmerdecke. Sie wusste, dass Maler diese handwerklichen Ungeschicklichkeiten, die beim Streichen mit zu viel Farbe auf Pinsel oder Rolle entstanden, als »Nasen« bezeichneten. Sie erinnerte sich an die Situation, in der dieser Begriff gefallen war. »Du ziehst schon wieder Nasen«, hatte der ältere Meister – wie sie vermutete – seinen jüngeren Lehrling angeraunzt, als Maler im Flur des Präsidiums einen Wasserschaden übertünchten.

Mertin war nicht wirklich wach, sondern dämmerte vor sich hin, ohne Gefühl für Raum und Zeit.

Etwas störte sie am Hals. Es kratzte. Nein, es war gar nicht am, sondern im Hals, denn es behinderte sie beim Schlucken. Außerdem war ihr gesamtes Gesichtsfeld eingeschränkt. Was war das über ihren Augen? Und warum konnte sie es nicht wegnehmen, so wie sonst, wenn sie aus tiefem Schlaf erwachte und etwas Störendes beiseiteschob? An den Händen befanden sich ebenfalls irgendwelche komischen Schnüre.

Von ganz weit weg hörte sie Stimmen. Dann sogar ein Lachen. Sie versuchte zu rufen, aber ihr Gehirn hatte vergessen, wie man das machte. Das Gesicht einer älteren Frau in grüner Kleidung tauchte vor ihr auf. Die Frau trug einen Mundschutz, den sie aber nicht vor den Lippen befestigt hatte, er baumelte neben ihrem Gesicht. Das baumelnde Etwas ängstigte sie. Sie wusste einfach nicht, was das bedeuten sollte. Lebte dieses Ding am Mund der Frau? Die blickte Mertin ernst an. Oder schaute sie neutral?

Mit deutlichen, aber doch freundlichen Worten forderte die Frau sie auf, sich nicht wieder zu bewegen. Ruhig zu bleiben. »Sie dürfen sich nicht wehren«, sagte sie. »Aber es ist sehr schön, dass Sie wieder bei uns sind!«, fügte sie noch hinzu, was Mertin überhaupt nicht verstand. Wo sollte sie denn gewesen sein? Und warum konnte sie sich nicht erinnern?

»Sie mussten operiert werden und sind gerade aus der Narkose erwacht. Am besten ist, Sie schlafen noch ein wenig.«

Mertin strengte sich an, ihre Gedanken zu sortieren, aber dann schlief sie wieder ein. Später, als sie erneut erwachte, begriff sie schon mehr.

Ihr Sichtfeld war durch einen Verband eingeschränkt. Sie konnte nur mit einem Auge schauen. Das Kratzen im Hals war noch da, aber anstelle des Beatmungsschlauchs lief nur noch ein kleiner Schlauch in ihren Mund, der sie aber genauso störte. Genau genommen hatte sie gar keine Energie, etwas als störend einzustufen. Auch die Schmerzen registrierte sie lediglich als dumpfes Dröhnen. Was sie am meisten beschäftigte, war das seltsame Gefühl weiter abwärts in ihrem Körper. Vielmehr war es seltsam, dass sie gar nichts spürte.

Es dauerte noch lange, quälend lange Minuten, bis ihr Verstand wieder so weit funktionierte, um ihr die Zusammenhänge klar vor Augen zu führen. Sie lag in einem Krankenbett mit den danebenstehenden Apparaturen im Einzelzimmer einer Intensivstation, die Krankenschwester und Pfleger nie weit weg. Die vielen Verbände, Infusionen und Schläuche. Angst und Panik setzten ein. Was war denn nur passiert? Und wann würde endlich mal jemand kommen, um ihr zu sagen, warum sie hier überhaupt lag?

Doch die Erinnerungslücke schloss sich langsam, und die Verwunderung war nicht mehr ganz so groß. Sie hatte Mbekis Schuss also überlebt. Schockierend war, dass dieses komische Gefühl weiter abwärts immer deutlicher als Taubheit zu erkennen war. Sie konnte ihre Beine nicht mehr spüren.

Dann endlich kamen die Tränen. Mertin weinte. Die Laute, die sie dabei von sich gab, klangen schief, röchelnd und versetzten das gesamte Personal in hellen Aufruhr. Es klang so erbärmlich, als würde man einem wertlosen Ding, das eh schon halb krepiert war, bei den letzten Atemzügen noch den Mund zuhalten.

Teil 2

Freitag

13:30 Uhr

Das Skateboard landete mit allen vier Rollen gleichzeitig auf dem Boden. Sie richtete sich wieder auf und ließ das Brett ausrollen. Der Ollie klappte also noch. Gut zu wissen. Gut zu *fühlen*.

Im Anschluss an ihren seit Monaten ersten geglückten Ollie pushte und kurvte Mertin locker durch den Skatepark. Erst seit einer Woche stand sie wieder auf dem Board und kam regelmäßig in der Mittagspause vom Präsidium herüber. Es war Frühling. Viele Menschen nutzten die ersten zarten Sonnenstrahlen, um endlich wieder in den Park zu gehen. Die Bäume rund um den Skate-Parcours zeigten die ersten grünen Triebe, das Grün des Rasens sah satter und kräftiger aus, aber der Boden war noch dunkel vor Nässe. Mertin pushte erneut. Sie lupfte das Board in die Luft, das eine Drehung vollzog, und landete wieder auf dem Boden. Kickflip ging also auch noch. Zufrieden atmete sie tief ein.

Sie fuhr an einer Parkbank vorbei, auf der zwei Frauen saßen, die angeregt miteinander plauderten. Der obligatorische Coffee-to-go-Pappbecher in den Händen durfte nicht fehlen.

»Moritz, du musst mal was trinken«, rief eine der Frauen ihrem skatenden Jungen zu.

»Mom, ich entscheide selbst, wann ich was trinken will«, protestierte der. »Wann kapierst du das endlich?«

»Und wann *kapierst* du endlich, dass ich nicht ›Mom‹ genannt werden will? Wir leben in Köln, nicht in der Bronx.«

»Yo, Mom. Mach ich«, rief er ihr zu, während er mit dem Board die Steigung einer Quarterpipe nahm, kurz über die Kante des Betonklotzes rutschte, dann drehte und rückwärts wieder hinabfuhr.

Pivot to Fakie oder so ähnlich hieß der Trick. Nicht schlecht. Gleich im Anschluss machte er einen Frontside 50-50. Während er sekundenlang über die Kante glitt, warf er Mertin einen Blick zu. Keine Frage, der Knirps forderte sie heraus. Mertin überlegte. Sollte sie es auch versuchen? Hinter ihr unterhielten sich die Mütter weiter.

»Manchmal kriege ich ihn sogar dazu, seinen Müll wegzuräumen.«

»Ehrlich? Wie machst du das?«

Mertin pushte ein weiteres Mal. Sie fuhr seitlich auf den Betonkasten zu. Die richtige Geschwindigkeit und das Gleichgewicht waren entscheidend, damit der Trick gelingen konnte. Aber bereits beim Absprung merkte sie, dass es nicht glücken würde. Sie konnte die Balance nicht halten, verkrampfte und stürzte. Irgendwie gelang es ihr, auf den Kasten und nicht daneben zu fallen. Es tat nicht übermäßig weh.

Mertin lag in Käferposition auf dem Rücken. Vorsichtig rieb sie sich die Schulter, die Stelle, an der Mbekis Kugel das Schulterblatt zerschmettert hatte und wieder ausgetreten war. Die Kugel war innen in der Weste stecken geblieben. Das war ein Novum, hatte der Arzt ihr später gesagt.

Moritz kurvte um sie herum. Dann blieb er stehen und kletterte auf den Betonklotz, auf dem Mertin lag. Von oben herab blickte er ihr ins Gesicht. »Gar nicht schlecht, Sister. Aber du verkrampfst.«

Sie schwieg.

»Du musst locker bleiben. Versuch's noch mal!«

»Zieh Leine, du Kröte«, knurrte sie ihn an.

Moritz zuckte zusammen und guckte sie überrascht an, dann lief er eilig zu seiner Mama. Mertin blieb noch liegen, funkelte böse das Board an. »Ach, du kannst ja gar nichts dazu«, flüsterte sie.

»Haben Sie meinen Sohn gerade eben ›Kröte‹ genannt?«

Oh, Mist, Mama-Löwe war sauer. Die Stimme der Frau bebte vor Aufregung. Mertin blickte zu ihr hoch, dann richtete sie sich auf, bis sie mit der Kontrahentin auf Augenhöhe war. Mertin spürte, wie die schlechte Laune, die Aggressivität durch ihren Körper brandete wie launischer Seegang. Eine der vielen negativen Nebenwirkungen der beim Anschlag erlittenen Verletzungen.

Die Frau wich zurück. Sie begriff, dass irgendwas nicht stimmte. Doch Mertin schnappte sich nur ihr Board und ging, ohne zu antworten.

Ihr Smartphone piepte. Eine SMS von Martin. Schon wieder. Sie las: »Warum meldest du dich nicht mehr? Du hast auf keine meiner Nachrichten reagiert. Warum? Ich liebe dich! Habe ich nicht wenigstens eine Erklärung verdient?« Nervensäge!

Aus irgendeinem ihr nicht begreiflichen Grund war das Bedürfnis nach Zweisamkeit in ihr zerstört. Mertin ließ auch diese Nachricht unbeantwortet und ging zurück zum Präsidium.

14:00 Uhr

Klever saß noch beim Mittagessen, als Mertin ihr gemeinsames Büro im KK 13 betrat. Sie blickte ihn fragend an.

»Keinen Bock auf Kantine«, antwortete er. Kurz darauf lachte er. »Jetzt rede ich schon wie du. Und dabei bist du erst eine Woche hier.«

Mertin schmunzelte, aber nur ihm zuliebe.

Ihre erste Tat im Dienst war es gewesen, sich einen groben Überblick über den Verlauf der weiteren Ermittlungen nach dem Anschlag und ihrem Ausscheiden zu verschaffen. Sämtliche Kollegen der vier Kommissariate der KI 1 sowie der Staatsschutz und das LKA waren immer noch mit der Aufbereitung beschäftigt. Dabei ging es hauptsächlich um die Bearbeitung und Analyse der unzähligen Spuren und Hinweise, die rund um den Anschlag gesammelt worden waren. Mehrere Terabytes an Daten, die bearbeitet werden mussten. Sie selbst war im KK 13 mit anderen Aufgaben betraut worden.

Geleitet wurden die Ermittlungen im Fall Mbeki inzwischen

nicht mehr vom Kölner Präsidium. Der Anschlag am Messe-kreisel war als Terrorakt eingestuft worden, und das bedeutete, dass der Generalbundesanwalt in Karlsruhe die Ermittlungen übernommen hatte.

Klever allerdings hatte zumindest die Sache mit den Auto-brandstiftern aufgeklärt. Ein paar übereifrige Klimaaktivisten hatten »Schrottautos« reihenweise in den vorzeitigen Ruhe-stand versetzen wollen. Klever war der Ansicht, dass sie dem Umweltschutz damit einen Bärendienst erwiesen hatten.

»Wo wir schon mal dabei sind, wie gefällt denn der Frau Kollegin ihr neuer Arbeitsplatz?«, fragte er jetzt.

Mertin zog eine Grimasse. »Dein Kaffee ist grauenvoll. Deine Witze auch. Aber sonst ist es ganz okay.«

»Ganz okay?«

»Hat nichts mit dir zu tun.«

Klever nickte und widmete sich wieder seiner Mahlzeit. Mer-tin schaute ihm eine ganze Weile beim Essen zu.

»Judith, das macht mich nervös«, meinte er, »wenn du Hun-ger hast, hol dir selbst was.«

»Sorry.« Mertin bemühte sich, nicht mehr auf seinen Teller zu blicken. »Ich frage mich nur …«, begann sie, brach aber wieder ab und schwieg.

Nun war es an Klever, die Kollegin schweigend anzublicken. Mertin spielte mit ihrer PC-Maus, warf sie gedankenverloren von einer Hand in die andere.

»Weißt du, was ich gehört habe?«, erkundigte er sich mög-lichst unbefangen.

Mertin hörte auf, mit der Maus zu spielen. »Was hast du gehört?«

»Kaiser wird zurückkommen.«

»Wann?«, fragte sie überrascht. Aber kam das wirklich über-raschend?

»Es steht wohl noch kein genaues Datum fest. Nicht mehr in diesem Monat.«

Mertin ließ Zeit verstreichen. Was würde sie tun, wenn er wieder im Dienst war? Zurückkehren ins KK 11? Oder hier bei

Klever bleiben? Viel wichtiger als das war wohl die Frage, was Kaiser tun würde.

»Warum hat Kaiser seinen Landrover verkauft?«, brach es aus ihr hervor. Sie hatte selbst keine Ahnung, wieso sie ausgerechnet jetzt daran denken musste.

Klever antwortete nicht sofort. Er legte Messer und Gabel beiseite. »Kennst du den Fall nicht?«

»Fall?«

»Ja sicher«, antwortete er. »Judith, frag nicht. Das muss Kaiser dir erzählen. Es ist einer dieser ganz üblen Fälle. Das war noch in einer Zeit vor dem Terrorismus. Ich sage dir, damals war wirklich alles ein bisschen anders. Wieso Kaiser seinen Landrover so sehr hasst –«

»Hasst?«, unterbrach Mertin ihn.

»Ja, er hasst ihn. Das vermute ich jedenfalls. Ich habe nie mit ihm darüber gesprochen.«

»Er hat sich mit seiner Frau darüber gestritten, dass er seinen Landrover zurückkaufen möchte.«

»Wenn ich mit dem Auto erlebt hätte, was Kaiser damit erlebt hat, dann hätte ich es auch schnellstmöglich verkauft. Aber warum er es nun zurückkaufen will, darüber weiß ich auch nichts. Wie gesagt, sprich selbst mit ihm, statt mir Löcher in den Bauch zu fragen.«

Mertin nickte.

17:10 Uhr

Im Dojo herrschte reger Betrieb. Nico hatte ihr zugenickt; sie solle sich schon mal langsam aufwärmen. Die Landrover-Geschichte und viele andere Dinge wollten Mertin nicht aus dem Kopf gehen. Aber sie *musste* das Training wiederaufnehmen. Irgendwann musste sie doch schließlich wieder zur alten Form gelangen.

Sie stellte sich vor einen Boxsack und begann, locker zu boxen. Erbärmlich, dachte sie. Die Wut trieb sie an, bis auf einmal alles wehtat und Mertin aufschrie. Ein Krampf. Für einen Augenblick herrschte vollkommene Stille im Dojo. Keiner wagte es, das Training fortzusetzen, bis Nico einschritt. Er massierte ihre Schultern und versuchte, den Krampf zu lösen.

»Im Bein auch, du Idiot«, schimpfte sie.

»Hey, schon mal den Spruch gehört, dass man dem, der einem hilft, nicht in den Arsch treten soll?«

»Den Spruch gibt's gar nicht.«

»Wie du meinst.«

»Verdammt, Nico, es tut höllisch weh.«

»Was denn? Was denn?« Nico lachte. »Hat der Kampfroboter etwa Gefühle?«

»Sehr lustig.«

»Leg dich hin, ich seh mir das mal genauer an.«

»Bist du jetzt etwa auch Physiotherapeut?«

»Klaro, Dr. Nico kann alles!«

Mertin ließ sich auf eine Matte neben dem Boxsack sinken, und Nico begann sie abzutasten. Plötzlich griff sie ihm an den Oberarm.

»Wenn ich das Gefühl habe«, fauchte sie ihn an, »dass du mich angrapschst, zieh ich dir die Eier lang!«

Nico blickte sie an. »Hör mal zu, Mädel, das da sind nicht die ersten Titten unter meinen Flossen. Beruhig dich, ich bin's, Nico.«

Mertin entspannte sich etwas. »Sorry«, meinte sie nach einer längeren Pause.

»Schon okay. Ist dein Vater noch da?«

Ihr Vater war unmittelbar nach dem Anschlag nach Deutschland gekommen und hatte sich um sie gekümmert. Fast rührend, wie er im Kongo alles hatte stehen und liegen lassen und zu ihr ans Krankenbett geeilt war. All die mühsamen Tage und Wochen, die es gedauert hatte, bis das taube Gefühl aus ihren Beinen langsam zurückging. Kritische Themen wie die Suche nach ihrer Mutter hatten beide in dieser Phase stets vermieden.

Genau wie jeder Arzt und andere Besucher, so wurde auch ihr Vater nie müde, zu beteuern, welch unglaubliches Glück sie gehabt hatte. Normalerweise hätte Mbekis Schuss ihr das Rückgrat zerfetzen müssen. Aber beim Eintritt hatte die Kugel das Schlüsselbein gestreift und war dadurch abgelenkt worden. Hätte Mbeki die Waffe nur einen Millimeter weiter oben angesetzt, wäre sie jetzt querschnittsgelähmt.

»Nein, er ist vor drei Wochen wieder zurück in den Kongo«, antwortete sie mit Tränen in den Augen.

Ein Boxkollege, von dem Mertin nur wusste, dass er Cem hieß, kam zu ihnen und reichte Mertin ein Taschentuch. Mutmachend klopfte er ihr auf die Schulter und ging wieder. Vollkommen perplex blickte Mertin auf das Papiertaschentuch – geht's noch? – und dann auf Nico.

»Ja guck mich nicht so an«, sagte er, »hier wissen alle, was passiert ist.« Er machte eine Pause. »Kapier das endlich, du bist hier unter Freunden«, fügte er hinzu. »Du kannst also mit der Heulerei aufhören, sonst glauben die noch, du wärst ein Weichei. Es gibt eben Dinge, da braucht es Zeit, bis die Wunden verheilt sind. Lass dir Zeit.«

Ausgerechnet das fiel ihr besonders schwer.

Samstag

03:24 Uhr

Die Wache kontrollierte ihren Dienstausweis, schaute genau auf das Foto und verglich es dann mit der Person auf dem Fahrersitz. Der Soldat trug ein MG. Hinter dem Schlagbaum, vor dem Mertin angehalten hatte, stand ein weiterer Wachsoldat, das Maschinengewehr im Anschlag.

»Danke, Frau Kommissarin«, sagte nun die Wache mit professioneller Höflichkeit, »Sie können passieren.«

Der zweite Wachsoldat trat beiseite, der Schlagbaum wurde geöffnet. »Willkommen in Rehler Block II.« Er sprach, als sei die Kaserne eine eigenständige Stadt.

Mertin verkniff sich einen Kommentar und fragte stattdessen, wohin sie fahren sollte. Die Wache wies mit ausgestrecktem Arm auf einen Bundeswehr-Jeep, der mit laufendem Motor untermittelbar hinter der Schranke wartete.

»Folgen Sie einfach dem Fahrzeug«, sagte er und nickte dem Fahrer zu, der augenblicklich zügig Gas gab, sodass Mertin viel schneller fahren musste, als ihr auf fremdem Terrain lieb war.

Die Feldjäger-Eskorte brachte sie ohne Umwege zum Tatort.

Vor ungefähr einer halben Stunde hatte sie der Diensthabende geweckt und zu einem Brand mit Todesfolge auf dem Gelände der Bundeswehrkaserne Rehler Block II im Südosten Kölns beordert. Seit ihrer Verletzung mit der anschließenden langen Gesundungsphase glich ihr nächtlicher Schlaf eher einem Komazustand. Sie schlief wie ein Stein, wachte aber derart gerädert und schweißgebadet auf, dass sie oft lange Zeit benötigte, um sich zu orientieren. Was sie geträumt hatte, wusste sie nicht. Aber jedes Mal spürte sie die Angst über den Beinahe-Verlust ihrer Beine.

Der Tatort wurde von Scheinwerfern und Blaulicht beleuchtet. Vor einem Garagenkomplex hielt ihre Eskorte an, aber der Fahrer verließ den Wagen nicht. Aus einem großen Garagentor stieg Qualm in den nächtlichen Frühlingshimmel auf. Mertin verließ das Fahrzeug und bewegte sich direkt auf den Brandherd zu. Sie blickte hinein. Im Inneren erkannte sie eine stark verbrannte Leiche, die in einem hohen Stapel halb verkohlter, halb geschmolzener Lkw-Reifen hing. Der Tote musste während des Feuers in den Reifen gestanden haben und dort gestorben sein.

Ein verstörender Anblick, dennoch trat Mertin näher. Sofort erwischte sie eine starke Prise des giftigen und beißenden Gestanks, der vom verbrannten Kunststoff herrühren musste. Aufgrund der ätzenden Dämpfe wurde sie von einem heftigen Husten geschüttelt. Übelkeit stieg in ihr auf, und sie wandte sich schnell ab.

»Ohne Atemschutzmaske können wir nicht rein«, sagte Gabriela Rust, die plötzlich neben ihr aufgetaucht war. »Deshalb warten wir noch.«

Mertin blickte die Gerichtsmedizinerin an. Beide beachteten das geschäftige Treiben der bundeswehreigenen Feuerwehr sowie der Feldjäger um sie herum nicht. In einiger Entfernung warteten die Kollegen der KTU auf die Freigabe, den Tatort untersuchen zu dürfen.

»Und?«, fragte Mertin schlicht. Sie war nicht darauf vorbereitet, die Gerichtsmedizinerin hier anzutreffen. Es war ihre erste Begegnung seit den Vorkommnissen um Derendorf.

Rust atmete durch. Ob sie erleichtert war, dass Mertin private Themen überging, war nicht ersichtlich. »Bisher kann ich Folgendes sagen: Es gibt zwei eindeutige Hinweise darauf, dass wir es mit einer vorsätzlichen Tat zu tun haben. Das Tor war mit einem Schloss von *außen* versperrt. Der Eingeschlossene konnte folglich dem Feuer nicht entkommen. Außerdem ist er mit Draht an den Reifenstapel gefesselt worden. Das kannst du von hier nicht sehen. Ich war kurz mit Maske drin. Ist ganz dünner Blumendraht. Und dieser Turm alter Reifen ist meiner Einschätzung nach auch nicht zufällig gewählt worden. Das erinnert mich an den sizilianischen Stier.«

»Was ist das?«, fragte Mertin.

»Eine mittelalterliche Foltermethode. Man zwängte den Delinquenten ins Innere einer hohlen Bronzestatue, die die Form eines Stieres hatte, und stellte das Instrument über ein Feuer. Was mit der Person im Inneren passierte, kannst du dir vorstellen: Sie wurde bei lebendigem Leib gekocht.«

Rust blickte Mertin an, bevor sie weitererzählte. »Kurz gesagt: Es handelt sich um Mord.«

Rust machte eine kleine Pause. »Bist du noch sauer auf mich?«, fragte sie Mertin dann, abrupt das Thema wechselnd.

»Nein«, antwortete Mertin, ohne lange überlegen zu müssen, »ich glaube, es sind viel wichtigere Dinge passiert, als dass ich mir länger Gedanken über die Gerüchteküche mache.«

Rust nickte und ließ es auf sich beruhen. Doch Mertin spürte den Blick der Gerichtsmedizinerin. Über den Anschlag und über ihren Gesundheitszustand stellte Rust keine Fragen, was Mertin erleichtert aufnahm, da hätte sie eh nur lügen können.

»Gibt es erste Hinweise auf die Identität des Mordopfers?«

»Angeblich ein Oberstleutnant«, antwortete Rust, »aber für nähere Angaben musst du dich an den Hauptmann dort drüben wenden.«

Mertin dankte, doch als sie den Mann ansprechen wollte, meldete sich nochmals Rust zu Wort.

»Eins noch«, sagte sie, »es gibt ganz offensichtliche Parallelen zum Mord an Derendorf.«

Mertin wurde aufmerksam.

»Wie bei dem Phaeton-Brand kann ich auch hier davon ausgehen, dass es zu enorm hohen Temperaturen gekommen sein muss. In dem Ausmaß ist das einfach untypisch für einen konventionellen Brand. Da hat einer nachgeholfen. Und wie du dich sicherlich erinnerst, Derendorf war ebenfalls Bundeswehrsoldat gewesen.«

Natürlich, Mertin erinnerte sich.

»Näheres kommt bald«, schloss Rust ihren vorläufigen Bericht.

Mertin bedankte sich nochmals und ging auf den Mann in

Feldjägeruniform zu. »Judith Mertin, Kripo Köln«, stellte sie sich vor, »können Sie mir etwas über den Toten sagen?«

Der Uniformierte blickte sie ernst an. »Ich bin Hauptmann Erik Bender«, sagte er. »Wir haben bisher herausbekommen, dass nur eine Person vermisst wird, nämlich Oberstleutnant Lukas Schenckenau. Es gilt als ziemlich wahrscheinlich, dass er das Opfer ist, da der Oberstleutnant als Einziger Zugang zu dieser Garage hatte.«

»Garage?«

»Ja, hier standen früher Panzer vom Typ Leopard. Aber die Panzerdivision wurde nach Niedersachsen verlegt. Lange Zeit standen die Hallen leer und wurden dann umgebaut und für private Zwecke freigegeben.«

»Private Zwecke? Sind das nicht die Garagen des Bundeswehrfuhrparks?«

»Wir auf Rehler Block II sind stolz darauf, dass wir unseren Soldaten und Soldatinnen auch privat allerlei ermöglichen. Der Oberstleutnant hatte die Garage für private Zwecke gemietet.«

Lobeshymnen, egal welcher Art, bekamen für sie schnell einen unpassenden blasierten Unterton. Vor allem dann, wenn man wie im Moment über Mordopfer sprach.

»Wofür genau?«

»Sie meinen, was er dort gelagert hat?«

»Genau.«

Der Hauptmann zuckte mit den Schultern. »Keine Ahnung. Vermutlich seine Motorräder.«

»Haben Sie überhaupt schon mal in die Garage geguckt?«, fragte Mertin hart und blickte ihn eindringlich an.

»Ja sicher«, antwortete er fest.

»Und haben Sie da irgendwelche Motorräder gesehen?«

»Nein«, antwortete der Hauptmann, um Selbstsicherheit bemüht.

»Können Sie mir sonst irgendwelche sachdienlichen Hinweise liefern?«

Der Hauptmann schluckte, wusste aber nicht, was er auf die Schnelle antworten sollte. Ungeduldig begann Mertin aufzuzählen: »Was hatte er für eine Funktion bei der Bundeswehr inne? Hatte er Angehörige, die informiert werden müssen? Sind eventuelle Rivalitäten oder Feindschaften bekannt? Gibt es andere Auffälligkeiten? Zum Beispiel, war Schenckenau verschuldet?«

»Seit 2006 war der Oberstleutnant für die Versorgung der Auslandseinsätze der Truppe zuständig. Das heißt, er war viel unterwegs. Bezüglich Feindschaften und anderer Auffälligkeiten kann ich Ihnen gegenwärtig nichts sagen, aber wir werden dem nachgehen.«

»Und Angehörige? Frau? Kinder?«

»Die Eltern sind tot. Eine Frau hatte er nicht. Und wenn Sie mir die Bemerkung gestatten, Schenckenau war nicht der Typ für die Ehe. Aber seit einiger Zeit war er mit unserem Doc liiert.«

»Ich will unbedingt sofort mit ihm sprechen.«

Der Hauptmann blickte sie überrascht an. »Unser Doc‹, das ist doch nur so eine Redewendung«, erklärte er, während er ein unsicheres Lachen unterdrückte, »Entschuldigung. Unser Doc ist natürlich eine Ärztin.«

Wieder erntete er einen scharfen Blick Mertins. »Es ist mir *natürlich* glcich, ob der Arzt eine Frau oder ein Mann ist. Wie lautet ihr Name?«

04:02 Uhr

Judith Mertin klopfte an die Tür des ärztlichen Bereitschaftsdienstes. Hierhin war sie von Hauptmann Bender geschickt worden. Der Flur auf dieser Etage der Kaserne lag in nächtlicher Ruhe, weshalb ihr Klopfen wie das unrechtmäßige Eindringen in einen ansonsten friedlichen Ort klang.

Erika Derendorf öffnete die Tür. »Was ist denn?«, fragte sie, während sie sich den Schlaf aus den Augen rieb.

»Kriminalpolizei Köln«, antwortete Mertin, »ich muss Ihnen leider eine traurige Nachricht übermitteln.«

Erika Derendorf schaute Mertin an, schien sie aber nicht wiederzuerkennen. Darüber wunderte sich Mertin, gab sich ihrerseits gelassen und zeigte nicht, wie sehr sie die Ereignisse der letzten Minuten aufgewühlt hatten.

»Lukas Schenckenau ist Ihr Freund?«

»Ja, wir sind zusammen.«

»Außer Ihrem Freund wird in der Kaserne niemand vermisst. Es besteht eine sehr hohe Wahrscheinlichkeit, dass er Opfer eines Mordanschlags wurde. Es tut mir leid.«

Die Frau schwieg.

»Ich muss Ihnen einige sehr dringende Fragen stellen.«

»Hat das nicht Zeit?«

Wie bei ihrem ersten Treffen, als Mertin und Kaiser ihr die Nachricht vom Tode ihres Mannes übermittelt hatten, so zeigte sie auch dieses Mal keinerlei Gefühlsregung.

»Leider nein, es ist sehr dringend. Hat man Sie heute Nacht nicht geweckt?«, erkundigte sich Mertin.

»Doch, sicher, aber als es hieß, ich könne nicht mehr helfen, habe ich mich wieder schlafen gelegt. Was ist denn mit Lukas passiert? Ich habe die Blaulichter und Sirenen gehört.«

Mertin stutzte. »Bitte was? Man hat Sie geweckt, aber wieder schlafen geschickt, weil Sie – ich zitiere – nicht mehr helfen konnten?«, wiederholte sie ungläubig. »Ihr Verhältnis zum Opfer ist doch bekannt gewesen, oder etwa nicht?«

»Ja.«

»Was hat man Ihnen denn gesagt, wobei Sie nicht mehr helfen könnten?«

»Es habe einen Brandunfall gegeben, bei dem sich ein Todesfall ereignet habe. Und dass jemand von der Gerichtsmedizin unterwegs sei, weshalb ich nicht mehr benötigt würde.«

Zu ihrem Unverständnis mischte sich nun Wut. »Man hat Ihnen nicht gesagt, um wen es sich bei dem Todesfall vermutlich handelt?«

Nun endlich hatte Erika Derendorf den Schlaf abgeschüttelt.

»Nein, verdammt«, sagte sie ärgerlich, »was soll denn diese Fragerei?«

Mertin wusste nicht, ob sie diese absichtliche Desinformation der Feldjäger als besonders sensibel, kaltschnäuzig und herzlos bezeichnen sollte. Es bestand auch die Möglichkeit, dass ihr Gegenüber log.

»Wir haben uns schon mal kennengelernt. Vor drei Monaten, als es um den Mord an Ihrem Mann Niels Derendorf ging.«

Erika Derendorf schien sich jetzt zu erinnern. »Wieso sagen Sie ›Mord‹? Mir wurde gesagt, dass es nicht eindeutig geklärt werden konnte.«

Darauf antwortete Mertin nicht.

»Wann haben Sie Lukas Schenckenau zum letzten Mal gesehen?«

»Heute Abend.«

»Wann genau war das?«

»Lassen Sie mich überlegen, gegen einundzwanzig Uhr.«

»Und seitdem sind Sie alleine?«

»Ja«, antwortete die Ärztin, »aber wieso fragen Sie das? Werde ich verdächtigt?«

»Gibt es einen Grund, Sie zu verdächtigen?«

Darauf wusste Erika Derendorf nichts zu antworten. Allmählich veränderte sich das Gebaren der Frau. Sie schien nun erst richtig zu realisieren, was gerade geschah.

Mertin fuhr fort: »Frau Derendorf, innerhalb weniger Monate sterben der Mann und der Freund ein und derselben Frau auf nahezu identische Weise. Auf sehr brutale Art und Weise. Ich möchte den Mörder finden. Möchten Sie mich dabei unterstützen und mir Informationen geben, die mir helfen könnten, die Morde aufzuklären?«

Derendorf blickte auf den Boden, dann nickte sie.

»Kannten sich Ihr Mann und Ihr Freund persönlich?«, fragte Mertin.

Plötzlich wurde Erika Derendorf von ihren Gefühlen überwältigt. Mertin war sich nicht sicher, ob dieser Ausbruch gespielt war. Sie stützte die Ärztin und schob sie ins Dunkel des

Zimmers, wo sich Derendorf auf ihrem Bett niederließ. Dort gab sie leise Laute zwischen Schluchzen und Fluchen von sich. Mertin schloss die Tür und schaltete die grelle Deckenbeleuchtung an.

»Frau Derendorf«, wiederholte sie, »kannten sich Ihr Mann und Lukas Schenckenau?«

Derendorf schirmte ihre Augen gegen das helle Licht ab. »Ja.«

»Wie gut kannten sie sich?«

»Das weiß ich nicht. Ich vermute aber, dass sie sich nur flüchtig kannten.«

»Wieso vermuten Sie das?«

Erika Derendorfs Augen wanderten wie nach einer Erklärung suchend über die zerknüllte Bettdecke.

»Ich wiederhole gerne für Sie: Mann und Liebhaber ein und derselben Frau werden beide Opfer eines ziemlich perfiden und ausgeklügelten Brandanschlags, bei dem sie bei lebendigem Leib verbrennen. Wenn nicht Sie die Verbindung zwischen den beiden sind, dann müssen wir davon ausgehen, dass es einen anderen Zusammenhang gibt. Nein, Sie sind keine Mörderin, vermutlich nicht. Aber Sie könnten jemanden beauftragt haben.«

Derendorf blickte Mertin überrascht an. Zum ersten Mal schien ihr bewusst zu werden, dass man sie tatsächlich zum Kreis der Verdächtigen zählte. »Werde ich jetzt also doch verdächtigt?« Sie klang pampig.

»Geben Sie mir die Informationen, um die ich Sie gebeten habe«, beharrte Mertin kalt.

Schon bei ihrer letzten Befragung, erinnerte Mertin sich, hatte sie das gesamte Verhalten der Frau als gestelzt empfunden. Erika Derendorf verschwieg etwas. Das ehemalige Ehepaar Derendorf wie das neuerliche Mordopfer hatten denselben Arbeitgeber – die Bundeswehr. Lag hier der Zusammenhang?

»Ihr Mann und Schenckenau kannten sich also. Woher?«

»Nähere Informationen darf ich Ihnen gar nicht geben. Die unterliegen der Geheimhaltung. Mein Mann war Offizier beim MAD. Ich weiß auch nicht, was er da alles gemacht hat.«

»Sicher, ich werde diese spezielle juristische Frage mit der Staatsanwaltschaft besprechen.«

Mertin ließ Erika Derendorf keine lange Verschnaufpause. »Andererseits ist Gefahr im Verzug«, fuhr sie fort, »Ihre Weigerung, mir nähere Infos zu liefern, könnte auch als Beihilfe zum Mord ausgelegt werden. Zum Beispiel, wenn Sie den Mörder schützen, weil Sie ihn beauftragt haben.«

Heftig schüttelte die Beschuldigte den Kopf. »Nein, nein«, rief sie aus, »so was habe ich nicht getan. Absurd.«

»Dann reden Sie«, schrie Mertin. Derendorf zuckte zusammen.

»Mein Mann und Lukas waren gemeinsam im Kongo«, gestand sie endlich, »dort haben sie sich angefreundet.«

Mertins Herz blieb stehen. Mit allem hatte sie gerechnet, nur nicht damit. »Im Kongo?«

Derendorf nickte.

»Was haben sie dort gemacht?«

»Beide waren abkommandiert für die Bundeswehrmission zur Sicherung der Wahlen im Jahr 2006.«

»Und sie waren befreundet, sagen Sie? Eben haben Sie noch behauptet beziehungsweise vermutet, die beiden hätten sich nur flüchtig gekannt. Was stimmt denn nun?« Innerlich bebte Mertin.

»Sie waren befreundet, aber die Freundschaft war nicht von langer Dauer.«

»Erklären!«

»Schon gut! Niels hat mir Lukas irgendwann vorgestellt. Dann habe ich eine Affäre mit ihm begonnen.«

»Seit wann sind Sie ein Paar?«

»Schon seit geraumer Zeit. Zwei, drei Jahre.«

Die Ungenauigkeit der Angabe gefiel Mertin wieder nicht. Waren Paare nicht besonders darauf bedacht, ihr Kennenlerndatum in Erinnerung zu behalten?

»Und Ihr Mann wusste von dem Verhältnis?«

»Davon gehe ich aus. Aber genau weiß ich das nicht. Mein Verhältnis zu Niels war schwer gestört. Wir haben nicht mehr vernünftig reden können. Wir haben eigentlich gar nicht mehr geredet.«

»Hat das zum Zerwürfnis zwischen Ihnen geführt?«

»Das ist möglich. Ich weiß es nicht. Ich habe mit keinem von beiden darüber gesprochen.«

»Wieso nicht?«

»Ich habe es nicht für nötig erachtet.«

»Dann hat es Sie nicht interessiert, was Ihr Mann oder Ihr Liebhaber dachte und fühlte?«

»So will ich es nicht nennen. Ich bin halt nicht der Typ, der groß Fragen stellt.«

Mertin ließ eine kurze Pause. »Und Schenckenau?«

»Für mich eher ein – wie soll ich es sagen ... Ich habe Lukas nicht wirklich geliebt. Aber seinen Tod wollte ich nicht!«

»Können Sie sich jemanden vorstellen, der den Tod der beiden gewollt haben könnte?«

»Nein«, brachte sie zögerlich hervor.

»Bevor Sie auf meine vorerst letzte Frage antworten«, begann Mertin, »denken Sie gut nach, was Sie mir antworten.«

Die Ärztin blickte Mertin besorgt und gleichzeitig ablehnend an.

»Halten Sie es für möglich, dass während der Kongo-Mission irgendwas passiert sein könnte, dessen Folgen wir nun erleben?«

Erika Derendorf nickte zögerlich.

»Was könnte das sein?«

»Ich weiß es nicht.«

»Mittäterschaft ist kein Kavaliersdelikt.«

»Ich weiß es wirklich nicht«, beteuerte Derendorf.

Mertin wartete.

»Bei allen Dingen, die mein Mann beruflich in Angriff genommen hat«, erklärte Derendorf zögerlich, »hatte ich noch nie ein gutes Gefühl. – Zufrieden?«

Die Frau deckte ihren Ex-Mann, egal ob verhasst oder nicht. Mertin würde sie sich später nochmals vornehmen. Aus diesem halben Geständnis war sicherlich noch mehr rauszuholen. Sie nickte und verließ das Zimmer der Ärztin.

Auf dem Flur lief Mertin ein paarmal auf und ab. Ihre Gedanken sausten mit Überschall durch ihren Kopf. Dann rief sie Lars an, der den Anruf prompt annahm. Doch sie hörte nur Gemurmel.

»Wo bist du?«

Wieder Gemurmel.

»Lars«, befahl Mertin, »nimm den Mundschutz ab. Ich verstehe kein Wort.«

Es raschelte im Mikrofon, dann meldete sich Lars laut und deutlich zu Wort. »Sorry, was willst du?«

»Wo bist du?«

»Da, wo du auch bist. Warst. Ich sehe dich nicht mehr.«

»Gut«, sagte Mertin eindringlich, »du hattest doch herausgefunden, dass unter Louis Mwobls Bett Coltan lag.«

»Ja, das weißt du doch.«

»Coltan stammt aus dem Kongo und wird zu Tantal verarbeitet.«

Lars bestätigte erneut.

»Und Tantal ist brennbar, oder?«

»Hochexplosiv, heißt es«, antwortete Lars. An seiner Stimmlage konnte Mertin erkennen, dass er langsam ahnte, was sie von ihm wollte.

»Ich möchte«, sagte sie, »dass du sämtliche Brände auf Tantalspuren untersuchst.

Lars zögerte mit einer Antwort, Mertin präzisierte: »Derendorf, Mwobl, den Anschlag Mbekis und nun Schenckenau.«

»Wird erledigt«, lautete seine knappe Antwort.

Sonntag

13:05 Uhr

Unmittelbar nach ihrer Befragung von Erika Derendorf war Mertin ins Präsidium gefahren. In ihrem alten Büro hatte sie die restliche Nacht verbracht.

Nach dem Anschlag am Messekreisel hatte die Kölner Polizei eine Internetseite für interne Zwecke eingerichtet, auf der Augenzeugen ihre Videos und Fotos, die den Hergang des Anschlags dokumentierten, hochladen konnten. Nun klickte sie sich seit geraumer Zeit durch die Datenbank, ohne zu neuen Erkenntnissen gelangt zu sein.

Wahre Schockmomente allerdings lösten die Videos und Fotos aus, auf denen sie selbst und vor allem Svetlana Mandusic zu sehen waren. Es gab ein ganz unscharfes Video, das zeigte, wie Mirko Ludermann über die Motorhaube hechtete, hinter der er sich zuvor verschanzt hatte, um Mbeki zu überwältigen. Was dann mit Mirko geschehen war, verzeichnete das Videomaterial nicht. Die Aufnahme war aus großer Entfernung – ungefähr vom Eingang der Messe, so schätzte Mertin – aufgenommen worden. Mit der ersten Explosion brachen sämtliche Aufzeichnungen ab. Aus Berichten wusste sie aber, dass man ihrem Kollegen lediglich vereinzelte Körperteile hatte zuordnen können.

Mertin schloss die Augen. Das brachte sie nicht weiter, höchstens tiefer in die eigene Misere. Es gab zu viele ungeklärte Fragen. Keine Terrororganisation hatte den Anschlag für sich reklamiert. Weder Kofi Mbeki noch Louis Mwobl oder die anderen beiden Kongolesen waren im Vorfeld auffällig geworden. Es lagen keine Vorstrafen oder Polizeiberichte über frühere Festnahmen oder Anzeigen vor. Genauso wenig war Mbeki als Gefährder eingestuft gewesen. Der Hinweis auf einen islamistischen Hintergrund, der Fund einer selbst gemalten IS-Fahne beim Brand im Flüchtlingsheim, war als nicht authentisch eingestuft worden. Die einzige Erklärung, die gegenwärtig herangezogen wurde, war, dass Mbeki ein wahnsinniger Einzeltäter gewesen sein musste, der durchgedreht war. Was auch immer schon vorher in ihm geschlummert haben mochte, es war nicht zu belegen. Nichts als Vermutungen.

Für eine irgendwie handfeste Theorie, die Mbeki in Zusammenhang mit Derendorf und Schenckenau brachte, fehlten die Fakten. Mertin musste mehr darüber herausfinden, was die Männer im Kongo gemacht hatten. Eine Befragung der anderen beiden jugendlichen Kongolesen aus dem Wohnheim würde über andere Kriminalbeamte laufen müssen, denn sie waren inzwischen in Flüchtlingsheimen in anderen Bundesländern untergebracht worden.

Sollte ein Zusammenhang zwischen allen Taten bestehen, stellte sich die Frage, wieso Schenckenau erst jetzt ermordet worden war. Was belegte das? Dass Mbeki einen Komplizen haben musste? Oder hatte die ganze Sache doch gar nichts mit den Kongolesen zu tun?

Eine andere Frage, die vielerorts heiß diskutiert wurde und die sie sich auch selbst immer wieder stellte, war, wieso sich an einem »weichen Ziel« wie der Messe keine Polizei befunden hatte. Offizielle Erklärungen zu diesem Punkt sprachen regelmäßig von »Pannen« im Zuge der Fahndung nach Mbeki.

Mertin versuchte, die Unruhe zu verdrängen, die äußerst lebhaften Erinnerungen vor allem an ihren Kampf mit Mbeki zu ignorieren. An den weiteren Ermittlungen nach dem Anschlag hatte sie selbstverständlich keinen Anteil gehabt, während sie um Genesung gerungen hatte. Vor allem war lange Zeit unsicher gewesen, wie stark das Rückenmark durch ihre erlittene Schussverletzung beschädigt bleiben würde. Sie hatte immer noch starke Schmerzen im Brustkorb und im gesamten Schulterbereich. Ihr Bein, vor allem das linke, fühlte sich oft taub an. Aber die Ärzte versprachen ihr eine vollständige körperliche Gesundung. Dabei lag die Betonung auf »körperlich«.

Insgesamt neununddreißig Passanten, Messebesucher sowie

ihre beiden Kollegen würden nie wieder genesen. Eine weit höhere Anzahl, einhundertvierzehn Personen, würden den Rest ihres Lebens mit zum Teil schweren Verstümmelungen von Mbekis Nagelbombe gezeichnet bleiben. Was Mertin das Leben gerettet hatte, war pures Glück. Mehr nicht.

»Hab mir schon gedacht, dass ich dich hier finde und nicht oben beim KK 13.«

Mertin blickte Richtung Tür. »Komm rein«, sagte sie zu Lars, »was machst du hier?«

Lars schüttelte eingeschnappt den Kopf. »Na, deinen Auftrag ausführen, was sonst?«

Gespannt richtete sich Mertin auf. »Du hast schon Ergebnisse?«

»Ich habe die restliche Nacht und den gesamten Morgen im Labor verbracht.«

»Dann raus mit der Sprache.«

»Du hast recht gehabt. Bei allen drei Bränden finden sich Tantalspuren. Ob sie quasi als Brandbeschleuniger zu bewerten sind, kann ich nicht sagen.«

Mertin spürte bei dieser Nachricht keine Erleichterung. Eigentlich hätte sie gedacht, dass die Gewissheit, einen Zusammenhang zwischen den Morden gefunden zu haben, ein solches Gefühl bei ihr auslösen würde. Stattdessen ging ein unbändiges Grollen durch ihre Eingeweide, so als hätte es irgendwo in den tiefen Schichten der Erdkruste ein gigantisches Erdbeben gegeben.

Es war noch nicht vorbei.

»Wieso bei drei Bränden?«

»Tantalspuren habe ich bei Derendorf, Mwobl und Schenckenau gefunden. Wohlgemerkt, bei den Bränden, nicht bei den Personen«, korrigierte sich Lars, »bei den Personen selbst sollte die Gerichtsmedizin das ebenfalls untersuchen. Ist meine Meinung. Und wir können eine vollständige DNA-Überprüfung durchführen. Vielleicht finden sich an den Tatorten die gleichen DNA-Spuren.«

»Gut.«

»Einzig bei Mbeki – Fehlanzeige. Kein Tantal beim Anschlag«, fasste er kurz zusammen.

Was konnte das bedeuten? »Also auch beim Brand im Flüchtlingsheim hast du neben Coltan Tantal gefunden?«

»Dort sogar besonders viel«, bestätigte Lars, »aber das kann auch bedeuten, dass der Brand frühzeitig gelöscht wurde und sich die Hitze nicht vollständig entwickeln konnte. Die beiden anderen Brände blieben ja sehr viel länger unentdeckt. Das Tantal konnte verbrennen.«

»Was meinst du«, fragte Mertin, »was will uns das sagen?«

»Auf jeden Fall schon mal, dass wir es mit einem sehr ungewöhnlich agierenden Mörder zu tun haben, denn wer fackelt schon seine Opfer mit einem explosiven Metall ab, das circa fünfhundert Dollar pro Kilo wert ist?«

Mertin nickte zustimmend. »Was meinst du, wie viel Kilo waren notwendig, um diese Brände auszulösen?«

»Gehen wir zum Beispiel großzügig von vier Kubikmetern Fahrgastraum im Phaeton aus, dann bräuchte man ungefähr zweihundert Gramm Metallstaub. Auf der Grundlage von Magnesium oder Aluminium. Tantal ist viel aggressiver. Da Tantal beim Verbrennen eine große Hitze entwickelt und eventuell auch ein Knallgasgemisch entsteht, ist für einen Brand eine solch große Menge wahrscheinlich gar nicht nötig. In einer Halle wie dieser großen Garage, in der Schenckenau getötet wurde, muss man allerdings von einer weit höheren Menge ausgehen – maximal vier Kilo. Aber das ist nur eine Schätzung!«

»Ein teures Feuerwerk«, meinte Mertin ohne Anflug von Ironie. Sie blies Luft durch die Lippen. »Was ist aus den Sachen von Louis Mwobl geworden, die ich bei Kofi Mbeki vor dem Anschlag sichergestellt habe?«

Lars schüttelte den Kopf. »Keine Ahnung.«

»Du weißt also nicht, ob das Handy im Rucksack untersucht worden ist? In den Berichten finde ich nichts.«

»Nein, davon weiß ich nichts.«

»Kannst du nachfragen?«

Lars wehrte ab. »Du hast keine Ahnung, wie nervös hier alle

seit dem Anschlag sind. Keiner würde das zugeben, aber so ist es. Pleiten, Pech und Pannen haben zu massiver öffentlicher Kritik geführt. Keiner will für einen Fehler verantwortlich sein.«

Mertin hörte zu.

»Ich frage niemanden, was aus den Sachen geworden ist. Das erledige ich lieber selbst, ohne auf den Busch zu klopfen, verstehst du?«

»Mach, wie du willst«, ließ Mertin ihn gewähren, »nur erledige es so schnell wie möglich.«

Lars blickte kurz aus dem Fenster. »Sonntage sind eh nicht so mein Ding.«

13:40 Uhr

Müllers Familie, seine Frau und die zwei jugendlichen Töchter, saßen am Tisch im Esszimmer, während Judith Mertin mit ihrem Chef im Flur stand und redete.

»Das sind wirklich sehr interessante Neuigkeiten«, sagte er, nachdem sie ihn auf den neuesten Stand der Ermittlungen gebracht hatte. »DNA-Untersuchung der Tatorte ist eine gute Idee«, griff er einen Punkt auf. »Wie lange dauert das?«

»Hab ich ja erst vor einer halben Stunde in Auftrag gegeben«, antwortete Mertin, »und Lars muss vorher was Dringlicheres checken.«

»Was?«

»Das Handy von Louis Mwobl.«

Müller nickte nachdenklich.

»Ist das nicht untersucht worden?«, fragte Mertin.

»Der Hersteller hat sich geweigert, beim Knacken des Codes behilflich zu sein.«

Mertin beobachtete die Familie ihres Vorgesetzten durch das geriffelte Glas in der Tür. Sie konnte nur verschwommene Umrisse erkennen. Dann brachte sie ihr eigentliches Anliegen vor.

»Ich möchte, dass die Staatsanwaltschaft die Ermittlungen in den Fällen Mbeki, Mwobl und Derendorf wieder aufnimmt.«

Müller blickte sie eindringlich an. »Die sind nie abgeschlossen worden«, sagte er.

»Wer leitet die Ermittlungen?«

»Sie, wenn Sie dazu bereit sind«, erwiderte er, ohne zu lächeln.

Mertin fiel ein Stein vom Herzen. »Und ab wann?«

»Sofort, wenn es sein muss.«

»Unbedingt«, sagte sie mit Nachdruck. »Der Mörder läuft frei herum, und ich befürchtete, dass wir schon bald einen neuen Brandschlag erleben werden. Kandidaten gibt es genug: Ostrowski, Erika Derendorf, ganz zu schweigen von Unbekannten, die noch nicht auf unserem Radar aufgetaucht sind.«

»Haben Sie erste Ermittlungsansätze?«

»Ich will beide beschatten und muss herausfinden, was im Kongo passiert ist. Was haben die Todesopfer Derendorf und Schenckenau abseits ihrer offiziellen Mission getrieben?«

Die Glastür wurde geöffnet. Eine von Müllers Töchtern huschte eilig mit einer Schüssel in der Hand an ihnen vorbei in die Küche. »Will nur Kartoffeln holen«, entschuldigte sie sich.

Müller verdrehte die Augen. »Jaja, schon verstanden«, erwiderte er leicht genervt, »und warum gehst du dann ausgerechnet durch den Flur? Auf dem Rückweg nimmst du gefälligst den anderen Weg. Ich habe hier ein dringendes Dienstgespräch.«

Das Mädchen verschwand in der Küche, nicht ohne Mertin einen neugierigen Blick zugeworfen zu haben.

»Nicht dass sie das nicht wüsste, aber die Neugierde ist halt stärker«, erklärte Müller.

»Zusätzlich will ich die Identitäten der Kongolosen Mbeki und Mwobl überprüfen«, sagte Mertin.

»Gut.« Müller war einverstanden. »Das ist natürlich nach dem Anschlag schon geschehen, ergebnislos, aber versuchen Sie nochmals ihr Glück. Sammeln Sie Material, aber unternehmen Sie nichts.«

»Ich brauche Personal.«

Aber da schüttelte Müller den Kopf. »Ich kann Ihnen nicht geben, was ich nicht habe. Wir haben zwar zig neue Stellen, aber die sind noch unbesetzt. Bäcker kann Ihnen bei der Recherche behilflich sein. Und die Ermittlungen laufen direkt über mich. Haben Sie verstanden? Nichts unternehmen und mich regelmäßig informieren.«

Mertin nickte und bemühte sich, ihre Skepsis zu kaschieren.

»Ich muss Karlsruhe informieren.«

Sie schaute ihren Chef fragend an.

»Ja, viel weiter sind die auch noch nicht gekommen. Erkundigen Sie sich auch bei der Kölner Staatsanwaltschaft, ob die noch was im Fall Derendorf herausgefunden haben. Viele Hoffnungen würde ich mir da nicht machen. Hier waren alle mit dem Anschlag beschäftigt. Aber nun sieht es ja so aus, als könnten wir endlich entscheidende Hinweise zur Aufklärung und zu den Hintergründen der Tat in Erfahrung bringen.«

Müller machte eine kurze Pause, dann fügte er hinzu: »Gut gemacht.«

»Dann gehe ich mal. Ich habe Sie beim Essen gestört.«

»Ach, diese Feiertage«, meinte er. »Egal wie alt die Kinder werden, sie wollen jedes Jahr wieder, dass Papa die Ostereier versteckt.« Er lächelte sie an.

»Ich finde alleine hinaus«, erwiderte sie und schritt Richtung Tür.

»Frau Mertin«, rief ihr Müller hinterher, und sie drehte sich nochmals zu ihm um, »ich habe gehört, Sie üben Schießen mit der linken Hand. Stimmt das?«

Mertin erwiderte nichts, sondern deutete lediglich auf die rechte Schulter zum Zeichen, dass sie immer noch schmerzte und ihr nichts anderes übrig blieb, als mit der anderen Hand zu schießen.

»Mein Respekt.«

Müller verabschiedete sich und öffnete die Glastür zum Esszimmer, um sich wieder zu seiner Familie zu gesellen. Kaum hatte er das Esszimmer betreten, prasselten die Fragen seiner Töchter auf ihn herein, wie Mertin hörte.

»War das die«, fragte eine der Töchter aufgeregt, »die den Messe-Terroristen geschnappt hat?«

Neugierig, was Müller erwidern würde, blieb Mertin in der geöffneten Haustür stehen und lauschte.

»Kinder, Kinder«, meckerte Müller liebevoll, »und wo sind die Kartoffeln?«

14:10 Uhr

Mertin stand im Eingangsbereich des Schwimmbades. Schwülwarme Luft erfüllte den Vorraum. Zahlreiche Badegäste knubbelten sich als ungeordnete Warteschlange rund um den Kassenbereich.

»Judith, hier bin ich!«

Mertin drehte sich in die Richtung, aus der sie die Stimme gehörte hatte. In Badehose kam Yannik Rühl auf sie zu. Beide trafen sich an der brusthohen gläsernen Abtrennung, die den Schwimmbereich vom Eingang separierte.

»Was gibt's denn so Dringendes? Ich hab nicht viel Zeit.« Yannik zeigte in Richtung des Kleinkinderbeckens, in dem unzählige Kinder im Wasser planschten.

»Bist du alleine?«

»Wenn ich allein hier wäre, könnte ich wohl kaum hierherkommen und mit dir sprechen. Derweil die Kinder im knietiefen Wasser ersaufen.« Er klang genervt.

Mertin informierte ihn mit so wenigen Worten wie möglich über die neuen Entwicklungen, dann sagte sie: »Yannik, ich brauche Hilfe bei den Ermittlungen. Dabei habe ich an dich gedacht.«

Er schaute sie ungläubig an, was Mertin schlagartig verunsicherte. Was war denn los? »Ich brauche dich. Ich will wissen, warum das alles passiert ist.«

Ihr Kollege wurde plötzlich sehr ernst und blickte betreten zu Boden. »Judith, ich kann nicht.«

»Ist Sonntag, verstehe.«

Yannik schüttelte den Kopf. »Das meine ich nicht.«

Ihr mulmiges Gefühl verstärkte sich.

»Es ist nicht alles gut gelaufen«, erklärte er umständlich, dann redete er sich beinahe in Rage, »nein, nichts ist gut gelaufen. Wir haben Fehler gemacht. Falsche Entscheidungen getroffen. Du bist einfach losgestürmt. Mittenrein. Wieso hast du das getan? Svetlana könnte noch –«

Jäh brach er ab, vermutlich nur, weil er nicht zu viel Aufmerksamkeit erregen wollte. Dann fügte er leise hinzu: »Ich will nicht mehr mit dir arbeiten.«

Mertin schluckte. »Ich will herausfinden, warum Svetlana sterben musste«, erklärte sie leise.

»Das wird sie nicht wieder lebendig machen und Mirko genauso wenig. Wir müssen mit der Scheiße leben, die wir da erlebt haben, die wir verbockt haben.«

»Wir haben getan, was wir konnten.«

»Wir haben nicht getan, was wir konnten«, konterte er zornig, »wir haben heillos improvisiert. Ich weiß, alle sehen und beurteilen das anders, behaupten, wir hätten das Schlimmste verhindert.« Er lachte unsicher auf. »Wir haben nichts Heldenhaftes getan. Gar nichts.«

Mertin ließ ihn reden, sie wusste auch nicht, was sie hätte erwidern sollen.

»Außerdem bin ich jetzt im Innendienst.«

Mertin schaute Yannik an, der ihren Blick unerwidert ließ. »Tut mir leid«, sagte er und ging davon.

Benommen ging Mertin zurück zum Parkplatz. Sie entriegelte per Knopfdruck den Dienstwagen, stieg aber nicht ein. Es war ein schöner, sonniger Tag. Vermutlich war es der erste wärmere Frühlingstag nach einem langen Winter. Und zudem ein hoher katholischer Feiertag. Viele Leute waren unterwegs, genossen die Frühlingssonne, und Familien strömten ins Schwimmbad, als wäre heute die Freibadsaison eröffnet worden.

Mit einer derart heftigen Abfuhr hatte Mertin im Leben nicht gerechnet. Sie hatte Yannik in der Überzeugung aufgesucht, dass die Ereignisse sie zusammengeschweißt hätten. Stattdessen gab er ihr indirekt die Schuld am Tod der beiden Kollegen.

Indirekt? Wohl eher ziemlich direkt.

Sicher, als Soko-Einsatzleitung hatte sie die Verantwortung getragen. Und Svetlanas sowie Mirkos Tod belastete sie ungeheuerlich, aber verschuldet hatte sie deren Tod nicht. An dem Tag war vieles schiefgelaufen, offizielle Kritik an ihrer Einsatzführung hatte sie dennoch nicht erreicht. Reichte es denn nicht, dass sie das erleben mussten, dass sie das vermutlich ihr Leben lang nicht loswürde? Psychologen sprachen von Trauma, sie traute sich nicht einmal in Gedanken, dieses Wort zu verwenden. Mussten sie sich nun noch die Schuld daran zuweisen?

Und nun würde sie diese Ermittlungen ganz allein durchführen, den Fall allein aufrollen müssen. Die Liste der zu erledigenden Aufgaben war lang. Bei der Fülle an Material und ungeklärten Fragen war das schlicht nicht zu bewältigen.

Mertin ließ sich auf dem Bordstein nieder und blieb dort eine ganz Weile in Gedanken versunken hocken. Sie merkte, wie ihre Hände zittrig wurden, wie die Gedanken wild durcheinanderschossen, ohne einen Sinn zu ergeben. Angst, Verzweiflung und Hoffnungslosigkeit – Mertin schlug um sich. Mit den Füßen zappelte sie wie ein trotziges Kind im Wutanfall. Mehrfach klatschte ihre Hand auf den unmittelbar vor ihr befindlichen Scheinwerfer des Dienst-VWs. Es dauerte, bis sie sich beruhigen konnte.

Als sie sich wieder umblickte, bemerkte sie zwei Parkplätze weiter ein Auto, das vorhin noch nicht da gestanden hatte. Es musste erst kürzlich angekommen sein. Die Insassen blickten sie misstrauisch an. Verrückte randaliert auf Parkplatz, las sie in den Blicken der jungen Leute, die, sobald Mertin sie anschaute, rasch ihren Blick abwandten und so taten, als hätten sie nichts gesehen. Besser, man wurde nicht in die dubiosen Gefühlsausbrüche fremder Personen verwickelt.

Kurz darauf verließ das Pärchen das Auto und beeilte sich, davonzukommen. Mertin schnaufte, kam nur langsam wieder zur Ruhe. Sie musste durchhalten. Keine Ahnung, wie, aber sie musste durchhalten! Sie inspizierte den Scheinwerfer. Nicht mal einen Kratzer hatte das Glas durch ihre Schläge abbekommen. Normalerweise hätte sie die Power besessen, das Glas zu zerschlagen. Ob diese Kraft jemals wieder zurückkehren würde, war fraglich.

Ich werde sie nicht gewinnen lassen, schwor sie sich, ohne genau definiert zu haben, wer oder was »sie« waren. Sie benötigte dringend Hilfe. Und ihr fiel nur eine Person ein, die dafür in Frage kam. Sie nahm ihr Handy hervor und wählte die Nummer ihres Ex-Freunds Martin. Er ging prompt ans Telefon.

»Judith!«

»Ich brauche deine Hilfe«, sagte sie ohne Umschweife.

»Natürlich, ich bin für dich da.«

Das tat gut, aber nun kam der schwierige Teil. »Es betrifft aber nicht uns.« Sie konnte hören, wie Martin schluckte.

»Du meinst, du rufst nicht an, um über uns zu sprechen?«

»Nein, Martin, ich …«, stammelte sie. Wie sollte sie ihm erklären, was sie selbst nicht verstand? »Hilfst du mir trotzdem?«

Martins Stimme bebte, weinte er etwa?

»Was willst du denn?«, fragte er schwach.

15:15 Uhr

Auf dem Klingelschild standen lediglich drei Großbuchstaben – »M A P«. Das entsprach der Information, die sie von ihrem Ex erhalten hatte. Mertin klingelte. Viel mehr als das Kürzel wusste sie nicht über die Person, die sie besuchen wollte.

Die Gegensprechanlage brummte. »Ja?«

»Martin schickt mich.«

Rauschen.

»Dritte Etage«, sagte die Stimme schließlich, »und schließen Sie die Haustür hinter sich.«

Dann ertönte der Summer.

In der dritten Etage erwartete sie ein äußerst mürrisch dreinblickender Mittdreißiger, der aussah wie ein heruntergekommener alternder Rockstar, der seinen letzten Hit irgendwann in den 1970ern gefeiert hatte. Seine Wohnung roch genauso muffig, als hätte er sie seit damals nicht mehr gelüftet, geschweige denn das Haus verlassen. Mertin wäre am liebsten wieder gegangen, aber sie brauchte dringend schnell und unkompliziert Infos.

»Du bist also die Braut von Computer-Martin«, meinte er zur Begrüßung.

»Ex-Braut«, korrigierte sie.

MAP durchbohrte sie mit seinem Blick. »Immer wieder interessant, diese Sache mit den Blickwinkeln«, meinte er, während er die Eingangstür hinter ihr mehrfach abschloss.

»Muss ich das verstehen?«

»Ich schließe immer ab.«

»Das meine ich nicht«, betonte Mertin.

»Dein Ex-Freund Martin hat behauptet, ihr wärt noch zusammen«, warf er ihr über die Schulter zu und führte sie durch den Flur in sein Arbeitszimmer.

Der Raum war über und über gefüllt mit Büchern, Zeitschriften, Zetteln und diversem anderem Zeugs, das Mertin nicht identifizieren wollte. Die gesamte Wohnung war ein einziges Chaos, in dem sich das Recherchematerial türmte. Hier roch es nicht nur muffig, es stank fürchterlich.

»Er macht sich Hoffnungen, aber ich bin momentan …« Sie brach mitten im Satz ab.

»Verstehe.«

»Das glaube ich nicht.«

»Oh doch, ich verstehe ziemlich gut. So ist das immer mit den Perspektiven. Weißt du, Putin nannte die ›Befreiung‹ von Homs die ›größte humanitäre Rettungsaktion der Neuzeit‹. Andere sagen schlicht ›Niederlage‹. So viel zu den unterschiedlichen Blickwinkeln. – Setz dich doch«, sagte er, nachdem er sich auf seinen Schreibtischstuhl fallen gelassen hatte.

Mertin blickte sich im Chaos um und blieb stehen.

»Was für Infos brauchst du?«

»Infos, die man nicht im Netz findet.«

Er starrte sie eindringlich an. »Du bist Polizistin, oder?«

Mertin nickte.

»Ich arbeite nicht für die Polizei. Bin unabhängig.«

Mertin schubste einen Stapel Zeitungen um, die sich auf dem Boden verteilten.

»Hey«, protestierte MAP, »was soll denn das?«

»Ich brauche jemanden, der für mich recherchiert. Martin meinte, du wärst der beste investigative Journalist, den er kennt. Nicht besonders erfolgreich, aber gut. Außerdem sollst du ein Afrika-Kenner sein. Da muss ich mich wohl verhört haben.«

»Nicht besonders erfolgreich …«, wiederholte MAP schmollend.

Mertin schubste noch einen weiteren Stapel um. MAP giftete sie an.

»Deine Wohnung stinkt wie eine Kloake in Kinshasa«, sagte sie, »nein, warte, eine Kloake riecht noch wie Kölnisch Wasser im Vergleich dazu. Entweder du hilfst mir und gibst mir Infos, oder ich öffne sämtliche Fenster. Bei der Frischluftzufuhr zerfällt wahrscheinlich dein gesamtes Inventar inklusive der Biomasse schlagartig zu Staub.«

»Das ist die dümmste Drohung, die ich jemals gehört habe«, meinte er mit gespielter Gelassenheit. Doch dann stand er auf und öffnete ein Fenster. »Zum Glück hat mich Martin vorgewarnt«, murmelte er.

»Womit?«

»Er meinte«, sagte MAP mit einem süffisanten Lächeln, »du hättest den totalen Sockenschuss.«

Mertin antwortete nicht darauf und wechselte abrupt das Thema: »Warum könnte jemand mit Tantal töten wollen?«

MAP schien überfordert. »Was? Wieso …?«, sagte er. »Es geht also um Tantal. Na, dann würde ich sagen: Wurde auch endlich Zeit, dass mal jemand wegen dem Scheiß-Zeug was unternimmt.«

Beide schwiegen. Mertin konnte die Gedanken förmlich durch seinen Kopf schwirren sehen.

»Moment mal«, sagte MAP plötzlich hellwach, richtete sich auf und fuhr sich durch die strähnigen Haare, »du meinst, es tötet jemand *mit* Tantal?«

»Könnte sein.«

»Ich brauche mehr Infos«, meinte MAP gleich wieder so reserviert wie zuvor.

»Es geht um Tantal, den Kongo und eine Firma.«

»Und was lässt die Bullerei dafür springen?«

Mertin hatte genug. Sie packte ihn am Kragen. MAP erschrak heftig. Er riss die Augen weit auf, bis das Weiß hervortrat.

»Hör mal zu, du kleiner popeliger Angeber, wenn, dann bezahle ich dich und nicht die Polizei. Vorher musst du aber unbedingt mit diesen Pseudo-Spionagespielchen aufhören. Dafür fehlt mir echt der Nerv.«

Sie gab ihm einen ordentlichen Schubs. Daraufhin rollte der Drehstuhl, in dem er betont lässig saß, rückwärts und stieß gegen seinen Schreibtisch, sodass die Bildschirme darauf wackelten.

»Apropos Sockenschuss«, kommentierte sie, »wenn ich mich hier so umblicke, weiß ich echt nicht, wer von uns beiden den größeren hat. Was bist du, Journalist oder Spinner?«

»Hey, hey, pass auf, was du sagst, ja? Ich habe auch Gefühle.«

Von einer Sekunde auf die andere sprang er wie elektrisiert auf. »Ach du heilige Scheiße«, rief er mit leuchtenden Augen, »du bist wegen dem Anschlag am Messekreisel hier. Du bist diese Kommissarin. Hab ich recht?«

Mertin erwiderte nichts.

»Du warst dabei?«

Ihr beharrliches Schweigen überstimmte MAP.

»Okay, ich mach mit. Ich helf dir«, sagte er schnell.

»Hat ja ein bisschen lange gedauert, bis du was kapierst.«

»Sorry, aber mit so einem Knaller kann ja keiner auf Anhieb rechnen.«

Mertin und MAP standen sich in seinem chaotischen Arbeitszimmer gegenüber und funkelten sich an, er vor Begeisterung, sie vor Zorn.

»Okay, okay«, übernahm MAP die Gesprächsführung und rieb sich gleichzeitig nachdenklich die Stirn, »wir müssen uns einrichten. Du brauchst einen Platz.« Er fegte einen Stapel Zeitungen von einem Hocker. »Hier, bitte.«

Mertin ließ sich nieder.

»Und, äh, Kaffee?«

Sie überlegte, ob sie es riskieren konnte, ohne vorher seine Küche gesehen zu haben, oder ob gerade das der Vorteil daran war. »Was soll's, bin schließlich geimpft.«

MAP zwang sich zu einem Lachen. »Irre guter Gag. Muss ich mir merken«, meinte er.

Ein paar Minuten später kam er mit zwei Tassen in den Händen ins Zimmer zurück. Sie saßen sich gegenüber. Beide nahmen einen Schluck. Mertin war verwundert. Der Kaffee schmeckte ziemlich gut. Gleich trank sie nochmals.

»Was willst du wissen?«

»Erklär mir alles, was du über Tantal weißt. Ich verstehe das noch nicht. Und was kannst du mir über eine Firma namens eco-tec sagen? Martin meinte, du hättest an einer Reportage über die gearbeitet.«

Als er den Namen eco-tec hörte, flippte MAP förmlich aus. »eco-tec! Seit Monaten bin ich da ziemlich ergebnislos dran. Neulich hat mein Auftraggeber die Geduld und sogar das Vertrauen verloren. Jetzt sitze ich auf dem Trockenen. Aber ich brauche wirklich ein paar mehr Infos von dir, worum es geht. Damit wir das einkreisen können. Tantal ist ein echt weitreichendes, kompliziertes Thema. Ich werde es auch nicht verwenden. Vorerst«, fügte er ehrlicherweise noch hinzu.

Seinen Kommentar ließ sie unbeantwortet.

»Wir haben vier Tote. Zwei, die aus dem Kongo stammen, und zwei andere, die beide im Kongo waren. Einer von diesen zweien war Mitarbeiter von eco-tec. Und einer von den getöteten Kongolesen hatte Coltan bei sich. Außerdem, und das musst du für dich behalten, haben wir bei allen Bränden, um die es geht, mit Ausnahme des Anschlags selbst, Tantal gefunden. Fällt dir dazu was ein?«

MAP hatte aufmerksam zugehört. Einen Augenblick dachte er nach.

»Kennst du Tippu-Tip?«

Mertin schüttelte den Kopf.

»Tippu-Tip war ein arabischer Sklavenhändler im 19. Jahrhundert, der von Sansibar aus über ein gigantisches Gebiet im Ostkongo herrschte und ganze Landstriche entvölkerte, um die Geraubten auf Sklavenmärkten im gesamten arabischen Raum zu verhökern. Er gilt immer noch als Paradebeispiel einer unvorstellbar grausamen Schreckensherrschaft. Sein Name soll auf eine Lautmalerei zurückgehen und ahmt den Knall einer Gewehrbüchse nach.«

Jetzt erinnerte sich Mertin. Ihr Vater hatte ihr schon mal was davon erzählt.

»Tippu-Tip folgte stets seiner Devise: ›Warum lange verhandeln, wenn rauben sehr viel effektiver ist?‹ Dabei hat er auch immer Geschäfte mit Europäern – und die mit ihm – gemacht. Dieses Handelsprinzip folgt ganz der Logik, die uns heute auch noch sehr vertraut ist: Geld stinkt nicht, und solange es Profit abwirft, ist alles erlaubt.«

»Was hat das mit Tantal zu tun?«

»Nun«, erklärte MAP, »im Prinzip ist *raiding* heute immer noch beliebter als *trading*. Nur mit dem Unterschied, dass die heutigen Sklavenhändler nicht mehr direkt mit Menschen handeln – obwohl es auch heute immer noch tatsächlichen Sklavenhandel gibt –, sondern eben mit seltenen Erden. Sie tragen Anzüge, machen auf NGO und kommen aus Amerika, Europa oder China.«

»Kannst du bitte mehr Fakten und weniger Meinung liefern«, kritisierte Mertin.

MAP machte eine beschwichtigende Geste. »Ganz kurz gesagt, Tantal ist ein echtes Sauzeug. Das Metall an sich ist harmlos, nicht dass wir uns da falsch verstehen. Aber es ist selten, und das macht es so wertvoll. In der Öffentlichkeit interessiert sich niemand für Tantal. Die gesamte Problematik ist bekannt, was aber kaum etwas ändert. Denn es ist vollständig unverzichtbar, verstehst du? Nahezu in jedem Technikgerät, in der Medizin und so weiter wird Tantal verwendet. Nicht nur verwendet, sondern, wie gesagt, es ist nicht zu ersetzen. Alternativlos. Auf der anderen Seite sind die Vorkommen aber äußerst begrenzt. Die Nachfrage ist enorm hoch und nimmt immer noch zu. Unser Durst nach Smartphones und E-Autos ist unersättlich. Du kannst dir vorstellen, was daraus resultiert. Tantal wird aus Coltan gewonnen. Coltanminen gibt es zum Beispiel in Australien und eben im Kongo. China und USA führen einen Handelskrieg um die sogenannten seltenen Erden. Coltan aus dem Kongo ist billiger. Ganz klar, warum.«

Mertin blickte ihn mit versteinerter Miene an.

»Die Bergbaufirmen in Australien unterliegen westlichen Gesetzen und Bestimmungen. Das sieht im Kongo ganz anders aus. Dort herrscht immer noch Krieg. Ein vollkommen unübersichtlicher Bürgerkrieg, in dem unzählige Milizen gegeneinander kämpfen. Keiner weiß, wer was macht und warum. Keiner blickt mehr durch. Die Minen unterliegen der Kontrolle solcher Milizen, die sich an dem Verkauf von Coltan bereichern und aus den Erlösen Waffen kaufen. Ähnlich wie bei Diamanten spricht man von Blutmineralien. Und in den Handel mit Tantal sind wie bei den Diamanten auch westliche Firmen verstrickt.«

Plötzlich fiel sein Blick auf das geöffnete Fenster. Er sprang auf und schloss es. »Wo kommst du her?«, fragte er.

»Goma.«

»Scheiße, ist das wahr?«

»Meine Mutter wurde von Milizen getötet. Es ist scheißewahr«, erklärte sie genervt.

MAP legte eine kurze Pause ein, damit er das Gehörte verarbeiten konnte.

Verwundert und nahezu verzweifelt über ihre Ignoranz im Umgang mit der eigenen Geschichte schüttelte sie den Kopf.

»Ich war sechs Mal im Kongo, um vor Ort zu recherchieren«, fuhr er dann fort. »Ich war in einigen Minen. Kinder gehen mit nichts als Flipflops an den Füßen in die ungesicherten Schächte, um nach Kobalt oder Coltan zu schürfen. Stell dir das mal vor,

du würdest mit Flipflops in einem deutschen Bergwerk auftauchen. Das wäre ein Skandal. Im Kongo ist es Alltag. – Tut
mir übrigens leid für deine Mutter. Wann warst du das letzte
Mal in Goma?«

»Das ist lange her. Einige Jahre«, antwortete Mertin, »mein
Vater ist noch dort. In Kinshasa. Aber ich möchte nicht weiter
darüber reden.«

MAP nickte. »Ich komme aus Ostwestfalen. Die Menschen
dort ziehen einmal im Jahr grüne Uniformen an, ballern auf
einen Pappvogel und püttkern, wie man in Westfalen sagt,
sprich: trinken literweise Zielwasser.«

»Zielwasser?«

»Schnaps. Was ich dir sagen will: Ich verdränge dieses Wissen
tagtäglich. Damit will ich nix zu tun haben. Es ist mir völlig un-
begreiflich. Vielleicht bin ich auch nur ein Spaßverderber. Ich
kann verstehen, dass du Dinge aus deiner Heimat verleugnest.«

Mertin sah ihn ungläubig an. »Du vergleichst Blutmineralien
mit einem Schützenfest?«

»Sorry«, entschuldigte sich MAP, »das war wohl ein etwas
wilder Vergleich. Ich wollte dir eigentlich nur was Nettes sagen.«

Mertins starrer Blick blieb auf ihn gerichtet.

»Hey, bitte bleib cool, ich bin auf deiner Seite«, fügte er
schnell hinzu.

»Was ist mit eco-tec?«, wechselte sie das Thema.

»Eine total undurchsichtige Firma. Was schon mal gegen den
Himmel stinkt, ist, dass eco-tec vollkommen frei von Über-
zeugungen ›fairmobile‹ kopiert. Du kennst fairmobile?«

»Sagt mir nichts.«

»fairmobile ist ein deutsch-niederländisches Unternehmen,
das unter fairen Arbeits- und Materialbeschaffungsbedingungen
ein Smartphone produziert. Mit anderen Worten: fairmobile ist
echt. eco-tec ist ein Fake. Leider kann ich das nicht hundertprozentig beweisen. – Wo es geht, verschleiert das Unternehmen.
Sie sagen nicht, woher die Materialien stammen, die sie verwenden. Sie behaupten einfach nur, es sei ›öko‹, weil das gerade

modern ist und man damit Geld verdienen kann. Klar, eco-tec ist billiger als das Telefon von fairmobile, daher haben sie gute Zahlen. Allerdings stehen echte Öko-Kunden auf Transparenz. Bei eco-tec ist die ›Bio-Masche‹ aber nicht echt. Ich behaupte sogar, dass es Etikettenschwindel ist. Nur beweisen kann ich es, wie gesagt, nicht. Dazu kommt, dass eco-tec zu einem Global Player gehört, einem undurchsichtigen Firmenkonsortium, das jegliche Auskunft verweigert. Der belgische Mutterkonzern ist ein monströser Krake, der alles an sich reißt und verschlingt, womit man Kohle scheffeln kann. Ich bin denen derartig auf die Nerven gegangen, das kannst du dir nicht vorstellen.«

Ostrowski hatte in ihrem ersten Gespräch vor einigen Monaten von Ärger mit der Presse erzählt, erinnerte Mertin sich.

»Es gibt auch ganz aktuell Unruhen im Kongo«, kam MAP noch einmal auf das vorherige Thema zurück. »Trotz Ebola-Ausbruch und neuer Regierung geht das Morden weiter.«

»Davon habe ich kaum was mitbekommen«, gestand sie.

»In der deutschen Presse wird auch sehr wenig über afrikanische Tagespolitik berichtet. Wie all seine Vorgänger und wie viele afrikanische Kleptokraten vor ihm klebt auch der Nachfolger von Präsident Joseph Kabila an der Macht wie Fliegen an der Hundescheiße. Immer wieder kommt es zu Protesten, bei denen es viele Tote gibt. Es ist immer das Gleiche. Der Kongo kommt einfach nicht zur Ruhe. Woran denkst du?«

»Mir ist jetzt klar«, antwortete sie, »dass Mbeki den Anschlag auf die Tec-Com ganz bewusst gewählt haben muss.«

MAP verschlug es die Sprache. Es dauerte eine ganze Weile, bis er in der Lage war, Mertins Behauptung zusammenzufassen. »Die weltweit größte Messe für Telekommunikationstechnologien«, sagte er, »Hunderte Handyfirmen sind dort jährlich vertreten. Keine diese Firmen kann auf Tantal verzichten, und ein Kongolese verübt den katastrophalsten Anschlag auf deutschem Boden ausgerechnet mit dem Material, das in der Branche unverzichtbar ist, aber gleichzeitig unglaublich viel Elend auslöst. Das ist ein Paukenschlag. – Was guckst du so traurig?« Und als Mertin nicht gleich antwortete, fügte MAP scherzend hinzu: »Das Genie vor dir hat dir gerade eben die Lösung deines Falls, das Ende deiner Kopfschmerzen geliefert. Aber du guckst drein, als müsstest du zu einer Beerdigung.«

»Nein«, widersprach Mertin zu seiner Überraschung, »da stimmt was nicht. Beim Anschlag haben wir wie gesagt keine Tantalspuren gefunden, wohl aber bei allen anderen Bränden.«

Mertin berichtete nun ausführlicher von den Morden an Derendorf und Schenckenau sowie von Louis Mwobl.

»Verstehe«, meinte MAP nachdenklich, »du meinst, wenn Mbeki einen Anschlag auf die Tec-Com geplant hätte, um ganz explizit auf das Problem mit Blutmineralien hinzuweisen, dann hättet ihr Tantalspuren finden müssen, damit seine Absicht an die Weltöffentlichkeit gelangt?«

»Liegt zumindest nahe, oder?«, antwortete Mertin. »Es ist natürlich auch möglich, dass irgendetwas Unvorhergesehenes passiert ist, wodurch Mbeki gezwungen war, vom ursprünglichen Plan abzuweichen und zu improvisieren.« Sie rieb sich die Augen, dann richtete sie ihren nachdenklichen Blick ins Leere.

»Es gibt zu viele offene Fragen. Beide Mordopfer waren am Bundeswehreinsatz im Kongo beteiligt. Dieser Einsatz lief nur bis 2006 und war auf Kinshasa begrenzt. Die Minen liegen aber im Ostkongo. Weit weg von der Hauptstadt.«

»Du hast recht, das ist komisch«, pflichtete ihr MAP bei.

»Das kann noch nicht alles gewesen sein. Was war nach 2006?«

Montag

10:51 Uhr

»Es tut mir leid, Frau Kommissarin, Marek Ostrowski ist nicht im Haus.«

Mertin studierte die Anwältin. Es war nicht zu übersehen, dass die professionelle Freundlichkeit auch eine Spur Verzweiflung enthielt.

»Wir haben neue Beweise im Fall Derendorf«, sagte sie, »die Sachlage hat sich erheblich verändert. Dazu möchte ich Herrn Ostrowski befragen. Können Sie mir sagen, wann und wo ich ihn sprechen kann?«

Mit einer knappen Geste bat Irene Halbweis die Kommissarin, ihr zu folgen. Die eco-tec-Justiziarin führte Mertin aus dem Foyer. Der Pförtner war bereits vor Minuten aufgestanden und hatte seinen Arbeitsplatz verwaist zurückgelassen. Für einen Moment war nichts weiter als das Klackern von Halbweis' Absätzen zu hören, dann öffnete sie eine Tür, die hinter ihnen mit einem satten Schmatzen ins Schloss schnappte.

Mertin und Halbweis befanden sich in einem schmalen Durchgang, der an beiden Seiten von schweren verglasten Brandschutztüren abgetrennt wurde. Trotzdem flüsterte Halbweis.

»Das ist im Moment sehr schwieg«, sagte sie bemüht, »Marek Ostrowski ist bei einem Meeting der Geschäftsführung in Brüssel.«

Nervös und unsicher, schien Halbweis selbst nicht zu glauben, was sie verkündete. Ihre gesamte Haltung hatte sich grundlegend verändert. Keine Spur mehr von Arroganz. Hier war etwas im Busch, dachte Mertin und entschloss sich, der Frau den wahren Grund ihres Kommens zu offenbaren.

Sie selbst hatte es erst vor einer halben Stunde im Präsidium von Lars mitgeteilt bekommen: Die IT-Abteilung hatte auch ohne Hilfe des Herstellers Louis Mwobls Handy geknackt. Die Anrufliste hatte eine kleine Sensation bereitgehalten. Mertin konfrontierte Halbweis mit den Fakten.

»Louis Mwobl, der Kongolese, der bei einem Brand im Flüchtlingsheim ums Leben gekommen ist, war ein Freund von Kofi Mbeki. Der Name wird Ihnen vermutlich mehr sagen. Jedenfalls ist auf dem Handy von Louis Mwobl eine Handynummer gefunden worden, die Ihnen bekannt sein dürfte. Mwobl hat Ihren ebenfalls verstorbenen Ingenieur Niels Derendorf mehrmals angerufen. Das passt zum Fund von Coltan bei Mwobls Leiche. Woher hatte er die Nummer? Was wollte Mwobl von Derendorf? Coltan verkaufen? Derendorf hatte direkten Kontakt zu einem Komplizen des Messe-Terroristen Mbeki. Was hatte eco-tec mit Mwobl zu schaffen? Darauf benötige ich eine Antwort von Ostrowski.«

Eine tatsächliche Komplizenschaft Mwobls mit Mbeki war zwar nicht nachgewiesen worden, daher war Mertins Behauptung etwas hoch gegriffen. Aber der Bluff zeigte Wirkung. Halbweis wurde blass. Da es im Durchgang keine Sitzgelegenheit gab, blieb sie schwankend stehen, so als würde sie jeden Moment zusammenbrechen.

»Wo finden wir Marek Ostrowski?«, beharrte Mertin.

Halbweis schüttelte verzweifelt den Kopf. »Ich habe keine Ahnung«, gestand sie.

»Nichts als Fake News«, sagte Mertin hart. Sie bedrängte die Anwältin körperlich, drückte sie förmlich an die Wand. »Eure Lügen könnt ihr auf Facebook veröffentlichen. Ich suche nach der Wahrheit. Und ich werde nicht lockerlassen, bis ich sie gefunden habe. Wollen Sie denn wirklich in Zusammenhang mit dem Messeanschlag vom Generalbundesanwalt vorgeladen werden?«

»Ich weiß es doch auch nicht«, schrie die Frau aufgebracht, »ich mache hier nur einen Job. Keiner fragt mich, ob ich das gut oder richtig finde.«

»Was völlig irrelevant ist, sobald Sie eine kriminelle Handlung decken, sogar unterstützen oder gar erst möglich machen.«

»Sie wissen überhaupt nicht, mit wem Sie es zu tun haben.«

»Dann klären Sie mich auf.«

»Ostrowski ist doch auch nur eine Marionette.«

Halbweis spielte wohl auf den dubiosen Mutterkonzern an, von dem bereits MAP berichtet hatte. Mertin wartete.

»Es ist merkwürdig.«

»Was?«

»Ich habe nie genau nachgefragt, weil das einfach von der Firmenleitung, sprich Ostrowski, nicht gewünscht war. Wir beziehen unser Tantal angeblich aus recycelten Handys.«

»Und weiter?«

»Es kann nicht stimmen. Die Zahlen stimmen nicht. Die gewonnene Menge an recyceltem Material und unser tatsächlicher Bedarf klaffen weit auseinander. Mit anderen Worten: Wir verarbeiten mehr Tantal, als wir gewinnen.«

Mertin war sich augenblicklich der Tragweite dieser Äußerung bewusst. Woher kam das restliche Metall? Die Anwältin hatte als Insiderin die besten Voraussetzungen, als Kronzeugin zu fungieren. Mertin musste sehr behutsam vorgehen. Es konnte auch alles nur ein Täuschungsmanöver sein.

»Ich werde mit der Staatsanwaltschaft sprechen. Es gibt Programme zum Schutz von Zeugen. Verhalten Sie sich weiterhin normal. Garantieren kann ich Ihnen nichts, aber wenn Sie mit uns kooperieren und mir sagen, was Sie wissen, wird das von der Staatsanwaltschaft sicherlich positiv aufgenommen.«

Halbweis starrte Mertin mit Entsetzen im Blick an.

12:55 Uhr

Die Bäume auf der Anhöhe trieben erste Knospen. Es waren Linden, wie Mertin vermutete. Die großen Äste wogten hin und her. Die jungen Blätter glänzten grün-silbern im Wind. Dort oben war es offenbar sehr windig. Stürmisch sogar.

Eineinhalb Stunden war sie über enge, kurvige Landstraßen bis in die nördliche Eifel gefahren. Sie hatte schon befürchtet, das Navigationsgerät könnte sie in die Irre führen, da war endlich die Kurklinik hinter ebenjener Anhöhe aufgetaucht, auf die sie nun durch die Fenster des Besucherbereichs zurückblickte. Sie wartete bereits seit über zwanzig Minuten. Ihre Geduld wurde erheblich strapaziert. Zog sie von ihrer Nachsicht die Überwindung ab, die es sie gekostet hatte, *überhaupt* hierherzufahren, blieben nicht viele positive Gefühle übrig.

Zwanzig Minuten warten, und all der Ärger mit ihm war wieder so präsent, als wäre er nie weg gewesen. Sie vergrub ihr Gesicht in den Händen. Sollte sie einfach wieder fahren, ohne mit ihm zu sprechen?

Mertin blickte durch die Finger vor ihren Augen auf den Fußboden. In ihr Blickfeld schoben sich zwei nackte Füße in Badelatschen. Füße wie Schuhe sahen feucht aus, und es verbreitete sich ein deutlicher Geruch nach Chlor. Sie hob ihren Kopf. Sie musste zweimal hinschauen, um den Mittvierziger im Bademantel vor ihr zu erkennen.

Markus Kaiser rieb sich die nassen Haare mit einem Handtuch trocken, dabei lächelte er sie an. Er sah verändert aus. Enorm verändert. Er trug jetzt kurze Haare, war rasiert und wirkte vollkommen relaxed. Er legte den Kopf auf die Seite und begann, auf einem Bein zu hüpfen. Dabei pulte er sich mit dem Zeigefinger in einem Ohr. »Wassergymnastik«, erklärte er und lachte, »nachher habe ich immer Wasser im Ohr.«

»Ich kann dir sagen«, fuhr er fort, nachdem Mertin keinerlei Reaktion gezeigt hatte, »anfangs habe ich geglaubt, die Ärzte und Therapeuten wollen mich verarschen mit dem lächerlichen Gehüpfe im Wasser. Ich sollte eine Schwimmnudel in die Hand nehmen! Im Leben nicht. Aber mittlerweile mache ich das richtig gerne.«

Nach einer langen Pause fügte er hinzu: »Du sagst ja gar nichts.«

Mertin stand auf. »Das Letzte, was ich von dir sehen will, sind deine schrumpeligen Füße in Adiletten.«

»Ja, das glaube ich dir gerne, damit wirst du jetzt leben müssen.« Kaiser wirkte nicht aggressiv, aber entschlossen. »Vermutlich bist du nicht hier, um mir ein postösterliches Friedensangebot zu unterbreiten.«

»Ich dir?«

»Warum nicht?«

Sie duellierten sich mit Blicken. Schließlich war es Kaiser, der bei dem Kräftemessen nachgab.

»Ich möchte nicht mehr in diese negativen Gefühle einsteigen«, gestand er, »komm mit auf mein Zimmer. Da kannst du mir in Ruhe erzählen, wo der Schuh drückt.«

Mertin blickte ihn unsicher an.

»Es ist in Ordnung«, sagte er, »es geht mir besser.«

Sie war hergekommen, um mit ihm über den Fall zu sprechen. Es wäre dumm und vermutlich voreilig, unverrichteter Dinge wieder zu fahren. Also folgte sie Kaiser.

Sein Patientenzimmer sah gar nicht nach Klinik aus, eher wie in einem Hotel. Kaiser verschwand im Badezimmer, ließ die Tür einen Spaltbreit offen stehen, damit sie sich weiter unterhalten konnten.

»Wie waren die Beerdigungen von Svetlana und Mirko?«

»Keine Ahnung«, antwortete Mertin, »ich lag noch im Krankenhaus.«

Es gab ein raschelndes Geräusch, vermutlich trocknete Kaiser sich ab.

»Was ist mit Sundermann?«

»Ist beim Staatsschutz gelandet.«

»Was?«, schrie Kaiser. »Unglaublich. Diese Pflaume!«

»Er gilt jetzt als Terrorismusexperte.« Mertin schwieg einen Moment. Vor ihrem inneren Auge sah sie noch deutlich die Szene, wie Sundermann, bedroht von Mbeki, seine Waffe hatte fallen lassen und weggelaufen war. »Feigling.«

Das ließ Kaiser unkommentiert. »Nach allem, was ich höre, ist die ›Heldin vom Messekreisel‹ auch mit viel Lob für ihr entschlossenes Handeln bedacht worden«, sagte er stattdessen.

Kaiser zitierte eine Schlagzeile aus der Boulevardpresse. Eine

Krankenschwester hatte ihr die Titelseite gezeigt. Wenn jemand die Bezeichnung »Held« verdient hatte, dann war das in ihren Augen Mirko Ludermann. Er hatte sich Mbeki in den Weg gestellt und damit verhindert, dass der den Sprinter mitten in die Menschenmenge lenken konnte.

Die Tränen schossen ihr in die Augen, und sie wandte sich Richtung Fenster. Kaiser sollte nichts von ihren Gefühlsregungen mitbekommen. Auch wenn er sich im Badezimmer aufhielt, seine Sensoren schliefen bestimmt nicht.

Nach ein paar Minuten kam Kaiser anzogen aus dem Badezimmer. Er trug einen blauen Trainingsanzug. Seltsamer Anblick. Mertin holte Luft.

»Yannik gibt mir die Schuld am Tod der Kollegen. Er sagt es nicht direkt, aber ich kann es in seinen Augen lesen.« Wieso sprach sie das jetzt so offen vor Kaiser aus? Mertin wusste keine Antwort darauf.

»Yannik wird irgendwann einsehen, dass er unrecht hat«, meinte Kaiser.

»Oder auch nicht.«

»Ja, auch die Möglichkeit besteht«, gestand Kaiser ehrlich, dann ließ er sich auf sein Bett fallen und verschränkte die Arme hinter dem Kopf, während er die Augen schloss und die Füße über Kreuz ablegte. »Dann schieß mal los«, forderte er sie auf.

Mertin blieb vorsichtig. Es war gut möglich, dass er Kontakt mit jemandem im Präsidium hielt, Müller eventuell, der ihm einiges erzählte. Auch neueste Ermittlungsergebnisse. Sie zwang sich, an das Positive zu denken, was sie über Kaiser wusste. Sie musste sein Ermittlergespür anzapfen.

»Du weißt doch schon längst, was Sache ist«, mutmaßte sie, »hab ich recht?«

»Weißt du, was ich gar nicht vermisse?«, lautete seine Gegenfrage.

»Nein.« Er fängt schon wieder mit den Spielchen an, dachte sie.

»Diese nächtlichen Anrufe.« Er öffnete die Augen und richtete sich auf. Er blickte sie direkt an. »Und ich habe nicht die geringste Ahnung, was los ist. Entweder du glaubst mir, oder du lässt es bleiben.«

Es klang aufrichtig. Eine andere Wahl hatte sie eh nicht. Daher brachte sie ihn auf den neuesten Stand der Ermittlungen. Als sie endlich erzählte, dass auf Louis Mwobls Handy Derendorfs Nummer gefunden worden war und sich Ostrowski nun verleugnen ließ, stieß Kaiser einen Pfiff aus.

»Es passt noch nicht richtig zusammen«, erklärte sie abschließend.

»Mal abgesehen davon, dass es nie richtig und vollkommen zusammenpasst. Die perfekte Auflösung gibt's nicht«, meinte Kaiser. »An allen Tatorten wurde also Tantal gefunden, außer beim Anschlag selbst?«

Mertin nickte.

»Du arbeitest alleine?«

»So gut wie«, erklärte Mertin ausweichend.

»Schon gut, du hast eine Quelle, die du nicht nennen willst.«

Hatte sie schon zu viel verraten? Kaiser blickte sie mit wachen Augen an. Mit erschreckend wachen Augen!

»Woher stammt das bei den Morden verwendete Tantal?«

»Das konnte ich noch nicht klären«, gestand sie.

»Der Spur würde ich nachgehen. Und Ostrowski beschatten. Mich würde es nicht wundern, wenn sich dadurch neue Erkenntnisse eröffnen würden.« Kaiser lächelte.

»Ostrowski also.« Mertin blickte nachdenklich aus dem Fenster.

»Du wartest auf mich. In ein paar Wochen komme ich zurück, und wir schnappen uns das Dreckschwein. Wenn er bis dahin nicht tot ist.«

»Ist ja nett, dass ihr alle so besorgt um mich seid, aber ich schaffe das schon«, platzte es aus ihr heraus.

Kaiser blieb ruhig. »Es wird vermutlich weitere Opfer geben.«

Mertin nickte, das war auch ihre Vermutung.

»Aber du hast keine Ahnung, wer es sein könnte.«

Wieder nickte sie niedergeschlagen.

»Erika Derendorf?«

»Höchstens, wenn sie jemanden beauftragt hat. Aber wieso? Nein, es geht um Tantal und darum, was bei der Bundeswehrmission im Kongo passiert ist.«

»Kollegin Bäcker soll sich eine Liste der Soldaten, die an der Kongo-Mission beteiligt waren, geben lassen«, riet er.

Ihr Handy gab ein Geräusch von sich. Als sie auf das Display blickte, sah sie, dass sie von einer unbekannten Nummer eine SMS erhalten hatte: »O. geht jeden Abend gegen 21 Uhr in den Harold's Club«, las sie.

Mertin zeigte Kaiser die SMS. »Vermutlich bekommt unsere Anwältin Halbweis kalte Füße. Die SMS ist bestimmt von ihr.«

»Gut möglich«, bestätigte Kaiser, schwieg einen Moment und lachte dann laut auf.

»Was ist los?«

»Nichts Besonderes«, erklärte sich Kaiser, »ich habe nur gerade festgestellt, dass mir die Arbeit langsam fehlt.«

»Gutes Zeichen?«

»Kein schlechtes«, wog Kaiser ab.

21:00 Uhr

Der »Harold's Club« war ein exklusives Fitnessstudio, dessen Angebot sich ausschließlich an Leute richtete, die sich den horrenden Mitgliedsbeitrag leisten konnten. Die Kölner Filiale der weltweit operierenden Kette war unscheinbar in den oberen Etagen eines Hochhauses am Mediapark untergebracht. Mertin betrat das Foyer und hielt der jungen Mitarbeiterin hinter dem Empfang ihren Dienstausweis unter die Nase.

»Ich suche Marek Ostrowski. Wo finde ich ihn?«, fragte sie ohne Umschweife.

Die Frau schaute unsicher auf den Ausweis. Polizei sah sie hier nicht allzu häufig. »Ich weiß noch nicht mal, ob ich die Frage beantworten darf«, wich sie aus.

»Dürfen Sie«, antwortete Mertin und legte ein Schreiben auf den Tisch, »das ist eine richterliche Vorladung. Also nochmals die Frage: Wo finde ich ihn? Wir wissen, dass Ostrowski im Hause ist.«

Letzteres war lediglich eine Vermutung. Trotz Objektobservierung war Ostrowski nicht beim Betreten des Gebäudes beobachtet worden. Mertin vermutete daher, dass er sich über die private Tiefgarage und den Lift unbemerkt Zugang zu den Räumlichkeiten verschafft hatte. Dass der Hinweis nur erfunden sein konnte, stand nicht zu befürchten, denn die eco-tec-Justiziarin war in der Zwischenzeit persönlich bei der Polizei erschienen und hatte ihre Kooperation erklärt.

»Dann rufe ich jetzt mal meinen Chef.« Die Frau hinter dem Empfang griff zum Telefon.

Mertin hinderte sie daran. »Woher soll ich wissen, dass Sie wirklich Ihren Chef anrufen und nicht Ostrowski warnen?«

Die Frau guckte Mertin ungläubig an.

»Ihnen scheint nicht im Geringsten bewusst zu sein, wie ernst die Situation ist. Wenn Sie nicht sofort den Hörer wieder auflegen, lasse ich Sie vorläufig festnehmen.«

Die Frau kniff die Augen zusammen.

»Kennen Sie den Ausspruch ›Hier kommt die Kavallerie‹«, fragte Mertin, »aus Filmen? Ich mag den Spruch gar nicht. Vor allem, weil die Kavallerie die Indianer getötet hat, und ich mag die Indianer viel lieber als die Soldaten.«

Die Frau nickte verunsichert.

Mertin zeigte mit dem Daumen über ihre Schulter. »Die Kavallerie.«

In diesem Augenblick betraten sechs uniformierte Polizisten hinter Mertin das Studio und warteten auf Anweisungen ihrer Einsatzleiterin, die sich noch im Gespräch mit einer Mitarbeiterin befand.

»Festsetzen«, ordnete Mertin an und zeigte auf die Mitarbeiterin, die immer noch den Telefonhörer umklammerte, als wäre er ihr Rettungsanker, »keine Anrufe zulassen. Ihr zwei bleibt an dieser Tür. Keiner verlässt das Studio, bis wir Ostrowski gefunden haben. Wir Übrigen suchen die Räumlichkeiten nach Ostrowski ab und sichern weitere Ausgänge.«

Die Polizisten taten, wie ihnen aufgetragen wurde.

Mertin richtete sich nochmals an die Frau. Ein Beamter blieb bei ihr. »Letzte Chance: Wo ist Ostrowski?«

»In der Umkleide«, stammelte sie und zeigte den Gang hinunter.

Mertin eilte, gefolgt von dem Polizisten, in die angewiesene Richtung.

Marek Ostrowski kam gerade aus der Dusche, als sie die Umkleide betraten. Ihm und den anderen Männern in der Sammelkabine blieb förmlich die Sprache weg.

»Marek Ostrowski?«

»Ja«, bestätigte der Angesprochene.

»Ziehen Sie sich an«, sagte Mertin, »ich nehme Sie zur Befragung mit auf die Wache.«

»Was soll der Zirkus?«, fauchte Ostrowski.

»Das haben Sie sich selbst eingebrockt.« Mertin zeigte ihm die Vorladung. »In Ihrer Firma lassen Sie sich verleugnen. Ich suche Sie schon den ganzen Tag. Sie reagieren nicht auf Anrufe. Angeblich sind Sie auf Geschäftsreise.«

»Ich war auf Geschäftsreise«, verteidigte er sich, »ich war in Brüssel. Bin erst vor einer halben Stunde wieder in Köln angekommen.«

»Darüber sprechen wir gleich.«

»Das ist ja schon übergriffig, was Sie hier veranstalten«, protestierte Ostrowski.

»Ich nehme Sie mit. Egal wie. In Handschellen oder freiwillig. Angezogen oder nackig. Von mir aus auch nackig und in Handschellen.«

Ein anderer Mann in der Umkleide prustete vor Lachen laut los. Ostrowski selbst war aber längst klar, dass es keinen Grund zur Freude gab.

Eine halbe Stunde später saßen sie in einem Vernehmungszimmer des Polizeipräsidiums am Walter-Pauli-Ring in Kalk.

Ostrowski wollte telefonieren, offenbar nahm aber niemand seinen Anruf entgegen.

»Meine Anwältin geht gar nicht ans Telefon.« Diese Tatsache schien den Manager vollkommen zu überraschen. Von seinen Mitarbeitern war er wohl bedingungslose Folgsamkeit gewohnt. »Komisch«, meinte er.

Mertin zeigte keinerlei Regung, als sie ihm das Handy abnahm.

»Bestehen Sie weiterhin darauf, dass bei diesem Gespräch ein Anwalt zugegen ist?«

»Natürlich.«

Mertin stand auf, ging Richtung Tür. »Gut, Sie bleiben so lange hier, bis Sie einen Anwalt gefunden haben.«

Ostrowski nickte. Es musste ihn wirklich irritieren, von seiner Anwältin Halbweis eine Abfuhr kassiert zu haben.

»Ihr Handy behalte aber ich.«

Ostrowski wollte zu einer Beschwerde ansetzen, unterließ es aber, als er begriff, was Mertin damit bezweckte. Er lachte unmotiviert auf. »Sie können mich hier nicht ewig festhalten«, platzte es verärgert aus ihm heraus.

»*Ewig* will Sie niemand festhalten. Das garantiere ich Ihnen, da fangen Sie ja an zu stinken.«

Ostrowski unternahm einen weiteren Versuch, sie einzuschüchtern. »Das wird ein Nachspiel haben. Ich werde mich über Sie beschweren und Sie wegen Nötigung und Schikane anzeigen. Darauf können Sie sich verlassen.«

»Ist okay«, meinte Mertin lässig, »allerdings sind wir noch lange nicht an dem Punkt der Geschichte. Erst mal sitzen Sie hier in diesem Zimmer. Ich gehe jetzt nach Hause, leg mich gemütlich in mein Bett und denke keine Sekunde daran, dass Sie hier auf diesen tierisch unbequemen Stühlen die Nacht verbringen. Vielleicht, ja aber auch nur vielleicht kommt morgen früh ein Kollege und schaut mal nach, was hier so vor sich hin gammelt. Und vielleicht kommt dann auch im Laufe des Tages ein Anwalt vorbei, und wir können unser Gespräch führen. Danach dürfen Sie alles tun, was Ihnen beliebt. Auch mich anzeigen. Aber die nächsten zwölf bis sechzehn Stunden sitzen Sie hier fest.«

Mertin konnte in Ostrowskis Gesicht ablesen, dass er die bittere Pille langsam zu schlucken begann.

»Was wird mir denn überhaupt vorgeworfen?«

»Es ist ganz offensichtlich, dass Sie sich einer Befragung durch die Behörden entziehen.« All die anderen Verdachtsmomente gegen ihn und seine Firma behielt Mertin vorerst für sich. »Ich habe lediglich ein paar Fragen an Sie, mehr nicht.«

Er blickte sie an, schien die Vor- und Nachteile abzuwägen.

»Wenn Sie meine Fragen beantworten, dürfen Sie anschließend wieder gehen«, ergänzte sie.

Ostrowski zögerte, ihr Friedensangebot anzunehmen, wahrscheinlich weil er es nicht als solches wahrnahm. »Dürfte ich nochmals versuchen, Frau Halbweis zu erreichen?«

»Es waren wohl genug Versuche.«

»Verstehe.«

»Hoffentlich.«

Ostrowski schwieg lange Zeit. Starrte auf die glatte Tischplatte, auf die schon so viele Verdächtige mit genau dem gleichen Blick, auf der Suche nach taktisch klugen Antworten, geschaut hatten.

»Was wollen Sie wissen?«, brachte er endlich zähneknirschend hervor.

»Wo waren Sie am heutigen Tag?«

»In Brüssel bei einem Meeting.«

»Bitte geben Sie die genaue Adresse sowie die Personen an, mit denen Sie sich getroffen haben. Damit wir Ihre Angabe überprüfen können.«

»Das ist vertraulich – das beantworte ich erst nach Rücksprache mit meiner Anwältin«, verweigerte er sich.

Mertin beließ es dabei. »Wie sind Sie nach Brüssel gereist? Sind Sie geflogen?«

»Nein, ich bin mit meinem Privatauto gefahren«, behauptete er. »Brüssel ist nicht weit weg. Und ich genieße die paar ruhigen Stunden alleine im Auto.«

»Wir haben den ganzen Tag versucht, Sie zu erreichen und ausfindig zu machen.«

»Das habe ich leider gar nicht mitbekommen. Ich hatte mein Handy auf lautlos gestellt. War ein wichtiges Treffen, und ich hab wohl vergessen, es nach dem Meeting wieder einzuschalten.«

Ostrowski log. Das TEK hatte mehrfach sein Firmensmartphone angepingt – zumindest das Gerät hatte Deutschland an diesem Tag nicht verlassen. Aber noch war nicht der Zeitpunkt, ihn mit seinen Lügen zu konfrontieren. Mertin verfolgte ein anderes Ziel.

»Kennen Sie einen Louis Mwobl?«

»Den Namen höre ich zum ersten Mal.« Ostrowski antwortete viel zu prompt.

»Was meinen Sie, Herr Ostrowski, wie kommt Otto Normalbürger an Tantal?«

Er schüttelte den Kopf. »Wie kommen Sie auf Tantal? Wieso fragen Sie das?«

»Beantworten Sie bitte einfach nur meine Frage.«

»Gar nicht«, brachte er mürrisch hervor, »dieser Markt ist für den sogenannten Otto Normalbürger überhaupt nicht zugänglich. Verstehen Sie?«

»Verwendet eco-tec Tantal?«

»Ja«, bestätigte Ostrowski.

»Und ich kann kein Tantal kaufen?«

»Doch, wenn Sie sich als Händler registrieren und an den entsprechenden Börsen für Rohstoffhandel zugelassen werden. Nur Firmen können Tantal kaufen. Es hat ja auch ausschließlich einen industriellen Verwendungszweck. Als Privatperson können Sie mit Tantal gar nichts anfangen.«

Für Mertins Empfinden gab Ostrowski, gemessen an dem Widerstand, den er zuvor geleistet hatte, in diesem Punkt ein bisschen zu bereitwillig Auskunft.

»Das galt auch für Ihren Ingenieur Derendorf?«

»Sicher, er muss das Metall ja nicht persönlich mit den eigenen Händen verarbeiten. Das erledigen die Arbeiter in der

Fertigung. Aber auch für eco-tec gilt: Wir kaufen kein Tantal, sondern verwenden ausschließlich recyceltes Material.«

Anwältin Halbweis hatte etwas anderes verlauten lassen. Mertin behielt ihre emotionslose Miene. »Kennen Sie einen Lukas Schenckenau?«

»Nein, tut mir leid, der Name sagt mir auch nichts.«

»Der Mann ist vergangenen Samstag auf ähnliche Weise ermordet worden wie Ihr Ingenieur Derendorf.«

Ostrowski zeigte keine Regung.

»Bei beiden Brandanschlägen haben wir Tantalspuren gefunden. Können Sie sich erklären, wie es dahingekommen ist, wenn es doch so schwer zu beschaffen ist, wie Sie sagen?«

Wenn er blass wurde, dann nur minimal, aber das konnte auch am grellen Licht im Vernehmungsraum liegen.

»Das kann ich Ihnen beim besten Willen nicht beantworten.«

Mertin wechselte abrupt das Thema. »Waren Sie schon mal in Afrika?«

Er nickte.

»Wie oft?«

»Öfters. Fünf-, sechsmal vielleicht.«

»Und wo sind Sie gewesen? Sie wissen, dass wir das in Ihrem Reisepass überprüfen können.«

»Ich war in Marokko, Ägypten, Tunesien. Urlaub machen.«

»Waren Sie auch schon im Kongo?«

»Im Kongo?« Ostrowski schwieg einen Moment, dann fügte er mit beinahe empörtem Unterton hinzu: »Herrscht da nicht Bürgerkrieg? Da wäre ich ja total irre, hinzufahren!«

Mertin starrte ihn mit durchdringendem Blick an. Vor ihr saß ein Aal. Ostrowski war nicht zu greifen. Entweder er war ein ganz abgebrühter Hund, oder er sagte die Wahrheit. Letzteres hielt sie für unwahrscheinlich. Genauso wenig würde er hier gestehen. Sie war allein, und die einzige Möglichkeit schien ihr zu sein, ihn gehen zu lassen und bei ständiger Observation auf frischer Tat zu erwischen.

Urplötzlich erhob sie sich und ging zur Tür, um sie zu öffnen. »Wir sind fertig.«

Ostrowski glaubte sich verhört zu haben.

Mertin warf ihm sein Handy zu, das er unbeholfen auffing.

»Sie können gehen«, sagte sie.

22:07 Uhr

»Da ist sie ja endlich, die Lady vom Vulkan«, empfing MAP sie.

Mertin wusste, dass der Journalist auf den Nyiragongo an-spielte, den berüchtigten Vulkan, an dessen Fuß Goma lag und dem großes Potenzial prophezeit wurde, aus ihrer Heimatstadt ein zweites Pompeji zu machen. Dennoch stutzte sie. Sein spöt-tischer Unterton gefiel ihr nicht. Sie waren nicht verabredet, nichtsdestotrotz schien er auf sie gewartet zu haben.

Er führte sie hinein und schloss die Tür hinter ihr. Als MAP ihren fragenden Blick auffing, meinte er pikiert: »Ich habe dir schon vor Stunden eine E-Mail geschrieben, du solltest sofort herkommen. Seitdem warte ich auf dich. Ich habe wichtige Neuigkeiten, aber Madame hat ja Besseres zu tun.«

Hatte er gerade »E-Mail« gesagt?

Nach der Vernehmung Ostrowskis war Mertin eh nicht zum Jubeln aufgelegt. Doch nun sank ihre Laune tief in den Keller. »Warum rufst du nicht an? Ich habe Ostrowski verhört. Vor-her habe ich ihn den halben Tag gesucht. Glaubst du, ich hätte Zeit, gemütlich im Büro am Rechner zu sitzen und E-Mails zu checken?«

MAP blickte sie betreten an. »Sorry«, murmelte er.

Mertin schüttelte genervt den Kopf. »Was gibt's denn für Neuigkeiten?«

»Betreffend genau den Herrn, von dem du gerade gesprochen hast. Was hat er denn im Verhör gesagt?«

»Nichts und alles«, antwortete Mertin, »er lügt wie gedruckt. Vermute ich. Ein professioneller Lügner, der dir eiskalt ins Ge-sicht sagt, er sei auf einem Meeting in Brüssel gewesen und habe das Handy auf lautlos gestellt gehabt, obwohl wir sein Handy mehrmals am Tag in Köln geortet haben.«

»Hast du ihn mit dem Tantalfund konfrontiert und gefragt, ob er schon mal in Afrika war?«

Mertin nickte. »Er sei schon in Afrika gewesen, aber nicht im Kongo, hat er gesagt.«

MAP klatschte erfreut in die Hände. »Dann hast du recht mit dem Profilügner«, erläuterte er, wobei er ihr den Ausdruck eines Fotos in die Hände drückte. »Marek Ostrowski war schon mal im Kongo, und zwar ziemlich lange! Um genau zu sein, hat er von 2005 bis 2012 im Kongo gelebt. Er hat für eine Minengesellschaft gearbeitet.«

Mertin blickte erschrocken auf den schlechten Schwarz-Weiß-Ausdruck und hatte Mühe, überhaupt etwas zu erkennen. Es war eine Aufnahme von einer Protestkundgebung in industriell und gleichzeitig ländlich anmutender, heruntergekommener Umgebung, wie sie es aus dem Kivu kannte. Ostrowski wurde auf dem Foto von vielen aufgebrachten Frauen bedrängt.

»Der Typ in der Mitte«, erklärte MAP mit verächtlichem Unterton, »der im kolonialherrenweißen Anzug. Ich zeig es dir gleich digital am Rechner.«

Sieben Jahre – Marek Ostrowski hatte ihr dreist ins Gesicht gelogen! Ihr war schlagartig klar, dass sie bei ihren Ermittlungen an einem bedeutenden Wendepunkt angekommen war. Das waren wirklich brisante Neuigkeiten. Und MAP schickte eine E-Mail! Sie hatte Ostrowski gehen lassen. Das hatte man davon, wenn man einen eigenwilligen Journalisten zu nah an dringende Ermittlungen heranließ. Andererseits war sie auf seine Infos angewiesen. Ohne ihn wäre sie vermutlich nie auf Bluttantal als mögliche Ursache von alldem gekommen.

Mertin rief augenblicklich die Dienststelle an und ließ sich mit den Kollegen verbinden, die Ostrowski momentan überwachten.

Noch benommen von der bahnbrechenden Neuigkeit wartete sie am Telefon und stellte fest, dass sich in MAPs Wohnung seit ihrem letzten Besuch einiges verändert hatte. Es war aufgeräumt, geputzt sowie gelüftet worden. Bei seiner Putzsession musste er Unmengen Reinigungsmittel benutzt haben. Ein deutlicher Duft von Essigreiniger lag in der Luft. Auch MAP selbst hatte sich verändert. Geduscht, rasiert und mit frischen Klamotten ausgestattet, sah er fast schon ein bisschen spießig aus. Mertin musterte ihn, bis er nervös wurde.

Endlich meldeten sich die Kollegen via Smartphone. Mertin erfuhr, dass Marek Ostrowski nach der Befragung das Präsidium verlassen hatte und mit einem Taxi direkt in seine Wohnung am Brüsseler Platz gefahren sei. Die Räumlichkeiten hatte er seitdem nicht wieder verlassen. Mertin betonte den dringenden Tatverdacht, da inzwischen neue Beweise aufgetaucht seien. Die Kollegen durften den Manager nicht aus den Augen verlieren.

Sie beendete das Telefonat. »Dann schieß mal los«, forderte sie MAP auf.

»Komm mit, ich mach uns Kaffee. Das wird länger dauern«, antwortete er und ging voraus.

In der Küche setzten sie sich an den Tisch, auf dem eine Landkarte des östlichen Kongos ausgebreitet war. Offenbar ein oft benutztes Schätzchen. Die Falzkanten waren weiß vor Abnutzung und an vielen Stellen mit Klebeband geflickt worden. MAP deutete auf einen Punkt auf der Landkarte.

»*Vermutlich* geht es um eine Mine, die *eventuell* hier liegt. Sie ist natürlich nicht verzeichnet. Auch auf Google Earth sieht man nichts.«

Mertin sah nur Grün. »Geht es präziser?«

»Nein, noch nicht. *Vermutlich* hast du es auch nicht nur mit einem Auslöser zu tun, sondern mit einer ganzen Kette von illegalen Machenschaften, die dazu führen, dass wir heute das erleben, was uns hier beschäftigt.«

Er klang nervös. Seine Aufregung schwappte auf Mertin über. »Hey, ist dir eigentlich klar, dass ich bei der Polizei arbeite? Mit Vermutungen kann ich niemanden verhaften. Ich benötige Beweise!«

»Undank ist der Welten Lohn«, entgegnete er. »Ich habe seit

sechsunddreißig Stunden nicht mehr geschlafen, um das hier herauszufinden, und du wunderst dich, dass ich noch keine hieb- und stichfesten Beweise habe.«

Mertin wollte etwas erwidern, aber MAP unterbrach sie. »Ich skizziere gerade einen möglichen Fallverlauf. Mehr nicht.«

Zeit zum Putzen hatte er aber noch gefunden.

»Was denn?«, meinte er.

Mertin ließ es dabei bewenden und schnalzte herablassend, um das zu signalisieren.

»Oh, wie gnädig«, meinte MAP, »darf der dumme kleine Journalist jetzt mit Eurer Majestäts Erlaubnis fortfahren?« Er trank einen Schluck Kaffee. »Die Mine liegt günstig. Laut meiner Quelle soll sie sehr groß sein. Sie liegt weit genug entfernt von der Grenze zu Ruanda oder Uganda, die sich sonst gerne in den Handel einmischen. Natur- oder Tierschutzgesetze, UNO-Konventionen, Menschenrechte und andere ethische oder moralische Bedenken – das interessiert hier niemanden. Ein prima Saustall mitten im Urwald!«

Mertin wusste, dass es seit vielen Jahren einen Kampf zum Schutz der Berggorillas gab. Doch immer wieder mussten Mensch, Tier und Natur zum Wohle des Profits Rückschläge einstecken.

MAP fuhr fort: »Mir ist schon bei der Recherche zu meiner Reportage über eco-tec aufgefallen, dass es in Ostrowskis Lebenslauf ungeklärte Zeiten gibt. Dem bin ich nochmals ganz konkret nachgegangen. Es war ein Gespür, und das hat sich dann bestätigt. Der Mutterkonzern von eco-tec – GlobalWorld Holding – besitzt Anteile an einer belgischen Minengesellschaft, die vornehmlich im Kongo aktiv ist. Von Aluminium-, Nickel- und Kobaltminen ist die Rede, aber nicht von Tantal. Ich glaube aber, das ist eine Finte. Übrigens, ich kann dir zu GlobalWorld eine Eins-a-Anekdote erzählen: Die hießen bis vor einigen Jahren noch Isis Holding. Zu dem Zeitpunkt, als sich der sogenannte Islamische Staat noch ISIS nannte, hat sich der Konzern flugs in GlobalWorld umbenannt. Damit haben sie es sogar in die Presse geschafft. Ansonsten tut GlobalWorld wohl alles, und ich meine *alles*, auch Bestechen, um nicht in den Zeitungen zu stehen.« Er lachte bitter.

»Kommt noch besser«, meinte er zu Mertin, die nicht in sein Lachen mit einstimmen wollte. »Die Minengesellschaft heißt Lucky Mining Ltd. Ein Händchen für gute Namen haben sie bei GlobalWorld nicht.«

Nun musste auch Mertin grinsen.

»Ich habe mehrere meiner Kontakte im Kongo angerufen beziehungsweise angemailt. Es hat gar nicht lange gedauert, da wurde mir bereits bestätigt, wie ich vermutet hatte, dass Marek Ostrowski keine unbekannte Person ist. Einer meiner Kontakte hat mich zu einem Reporter eines Lokalblattes in Goma vermittelt. Von ihm habe ich dieses Foto mit einer brisanten Geschichte gemailt bekommen. Demnach war Ostrowski bis 2012 Manager der Lucky Mining Ltd. im Kongo. Und das ist bewiesen.«

MAP tippte auf das Foto. »2012 hat sich in ebenjener Mine, über die wir sprechen, ein verheerendes Unglück ereignet. Coltan wird teils über-, teils unterirdisch abgebaut, und du kannst dir vorstellen, dass an einem Ort, an dem Menschenrechte eh schon mit Füßen getreten werden, auch kein sonderlicher Wert auf Maßnahmen gelegt wird, die den Arbeiter schützen könnten. Stollen stürzen ein, Erdrutsche entstehen und so weiter. Ostrowski soll zahlreiche Kontakte zu Milizenführern gehabt haben, da die Milizen die Bergwerke kontrollieren.«

»Aber was hat Ostrowski getan?«

»Vielleicht hatte er keine Lust mehr, gierige Milizenführer zu bestechen, und hat sich ein neues Schmuggelsystem überlegt. Dafür muss ihm der Kontakt zu den deutschen Offizieren äußerst willkommen gewesen sein. Ich habe aber noch keine Ahnung, wie und wo er, Derendorf und Schenckenau sich kennengelernt haben könnten. Und noch weiß ich auch nicht, wie sie das Mineral wieder losgeworden sind. Wohin wurde es zur Verhüttung gebracht?«

»Und wie kamen dann Mbeki und Mwobl in seinen Besitz?«, ergänzte Mertin. »Wie muss ich mir das vorstellen?«

MAP dachte kurz nach. »Du hast doch bestimmt schon mal von den großen holländischen Handelskompanien wie der Ost- und der Westindien-Kompanie des 17. und 18. Jahrhunderts gehört. Auch in der ebenso beschaulichen wie gut betuchten Hafenstadt Middelburg im niederländischen Walcheren gab es solche Kompanien. Die Händler und Anteilseigner einer Kompanie waren protestantische und gottesfürchtige Leute, Glauben und Anstand verboten so etwas wie Sklavenhandel. Dennoch haben die anständigen Middelburger mit der Ware Mensch ein unglaubliches Vermögen angehäuft. Und wir sprechen hier von Sklavenhandel im ganz großen Stil. Jährlich fuhren mehrere hundert Schiffe zwischen den Niederlanden, Afrika und Amerika hin und her. Auf jedes Schiff passten zwischen fünfhundert und sechshundert Sklaven. Auf dem Rückweg brachten die etwa vierhundert Schiffe *einer* Kompanie Waren aus der Neuen in die Alte Welt. So eine Passage dauerte ungefähr ein Jahr, das heißt, es wurden grob geschätzt jährlich circa zweihunderttausend Menschen verschifft. Und diese Schätzungen geben nur einen minikleinen Einblick in das Treiben einer Kompanie.«

MAP redete sich in Rage.

»Zu keiner Zeit hat jemals ein Sklave middelburgischen Boden betreten. Kein Händler und Anteilseigener hat sich die Finger dreckig gemacht. Diese gottgläubigen Moralprediger waren so sauber, sie wussten nicht mal von ihren eigenen dreckigen Geschäften! Oh Mann, ich kann sie förmlich vor mir sehen, die wehenden Fahnen der stolzen Handelsschiffe, die anständigen Middelburger mit ihren rosigen Wangen à la Jan Vermeer. Erinnern sie dich nicht auch ein bisschen an die korrekten Gutmenschen von heute?«

Eine Antwort erwartete MAP gar nicht.

»Alles war vollkommen sauber. Keiner macht sich die Finger schmutzig, und der Gewinn ist enorm. Wer kann da schon widerstehen? Oder will ernsthaft behaupten, dass Geld stinkt? Genauso wie heute kein einziges Körnchen Blutmineral Coltan jemals auf deutschem Boden landet. Alles ist clean und ›konfliktfrei‹ deklariert. Wie das Trio das gemacht hat, können wir noch nicht beweisen.«

Mertins Mund wurde ganz trocken. Mit Sicherheit waren auch einige ihrer Vorfahren Opfer solcher Sklavenhändler wie Tippu-Tip gewesen. Sie hatte das Gefühl, den Boden unter den Füßen zu verlieren. Keiner war da, der sie auffangen würde.

MAP war nicht zu bremsen. »Außerdem gibt es trickreiche Unternehmen wie die GlobalWorld Holding. Du kannst dir sicher sein, dass deren findige Anwälte eine Gesetzeslücke ausspähen, die das legal macht. In Wahrheit behandeln sie sogar ihre Exkremente besser als die Bevölkerung Afrikas. Der Unterschied damals und heute ist eventuell, dass das ›Mädchen mit dem Perlenohrring‹ und ihre rosigen Wangen vermutlich tatsächlich Unschuld und Unwissenheit ausdrücken. Wir heutzutage wissen ganz genau, was für eine Scheiße da draußen abläuft, und ändern trotzdem nichts. Wie die Sklavenhändler der Kolonialmächte im ›Goldenen Zeitalter‹ der europäischen Handelskompanien verdienen sich heute die Ostrowskis, Derendorfs und Schenckenaus goldene Nasen. Und der Profit für die GlobalWorld Holding muss ebenfalls immens sein, denn wenn sich das nicht lohnen würde, würden die Anteilseigner, Aufsichtsräte, Manager und CEOs nicht das Risiko eingehen, entdeckt zu werden. Unter Umständen ist nach belgischem Recht sogar alles legal. Das muss überprüft werden, wenn wir irgendwann wissen, wie genau wer was wann und wo tut. Aber wie gesagt, ich bin sicher, es werden alle Schlupflöcher genutzt, damit der deutsche Konsument am Ende glaubt, er kaufe ein ökologisch und fair hergestelltes Produkt – die perfekte ›Soylent Green‹-Masche.«

Mertin blickte ihn fragend an.

»Ein alter Science-Fiction-Schinken mit Charlton Heston. Eine unheimliche Dystopie, in der Menschen zu ›Soylent Green‹ verarbeitet und wieder an Menschen verfüttert werden«, erklärte MAP. »Der Kongo wird systematisch von internationalen Großkonzernen ausgesaugt. Der Schmuggel läuft vermutlich über die Westroute, sprich Brazzaville und dann über den Seeweg nach Europa, nicht über Ruanda oder Uganda im Osten. Erhöht den Profit, weil man nicht zwei Staaten beteiligen muss. Wenn wir nur einen Weg fänden, das zu beweisen! Aber freiwillig wird weder eco-tec noch sonst eine beteiligte Firma Infos ausspucken.«

»Es sei denn, man verfügt über jemanden mit Insiderwissen«, ergänzte Mertin.

MAP grunzte höhnisch. »Ich glaube nicht, dass wir alle Lücken in diesem monströsen Rätsel schließen können. Vor allem, weil viele Beteiligte tot sind. Und wie gesagt, wie sollten wir an Infos von GlobalWorld kommen? Anrufen und nett nachfragen?«

»Wir brauchen jemanden mit Insiderwissen«, wiederholte sie, und MAP blickte sie skeptisch an.

Mertin berichtete ihm von dem kleinen Coup, der ihr in Bezug auf Insiderwissen gelungen war.

»Was, bitte? Ostrowskis Anwältin will die Seiten wechseln?«

»Ja.«

MAP wurde ernst. »Das könnte ein Enthüllungsskandal vom Ausmaß eines Snowden werden. Es wird niemanden so sehr interessieren, weil es nicht um Geheimdienste geht. Aber das Kaliber ist gleichwertig.«

»Halbweis steht bereits unter Polizeischutz.«

»Lass sie schnell ihre Aussage tätigen. Sie wird wohl nicht mehr lange leben.«

Mertin schnaubte. Doch dann besann sie sich. »Da könntest du sogar recht haben. Lass uns noch mal rekapitulieren, was wir bisher vermuten.«

Es ging um Schmuggel und womöglich um dieses Minenunglück, bei dem mindestens fünfzig Menschen ums Leben gekommen waren. Laut MAPs Nachforschungen schwankten die Angaben der Todesopfer zum Teil erheblich. Offizielle Zahlen des kongolesischen Bergbauministeriums lagen erst gar nicht vor. Nicht selten wurde über Minenunglücke wie dieses genauso stillschweigend hinwegsehen wie über die schlimmen Fährunglücke auf dem Kivusee.

MAP berichtete, was er über die allgemeinen Arbeitsbedingungen in kongolesischen Minen herausgefunden hatte. In den Minen wurden die Arbeiter ausgebeutet, starben wahrscheinlich nicht selten eines gewaltsamen Todes durch Milizen, die die Mine bewachten, oder kamen eben bei verheerenden Unglücken ums Leben, weil sie keinerlei fachgerechten Schutz hatten. Die Minen waren nicht gesichert. Schon ein einmaliges Betreten konnte ohne Weiteres als Himmelfahrtskommando angesehen werden. Aber was blieb den Arbeitern übrig, die verzweifelt versuchten, ihre Familien für einen Hungerlohn zu ernähren? Kam der Ernährer ums Leben, wurden die Angehörigen nicht entschädigt. Ganze Familien stürzten damit in die Armut. Nicht dass sie vorher irgendeine Form des Wohlstands besessen hätten. Aber nun gab es für sie keinerlei Hoffnung mehr. Sie besaßen weniger als nichts. So kam es, dass Kinder und Jugendliche in den Minen landeten. All das, während Peiniger wie Ostrowski im schieren Überfluss lebten.

Mertin kam der Gedanke, dass sie nach einem dritten, ihr bisher unbekannten Täter suchen musste. Vermutlich ein Kongolese, der wie Mbeki und Mwobl unter Ostrowskis Machenschaften gelitten hatte und keine andere Möglichkeit sah, sich Gerechtigkeit zu verschaffen, als ihn zu ermorden. Eventuell wurde auch Ostrowski erpresst. Gesühnt würde die himmelschreiende Ungerechtigkeit jedenfalls auch nicht, wenn Ostrowski das nächste Opfer war.

Es bestand aber auch die Möglichkeit, dass es gar keinen weiteren beteiligten Kongolesen gab, sondern dass es zwischen Schenckenau, Derendorf und Ostrowski zu Unstimmigkeiten gekommen war, in deren Folge Ostrowski sich entschlossen hatte, die Mitwisser zu beseitigen.

»Vielleicht ist das sogar die wahrscheinliche Variante«, überlegte MAP. »Auch Mbeki und Mwobl sind tot. Vielleicht waren sie Ostrowskis Komplizen? Die anderen beiden kongolesischen Jugendlichen können wir ausschließen.«

»Oder Mwobl wurde von Mbeki beseitigt, weil der ihm auf die Spur gekommen war.«

»Dem widerspricht aber, dass auf Mwobls Handy Derendorfs Nummer gefunden wurde.«

»Gut«, sagte Mertin, »nehmen wir an, Mwobl hat Derendorf Coltan verkaufen wollen.«

MAP fiel ihr ins Wort. »Das glaube ich nicht, auch Mwobl wird gewusst haben, dass Derendorf mit dem Erz gar nichts anfangen kann. Auch hätte sich so ein Verkauf kaum gelohnt. Wie viel Kilo hätte Mwobl bei sich haben müssen? Zehn Kilo sind wohl zu wenig. Coltan ist kein Kokain. Auch Mwobl und Mbeki müssen gewusst haben, dass Coltan zu Tantal verhüttet werden muss, bevor es einen tatsächlichen Nutzen hat. Wenn Mwobl Derendorf zwanzig Kilo Tantal hätte verkaufen wollen, dann hätte ich das geglaubt, das entspricht ungefähr einem Wert von zehntausend Dollar. Für Mwobl bestimmt viel Geld. Für Derendorf wohl eher Peanuts.«

»Sie müssen Tantal gehabt haben, denn wir haben ja Tantalspuren gefunden.«

»Du hast recht.«

»Wie sind sie an das Metall gekommen?« Mertin stellte die Frage in den Raum. »Kannst du versuchen herauszufinden, wo eco-tec ihr Coltan verhüttet?«

MAP nickte. »Wird aber schwierig«, warf er ein, »weil die Firma wie gesagt offiziell behauptet, ausschließlich recyceltes Material zu benutzen. Vielleicht kann deine Whistleblowerin hier entscheidende Infos liefern.«

»Ich werde Ostrowskis ehemalige Anwältin vernehmen. Ostrowski selbst lassen wir heute Nacht in Ruhe«, erwiderte Mertin, »er soll schmoren. Morgen früh werde ich ihn erneut befragen und ihn Stück für Stück mit unseren Ermittlungsergebnissen konfrontieren. Mal sehen, ob ihm dann immer noch so nach Lügen zumute ist.«

»Krass«, meinte MAP, »diese Anwaltstusse wechselt mit fliegenden Fahnen das Lager. Sie wird über enorm viel Insiderwissen verfügen. Auch über den Mutterkonzern wird sie einiges zu berichten haben. Das ist eine Megabombe!«

Mertin lächelte.

»Gute Arbeit«, lobte MAP sie.

»Dafür ist es noch zu früh.«

»Doch, loben darf man«, widersprach er, »das kommt nur ans Tageslicht, weil du so hartnäckig bist. Überleg mal, in dem Chaos nach dem Anschlag wäre niemand auf die Idee gekommen, eine Parallele zu Blutmineralien zu ziehen. Alle denken nur an Islamismus.«

Mertin schwieg einen Moment nachdenklich, blickte auf ihre Uhr. »Okay, lass mich noch einen Blick auf das Originalfoto werfen«, sagte sie abschließend, »dann muss ich nach Hause und mal schlafen.«

»Richtig, du musst fit und ausgeschlafen sein, wenn du morgen Ostrowski in die Mangel nimmst«, sagte MAP, während er sie von der Küche ins Arbeitszimmer führte. Dort rüttelte er seinen Rechner mit der Maus aus dem Ruhezustand.

Auf einem Bildschirm tauchte das Foto auf, das Mertin als Ausdruck in den Händen hielt. Ein schlecht eingescanntes Bild in einem Zeitungsartikel – auch digital war es nicht von guter Qualität.

Dennoch konnte sie Ostrowski jetzt recht deutlich von aufgebrachten Protestierenden umgeben erkennen. Er war es, daran bestand kein Zweifel. Aber das war nicht der Grund, warum sie plötzlich blass wurde. Aufgeregt tippte sie auf den Bildschirm, sodass das Gerät zu wackeln begann: »Zoom mal näher ran!«

MAP wollte protestieren, aber als er in ihr ernstes Gesicht blickte, kam er der Aufforderung ohne Weiteres nach.

Während der Hintergrund des Bildes – die Menge protestierender Kongolesen – größer und größer wurde, kniff Mertin die Augen zusammen. Vor Anspannung wollte ihr Herzschlag aussetzen, dann hatte sie die Gewissheit: Marek Ostrowski war nicht der einzige Europäer, den Mertin in der Menge erkannte.

»Judith, wo fahren wir hin?«, fragte MAP, der auf dem Beifahrersitz kauerte, eindringlich.

Angesichts der Geschwindigkeit, mit der Mertin durch die
Innenstadt brauste, war ihm das Unwohlsein deutlich anzusehen. In regelmäßigen kurzen Abständen huschte der Schimmer
blauen Lauflichts über sein Gesicht.

»Verdammt, rede endlich mit mir, wen suchen wir?«

»Halt die Klappe«, schrie sie ihn an, »es ist schon Wahnsinn
genug, dass ich mich habe überreden lassen, dich mitzuneh-
men.«

Endlich ging Mertin vom Gas und hielt an. Sie gab sich gar
keine Mühe, ordentlich zu parken, sondern blieb mitten auf
der Kreuzung Riehler Gürtel/Stammheimer Straße stehen und
blickte aufmerksam durch die Windschutzscheibe nach draußen
auf ein Gebäude, in dem kein Licht mehr leuchtete. Das Blaulicht hatte sie schon vorher abgeschaltet. Mertin konnte sich
noch gut an den Tag vor drei Monaten erinnern, an dem sie
Mbeki in der Außenwohngruppe aufgesucht hatte. Jetzt zog sie
ihre Dienstwaffe, überprüfte sie und steckte sie wieder zurück
ins Halfter.

»Wow«, schrie MAP, als er die Waffe sah, »was soll denn
das?«

Mertin antwortete nicht sofort, sondern packte ihn grob am
Kragen seiner Jacke. »Bist du bescheuert, oder was? Glaubst du,
du recherchierst hier im Kindergarten? Hier sterben Menschen!
Reiß dich zusammen!« Sie ließ ihn los, als sie merkte, dass er
es mit der Angst zu tun bekam, und fuhr ruhiger fort: »Das ist
eine Polizeiaktion. Du bleibst im Wagen sitzen, verstanden?«

MAP nickte folgsam.

Als kurz darauf endlich per Sprechfunk die Bestätigung kam,
dass ihre angeforderte Verstärkung ebenfalls unterwegs war
und in ein paar Minuten vor Ort sein würde, stieg sie aus dem
Fahrzeug.

Unmittelbar vor der Haustür wurden die Sensoren eines

Bewegungsmelders aktiviert. Scheinwerferlicht erhellte den Eingangsbereich. Mertin klingelte. Mit höchster Wachsamkeit versuchte sie, durch das Milchglas der Eingangstür zu erspähen, was sich im Inneren abspielen mochte.

»›Absolute beginners‹«, hörte sie hinter sich eine Stimme, »was soll das?« MAP war aufgetaucht und las vor, was auf dem Klingelschild stand.

»Was habe ich dir gesagt!«, zischte sie ihn genervt an.

»Bin schließlich Journalist.«

Mertin wollte ihn fortschicken, als Licht im Flur anging. Sie blickte MAP warnend an, der hob beide Hände.

»Ich halte mich zurück«, versprach er, »aber was ist ›absolute beginners‹?«

»Eine Außenwohngruppe«, erklärte sie, woraufhin MAP sie fragend anblickte, aber Mertin sagte nichts weiter.

Ein Schatten zeichnete sich hinter dem Milchglas ab. Der Schlüssel wurde umgedreht und die Tür geöffnet. Ein junges Mädchen blickte sie verschlafen an.

»Wir wollen zu Karin Welz«, verkündete Mertin.

»Seid ihr die vom Jugendamt?«

Der Kommissarin schwante nichts Gutes. »Was ist passiert?«

»Dann seid ihr nicht vom Jugendamt?«

»Nein, ich bin von der Polizei«, antwortete Mertin ungeduldig. »Wo ist Karin Welz?«

»Weg«, sagte das Mädchen, »deshalb habe ich ja das Jugendamt angerufen. Seit zwei Tagen sind wir ohne Betreuung.«

Als wenig später die Einsatzkräfte vor Ort waren, informierte Mertin Farhild Bäcker. Für sie als Verwaltungsangestellte war es eher unüblich, an Polizeieinsätzen teilzunehmen. Mertin wollte schon nachfragen, doch es gab dringendere Fragen zu klären. Das KK 11 war wohl einfach unterbesetzt.

»Welz und Ostrowski waren im Kongo. Es ist möglich, sogar wahrscheinlich, dass sie sich dort kennengelernt haben. Immerhin sind sie auf *einem* Foto.«

»Was sollen wir tun?«

Mertin begann aufzuzählen: »Wir müssen überprüfen, ob oder wie oft Schenckenau beziehungsweise Derendorf nach 2006 in den Kongo gereist sind und was sie dort gemacht haben.«

Mertin blickte kurz hinüber zu MAP, der sich auf ihr Geheiß hin abseitshielt. Derweil machte sich Bäcker Notizen.

»Außerdem müssen wir Karin Welz überprüfen. Was hat sie im Kongo gemacht? Wenn das alles, was sich hier ereignet hat, auf dieses Minenunglück zurückgeht, dann müssen die Verantwortlichen dafür zur Rechenschaft gezogen werden. Ich möchte eine Durchsuchung von eco-tec und der Außenwohngruppe beantragen.«

»Moment, welches Minenunglück?«

»Im Kongo. 2012. Weitere Info kommt später«, erklärte Mertin knapp.

»Und mit welcher Begründung soll diese Durchsuchung beantragt werden?«

»Dringender Tatverdacht auf Verschleierung einer kriminellen Handlung und/oder Beihilfe zu einer schweren staatsgefährdenden Straftat.«

Bäcker schaute Mertin aufmerksam an. »Dann wecke ich wohl besser mal den Chef«, meinte sie lakonisch. »Sonst noch was?«

Mertin wurde nachdenklich. »Wir brauchen endlich eine vollständige Liste der Bundeswehr von den Beteiligten an der Kongo-Mission.«

»Habe ich längst beantragt.«

»Und, noch nichts gekommen?«

»Nein, aber da werde ich nachhaken.«

»Was sind das für lahme Penner? Das ist dringend.«

»Klar.«

MAP blickte zu ihr herüber. Ihre Blicke trafen sich.

»Deine Quelle?«, fragte Bäcker.

»Ja«, sagte Mertin, »muss unter uns bleiben.«

»Was sonst? Ist schließlich dein Informant.«

Mertin blickte Bäcker überrascht an. Mit dieser Antwort hatte sie nicht gerechnet.

Kaum hatte Bäcker sich verabschiedet, kam MAP auf Mertin zugeeilt, blieb erwartungsvoll vor ihr stehen. Sie sagte nichts.

»Hast du Hunger?«, fragte er.

Sie schüttelte den Kopf. Wie konnte er jetzt an essen denken?

»Wann hast du zum letzten Mal was gegessen?«, insistierte er.

»Keine Ahnung«, gestand sie, »heute Mittag.«

»Ich brauch dringend was. Ich kenne da einen netten Libanesen am Zülpicher Platz. Kommst du mit?«

Mertin blickte ihn eindringlich an.

MAP riss die Augen auf. »Was ist denn, habe ich irgendwas Falsches gesagt?«

»Aber nur essen«, meinte Mertin.

»Ach du heilige Scheiße«, lachte MAP auf, »du hast wirklich einen Sockenschuss! Ich kann ja deinen Ex anrufen, dann kann er uns als Anstandswauwau begleiten.«

Sie gingen in Richtung Auto.

»Judith«, sagte MAP plötzlich kleinlaut, »ich bin pleite. Du musst zahlen.«

»Ich wusste doch, dass die Sache irgendeinen Haken hat«, antwortete sie. »Steig endlich ein. Ich bin am Verhungern.«

Dienstag

07:01 Uhr

In der Hosentasche seines Trainingsanzugs vibrierte es. Im Kontrast zur Stille der morgendlichen Meditation, an der er teilnahm und die erst vor wenigen Augenblicken mit einem Gong eingeläutet worden war, erschien das Brummen ungeheuer laut. Kaiser fluchte innerlich, wieso hatte er diese Pest an Erreichbarkeit nicht auf seinem Zimmer gelassen? Als wenn er nicht gewusst hätte, dass es ihm eh schon schwerfiel, sich auf die Meditation einzulassen, auch wenn er mittlerweile einiges an Übung vorweisen konnte.

Kaiser entschloss sich, sein Handy zu ignorieren. Aber das Gerät hörte nicht auf zu vibrieren, jemand rief immer wieder an. Schließlich zwang ihn die unausgesprochene, aber dennoch deutlich spürbare Ungeduld seiner Mitmeditierenden, etwas zu unternehmen. Er erhob sich und verließ das Zimmer. Wehe, wenn das nicht wichtig war! Kaiser war plötzlich auf hundertachtzig. Es fühlte sich verlockend an, stinkwütend den negativen Gefühlen freien Lauf und seinen Bass ungezügelt über den Flur donnern zu lassen. Geil, *der* Kaiser war zurück – jetzt noch lauter! Ein bisschen Brüllen und Toben, das konnte doch nicht wirklich schlimm sein.

Mit letzter Willenskraft kniff er sich mit Daumen und Zeigefinger der einen Hand in das Fleisch zwischen Daumen und Zeigefinger der anderen Hand, dabei atmete er tief ein und aus, bis er sich wieder unter Kontrolle hatte. Das Handy vibrierte ohne Unterlass. Aber am Ende funktionierte die Meditationsübung doch.

Er entfernte sich ein paar Meter von der Tür, dann nahm er das Gespräch entgegen. »Ja«, meldete er sich mit gedämpfter Stimme, um die Meditierenden im Zimmer nicht zu stören. Mensch, wie rücksichtsvoll von dir, dachte er nicht ohne Stolz, innerhalb kurzer Zeit gelingen dir gleich zwei kleine Wunder. Drei Monate Therapie waren nicht ganz umsonst gewesen.

»Markus Kaiser«, hörte er eine unbekannte Stimme seinen Namen aussprechen.

Mehr als das brauchte es nicht, um sämtliche Alarmsirenen in ihm läuten zu lassen. Kaiser war einfach zu sehr Polizist, um beim Klang dieser Stimme nicht sofort zu erkennen, dass hier irgendwas faul war. »Wer sind Sie, und was wollen Sie?«

Kaiser hörte ein Schnaufen. Der Unbekannte atmete direkt ins Mikrofon. Dann sagte er: »Ich soll Ihnen die Botschaft persönlich überliefern. *Er* will das so.«

»Persönlich am Telefon? Wer sind Sie?«, hakte Kaiser nochmals nach.

»Die Botschaft lautet«, erwiderte der Unbekannte, ohne auf Kaisers Frage zu reagieren, »du hättest das Geld nehmen sollen.«

Das Gespräch war abrupt beendet. Kaiser blickte auf das Display. Unterdrückte Nummer.

Du hättest das Geld nehmen sollen. An dem Urheber der Nachricht gab es keinen Zweifel. Die Botschaft war deutlich und unmissverständlich. Abdul Abdullah bedrohte ihn. Nein, nicht nur ihn!

Kaiser verlor keine Zeit. Jeglicher Gedanke an Meditation, Therapie und Rücksichtnahme war fortgewischt. Sein erster Anruf galt der 110. Er meldete für sein Wohnhaus in Köln, wo er seine Familie wusste, einen Eindringling, der sich vermutlich noch im Hause befinde. Das war der schnellste Weg, eine Streife zu seiner Familie zu bekommen. Der nächste Anruf galt seiner Frau Hanna, er erkundigte sich, ob zu Hause alles in Ordnung sei, und erklärte ihr, was los war.

»Muss ich mir Sorgen machen?«

»Du solltest sehr aufpassen. Ich weiß nicht, wozu er in der Lage ist. Wahrscheinlich will er nur Angst und Schrecken verbreiten und mich einschüchtern. Bis ich das geklärt habe, verlasst ihr das Haus nicht ohne Schutz. Du musst jetzt sofort kontrollieren, ob alle Fenster und Türen verriegelt sind.«

»Markus, ist das notwendig?«

»Und kläre die Kinder auf. Vielleicht wartet er, bis er einen von uns alleine erwischt, und schlägt dann zu.«

»Du machst mir Angst!«

»Tu bitte, was ich sage. Sei wachsam. Die Polizei müsste gleich eintreffen. Ich habe behauptet, es gäbe einen Einbrecher. Nur damit du Bescheid weißt. Sag, wer ich bin und was passiert ist. Ich rufe jetzt im Präsidium an und melde mich gleich wieder.«

Kaiser unterbrach die Verbindung und wählte die Nummer des Präsidiums. Bäcker war am Telefon. Sie klang gestresst, war aber, nachdem er ihr von dem Drohanruf erzählt hatte, ganz bei der Sache. Sie würde das Notwendige in die Wege leiten. Schutz war unterwegs.

Kaiser beruhigte sich ein wenig. Als Polizist hatte er schon einiges erlebt, dass die Arbeit aber derartig tief ins Privatleben eindrang und sogar seine Familie bedroht wurde, war neu. Er würde sich umziehen, heimfahren und nach dem Rechten schauen.

Eben war er im Begriff, erneut Hanna anzurufen, als ihm ein anderer Gedanke kam. Kaiser stutzte. War das möglich, dass diese Drohung gar nicht seiner Familie, sondern einer anderen Person galt?

07:38 Uhr

Es klingelte. Nicht zum ersten Mal. Irgendwann wurde es zum Sturmklingeln. Mertin quälte sich aus dem Bett. Sie rieb sich die Stirn, kniff die Augen zusammen. Kaum gelang es ihr, sich zu orientieren. Was war denn nur los?

Ihr Mund war ausgetrocknet, in ihrem Schädel brummte es. Und wie! Dann erinnerte sie sich wieder an den gestrigen Abend. Erst hatte sie mit MAP zu Abend, besser, zu Nacht gegessen, anschließend waren sie in einer Studentenkneipe versackt. Tequila mit Zitrone. Mertin blickte sich um und bekam einen mittelschweren Schock, als sie erblickte, wer da neben ihr im Bett lag. MAP. »Scheiße«, entfuhr es, »das darf nicht wahr sein.«

MAP war ja nett, und es war ein lustiger Abend gewesen, auch wenn sie Tequila eigentlich scheußlich fand, aber was zum Geier machte die Knalltüte in ihrem Bett? Er war witzig und ein bisschen cool – zumindest auf seine Art. Aber das ging gar nicht! Mertin blickte an sich hinab. Nackt war sie nicht. Sie machte den Schnuppertest. Und nach Sex roch es auch nicht. Gott sei Dank! Erleichtert ließ sie den Kopf in die Hände sinken.

Wieder klingelte es.

Mertin stand auf, verpasste MAP einen Stoß und bewegte sich Richtung Wohnungstür. In der Nacht hatte sie zum ersten Mal seit Langem wieder geträumt. Was genau, brachte sie nicht mehr zusammen, aber es war dabei um MAP gegangen und dass er sie »die Lady vom Vulkan« genannt hatte. Im Traum war glühende Lava aufgetaucht. Was man manchmal so träumte!

Und schon wieder drückte jemand auf die Klingel. Jedes Mal hörte es sich ein bisschen energischer an. Sie wollte nichts lieber als wieder ins Bett und ihren Rausch ausschlafen. Was sollte das? Wie spät war es? Und wer konnte das nur sein?

»Komme ja«, rief sie laut.

Sie riss die Tür auf, bereit, den ungebetenen Besucher unfreundlich zu begrüßen. Als Mertin sah, wer vor ihr stand, blieb ihr die Stimme weg.

»Du siehst fürchterlich aus«, sagte Bäcker.

»Was machst du hier?«

»Sonderbesprechung«, erwiderte Bäcker, »ich habe wichtige Neuigkeiten. Darf ich reinkommen? Sie schob sich an ihr vorbei in die Wohnung. »Ist was passiert?«

»Tequila«, antwortete Mertin, während sie die Tür schloss.

Bäcker nickte mitleidlos. »Okay, du brauchst Kaffee und Kopfschmerztabletten. Letzteres habe ich dabei. Ibuprofen 600. Am besten, du nimmst gleich zwei. Wo ist die Küche?«

Mertin führte sie in den Raum. Bäcker schien sich wie zu Hause zu fühlen, stellte nur immer wieder kurze Fragen, wo sich was befand. Mertin ließ ihre Kollegin gewähren, setzte sich auf einen Küchenstuhl und wartete auf den ersten Schluck Kaffee, um ihre Lebensgeister in Schwung zu bringen. Derweil wurde ihr ein Glas Wasser mit zwei Tabletten gereicht. Mertin nahm die Pillen bereitwillig. Vor allem das Wasser tat gut.

»Was gibt's denn für Neuigkeiten?«

Bäcker blickte sie an. »Ich habe Karin Welz überprüft.«

»Ja und?«

»Und die Liste der Beteiligten an der Kongo-Mission ist eingetroffen.«

»Gut.«

»Auf dieser Liste steht neben Niels Derendorf und Lukas Schenckenau noch ein Name, den wir kennen: Karin Welz.«

In diesem Fall überraschte sie beinahe gar nichts mehr, doch damit hätte Mertin trotzdem nicht gerechnet.

»Karin Welz war Militärseelsorgerin. Welz hat einen interessanten Lebenslauf. Sie hat evangelische Theologie studiert, hat zwei Jahre als Pfarrerin in Thüringen gearbeitet und ist dann der Bundeswehr beigetreten. Sie hat dort vor der Kongo-Mission auch andere Auslandsmissionen begleitet. Laut ihrer Akte war sie von ihrem Dienst für Gott und Vaterland – ich zitiere aus ihrer Akte – in besonderem Maße überzeugt. Aber 2006 kommt es überraschend zum Bruch. Noch während der Mission erklärt sie ihren Austritt aus der Bundeswehr wie aus der Kirche, was ganz so einfach gar nicht geht. Welz tut es trotzdem. Soweit ich das momentan überschauen kann, muss das ein sehr harter Schnitt gewesen sein. Sie lässt alles hinter sich und bleibt fortan im Kongo.«

Der Kaffee war inzwischen durchgelaufen. Bäcker reichte Mertin eine Tasse.

»Was hat sie dort gemacht?«

»Sie war für eine NGO tätig. Da die Außenwohngruppe eine städtische Einrichtung ist, habe ich von der Stadt einen Lebenslauf bekommen, in dem für 2006 bis 2015 eine kleine NGO im

Kongo angegeben ist. Demnach ist sie vor knapp vier Jahren nach Deutschland zurückgekommen. Sie war als Betreuerin in der Außenwohngruppe angestellt, im Flüchtlingsheim hat sie zusätzlich ehrenamtlich gearbeitet. Es sind noch einige andere wichtige Dinge passiert, um die ich mich kümmern musste. War eine lange Nacht und es wird ein langer Tag.«

»Was ist noch passiert?«

Bäcker ließ sich Zeit. Wich sie einer direkten Antwort aus?

»Der Chef hat eine Durchsuchung von eco-tec und der Außenwohngruppe in die Wege geleitet. Das musste organisiert werden. Er will, dass du die Durchsuchungen leitest, aber vorher will er unbedingt mit dir reden.«

»Wir müssen Welz zur Fahndung ausschreiben«, meinte Mertin.

»Das hat der Chef schon veranlasst.«

»Dann mal auf ins Präsidium.« Mertin erhob sich, um sich anzuziehen.

»Nicht nötig«, sagte Bäcker.

Mertin zog die Augenbrauen zusammen.

07:45 Uhr

Mertin konnte es immer noch nicht ganz glauben. Während sie sich angezogen hatte, hatte Farhild Bäcker den Kriminalrat hereingeführt. Nun saß Müller an ihrem Küchentisch und rührte mit einem Löffel im Kaffee. Sie selbst klammerte sich lieber an die Kaffeetasse. Es war doch sehr ungewöhnlich, dass der Chef mit seiner Assistentin unangemeldet bei einer Mitarbeiterin zu Hause auftauchte. Und Mertin wurde das Gefühl nicht los, dass das nichts Gutes bedeuten konnte.

»Warum sind Sie beide hier?«, fragte sie, um der Sache so schnell wie möglich auf den Grund zu gehen.

»Nicht nur Sie können ungewöhnlich«, schnaubte Müller.

»Es gibt leider gar keinen Grund zum Scherzen«, fügte er ernst hinzu. »Sie haben ja einiges ins Rollen gebracht. Ich werde mich nun in die weiteren Ermittlungen einschalten. Dieser Fall scheint weite Kreise zu ziehen, und mein Gespür sagt mir, dass wir in einigen Punkten erst an der Oberfläche kratzen. Bundeswehr, involvierte Global Player, Blutmineralien – wovon ich persönlich noch nie etwas gehört hatte –, der Anschlag – das alles nimmt immer größere Ausmaße an.«

Er machte eine Pause.

»Ich werde die Befragung Ostrowskis übernehmen. Und mich auch um diese Anwältin Halbweis kümmern. Sie, Frau Mertin, leiten die Razzien. Wir müssen die Geschäftsräume von eco-tec auf den Kopf stellen. Stammt das bei den Brandanschlägen verwendete Tantal von dort? Ist eco-tec oder Ostrowski darin verwickelt? Und was hat jetzt diese Welz mit alldem zu tun?«

»Im Jahr 2012«, begann Mertin zu erklären, »hat es im Kivu ein Bergwerksunglück in einer Coltanmine gegeben. Dabei sind laut meinen bisherigen Informationen mindestens fünfzig Arbeiter, darunter auch Kinder, ums Leben gekommen. Die zuständige Bergbaugesellschaft wurde von Ostrowski geleitet, der heute der Geschäftsführer von eco-tec ist. Beide Firmen, die Bergbaugesellschaft und eco-tec, gehören der GlobalWorld Holding, dem Global Player, von dem Sie eben gesprochen haben. Bis heute sind keine Entschädigungen gezahlt worden. Ob Mbeki und Mwobl dort gearbeitet oder jemanden verloren haben, wissen wir nicht. Nur eins wissen wir: Karin Welz war ebenfalls dort.«

Müller hatte aufmerksam zugehört. Er warf einen kurzen Blick auf Bäcker und widmete sich dann wieder ganz Mertin, die ihn ebenfalls erwartungsvoll anschaute.

»Das sind erstaunliche Ermittlungsfortschritte, die wir da dank Ihrem hartnäckigen Vorgehen zu verzeichnen haben. Das wird uns bei der vollständigen Aufklärung des Messeanschlags durch Mbeki helfen.«

Das Gesicht, das Müller dabei machte, gefiel Mertin gar nicht.

»Gut, kommen wir zu dem Anlass, aus dem ich hier bin«, begann er. »Sie leiten wie gesagt die Durchsuchung, und danach machen Sie erst mal Pause. Ich werde Sie beurlauben müssen.«

Mertin vergrub das Gesicht in den Händen. Verdammt, sie wusste, was jetzt kommen würde.

»An dem Samstag vor drei Monaten im Flüchtlingsheim, ist es da zwischen Ihnen und einer anderen Person zu einem ungewöhnlichen Zusammenstoß gekommen?«

Mertin nickte.

»Was genau ist passiert?«

»Ich habe einen Neonazi verprügelt.«

Müller holte tief Luft. »Sagen Sie mir bitte, wie es dazu gekommen ist.«

»Ich saß in einem Einsatzwagen«, eröffnete sie und ließ sich Zeit, sie schaute niemanden an, sondern zählte die Bläschen im Kaffeeschaum, der sich an den Rändern ihrer Tasse gesammelt hatte. Dann sprach sie, langsam, stockend, sie wusste, dass diese Sätze ihr Leben verändern würden. Aber lügen wollte sie auch nicht.

»Ich habe zugeschlagen, bis er sich nicht mehr gerührt hat«, schloss sie ihren Bericht.

Müller sah sie prüfend an. Dann sagte er fast erleichtert: »Das ist für mich eindeutig Notwehr nach einem Angriff auf eine Polizeibeamtin im Einsatz.«

Er blickte Bäcker an, die zustimmend nickte.

»Zu Ihrer Information: Dieser Blödmann hat Anzeige gegen Sie erstattet wegen schwerer Körperverletzung. Das sind sehr schwere Anschuldigungen. Seine Aussage liest sich auch eher so, als hätten Sie ihn völlig aus heiterem Himmel angegriffen. Außerdem behauptet er, es sei noch eine andere Person anwesend gewesen. Stimmt das?«

Mist. »Kaiser«, sagte sie einsilbig. Ihn rauszuhalten ging nicht mehr.

Jetzt rastete Müller aus. »Ihr zwei«, schrie er und haute auf den Tisch, dass die Kaffeetasse umfiel, »ihr treibt mich noch in den Wahnsinn! Was soll ich mit euch machen? Fußfesseln anlegen, damit ihr keine Scheiße mehr baut?«

Mertin schwieg. Bäcker widmete sich beflissen dem Kaffeeunfall.

»Kann Kaiser bezeugen, was Sie ausgesagt haben?«

»Nein«, gestand sie wahrheitsgemäß, »er ist erst später dazugekommen.«

»Scheiße«, fluchte Müller, »warum könnt ihr beim Scheißebauen nicht wenigstens auch was richtig machen?«

Mertin unterließ es, darauf etwas zu erwidern.

»Wenn er es bezeugen könnte, wäre es vermutlich einfacher. So wird es eine Untersuchung geben müssen. Der Mann, den Sie zusammengeschlagen haben – ich habe den Krankenhausbericht gelesen, du meine Güte, Kiefer gebrochen, Arm gebrochen, Rippen gebrochen. Was sonst noch? Sie haben gewütet wie ein Berserker.«

»Ich bin völlig durchgedreht«, gestand sie.

»Das haben Sie mir nicht gesagt«, erwiderte Müller, »für mich war das offiziell Notwehr. Wie Kaisers Aussage ausfällt, werden wir erst wissen, wenn wir ihn befragt haben.«

Er ließ seine Worte wirken.

»Haben Sie mich verstanden?«

Mertin nickte.

»Leider ist das noch nicht alles.«

Mertin wartete auf ein weiteres Donnerwetter.

»Wir haben ein Video von unserem alten Freund Abdullah erhalten. Ein Video von seiner Überwachungskamera im Flur seines Hauses. Ja, genau, als Sie die Jugendlichen gestellt haben. Da gehen Sie ziemlich ruppig mit den beiden Jungs um. Abdullah hat das Video den Eltern der Jungen zugespielt. Die haben nun ebenfalls Anzeige erstattet. Wir haben folglich zwei Anzeigen vorliegen. Und ich habe irgendwie so ein saudummes Gefühl, als wenn es einen Zusammenhang gäbe. Also wie Sie da vor dem Jugendlichen mit dem Messer rumfuchteln und dann zack, ab ins Treppengeländer! Das sieht gekonnt aus. Alle Achtung, wo haben Sie das gelernt?«

»Ich habe –«, begann sie, aber Müller fuhr ihr über den Mund.
»Halten Sie die Klappe! Ich will das nicht wissen.«
Er schwieg kurz.

»Für den Fall, dass uns ein kleines Fahndungswunder gelingt und wir die Kerle, die Sie mit Brandbomben beworfen haben, erwischen: Würden Sie die Neonazis wiedererkennen? Ich sage Ihnen ganz ehrlich: Nur eine Aussage, eventuell sogar ein Geständnis von einem dieser Männer kann Ihnen helfen. Ansonsten steht leider zu befürchten, dass diese Sache zu Ihrer Suspendierung führen könnte.«

Mertin schluckte.

Mit traurigem Blick kam Müller zum Schluss: »Nach den Durchsuchungen ist für Sie erst mal Schluss. Ich will Sie im Präsidium nicht sehen.«

Man hätte ihr auch direkt eine Waffe an den Kopf halten und abdrücken können.

Müller stand auf, dabei stieß er gegen ihr Skateboard, das irgendwie unter dem Küchentisch gelandet sein musste. Es rollte quer durch die Küche. Müller hatte eine Idee.

»Ja, genau«, sagte er, »warum nicht eine Skateboard-Gruppe der Polizei eröffnen?«

Meinte er das ernst?

»Engagieren Sie sich am besten auch noch im sozialen Bereich. Gehen Sie mal zu so einem offenen Treff für Obdachlose oder so etwas.«

Er meinte es ernst.

»Und reden Sie auch mit einem von unseren Psychologen. Das wird ein gutes Licht auf Sie werfen, und ich kann vielleicht den Arsch der ›Heldin vom Messekreisel‹ retten. Versprechen kann ich das nicht.«

Mertin blickte zu Boden. Reiß dich zusammen, dachte sie, bloß nicht vor Bäcker und Müller die Fassung verlieren.

»Kopf hoch«, meinte ihr Chef, aber es klang nicht sonderlich zuversichtlich, »Sie haben nicht eine Sekunde lang versucht, es zu leugnen.«

Endlich ging Müller an sein Handy, dessen Klingeln er schon

seit geraumer Zeit zu ignorieren versucht hatte. Er hörte zu, und Mertin konnte die sekündlich wachsende Anspannung bei ihm wahrnehmen, bis es aus ihm herausplatzte: »Ich kann das Wort Panne im Zusammenhang mit seriöser Polizeiarbeit nicht mehr hören!«

Kurz darauf waren Müller und Bäcker gegangen. Mertin stand mitten in der Küche auf ihrem Skateboard und weinte, als MAP im Türrahmen auftauchte. Er musste alles mit angehört haben.

Sie war verzweifelt. Alles war aus den Bahnen geraten. Drohende Suspendierung. Als hätte ihr »ganz normales«, familienbedingtes Unglück nicht genügt. Aber das hatte sie doch erst in die Scheiße geritten, oder nicht?

Vermutlich verlor sie nun ihren Job. Das war irreal, absurd und gleichzeitig selbst verschuldet. Und dennoch war sie in gewisser Weise schuldlos – was wohl nicht zählte. Am liebsten hätte sie sich geohrfeigt. Was sollte sie ohne Polizeiarbeit tun? Für eine Karriere als Skateboarderin war es zu spät. Dafür war sie wahrlich zu alt.

MAP blieb in der Tür stehen. Er zeigte sein übliches reserviertes Gesicht, das sie nicht einschätzen konnte, zumal ein spöttisches Blitzen in seinen ansonsten durchaus sympathischen Augen leuchtete. Was für 'n Arsch, dachte sie, der es unangenehm war, dass ausgerecht MAP sie so aufgewühlt erlebte.

Wie aus heiterem Himmel vollzog er eine galante Verbeugung. »Bravo«, meinte er, nachdem er sich wieder aufgerichtet und in höfischer Manier ausreichend mit Armen und Beinen gewedelt hatte, »vor mir steht der erste Bulle, der einen Neonazi verkloppt hat – Gratulation.«

Mertin schnaufte verächtlich. »Spar dir deinen Spott, es wird mich den Job kosten.«

»Das ist wohl wahrscheinlich«, antwortete MAP hart, »denn immerhin hast du einen Menschen schwer verletzt. Es wäre viel einfacher für alle, wenn Neonazis keine Menschen wären. Aber das ist ja leider nicht so. Mit Spott hat das nichts zu tun.«

Mertin wechselte das Thema. »Ostrowski ist verschwunden.«

»Was?«

»Irgend so ein Riesenaffenarsch von Kollege musste dringend mal Kaffee kaufen und hat seinen Posten verlassen.«

»Ach, deshalb ist dein Chef so ausgeflippt.«

Mertin blitzte ihn an. »Wieso bist du überhaupt noch hier?«

»Ich hatte keine Lust mehr, nach Hause zu gehen«, erklärte er, »ich war voll letzte Nacht. Du übrigens auch.«

»Aber sag mal, spinnst du Penner total, bei mir im Bett zu schlafen?«

»Wo hätte ich denn sonst schlafen sollen? Komm schon, sei nicht so spießig.«

»Scheiß auf spießig, war da was zwischen uns?«

»Du meinst, außer Tiefschlaf durch Vollrausch? Nein, da war nichts. Absolut *nix*.«

Mertin stieg vom Skateboard und ging Richtung Kaffeemaschine.

»Immer dieses Misstrauen«, sagte er. »Krieg ich auch endlich mal einen Kaffee?«

Mertin goss ihm Kaffee in eine Tasse und füllte ihre eigene nach. Doch dann überkam es sie. Wütend schleuderte sie ihre Tasse durch die Küche, die oberhalb der Spüle an den Fliesen zerschellte. Überall ergoss sich die braune Flüssigkeit. MAP saß am Küchentisch, dort wo eben Müller gesessen hatte, und schlürfte kommentarlos seine Tasse leer.

»Ich muss los«, meinte Mertin. Dann aber drehte sie sich verzweifelt ein paarmal um sich selbst, sank auf einen Küchenstuhl und ließ die Zeit einfach verstreichen.

Wenig später standen sie auf dem Parkplatz vor ihrer Wohnung im Schatten der Pfarrkirche St. Engelbert. Das Auto trennte sie.

»Ich muss jetzt zum Dienst«, sagte Mertin.

»Ich komme mit«, erklärte MAP.

»Klar kommst du mit. Was denn sonst?«

MAP wurde misstrauisch. »Du nimmst mich mit?«

Aber Mertin antwortete nicht, sondern blickte kopfschüttelnd über den Parkplatz. MAP würde nicht lockerlassen. Unglaublich. »Das ist eine Polizeiaktion. Eine Razzia. Du kannst nicht mit.« Sie musste ihn irgendwie loswerden.

Mertin öffnete die Wagentür. »Na, dann steig ein«, meinte sie.

MAP blickte sie überrascht an und griff zum Türöffner.

»Ach, kannst du mir bitte schnell eine Cola beim Büdchen holen? Ich brauche dringend mehr Koffein«, forderte sie ihn auf und wies mit dem Kopf quer über den Parkplatz Richtung Kiosk.

»Ja sicher«, meinte MAP. Ahnungslos entfernte er sich vom Auto.

Judith Mertin war noch nie zuvor so schnell in einen Wagen gesprungen und losgefahren wie in diesem Augenblick. Als MAP begriff, dass sie ihn ausgetrickst hatte, blieb ihm nichts anderes übrig, als seine Niederlage hinzunehmen. Er lächelte sogar ein wenig, als sich ihre Blicke nochmals über den Rückspiegel trafen. Sie konnte ihn nicht hören, aber sie meinte an seinen Lippen eine Frage ablesen zu können: »Wann sehen wir uns wieder?«

Wenig später nahm Mertin ihr Handy zur Hand und schrieb ihm eine Antwort: »Bald.«

16:00 Uhr

Sie steckte in einer Sackgasse. Dieses Gefühl, nicht ein noch aus zu wissen, schmerzte nahezu körperlich.

Die Durchsuchungen hatten keinerlei offensichtliche Beweise erbracht. Nicht ein Gramm Tantal war bei eco-tec oder in den Privaträumen von Derendorf und Schenckenau aufgetaucht. Zwar waren zahlreiche Rechner und Akten sichergestellt worden, darunter auch der Computer der eco-tec-Justiziarin Irene Halbweis, aber die Auswertung der Daten würde Wochen in Anspruch nehmen. Wochen, in denen ihre eh schon verschwundenen Hauptverdächtigen Welz und Ostrowski Möglichkeiten finden konnten, gänzlich unterzutauchen. Folglich war Mertins Stimmung im Laufe des Tages immer weiter Richtung Nullpunkt gesunken.

Doch nun hielt sie einen Gegenstand in den Händen, der wieder leise Hoffnungen weckte. Mit kühler Faszination bewunderte Mertin einen Bilderrahmen. Er war auffällig schwer, massiv, geradezu klobig und von der Größe eines DIN-A4-Blattes. Der Metallrahmen glänzte silbrig. Wie jedes andere Metall fühlte es sich hart und kalt an. Ohne jede Gewissheit vermutete Mertin dennoch, dass dieser Rahmen nicht aus Silber gefertigt war.

Sie schätzte das Gewicht des Rahmens auf gut und gerne drei Kilo: Tantal. Allein der Materialwert des Bilderrahmens betrüge in dem Fall über eintausendfünfhundert Dollar.

Ein ziemlich exzentrisches Objekt! Dieser Bilderrahmen war nicht nur einfach ein Einrichtungsgegenstand oder Erinnerungsstück, sondern implizierte ein klares Statement. Mertin wusste nicht ganz genau, wie sie diese Aussage formulieren sollte – ich bin etwas *sehr* Besonderes, und ich koste sehr viel Geld. Etwas in der Art. Dazu kam, es war nahezu der einzige eindeutig persönliche Gegenstand, den Mertin bisher in Marek Ostrowskis Wohnung sichergestellt hatte. Entweder er war Opfer der eigenen Sentimentalität in seinem ansonsten schon wahnhaften Betreiben, seine Wohnräume von Beweisen »clean« zu halten, oder es war eine Botschaft. Die Fotografie im Rahmen zeigte das Porträt eines jungen Afrikaners.

Ihre Kollegen hatten die Durchsuchung von Ostrowskis Wohnung inzwischen zum Abschluss gebracht. Sie packten zusammen. Einer nach dem anderen ging und verabschiedete sich von Mertin.

In Ostrowskis Wohnung gab es viel zu bestaunen – vor allem teure Designermöbel. Aber alles war unpersönlich. Seine Vier-Zimmer-Altbauwohnung war eher eine Art sterile Hotelsuite. Mit Blick auf den Rathenauplatz. Es gab nichts, was auf die echte Anwesenheit eines Menschen schließen ließ. Von

Ostrowskis Kleidung einmal abgesehen. In der Spüle war eine benutzte Kaffeetasse gefunden worden. Sie war von der KTU wie ein Heiligtum eingetütet und abtransportiert worden.

In seiner Wohnung gab es kaum DVDs oder CDs, Bücher oder andere persönliche Gegenstände. Ob er hier wirklich gelebt hatte und einfach alles digital aufbewahrte? Oder stellte diese Wohnung lediglich so eine Art temporäre Übernachtungsmöglichkeit dar? Hatte er noch eine andere Wohnung? Das musste überprüft werden.

Auffällig waren die Accessoires mit maritimem Flair. Eine Knotenfibel hing als überdimensionaler Druck in der Küche, wo andere Kräuterposter oder Ähnliches aufhängten. Eine große, bis zum Rand mit Muscheln gefüllte Vase stand im Flur auf einer kleinen Anrichte, die als Schlüsselablage oder Telefontischchen gelten konnte. Einen Festnetzanschluss hatte Ostrowski nicht angemeldet. Die Muscheln im Glas konnten selbst gesammelt, aber auch genauso gut beim Ausstattungsprofi erstanden worden sein.

Doch dann war ihr das hier in die Hände gefallen: ein schwerer Bilderrahmen mit dem Porträtfoto eines schwarzen jungen Mannes. Gefunden hatte sie das Bild in einem Stapel Bildbände, die sich auf dem Boden neben seinem Schreibtisch auftürmten. Hatte Ostrowski den Bilderrahmen dort halbherzig versteckt? Der Schreibtisch selbst war eine Antiquität. Irgendein scheußliches Ding aus keine Ahnung welchem Jahrhundert. Für Mertin sah es nach Barock aus und passte gar nicht zur übrigen Einrichtung der Wohnung.

Sie drehte den Bilderrahmen um. Die Einweghandschuhe, die sie trug, um keine Spuren zu zerstören, machten es ihr schwer, den Verschluss des Rahmens zu öffnen, und sie fummelte einige Zeit herum, schließlich gab der Haken seinen Widerstand auf. Mertin entfernte die Rückseite und holte das Foto hervor. Sie musste lächeln vor Glück. Endlich lief mal etwas glatt.

Auf dem Foto fanden sich gleich mehrere Hinweise. Eine wahre Fundgrube, wie Mertin nun in Gedanken witzelte. Dort standen neben einer Widmung – »Für Dich von Joseph« – das aufgedruckte Datum auf dem Fotopapier sowie ein kleiner goldumrahmter Adressaufkleber des Fotografen in Kinshasa. Das Foto war sechs Jahre alt. Wer war Joseph? Und in welcher Beziehung stand er zu dem verschwundenen Manager? War er sein Ex-Freund? Wusste er etwas über Ostrowskis Machenschaften?

Mertin verließ die Wohnung und kehrte zurück ins Präsidium. Dort angekommen versuchte sie die Identität von »Joseph« umgehend zu klären. Sie rief die Telefonnummer auf dem Adressetikett an. Aber die Nummer existierte nicht mehr. Da es im Kongo keine funktionierende Auskunft gab, suchte sie den Fotografen im Internet und wurde fündig. Das Geschäft gab es also noch. Im Netz fand sie auch die neue Telefonnummer.

Leider war der Fotograf, der das Foto gemacht haben musste, nicht mehr im Geschäft tätig. Der damalige Geschäftsinhaber war vor zwei Jahren bei Unruhen ums Leben gekommen. Die neue Inhaberin begriff auch gar nicht, was Mertin eigentlich wollte. Glücklicherweise erklärte die Frau am Telefon aber dann, dass der ehemalige Geschäftsinhaber eine vollständige handschriftlich erstellte Kundendatei hinterlassen habe. Darin fanden sich unzählige Klienten mit dem Vornamen Joseph.

Mertin erklärte die Umstände und die Dringlichkeit der benötigten Information. Die Frau, nun äußerst hilfsbereit, versprach, sich darum zu kümmern. Mertin befürchtete bereits, dass sich auch diese Spur verlieren könnte, doch dann erhielt sie innerhalb von ein paar Minuten einen Rückruf: Die Ehefrau des verstorbenen Inhabers habe ein Elefantengedächtnis. Sie benötigte lediglich das Datum und hatte quasi binnen Sekunden die richtige Kartei gezogen. Der Mann auf dem Foto hieß Joseph Kimbunga.

Die nächsten Anrufe machte Mertin bei der kongolesischen Botschaft in Berlin und bei der Polizei in Kinshasa. Die kongolesischen Kollegen waren wenig motiviert, ihr zu helfen. Seit Monaten hätten sie kein Gehalt mehr bekommen. Von der Botschaft in Berlin erhielt sie hingegen zwei Personenhinweise. Der eine Joseph Kimbunga war ein pensionierter General, der in Brüssel lebte und auf seinen Gerichtstermin vor dem Internationalen Strafgerichtshof in Den Haag wartete. Er konnte nicht der junge Mann auf dem Foto sein. Der andere war ein kongolesischer Händler, der sich momentan allerdings in China aufhielt. Die Handynummer des Betreffenden herauszufinden kostete sie nur einen weiteren Anruf in dessen Firma im Kongo.

Mertin blickte auf die Uhr. In China war es jetzt – laut Auskunft ihrer Zeit-und-Datum-App – sieben Stunden später, also bereits nach Mitternacht. Mertin wählte dennoch die Telefonnummer von Joseph Kimbunga. Es klingelte ewig, bis jemand den Anruf entgegennahm. Erleichtert stellte Mertin sich auf Französisch vor.

»Spreche ich mit Joseph Kimbunga?«

»Kommt ganz darauf an, was Sie wollen.« Er klang müde und misstrauisch.

»Es tut mir leid, wenn ich Sie geweckt habe. Mein Anliegen ist von größter Wichtigkeit. Es geht um Marek Ostrowski. Sie kennen ihn?«

In der Leitung blieb es still. Die Verbindung nach China war ausgesprochen gut, kaum so, als lägen etliche tausend Kilometer zwischen ihnen.

»Herr Kimbunga?«

»Ja, ich kenne Marek«, gestand er. »Was kann ich für Sie tun?«

Mertin stellte ihm in kurzen Worten dar, wer sie war und was sie von ihm wollte. »Ich benötige sofort Auskünfte. Wenn Sie eine offizielle Bestätigung meiner Identität benötigen, müssen Sie mich im Präsidium anrufen.«

»Nein, ich glaube Ihnen.«

»Gut, können Sie mir erklären, in welcher Beziehung Sie zu Marek Ostrowski stehen? Woher kennen Sie sich?«

»Wir haben zusammen studiert. In Paris. Er war Austauschstudent, ich habe in Paris gelebt. Wir waren einige Zeit so was wie ein Paar. Dann haben wir uns getrennt.«

»Gab es für die Trennung einen besonderen Anlass?«

»Na ja, sagen wir mal so, in der Rückschau wundert es mich

nicht sonderlich, dass die Polizei bei mir anruft, um mich nach ihm auszufragen. Erlauben Sie mir die Frage, wie sind Sie auf mich gekommen?«

»Wir sind bei einer Durchsuchung auf Ihr Foto gestoßen.«

»Was hat Marek denn angestellt?«

»Tut mir leid, das darf ich Ihnen nicht sagen, es handelt sich momentan hauptsächlich um Verdachtsmomente. Die sind allerdings sehr schwerwiegend. Wenn sich herausstellt, dass er schuldig ist, wessen er verdächtigt wird, könnte er für lange Zeit ins Gefängnis kommen. Was können Sie mir über ihn sagen?«

»Marek wollte mich für seine Sache gewinnen. Ich handle mit gebrauchten Handys. Ja, ich habe einen Universitätsabschluss, aber ich bin Handyverkäufer. Ich habe im ersten Kongokrieg bei einem Granatenangriff auf unser Haus meine Mutter, meine Frau und meine vier Kinder verloren. Meine ganze Familie, alle tot! Manchmal schaffe ich es sogar, nicht an sie zu denken. Marek wollte sein Öko-Handy billig in China zusammenbauen lassen. Deshalb hat er mich wieder kontaktiert. Aber dabei habe ich nicht mitgespielt. Der Kongo hat Besseres verdient als die Marek Ostrowskis. Ich habe das erst spät erkannt. Marek hat eine sehr charmante, weiche Seite. Aber am Ende zählt für ihn nur die Profitgier. Ich habe den Krieg satt. Und ich habe die Leute satt, die meinen, sie könnten mein Land aussaugen wie Vampire.«

»Moment, ich kriege das nicht ganz zusammen. Sie haben sich im Studium gekannt, dann getrennt und sich später wiedergetroffen?«

»Ja, genau, als Marek plötzlich im Kongo gearbeitet hat. Er hat mich kontaktiert. Ich habe ihn abblitzen lassen. Aber er hat mich später nochmals kontaktiert. Er war anhänglich.«

»Und Ihre persönliche Beziehung zu Ostrowski?«

»Wie gesagt, in Paris hatten wir eine lange, intensive Affäre. Ich bin bisexuell, müssen Sie wissen. Für ihn war die Sache ernster als für mich. Aber das war nicht der Trennungsgrund.«

»Sondern?«

»Mir hat seine Einstellung nicht gefallen. Ganz und gar nicht gefallen.«

»Seit wann haben Sie keinen Kontakt mehr?«

»Das ist noch gar nicht so lange her. Vielleicht zwei Jahre? Er hatte einen neuen Job, war wieder in Deutschland. Er wollte von mir Kontakte, um in China billig ein Handy herzustellen. Ziemlich dubios. Mir ist der Kragen geplatzt. Marek hat nichts verstanden.«

Das waren schwere Vorwürfe.

»Würden Sie Ihre Aussage ausführlicher unter Eid wiederholen?«

»Natürlich«, sagte er, »die Ostrowskis müssen weg. Sie schaden dem Kongo. Sie schaden der Welt.«

Er schwieg einen Moment.

»Wissen Sie, es heißt doch immer: ›Ich gebe mein Bestes.‹ Aber das stimmt nicht, das ist nur eine Floskel, die über die eigene Unfähigkeit hinwegtäuschen soll. ›Ich gebe mein Bestes‹ heißt nichts anderes als ›Ich mache meinen Job‹. Wenn ich mir die Welt anschaue, dann glaube ich, dass niemand sein Bestes tut. Sie machen nicht mal einen guten Job. Wenn alle ihr Bestes geben, warum sieht die Welt dann so traurig-scheiße aus?«

Mertin ließ seine Frage unbeantwortet. »Ich habe vorerst ein letztes Anliegen: Wo könnte er sich aufhalten? Ich muss ihn finden, bevor er jemandem etwas antut oder ihm etwas angetan wird.«

Kimbunga dachte länger nach.

»Er hat ein Chalet am Meer. Ich war nie dort. Mehr fällt mir nicht ein.«

Dieses Chalet war nirgendwo in Ostrowskis Unterlagen, die Mertin durchgesehen hatte, aufgetaucht. Kimbunga gab ihr die Adresse in den Niederlanden, die er erst aus seinen E-Mails heraussuchen musste. Dann beendete sie das Gespräch.

Wenn sie zu dieser Adresse fuhr, stellte das einen direkten Verstoß gegen ihre Dienstanweisungen dar. Müller hatte ausdrücklich betont, sie müsse nach der Durchsuchung beurlaubt werden. Und wenn sie jetzt weiter nach Ostrowski suchte, müsste sie sich dafür das offizielle Einverständnis ihres Vorgesetzten holen. Andererseits hatte sie diese unvorhersehbaren Neuigkeiten erhalten. Sie musste einfach die Verdächtigen aufspüren.

Mertin war im Begriff, ihren Job zu verlieren. Aber sollte sie nun brav nach Hause fahren? Tief in ihrem Innersten wusste sie die Antwort, lange bevor sie sich die Frage gestellt hatte.

20:03 Uhr

Sie parkte am Straßenrand, notgedrungen halb in den Dünen. Auf dem einspurigen Pflastersteinweg würde ein anderes Fahrzeug kaum vorbeifahren können. Aber es sah auch nicht so aus, als würde sich das Problem bald stellen. Mertin hatte schon seit geraumer Zeit niemanden mehr zu Gesicht bekommen.

Es war abends außerhalb der Saison. Die Strände und umliegenden Ferienhäuser waren verwaist. Nirgendwo brannte Licht. Es wurde langsam dunkel. Das Haus zu der Adresse, die sie von Joseph Kimbunga erfahren hatte, lag unmittelbar vor ihr mitten in den Dünen, direkt neben dem Naturpark von Cadzand. Sand war auf die Straße geweht. Dünengras schaukelte im Wind. Der niedrige, verkrüppelte Baumbewuchs verbeugte sich Richtung Landesinnerem.

Mertin konnte das Rauschen des Meeres hören. Ein Ferienidyll. Sie konnte die Badegäste, die sich hier im Sommer vom und zum Strand schoben, förmlich sehen, die Badehandtücher über die Schulter geworfen, die vom Salzwasser durchnässten Haare, die fröhlichen Gesichter, all die Schwimmbretter, das Softeis und der allgegenwärtige Geruch nach Sonnencreme, selbst das »Klingeling!« der mit Kindern beladenen »Bakfietsen« hatte etwas Heiteres – und über allem lag eine Atmosphäre von Entspannung und guter Laune.

Noch war der Sommer weit entfernt, und die Natur wirkte

rau, düster und fast schon menschenfeindlich. Das romantische Wellenrauschen konnte genauso gut als tosende Brandung gehört werden, die wie ein Vorbote der heranrollenden Sturmflut alle anderen Geräusche übertönte. Auch Ostrowskis »Chalet« schien unbewohnt.

Während sie das Anwesen beobachtete, überlegte sie, was genau der Unterschied zwischen einem Chalet und einem Ferienhaus sein könnte. Während ihres Studiums an der Polizeihochschule hatte ein Kommilitone häufig mit seinen »heißen Partys« geprahlt, die er für Insider-Kommilitonen in der Datscha seiner Eltern veranstaltete. Aus einem unerklärlichen Grund hatte sie »Datscha« für eine Ortschaft gehalten, bis kursierende Fotos einer Party sie erreichten. Die Datscha war eine Art provisorisches Hüttchen gewesen, wie sie es von Schrebergärten her kannte. Einmal mehr hatte sie sich gelobt, dass sie auf derartige Festivitäten wenig Wert legte und nicht zum Insiderkreis gehört hatte.

Ostrowskis »Hütte am Meer« war alles andere als ein aus zusammengeklaubten Brettern gezimmerter Verschlag mit Plumpsklo. Das Gebäude sah edel aus. Das zur Straße hin einstöckige Gebäude schmiegte sich in die umgebende Landschaft mit Ginster, Strandroggen und anderen Gräsern perfekt ein. Weit mehr, es machte die Dünen, die es umgab, noch schöner.

Vor dem Haus stand kein Fahrzeug. Aber Mertin konnte eine Garage sehen. Ein kniehoher Zaun mit ebenso niedriger Hecke umgab das Gelände. Ostrowskis Chalet war eher eine Art stilvolle Luxusvilla, erbaut, um reihenweise Architekturpreise einzuheimsen, als ein simples Wochenendhaus. Das Chalet protzte regelrecht mit seiner Unauffälligkeit.

Sie stieg aus dem Auto und bewegte sich über die Hofeinfahrt auf die Haustür zu. Unter ihren Füßen knarzte und knirschte der über die Einfahrt verstreute Muschelkies derartig laut, dass ihre Ankunft unmöglich unbemerkt bleiben konnte, sollte doch jemand zu Hause sein. Ein besseres Alarmsystem gab es gar nicht. Bewegungsmelder und Videoüberwachung waren überflüssig.

Im Haus regte sich nichts.

Mertin war schon drauf und dran, ihren Kurztrip als weitere Sackgasse und daher vollkommenen Blödsinn abzutun, als die Haustür langsam geöffnet wurde. Was sie dort erblickte, erschreckte sie so sehr, dass sie augenblicklich zum Telefon griff und Kaisers Nummer wählte.

19:56 Uhr

Der Automatik-Stopp der Dusche beendete die Wasserzufuhr. Kaiser stand im Trocknen. Kalte Luft, die von der Belüftung herrührte, wehte über seinen nassen Körper, sodass er sich auf perfide Weise belästigt fühlte. Ohne lange zu zögern, betätigte er nochmals den Duschknopf. Augenblicklich ergoss sich heißes Wasser über ihn, was er in vollen Zügen genoss.

Von ihm unbemerkt klingelte in der Umkleide sein Handy, während er noch mit dem feuchten Element kuschelte. Im Zuge seiner Therapie hatte Kaiser das Wasser entdeckt. Es nahm ohne Ende negative Energien auf und verschlang diese auf Nimmerwiedersehen, was ihm wiederum allergrößten Respekt vor dem Wasser einflößte, denn es musste über unermessliche Möglichkeiten verfügen, so viel Aggression, Frust, Schlechtes und Böses aufnehmen zu können, ohne seinerseits durchzudrehen. Und heute war wieder ein passender Tag gewesen, um all das im Wasser zu lassen, was ihn quälte.

Er drückte noch ein paarmal auf den Duschknopf, bis ihn das schlechte Gewissen quälte, sinnlos Wasser in den Ausguss zu schütten. Er riss sich los und ging in die Umkleide.

Abdul Abdullah war nicht blöd. Das hatte Kaiser schon vorher gewusst. Und so wunderte ihn auch nicht, dass Abdul bei ihrem letzten Treffen, von dem Kaiser so schnell aufgebrochen war, die Zusammenhänge zwischen Mertin und der Nachricht von einem schwer verletzten Neonazi erkannt haben musste.

Zumal Mertin ihm zuvor bereits aufgefallen war und Kaiser sich bei ihm nach dem Mann erkundigt hatte.

Intelligenz hin oder her, die »richtigen« Rückschlüsse zu ziehen war nicht besonders schwer. Aber dass Abdul ihm eins über die Kollegin auswischte, indem er dafür sorgte, dass sie in Schwierigkeiten geriet, als so durchtrieben hätte er ihn doch nicht eingestuft.

Anfänglich hatte Kaiser geglaubt, seine Familie sei in Gefahr. Aber das war ein Irrtum. Er wollte Kaiser bestrafen, indem er eine gute Polizistin aus dem Verkehr zog. Es war dabei nicht ganz frei von Ironie, dass Abdul selbst vom Verfassungsschutz überwacht wurde.

Kaisers Familie war zur Sicherheit in einem Hotel ganz bei ihm in der Nähe untergebracht. Eigentlich hatte er sie nicht allein lassen wollen, aber da seine Behandlung noch nicht beendet war, hatte ihm die verantwortliche Ärztin ausgeredet, die »Kur« zu unterbrechen. Keine Unregelmäßigkeiten in der Routine zulassen. Noch hatte er ein paar Wochen Rekonvaleszenz vor sich.

Den ganzen Tag hatte er das Handy mit sich geführt. Keine Sekunde hatte er es aus den Augen gelassen, außer natürlich im Schwimmbad. Nun blickte er auf das Display, das ihm einen Anruf in Abwesenheit anzeigte. Mertin hatte ihn angerufen, aber keine Nachricht hinterlassen.

Es war ihm sofort klar, dass ihr Anruf einen ernsthaften Hintergrund haben musste. Denn dass sie einfach nur bei ihm anrief, um mit ihm über den Job zu plaudern, schloss er kategorisch aus. Absurde Gedanken. Mertin steckte in der Klemme. Und da sie im Präsidium nicht anrufen konnte, rief sie ihn an. »Was um alles in der Welt tust du?«, fragte sich Kaiser laut.

Auch er konnte nicht im Präsidium anrufen, sonst hätte er sie noch mehr in die Scheiße geritten.

20:12 Uhr

In der Tür stand Karin Welz und empfing Mertin. Welz trug einen Feuerschutzanzug, gab sich aber ansonsten so, als wäre sie die Hausherrin, die Besuch empfängt. Statt eines Küchentuchs trug sie eine Brandschutzhaube.

»Schalten Sie Ihr Handy aus«, befahl sie.

Unter einen Arm hatte Karin Welz einen klobigen Feuerwehrhelm mit Sichtschutzvisier geklemmt. Mit der anderen Hand holte sie nun einen Bunsenbrenner mit Gaskartusche hervor. Genauso wie Mbeki es getan hatte. Aus dem Brenner schoss eine spitze blaue Flamme hervor. Welz fuchtelte wild herum, als wäre sie eine Art Cowgirl mit einem Colt Modell »Peacemaker« in der Hand. Mertin hatte ihren anfänglichen Schock überwunden. Alles, was übrig blieb, war der Gedanke, Welz zu stoppen.

»Handy aus«, wiederholte Welz.

Mertin kam der Aufforderungen ohne Protest nach. »Was ist nur mit Ihnen los«, fragte sie hart, »haben Sie nun noch einen Feuerwehrmann auf dem Gewissen?«

Welz reagierte darauf nicht, stattdessen sagte sie: »Irgendwie wundert es mich nicht, dass Sie hier sind. Und diesen paradiesischen Zufluchtsort für Kriegsgewinnler, Waffenhändler und alle möglichen anderen Verbrecher gefunden haben. Wenn einer diesen Ort finden konnte, dann Sie. Wie sind Sie drauf gekommen?«

Mertin schwieg.

»Ach, ist eigentlich auch egal. Sie haben es gefunden, und ein klein wenig überrascht es mich doch. Jetzt sind Sie da, also kommen Sie rein.«

Welz trat beiseite. Mertin zögerte, an ihr vorbei ins Haus zu gehen. Kein Zweifel, es war eine Falle. Welz bedrohte sie mit dem Brenner. Die leuchtend blaue Flamme war geschätzte zwanzig Zentimeter lang. Mertin konnte die Hitze noch auf die Distanz von zwei Metern unangenehm spüren.

»Rein da!«

Mertin blieb nichts anderes übrig, als über die Schwelle zu

treten. Kaum war sie im Haus, traf sie ein Gegenstand am Kopf, und sie verlor das Bewusstsein.

20:15 Uhr

Kaiser drückte auf Rückruf. Die Mailbox. Er fluchte. Wieso rief Mertin an und schaltete ihr Handy danach aus?

Er hatte auch mit seinem Chef telefoniert und von Müller durch die Blume erfahren, dass in Sachen Mertins drohender Suspendierung sehr viel von seiner Aussage abhing. Kaiser war sich uneins, wie weit er die Wahrheit biegen wollte und konnte, ohne vor sich selbst das Gesicht zu verlieren. Und zwar in doppelter Hinsicht – Mertin helfen, und das zum Preis einer erfundenen Zeugenaussage. Mertin hatte V-Mann Herwig zerlegt wie ein Gemüse auf dem Schneidbrett – fertig.

Diese Frage konnte er noch vertagen, nicht aufzuschieben war der Umstand ihres Anrufs. Er hatte sie schon einmal im Stich gelassen. Und Abdul damit womöglich erst angespitzt. Heute würde er das nicht tun.

Auf der Suche nach einem guten Einfall schnippte Kaiser nervös mit den Fingern. Wie sollte er Mertin finden? Dann rief er »Technik-Torben« an, einen Kollegen vom MEK, mit dem er schon bei einigen Lehrgängen und Fortbildungen gefachsimpelt hatte. Ansonsten war ihm – typisch Kaiser – Technik-Torben eher suspekt. Kaiser erklärte sein Anliegen.

»Bist du wieder im Dienst?«

»Nein«, gestand Kaiser.

»Dann darf ich dir keine Infos geben.«

Vor noch gar nicht allzu langer Zeit hätte er Technik-Torben ohne Zweifel angebrüllt und »Bruder Jakob« oder Ähnliches vorgegrölt, um ihn zu beleidigen, heute versuchte Kaiser es mit etwas ganz Neuem – mit Argumenten. Komische Sache, kommentierte er in Gedanken seinen Sinneswandel.

»Es besteht Anlass«, sagte Kaiser, »von der höchsten Dringlichkeitsstufe auszugehen: Beamtin in Lebensgefahr. Ich brauche die Infos, danach musst du sofort alle weiteren dienstlichen Maßnahmen einleiten, verstanden? Das ist ein Notruf!«

Technik-Torben stammelte eine Entschuldigung. Keine fünf Minuten später hatte Kaiser die gewünschten Informationen. Mertins Handy war ausgeschaltet und konnte deswegen nicht geortet werden. Aber ihr gemeinsames Dienstfahrzeug parkte momentan, außerhalb der regulären Dienstzeit, an der belgischen Küste direkt hinter den Dünen am Meer, der große Überseehafen Seebrügge nicht weit entfernt. Was machte sie da? Ein romantisches Tête-à-Tête? Wohl kaum. Es blieb nur ein Weg, eine Antwort auf die Frage zu erhalten.

Rasch zog er sich den Trainingsanzug über. Für mehr blieb keine Zeit. Von der Eifel bis zum Meer war es gar nicht so weit. Als er am Empfang vorbeikam, um die Klinik zu verlassen, wurde er aufgehalten.

»Wo wollen Sie denn um diese Uhrzeit noch hin?«, fragte die Krankenschwester.

Ausgang nach zwanzig Uhr war therapiebedingt nicht erwünscht. Die Frau hinter dem Empfang hieß Schwester Roswitha. Sie hatte feuerrote Haare und etwas Patent-Sympathisches an sich. Es kam Kaiser nicht in den Sinn, die Frau zu belügen.

»Ich muss einer Kollegin helfen.«

Schwester Roswitha blickte ihn skeptisch an.

»Morgen früh bin ich wieder da.«

Sie zog die Stirn in Falten und lachte.

»Ganz sicher.«

Sie legte den Kopf quer und lachte noch lauter.

Kaiser trat den Rückzug Richtung Eingangstür an. Ganz vorsichtig. Schwester Roswitha lachte nicht mehr. Ein paar Meter weiter blieb er abrupt stehen. Innerlich fluchte er. Ihm war etwas eingefallen. Er ging zurück zum Empfang.

»Meine liebe Schwester Roswitha«, begann er honigsüß, »ich muss Sie um einen riesengroßen Gefallen bitten.«

»Mein lieber Herr Kaiser«, erwiderte sie, »glauben Sie ja nicht, dass ich Ihnen irgendwelche Betäubungsmittel aushändige. Das kommt mir gar nicht in die Tüte!«

Kaiser blickte sie belustigt an. Ihre Antwort öffnete Raum für Spekulationen über den Umgang mit diversen Mitteln in der Klinik. »Nein, nein, keine Opiate für Kaiserlein«, witzelte er, »es geht um etwas ganz, ganz anderes.«

Sie blickte ihn gespannt an.

»Schwester Roswitha, was für ein Auto fahren Sie?«

»Renault Twingo«, sagte sie, verstand aber immer noch nicht, was er von ihr wollte.

Okay, dachte Kaiser, dieses Opfer musst du wohl oder übel auf dich nehmen.

»Wieso? Was ist denn mit meinem Auto?«

Kaiser grinste.

22:30 Uhr

Als Mertin wieder erwachte, hockte Welz immer noch – oder schon wieder – über ihr. In der Hand den Brenner. Mertin konnte nicht sagen, wie viel Zeit vergangen war. Wie viele Stunden hatte sie im Flur auf dem Boden gelegen? Welz hatte sie mit Kabelbindern gefesselt. Sie fühlte sich benommen, und ihr Kopf schmerzte von dem Schlag, den sie erhalten hatte.

»Na, schön geschlafen? Ich musste noch was vorbereiten, dabei konnte ich Sie nicht gebrauchen. Kommen Sie mit!«

Die Fußfessel durchtrennte sie nun.

»Noch eines«, sagte Welz, »ich lösche jetzt die Flamme. Wenn wir da drin sind und Sie irgendwelchen Blödsinn machen, der mich zwingt, diesen Brenner wieder einzuschalten, dann seien Sie gewarnt. Sobald das passiert und der Brenner Flammen schlägt, wird hier alles in die Luft fliegen. Haben Sie das verstanden?«

Mertin nickte alarmiert, was ihr erneut einen heftigen Schmerz durch den Kopf jagte.

»Willkommen.« Es klang eher wie ein Befehl. Welz gab Mertin einen Schubs, dann löschte sie die Flamme. »Soll ich es uns ein bisschen gemütlich machen? Musik vielleicht. Ladysmith Black Mambazo.«

»Ich brauche Ihren Sarkasmus nicht«, entgegnete Mertin, sich vorsichtig umblickend.

»Komisch«, sagte Welz mit einem unheimlichen Unterton, der Mertin suggerierte, es sei ihr alles vollkommen egal, »apropos Gewissen, mich würde brennend – sorry, das konnte ich mir nicht verkneifen – interessieren, ob Sie als Polizistin an ein Gen des Bösen glauben? Oder warten Sie, ich stelle Ihnen die Frage später nochmals. Fangen wir so an: Was sollte man Ihrer Meinung nach mit dem netten Opa von nebenan machen, von dem Sie plötzlich erfahren, dass er im Krieg unzählige Juden ermordet hat?«

»Einsperren«, antwortete Mertin, darauf bedacht, möglichst wenig Angriffsfläche zu bieten, die Diskussionen zuließ.

»War ja klar, dass Sie so was Naives antworten würden.«

Mertin ließ sich nicht provozieren.

»Na, ist auch egal. Wollen wir uns nicht duzen? Wie gefällt dir Ostrowskis Kriegshaus? Hier haben sich unsere drei ehrenwerten Gentlemen regelmäßig getroffen, um mit Nutten und Schampus ihre enormen Profite aus dem Schmuggel mit Bluttantal zu feiern. Da vorne kommt ihre Trophäenwand. Die darfst du dir gerne in Ruhe anschauen.«

Mertin schwieg weiter.

»Wir feiern heute Geburtstag«, erklärte Welz und zeigte auf eine Reihe roter Luftballons. Jeder Ballon schwebte an einem dünnen Faden befestigt in geringer Höhe über einem großen Unterteller für Blumenkübel. Diese flachen Gefäße waren befüllt mit einer durchsichtigen Flüssigkeit. Es war wohl nicht anzunehmen, dass es sich dabei um Wasser handelte. Mitten in dem Unterteller stand auf einer provisorisch eingerichteten Erhöhung ein brennendes Teelicht. Der Anblick dieser seltsamen

Konstruktion machte Mertin nervös. Das hatte Welz also eben gemeint, als sie von Vorbereitungen sprach, bei denen sie nicht gestört werden wollte.

»Diese Versuchsanordnung ist eine Art wissenschaftliches Experiment auf Grundschulniveau«, erklärte Welz, »aber mit sehr viel mehr Bums. Dem Experiment liegt die Frage zugrunde: Was hält beziehungsweise brennt länger – das Gas im Ballon oder die Kerze im Brennspiritus-See?«

Welz schubste Mertin durch den offenen Flur ins Wohnzimmer. Oberhalb des tiefer gelegenen Wohnraums blieben sie stehen. Im geschlossenen Kamin brannte ein Feuer. Im wahrsten Sinne des Wortes spielte Welz mit dem brennenden Element. Das ganze Haus war geschmückt wie bei einem Kindergeburtstag. Ostrowski saß unten im Wohnzimmer auf einem Stuhl – gefesselt und geknebelt. Er blutete und hatte sich eingenässt. Das Zimmer hatte enorme Dimensionen und musste wohl eher als Wohnhalle bezeichnet werden. Überall Luxus pur. Der Mann gab mit keinem Laut oder sonst einer Reaktion zu erkennen, dass er Mertin erkannt hatte.

Welz führte Mertin zu der erwähnten Trophäenwand, die die Wohnhalle wie eine Galerie umgab. Neben einer museumsreifen AK 47 hing eine große Fotografie, die Derendorf, Schenckenau und Ostrowski im kongolesischen Dschungel zeigte. Die Männer trugen Kampfanzüge. Alle drei posierten mit ebenjenen Maschinengewehren für den Fotografen. Sie schienen sehr zufrieden mit sich zu sein, denn sie grinsten breit. Mertin kniff die Augen zusammen – lagen da im Hintergrund Leichen auf dem Waldboden?

»Ach ja, Herrgott noch mal«, meinte Welz launig, »die haben halt ein bisschen Krieg gespielt. Was Jungs eben so machen.«

Die meterlange Wand war übervoll mit ähnlichen Reliquien. Geraubte Beutekunststücke ergänzten das kolonialistische Horrorkabinett. Viele der Fotos zeigten vor allem Ostrowski mit uniformierten Schwarzen, die bestimmt als hochrangige Führer irgendeiner Miliz oder Rebellengruppe identifiziert werden konnten. Ostrowski musste irgendwelche Geschäfte mit

ihnen gemacht haben. Ging es um Schutzgelder für den Mine-
ralienschmuggel oder um Waffen? Denn MAP hatte schließlich
die These aufgestellt, dass Ostrowski bei seinem Handel mit
Bluttantal die ortansässigen Militärs außen vor gelassen haben
könnte, um seinen Profit noch zu steigern.

Ostrowski präsentierte sich auch als Großwildjäger. Bock-
doppelflinten mit Kipplauf, Stutzen und diverse andere groß-
kalibrige Waffen hingen ohne jegliche Sicherheitsvorkehrung
an der Wand. Mertin hätte es nicht gewundert, wenn die Waffen
noch geladen waren. Und tatsächlich erblickte sie eine große
Vase mit einer Sammlung benutzter Hülsen. Wie die Muscheln
in seiner Kölner Wohnung. Die Patronenhülsen, mit denen er
getötet hatte, verwahrte Ostrowski als Erinnerungsstücke!

Zwei Elefantenstoßzähne hingen überkreuzt an der Wand.
Ein Elfenbeinzahn konnte bis zu zweihundert Kilo schwer und
über zweihunderttausend Euro wert sein. Und dann erblickte
Mertin eine Trophäe, die ihr schlicht den Verstand rauben
wollte. Die mit einer Machete abgeschlagenen und anschließend ausgestopften Hände sowie der dazugehörige Kopf eines
Berggorillas. Daneben prangte ein großformatiges Foto, das
wieder Ostrowski mit einem Milizenführer zeigte, wie sie mit
dem getöteten Silberrücken posierten. Neben ihm lag ein Weib-
chen mit ihrem Baby. Beide ebenfalls getötet.

Mertin spürte das dringende Bedürfnis, jemandem wehzutun.
Sie ballte ihre Fäuste, die Kabelbinder schnitten ihr ins Fleisch,
aber mehr passierte nicht. Am liebsten wäre sie Ostrowski gleich
von hier oben an die Gurgel gesprungen. Nein, sie musste ruhig bleiben. Kratzte sie immer noch an der Oberfläche, oder
hatte sie bereits Einblicke in die enormen Abgründe des Falls
erhalten?

»Wir haben es hier nicht mit geisteskranken Psychopathen
zu tun«, erklärte Welz, die es offenbar genoss, Mertins inneren Kampf überdeutlich in ihrem Gesicht gespiegelt zu sehen.
»Ostrowski ist ein maligner Egoist. Von den Grundanlagen her
sind maligne Egoisten faul und feige. Sie würden niemals auf
die Idee kommen, auch nur einen einzigen Finger zu krümmen,

wenn ihr Handeln nicht monetäre Ergebnisse erzielen würde. Einzig die Gier treibt sie an, die Gier, noch mehr Profit zu erzielen. Lediglich durch Vernetzung erzielen sie Erfolge. Sie sind das wahrhaft Bösartige auf unserer Welt und müssen getötet werden.«

Aus der Psychologie war Mertin bekannt, dass Serienkiller als »maligne Narzissten« bezeichnet wurden. Welz lieferte ihre ganz eigene Täteranalyse.

»Ja, unser Herr Ostrowski ist ein ganz feiner Kerl. Er tötet Gorillababys und hat noch Spaß daran.« Mit diesen Worten drängte Welz sie weg von der Trophäenwand.

Mertin konnte sich kaum losreißen. Fasziniert und abgestoßen zugleich. Dokumentierte Kriegsgräuel par excellence. Aber sie hätte es niemals für möglich gehalten, dass damit jemand prahlen könnte, bis ihr klar wurde, dass Ostrowski und seine »Jungs«, wie Welz das Trio bezeichnet hatte, stolz auf ihre Taten waren.

Welz führte Mertin die Treppe hinab. Sie setzte sich auf das Sofa und bedeutete Mertin, sich ebenfalls zu setzen. Aber sie zog es vor, stehen zu bleiben.

Um Ostrowskis Stuhl waren ebenfalls die seltsamen Untersetzer-Luftballon-Konstruktionen aufgebaut, die überall im Haus zu finden waren. Welz befüllte einen Luftballon mit einem dunkelgrauen Pulver. Tantal, wie Mertin vermutete. Dann blies sie den Ballon an einem Heliumgasbehälter auf.

Ihre Luftballons waren kleine Brandbomben. Vor einem gezündeten Ballon, der in einem Feuerball verpuffte, musste man sich vermutlich nicht groß fürchten, aber bei mehreren Dutzend bestand dazu berechtigter Anlass. Vor allem hatte Mertin immer noch Lars' Worte im Ohr, die besagten, dass Tantal hochexplosiv sei, aber selbst sein Chemiker-Kumpel nicht wisse, wie der Reaktionsverlauf aussehe. Das ganze Haus war quasi eine einzige große Pulverkammer.

Von Ostrowski selbst war immer noch nichts zu hören. Einzig seine Augen blickten verängstigt drein. Ihm war bewusst, dass Welz den Wahnsinn nur spielte und in Wahrheit kalkuliert plante, ihn schlicht abzufackeln.

»Als ich in Goma für ›Save Raped Women‹ gearbeitet habe, kam eine Frau zu mir. Sie war von zig Soldaten vergewaltigt worden«, berichtete Welz, und Mertin hörte zu, obwohl sie ahnte, was kommen würde.

»Zuvor hatte sie zuschauen müssen, wie ebendiese Soldaten ihren Mann getötet und mit Macheten zerhackt hatten. Sie hatte sich auf die Überbleibsel ihres Mannes legen müssen und wurde dann dazu gezwungen, so zu tun, als habe sie mit den verstümmelten Gliedern Sex. Erst danach haben die Soldaten sie vergewaltigt. Nicht nur mit ihren Schwänzen. Nein, auch mit ihren Macheten und anderen Eisengegenständen. Die Frau war so schwer verletzt, sie hat noch Wochen nachher geblutet und war untenherum so sehr zerfetzt, dass nichts heilen wollte. Ich habe mich immer gefragt, wieso sie sich nicht einfach umbringt. Ich an ihrer Stelle hätte das getan. Aber sie lebt ihr Leben weiter. Was man ihr angetan hat, wird sie niemals vergessen können, aber sie will weiterleben. Und sie hatte nicht den geringsten Wunsch nach Rache, komisch, nicht? Das ist mir ein Rätsel.«

Welz machte eine Pause, wischte sich Tränen aus dem Gesicht. »Das geht mir ganz anders. Ich werde sie bezahlen lassen für ihre Taten.« Und es gab gar keinen Zweifel daran, dass sie es auch so meinte, wie sie sagte.

»Heute ist Geburtstag. Oder Jahrestag. Na ja, zumindest stellen wir uns das so vor«, führte sie weiter aus. »Er hieß Eugene Tshombe. Sein Sohn Moses. Heute ist mein Liebster gestorben. Er war ein guter, einfacher Mann. Er hat nie eine Schule besucht, konnte kaum schreiben, lesen oder rechnen. In einem der Kongo-Kriege – Herrgott, ich habe vergessen, in welchem – hat er seine erste Frau und zwei Kinder verloren. Eugene ging jeden Morgen in die Mine. Und wenn er Zeit hatte, half er mir mit den Frauen in der Klinik. Ich hatte ja genug Geld, er hätte gar nicht arbeiten gehen müssen. Aber davon ließ er sich nicht abbringen. Mal wusch er Coltan aus dem Flussbett, mal kroch er mit einer winzigen Funzel in die Stollen, um mit bloßen Händen nach Kobalt zu graben. Er ist tot. Erschlagen vom einstürzenden Stollen oder im Schlamm ertrunken. Das weiß keiner. Seine Leiche habe ich nie gefunden. Moses ist am selben Tag gestorben. Es war nicht mein Kind. Aber ich habe ihn so geliebt, als wäre er mein eigener Sohn.«

Während sie sprach, starrte Welz vor sich hin. Die Situation erinnerte Mertin daran, wie sie Kofi Mbeki am Tag vor dem Anschlag beim Kochen beobachtet hatte. Es war eine seltsame Form der geistigen Abwesenheit, wie sie sie von sich selbst gut kannte. Es war dieser *Blick*. So musste sie selbst aussehen, wenn sie an ihre Mutter dachte, daran, wie sie gestorben war, und sich immer wieder die Frage stellte, wie man das alles jemals vergessen sollte. Eines stand für Mertin unumstößlich fest. Welz war hier nicht die Böse. Dennoch würde sie die Frau aufhalten müssen.

»Sie haben kein Recht, sich als Richter und Henker aufzuspielen.«

»Das diskutiere ich nicht mit Ihnen. Ich habe mich entschieden, zu tun, was ich tue.«

»Was ist mit Louis Mwobl?«

»Was soll schon mit ihm sein? Er kannte das Risiko, wenn man mit pulverisiertem Tantal herumspielt.«

»Was wollen Sie damit andeuten? Das Feuer im Heim war kein Anschlag von Rechtsextremen?«

Welz schüttelte den Kopf. »Nein, wir haben das mit den Ballons ausprobiert.«

Mertin schwieg einen Moment, bevor sie antwortete.

»Ich glaube, Sie erzählen nur die halbe Wahrheit.«

»Suchen Sie es sich aus.«

»Was ist mit dem Anschlag? Warum dieser Anschlag? Warum so viele Unschuldige töten?«

»Jeder, der ein Handy besitzt, ist mitschuldig. Nur weil sie sich nicht die Hände blutig machen, sind diese Menschen nicht unschuldig.«

Mertin musste daran denken, was MAP über die Sklavenhändler von Middelburg erzählt hatte. Auch Mbeki hatte sich ähnlich geäußert.

»Wir müssen auch die töten, die wegschauen. Sie sind es, die Verbrechen erst ermöglichen.«

»Sollen wir Ostrowski nicht mal zu Wort kommen lassen?«

»Wozu? Er würde nur Scheiße reden. ›Was kann ich dazu, dass es im Kongo kein rechtsstaatliches System gibt?‹ Oder noch blöder: ›Ich habe den Krieg ja nicht angefangen.‹«

Welz blickte Ostrowski hasserfüllt an. Dann sprang sie auf und richtete den Gasbrenner auf ihn.

»Warten Sie«, rief Mertin.

Welz' unglaublicher Hass verwandelte sich in Trauer und Schmerzen. Sie weinte. Die rasenden Gefühle gingen jetzt mit ihr durch, und sie drückte die Zündung. Eine blaue Flamme schoss hervor. Mertin rechnete jeden Augenblick damit, dass alles um sie herum in die Luft flog.

Welz ließ die Zündung wieder los, und die Flamme erlosch. Das heiße Metall des Endstücks presste Welz auf Ostrowskis nackte Hand. Er schrie auf, soweit es sein Knebel zuließ. Welz schrie ihm dabei ins Gesicht. Die Frau hatte alles verloren. Halt, Liebe, jeglichen Sinn für Recht und Gesetz. Ihre Gerechtigkeit hieß – Auge um Auge.

»Dies nur als kleiner Hinweis, warum Mbeki diesen Anschlag verübt hat: Es gibt sehr gute Gründe, diese westliche Gesellschaft zu verachten. Ihr seid wie heillose Romanfiguren Mitläufer in einer Dystopie. Als hätte Hitler den Krieg gewonnen und die Nazis beherrschten die Welt. Nur dass die neuen Nazis in Wirklichkeit nicht Nazis, sondern GlobalWorld Holding heißen. Ihr merkt gar nicht, wie distanzlos und ekelerregend ihr die Tatsachen verleugnet.«

»Passen Sie auf, was Sie sagen, sonst …«

»Was, sonst?«, höhnte Welz, während Mertins Blick erneut auf den gefesselten und geknebelten Ostrowski fiel.

»Nein«, erwiderte Mertin kalt, »ich fessle dich an ihn, und dann zünde ich euch beide an. Dann sind alle tot. Es gibt keine Beweise. Niemand wird jemals die Wahrheit erfahren, und ich war nie hier.«

Welz war verblüfft. Auch Ostrowski schien die Logik in

Mertins Drohung zu überzeugen, denn er schrie lauthals in seinen Knebel. Welz warf den Brenner auf das Sofa und lachte so verlegen wie nachdenklich. Was würde sie als Nächstes tun?

»Dann ist ja nur gut, dass du diese schicken Kabelbinder trägst«, meinte sie und zeigte auf Mertins vor dem Bauch gefesselte Hände.

Aus dieser Situation gab es kein friedliches Entkommen. Nachgeben würde Welz nie. Mertin entschloss sich, alles auf eine Karte zu setzen, bevor sie selbst ausrastete, und Welz' momentane Verblüffung auszunutzen. Zumal der Bezug des Sofas bereits einen Kokelgeruch verbreitete, und wenn es erst richtig brannte, dann war eh alles zu spät.

»Was soll eigentlich dieser ganz Aufzug und diese Kindergeburtstagskacke?«, fragte sie in unverändert kaltschnäuzigem Ton.

»Ich will zuschauen, wie er verbrennt. Ich setze den Helm auf, lasse einen Ballon nach dem anderen hochgehen und schaue zu, wie er langsam verbrennt.«

Mertin fiel ein, dass die Gerichtsmedizinerin Schenckenaus Tod in den Lkw-Reifen als mittelalterliche Foltermethode bezeichnet hatte. Sie zweifelte nicht daran, dass Welz es ernst meinte, aber äußerlich schüttelte sie überheblich den Kopf. »Nein, Kofi war ein Killer. Ihnen fehlt das Zeug zum Töten.«

Jetzt musste es schnell gehen. Mertin machte sich bereit. Was würde Welz antworten?

»Sie vergessen wohl«, griff sie Mertins überheblichen Ton auf, »dass ich Lukas Schenckenau getötet habe.«

Das Geständnis war ausgesprochen. Mertin ging darüber hinweg. »Das ist nicht glaubwürdig. Sie schwatzen nur dummes Zeug! Gucken Sie sich an, Sie passen in kein Verbrecherprofil. Wenn Sie Ostrowski töten wollten, könnten Sie ihn einfach abknallen. Genug Waffen sind ja da.«

Welz wurde wütend. Panik huschte durch Mertins Eingeweide. Sie nutzte die wenigen Sekunden aus, in denen Welz sie anstarrte und nach einer passenden Antwort suchte. Sie kopierte Mirko Ludermanns Hechtsprung, den er vollführt hatte, um

Mbeki zu stellen, eins zu eins. Trotz ihrer gefesselten Hände haute sie Welz mit einer halsbrecherischen Bewegung um. Gemeinsam schlugen sie hart auf dem Boden auf, wobei Welz für wenige Augenblicke das Bewusstsein verlor.

Mertin blickte sich gehetzt nach einem Gegenstand um, der scharf genug sein konnte, die Kabelbinder zu durchtrennen, und entdeckte einen klobigen Kristallaschenbecher, den sie auf den Boden warf. An einer scharfen Kante zerschnitt sie ihre Fesseln. Welz kam langsam wieder zu sich.

Mertin wollte nach ihrer Dienstwaffe greifen, doch Welz hatte zuvor ganze Arbeit geleistet. Ihre Waffe befand sich nicht mehr im Holster. Ohne lange zu überlegen, nahm Mertin eine der Schrotflinten von der Wand und betätigte auf gut Glück den Abzug. Fast hätte sie gelacht, als sich ein Schuss löste. Sie hatte also richtiggelegen mit der Vermutung, Ostrowski lasse seine Waffen geladen herumliegen. Wie verrückt und waffenverliebt musste jemand sein, um das tatsächlich zu tun?

Die Schrotladung zerfetzte Welz' linke Schulter. Immerhin genau dort, wo sie sie treffen sollte, dabei hatte sie das Gewehr in der Eile lediglich mit der linken Hand abgefeuert. Mertin schickte ein ganz kurzes Stoßgebet gen Himmel. Sie hatte genügend Zeit im Schießstand verbracht.

Welz' Körper wurde herumgewirbelt. Sie landete auf dem Sofa, dort blieb sie liegen, als wollte sie Mittagsschlaf halten. Unglücklicherweise nicht weit entfernt von dem Gasbrenner. Es dauerte nur ein paar Herzschläge lang, dann richtete sie sich auch wieder auf. Der Flambierbrenner war ihr Ziel. Sie wollte es beenden. Endgültig.

Mertin ging dazwischen und schnappte sich den Brenner. Welz griff an. Unmittelbar, direkt und hart. Und mit dieser Entschlossenheit kämpfte sie mit Mertin um die Vorherrschaft über den Brenner. Mertin musste all ihre Kräfte aufbringen. Die Verwundung schien Welz nicht zu behindern. Sie kämpfte ebenso erbarmungslos, wie Kofi Mbeki es getan hatte.

In der Rangelei gewann Welz die Oberhand, weil Mertins Hände an Welz' blutende Wunde gekommen waren. Glitschig vom Blut, fanden sie keinen Halt. Gleichzeitig bekam Welz eine große Scherbe des Glasaschenbechers zu fassen, mit dem sich Mertin eben von den Fesseln befreit hatte. Welz holte mit der Scherbe weit aus und traf Mertin am Hals. Getroffen taumelte Mertin, und Welz schlug gleich nochmals zu. Dieses Mal traf sie gezielt die Schläfe. Mertins Sinne schwanden, doch verzweifelt versuchte sie, sich zu befreien und wegzurobben. Welz umklammerte sie von hinten mit beiden Beinen, die sie über ihrer Brust verschränkte. Mertins Arme waren in dem Klammergriff gefangen. Sie konnte nichts mehr tun.

Welz wickelte ihr die Plastikschnur, an deren Ende ein Luftballon hing, mehrmals um den blutenden Hals. Dabei lagen sie beide in ihrer Umklammerung am Boden. Welz verstärkte den Druck auf Mertins Brust. Nun bekam sie gar keine Luft mehr, und es gelang Welz, ihr den Brenner aus den Händen zu winden.

»Sterben wir eben alle drei«, stöhnte Welz ihr ins Ohr.

Hatte sie das wirklich gesagt? Mertin war sich nicht mehr sicher.

Dann betätigte Welz die Zündung.

23:10 Uhr

Der edle Aubusson-Teppich vor Ostrowskis Sofa hatte Feuer gefangen. Das alte Gewebe brannte wie Zunder. Dicht über ihrem Gesicht schwebte der mit pulverisiertem Tantal befüllte Luftballon. Noch war keiner der Ballons explodiert. Mertin war sich jedoch sicher, dass es lediglich eine Frage von wenigen Augenblicken war, bis das passieren würde. Schon spürte sie die sich ausbreitende Hitze, den Qualm und den Gestank des Feuers. Aber Welz hatte sie mit den Beinen und der Plastikschnur um ihren Hals fest im Griff. Die Schnur schnitt in ihre Haut, das hervorquellende Blut konnte sie nicht sehen, dafür aber spüren. Erdrosselt von einem Geschenkband.

Der pure Überlebenswille trieb sie zur letzten Verzweiflungstat an.

Mertin bäumte sich auf – eine äußerst schmerzhafte Aktion. Dann ließ sie sich mit aller Wucht zurückfallen und schlug Welz ihren Hinterkopf ins Gesicht. Die Frau schrie auf, und endlich ließ der Druck nach. Welz gab Mertin frei.

Sie verpasste Ostrowskis Stuhl einen kräftigen Tritt, dass er umfiel und somit nicht mehr mitten zwischen den Brennspiritusschalen und den Tantalluftballons stand. Vielleicht würde ihn das vor den schlimmsten Verbrennungen bewahren. Was Welz machte, nahm Mertin nicht mehr wahr. Sie dachte nur daran, ihr eigenes Leben zu retten.

Ihr Wegrennen war lediglich ein Stolpern und Straucheln, und sie kam nur wenige Meter weit. Dann wurde es rasend schnell ungeheuer heiß hinter ihr. Es erinnerte sie an das, was sie am Messekreisel erlebt hatte. Ihr Trommelfell platzte, noch bevor die Druckwelle der Explosion sie ganz erfasste. Mertin wurde durch den Raum geschleudert, ihr unkontrollierter Flug wurde erst vom Treppengeländer brutal gestoppt, als sie mit dem Kopf gegen den Messinghandlauf donnerte.

Badelatschen.

Das war das Nächste, was sie sah. Erst hielt sie es für eine Halluzination. Das Resultat einer Vergiftungserscheinung, herbeigeführt durch den Qualm und Rauch, den sie eingeatmet haben musste. Was sollte das? Doch dann begriff sie langsam, dass die Badelatschen, die sich in ihr Blickfeld schoben, real waren.

***

Kaiser zerrte an ihr. Er zog sie die Treppe hinauf, vorbei an der lichterloh flackernden Trophäenwand, durch den Flur ins Freie. Der knirschende und pikende Muschelkies hatte wirklich etwas für sich.

Kaiser war den ganzen Weg von der Klinik bis zum Meer –

immerhin über dreihundert Kilometer – durchgebrettert. Wenn ihn vorher jemand gefragt hätte, hätte er es niemals für möglich gehalten, dass es der alte Twingo von Schwester Roswitha auf einhundertsechzig Stundenkilometer bringen könnte. Okay, das war auch nur an einer abschüssigen Stelle tatsächlich der Fall gewesen, aber er hatte die Strecke dennoch in einer Rekordzeit von etwas weniger als drei Stunden bewältigt. Und das, obwohl ein leerer Tank ihn zu einem Zwischenhalt gezwungen hatte.

In Cadzand angekommen, hatte er augenblicklich Qualm und Flammen gesehen. Immer wieder explodierten Luftballons und machten den Brand zu einem Inferno. Kaiser hatte einen Notruf abgesetzt und war ins Haus gestürzt. Keine Sekunde zu spät.

In der Küche hatte er eine Flammenschutzdecke gefunden, die er über den Schultern trug und die ihn vor den schlimmsten Verbrennungen geschützt hatte. Das Gummi seiner Badelatschen war ganz weich geworden und roch angekokelt. Rasch zog er die Schuhe aus. Nun war er barfuß.

Kaiser blickte Mertin ins Gesicht. Die Wunde am Hals sah übel aus. Am Kopf blutete sie ebenfalls. Sie atmete flach, der Puls ging schwach. Kaiser redete mit ihr, bis sie tatsächlich einen wacheren Eindruck machte. Er hörte sie etwas murmeln.

Hatte sie gerade »Badelatschen« gesagt? Kaiser blickte auf das qualmende Paar Adiletten und antwortete: »Sorry, ich komme direkt aus dem Schwimmbad.«

Freitag

19:18 Uhr

Die Maisonne dämmerte. Sie versank direkt hinter dem Schrottplatz, schickte dabei ihre letzten Strahlen durch die zerbrochenen Fenster der hoch aufgestapelten Autowracks. Den Schrottplatz hatte sie kürzlich bei einem Erkundungsgang in ihrem Viertel entdeckt, er lag keine fünf Minuten entfernt von ihrer Wohnung unmittelbar neben dem Gremberger Wäldchen und wurde auf beiden Seiten von Bahngleisen flankiert. Mertin hatte sich im Schneidersitz auf der Motorhaube von Kaisers Passat niedergelassen. Da eher noch niedrige Temperaturen herrschten, war die kleine Heizung unterm Po sehr angenehm. Kaiser stand abseits und beobachtete mit Argusaugen die Schrottplatzmitarbeiter.

Er kam zu ihr, und sie hielt ihm eine Dose Bier hin, die er dankend annahm. Kaiser öffnete die Bierdose. Der Verschluss schmatzte laut. Dann kippte er einen kräftigen Schluck in seine Kehle. Ob aus Frust, Durst oder einfach weil er glaubte, dass man das so machte, konnte Mertin nicht sagen.

»Du heilige Scheiße«, meckerte er, nachdem er die Dose abgesetzt hatte und auf das Etikett blickte, »was ist denn das für eine Plörre?«

»Bulgarisches Bier. Erinnerst du dich? Ach nee, ich glaube, du warst mit Kotzen beschäftigt. Das Bier heißt: Pivo-kann-ich-nicht-aussprechen.«

Kaiser studierte kleinlaut das Logo. Dann degustierte er erneut. »Na ja, kann man trinken.«

Mertin lachte. »Aber erst mal meckern, was?«

Sie schwiegen. Tranken das Bier und genossen die Abendsonne, während ein Mitarbeiter im Kran in Position fuhr. Der Mann hielt an, hupte und schaute zu Kaiser hinüber. Er wartete auf ein Zeichen, fortfahren zu dürfen.

Kaiser atmete schwer ein und aus. »Ich kann es immer noch nicht fassen, dass du das gemacht hast«, sagte er und bedeutete dem Schrottplatzmitarbeiter, zu warten.

»Das ist schon in Ordnung«, sagte sie.

»Du weißt, dass die Karren mittlerweile nicht mehr gebaut werden und unter Sammlern ein kleines Vermögen wert sind.«

»Ist mir beim Bezahlen auch aufgefallen.«

Kaiser musste prusten. »Judith, hör mal«, begann er aufrichtig, »es tut mir leid, was alles passiert ist.«

»Halt die Klappe, Kaiser, und genieß die Show.« Sie wischte sich mit dem Handrücken Bierschaum von den Lippen.

Nachdenklich blickte sie über das Schrottplatzgelände. Kaiser bemerkte ihren Stimmungswechsel offenbar und ließ ihr Zeit, damit sie ihre Gedanken ordnen konnte.

»Es gibt so viele ungeklärte Fragen. Und einiges erscheint mir total unlogisch«, begann sie.

Kaiser warf ihr einen fragenden Blick zu.

»Wie haben Derendorf und Schenckenau das Coltan nach Deutschland transportiert? Für 2006 besteht der Verdacht, dass sie Versorgungswege der Bundeswehr genutzt haben. Wenn sich dieser Verdacht bestätigt, gibt's mit Sicherheit den nächsten Skandal.«

»Da gebe ich dir recht.«

»Meine Quelle hat Belege dafür, dass andere Unternehmen privat regelrechte Mini-Fluggesellschaften betreiben, um das Zeug außer Landes zu schaffen.«

»Klingt irre«, meinte Kaiser. Er wollte ihr wohl möglichst wenig ins Wort fallen.

»Irgendwann, vermutlich aber im Laufe des Jahres 2006, lernt der Minenmanager Ostrowski die deutschen Offiziere Derendorf und Schenckenau kennen. Das geschieht unter Umständen ganz afrikatypisch in einer noblen Bar eines Fünf-Sterne-Hotels für westliche Geschäftsleute in Kinshasa. Was dann passiert, wissen wir nicht. Auf jeden Fall entschließen sie sich, mit Coltan Geld zu scheffeln. Dabei gehen sie mit einer beispiellosen Rücksichtslosigkeit vor.«

»Ob das so beispiellos ist, weiß ich nicht«, warf Kaiser ein, »über Leichen gehen ist ein attraktives Hobby für profitgeile Ärsche.«

Mertin blickte ihn an. Kaiser entschuldigte sich mit einer Geste dafür, sie unterbrochen zu haben.

»Nein, nein, ist schon okay. Bestimmt hast du sogar recht. Karin Welz, zu dieser Zeit noch eine Kollegin von Derendorf und Schenckenau, erfährt früh von diesen Machenschaften. Wieder wissen wir nicht genau, wie. Hat sie die drei belauscht, überrascht oder war sie gar Teil ihres Plans? Oder kann sie ihr Wissen gar nicht beweisen? Gleichwohl sind ihre Eindrücke so tief greifend, dass sie ihren Dienst quittiert und vermutlich mit ihrem Wissen oder als eine Art Sühne für Hilfsorganisationen im Kongo tätig bleibt. Aber diese Arbeit verstärkt nur noch ihren Frust. Sechs Jahre vergehen, in denen Welz' Hass immer größer wird; ob sie bereits Pläne schmiedet, wissen wir nicht, aber es sind sechs Jahre, in denen Ostrowski, Derendorf und Schenckenau fleißig Blutmineralien schmuggeln. Dann passiert 2012 dieses Minenunglück mit über fünfzig Toten in der Provinz Kivu. In Ostrowskis Mine. Wieder kreuzen sich die Wege von Welz und dem Trio. Ostrowskis Firma zahlt keine Entschädigung. Welz verliert ihren Lebenspartner und verbündet sich mit zwei willigen Komplizen, Kofi Mbeki und Louis Mwobl, die ebenfalls ihre Brüder und Väter beim Unglück verloren haben. Die drei starten einen Rachefeldzug. 2015 kehrt Welz zurück nach Deutschland, im Gepäck hat sie mit Sicherheit ihre Rachepläne.«

Mertin leerte die halbe Dose Bier in einem Zug.

»Wie Mbeki und Mwobl nach Deutschland kommen, wissen wir nicht«, fuhr sie fort. »Fest steht, dass sie über die Schweiz einreisen. Das ist Ende 2015. Und das passt zu einem anderen Fall. In der Schweiz befindet sich nämlich der firmeneigene Verhüttungsbetrieb. Dorthin schmuggeln Ostrowski und Co. das Coltan und waschen es zu lupenreinem Tantal. Ebenjene Firma wurde 2015 ausgeraubt. Weder hat die Firma das angezeigt, aus verständlichen Gründen, noch haben die deutschen Behörden davon erfahren. Welz, Mbeki und Mwobl haben den Raub für ihre Mordpläne begangen. Nun haben sie Tantal. Ob sie versuchen, Derendorf das geraubte Tantal wieder zu verkaufen? Oder ob Mwobl das im Alleingang unternimmt? Das ist etwas, was wir eventuell nie genau erfahren werden, weil fast alle Beteiligten tot sind. Mbeki hat Mwobl als Tutsi beschimpft. Ich wette, alles nur, um mich zu irritieren. Und Welz stand daneben. Damals, als ich ihn in der Außenwohngruppe zur Rede gestellt habe.«

Mertin blickte Kaiser an. Der machte einen relaxten Eindruck und forderte sie auf, weiterzuerzählen.

»Es kommt zum Zerwürfnis innerhalb des Rächertrios. Mbeki und Welz mussten Mwobl beseitigen. Sie täuschen einen Brandanschlag vor. Aber wir entdecken das Coltan, was uns erst auf ihre Fährte führt. Das war nicht beabsichtigt und zwingt Mbeki und Welz, zu handeln, bevor ihre Rachepläne zunichtegemacht werden. Mbeki und Welz – ich vermute, durch Welz angestachelt – entscheiden sich für einen äußerst radikalen Schritt. Mbeki opfert sich, indem er einen improvisierten Anschlag verübt. Bei einer Technikmesse. Wie passend. Nun lässt Welz drei Monate Gras über die Angelegenheit wachsen, bis sie sich Schenckenau vornimmt. Wenn Ostrowski nicht längst gewarnt war, dann ist er es jetzt. Weiß er, dass Welz auf ihn Jagd macht? Wollte er sich in seinem Chalet verstecken, oder hat Welz ihn dahin entführt? Wann er genesen und ansprechbar sein wird, ist ungewiss. Aber mit Sicherheit wird er die Aussage verweigern. Die tatsächliche Beweislage ist eher dünn.«

»Die genauen Zusammenhänge wird die Staatsanwaltschaft nun auswerten«, meinte Kaiser. »Stell dich darauf ein, dass einige Fragen offenbleiben werden. Die oftmals beschworene ›lückenlose‹ Aufklärung, das ist doch nur ein Traum von Pressesprechern und Politikern.«

»Was ich nicht kapiere, ist Karin Welz' Haltung. Der Anschlag ist ein direkter Hinweis auf den Handel mit Bluttantal. Aber sie schweigt. Sie hat die Morde nicht gestanden. Mündlich im Chalet, da hat sie es gestanden, okay, aber nun sitzt sie in ihrer Zelle und schweigt. Sie verweigert jede Aussage. Wieso?«

»Gut möglich«, mutmaßte Kaiser, »dass sie den ersten Gerichtstag oder überhaupt ihre Verhandlung nutzen wird, um ihre Blutmineral-Story medienwirksam publik zu machen. Wir können froh sein, dass beide überhaupt überlebt haben.«

Mertin ließ sich Zeit, bevor sie antwortete. »Das könnte einschlagen wie eine Bombe. Ein Enthüllungsskandal im ganz großen Stil.«

»Möglich, damit kenne ich mich nicht aus.«

»Woher wusstest du eigentlich, wo ich bin?«

Kaiser blickte sie überrascht an. »Du meinst, wie ich dich in den Niederlanden gefunden habe, obwohl dein Handy ausgeschaltet war?«

»Ja.«

Kaiser schüttelte den Kopf. »Ich fasse es nicht, Frau Kollegin, du hast ja immer noch nicht die Bedienungsanleitung unseres neuen Dienstfahrzeugs gelesen. Da gibt's ein schnödes Ortungssystem.«

»Scheiße, echt, wir werden überwacht?«

»Judith«, stöhnte Kaiser, wofür er einen finsteren Blick erntete.

Abrupt wechselte er das Thema. »Und hast du schon Pläne, wie es weitergeht?«

Mertin trank einen Schluck Bier.

»Ich werde wieder boxen.«

Der Kranfahrer hupte und lenkte damit Kaisers Aufmerksamkeit auf den eigentlichen Grund ihrer Anwesenheit. Kaiser versank in seine eigene Gedankenwelt, Mertin beobachtete ihn dabei, wie er irr und emotional hoch bewegt in Richtung Kran starrte. Und des davorstehenden Autos.

»Willst du das wirklich?«

Er bestätigte.

»Dann ist es vielleicht besser, du bringst es hinter dich.«

Kaiser nickte. Er hatte Tränen in den Augen. Dann gab er dem Kranführer ein Zeichen, seine Arbeit fortzusetzen. Der

Mann warf den Kran an, der rumpelte laut, stieß eine dicke Qualmwolke aus, dann fuhr der geöffnete Greifarm hinunter. Er biss sich ins Dach von Kaisers Landrover und zermalmte es mühelos, wie ein Greifvogel seine Beute. Glas zersplitterte. Dann hob der Kran das Auto an und versenkte es in der Schrottpresse. Alles, was vom Landrover übrig blieb, war ein rechteckiges Päckchen. Mertin konnte nicht ergründen, ob Kaiser damit zufrieden war.

»Lass es dir einpacken. Mach eine schöne Glasplatte drauf. Prima Couchtisch im Echte-Kerle-Style.«

Kaiser schwieg.

»Die Arbeit ruft«, meinte er dann, »lass uns fahren.«

Mertin öffnete die verschränkten Füße, rutschte von der Motorhaube und kam mit einem kleinen Sprung in den sicheren Stand. »Ich bin noch beurlaubt. Schon vergessen? Noch bin ich eine Persona non grata im Präsidium.«

»Ach Quatsch«, wischte Kaiser ihre Bedenken beiseite.

Hatte er nicht ständig die Dienstvorschriften zitiert?, ging es ihr durch den Kopf.

Kaiser ließ sie nicht aus den Augen.

»Also gut, was ist denn passiert?«, fragte sie schließlich.

»Leichenfund unter der Severinsbrücke«, erklärte er knapp.

Mertin stöhnte laut auf. »Nicht schon wieder eine Brücke!«

»Das kann man in Köln nicht ändern. Da ist der Rhein, und da gibt's Brücken und, keine Ahnung, was gibt's noch? … Ach ja, eine ganz klitzekleine Kirche, fast schon eine Kapelle, mit zwei janz kleine Türmcher.«

»Ich weiß noch nicht, welcher Kaiser mir besser gefallen soll, der mit der schlechten oder der mit der guten Laune«, erwiderte sie skeptisch, und Kaiser war klug genug, darauf nicht zu antworten.

Sie blickten sich über das Wagendach hinweg an, dann stiegen sie ins Auto und fuhren zum Tatort.

Danksagung

Viele Menschen haben etwas dazu beigetragen, dass dieser Roman entstehen konnte. Nennen möchte ich: Harald Drexel, Carmen Bietz und meine Agentin Christine Härle sowie die Chemikerin C.M., die nicht namentlich genannt werden möchte, weil sie das nicht »nötig« findet, aber mit ihren Experimenten viele Tipps zur Explosionsfähigkeit von Tantal beigesteuert hat. Dem gesamten Emons-Team danke ich für die gute Zusammenarbeit, hier vor allem Hilla Czinczoll für ihr Lektorat. Und nicht zuletzt meiner Familie – Anne, Farah und Juno – und meinen Eltern. Euch allen VIELEN DANK!